BROOKE HARRIS

Das Versprechen der Sterne

GOLDMANN
Lesen erleben

Buch

Annie Talbot liegt im Sterben, doch Angst hat sie keine. Zu lange lebt sie schon alleine in dem alten Bauernhaus neben dem Apfelgarten. Nach sechzig langen Jahren ist sie bereit, wieder mit dem Mann vereint zu sein, den sie ihr ganzes Leben geliebt hat. Mit Arthur, der vor so langer Zeit starb und ihr versprach, inmitten der Sterne auf sie zu warten. Doch zunächst muss sie ihre Enkelin Holly davor bewahren, ihr Leben wegzuwerfen. Holly hat sich von ihrem Verlobten getrennt, nachdem sie mit einer schrecklichen Nachricht konfrontiert wurde. Und so erzählt Annie Holly ihre Geschichte. Denn manchmal spielt es keine Rolle, wie lange wir die Menschen, die wir lieben, um uns haben durften, sondern dass wir sie überhaupt lieben durften.

Autorin

Brooke Harris hat Psychologie studiert und liebt es, in die unterschiedlichsten Gefühlswelten einzutauchen. Ihre im Selbstverlag erschienenen Thriller waren internationale Bestseller. »Das Versprechen der Sterne« ist ihr erster Frauenroman. Sie lebt mit ihrem Mann und fünf Kindern in Kildare, Irland.

Brooke Harris

Das Versprechen der Sterne

Roman

Aus dem Englischen
von Sina Hoffmann

GOLDMANN

Die englische Originalausgabe erschien 2019 unter dem Titel
»When You're Gone« bei Bookouture.

Dieses Buch ist auch als E-Book erhältlich.

MIX
Papier aus verantwortungsvollen Quellen
FSC® C014496

Verlagsgruppe Random House FSC® N001967

1. Auflage
Deutsche Erstveröffentlichung Februar 2020

Neumarkter Str. 28, 81673 München
Umschlaggestaltung: UNO Werbeagentur, München
Umschlagmotiv: FinePic®, München
Redaktion: Lisa Caroline Wolf
MR · Herstellung: kw
Satz: GGP Media GmbH, Pößneck
Druck und Bindung: GGP Media GmbH, Pößneck
Printed in Germany
ISBN: 978-3-442-48951-0
www.goldmann-verlag.de

Besuchen Sie den Goldmann Verlag im Netz

Für Mam und Dad,
die mir als bestes Beispiel vorgelebt haben, wie man liebt.

»Wenn es regnet, halte Ausschau nach einem Regenbogen.
Wenn es dunkel ist, nach den Sternen.«
Anonym

1.

Holly

Als der Anruf kommt, bin ich nicht besonders überrascht. Schon seit einiger Zeit habe ich damit gerechnet, und dennoch stockt mir der Atem, als ich an das Handy gehe und meinen Bruder leise flüstern höre: »Es ist so weit.«

Meine Arbeit lasse ich stehen und liegen und mache nur eben Halt, um eine kurze Erklärung auf ein gelbes Post-it zu kritzeln; das klebe ich mitten auf Nates Laptopbildschirm, damit er es nach seinem Meeting auch gleich sieht. Ich habe keine Ahnung, wie lange ich weg sein werde, und ich will es auch gar nicht wissen. Nicht einmal mehr zu meinem Apartment fahre ich, um mir ein paar Sachen einzupacken. Alles, was ich brauche, kann ich mir auch kaufen, wenn ich angekommen bin. Ich muss einfach dort sein, bevor es zu spät ist.

Der Motor macht seltsame Geräusche, als ich das Gaspedal durchtrete. Meine alte Rostlaube ist es nicht gewohnt, so schnell zu fahren. Die Türen klappern, und das Lenkrad vibriert in meinen Händen, um mich davon zu überzeugen, doch langsamer zu werden. Doch ich zwinge meinen Fuß, noch fester auf das Gaspedal zu treten, und schlängele mich durch den Verkehr auf der Autobahn, während ich leise alle langsamen Fahrer verfluche.

Die vertraute zweieinhalbstündige Fahrt von Dublin nach Galway kommt mir unendlich lang vor. Jede Minute, die ich noch nicht bei meiner Familie bin, reißt mir kleine Stücke aus dem Herzen. Ein orangefarbenes Warnlicht leuchtet auf dem Armaturenbrett auf; ich verdrehe die Augen, weil bei meinem kleinen Auto eine Inspektion mehr als überfällig ist, doch dafür habe ich im Augenblick einfach keine Zeit. Eigentlich hatte mir Nate letzten Monat versprochen, den Wagen für mich in die Werkstatt zu bringen, doch das war, bevor unsere Welt zusammengebrochen ist. Bevor ich meinen Verlobten von mir gestoßen habe wegen etwas, das gar nicht sein Fehler ist. Da war eine Autowerkstatt nun wirklich das Letzte, worüber ich mir den Kopf zerbrochen habe. Meine Finger klammern sich fester um das Lenkrad, und ich flehe mein Auto inständig an, noch bis Galway durchzuhalten. *Warte auf mich, Nana. Bitte warte auf mich!*

Der Verkehr hat ein Nachsehen mit mir, sodass mir schon nach gut zwei Stunden das vertraute Knirschen der kleinen Kieselsteine unter den Autoreifen einen Schauer über den Rücken jagt. Als Kind habe ich dieses Geräusch geliebt. Denn es bedeutete, dass wir die lange, kurvenreiche Auffahrt erreicht hatten, die zum Bauernhaus meiner Großmutter in Athenry im County Galway hinaufführt. Die Anreise von unserem Zuhause vor den Toren Dublins ist immer ermüdend gewesen. Ben und ich stritten die meiste Zeit auf dem Rücksitz miteinander und stellten die Geduld meiner Mutter gewaltig auf die Probe. Sie warnte uns immer wieder, dass sie auf der Stelle kehrtmachen und das Wochenende bei Nana streichen würde, wenn wir uns nicht benehmen. Uns war klar, dass sie nur bluffte; dennoch beendeten wir dann unsere Streitereien.

Das Haus meiner Großmutter verband ich immer mit aufregenden Geschichten, selbstgebackenen Kuchen und Lutschbonbons. Als kleines Mädchen war es für mich der schönste Ort der Welt, doch mittlerweile hat sich dort einiges verändert. Viele Jahre sind vergangen. Ben ist letzten Monat dreißig geworden, und ich bin fast neunundzwanzig. Wir haben viel zu tun, sodass wir längst nicht mehr so oft herkommen, wie wir es uns eigentlich wünschen würden. Ich versuche, wenigstens einen Übernachtungsbesuch pro Monat einzuplanen, doch es scheint immer schwieriger zu werden, sich diese Zeit freizuschaufeln. Ben ist stocksauer, wenn ich ihn damit nerve, doch bitte hinzufahren, weil ich es selbst nicht schaffe. Kaum zu glauben, dass wir einmal die naiven kleinen Kinder waren, die den alten Kasten fast genauso geliebt haben wie die alte Dame. Die Zeit hat uns alle verändert; genau davor hat meine Großmutter mich damals schon immer gewarnt.

»Zeit kannst du nicht aufsparen, Holly. Also nutze sie weise«, hat sie immer gesagt und mit dem Finger zu den Sternen am Himmel hinaufgezeigt. Dabei habe ich mich oft gefragt, ob sie wohl zu etwas oder jemandem da oben sprach.

»Eines Tages wirst du erwachsen sein«, hat sie immer gesagt. »Dann bist du zu groß, um auf meinem Schoß zu sitzen und dir meine Geschichten anzuhören.«

»Ich kann es gar nicht abwarten, groß zu sein«, antwortete ich dann immer ganz aufgeregt.

Als ich sieben war, habe ich das auch wirklich so gemeint.

Ich stellte es mir großartig vor, erwachsen zu sein. Und manchmal ist es das auch. Nur eben in letzter Zeit nicht mehr. Ich wünschte, Nana hätte mich davor gewarnt, wie schwer man es als Erwachsene manchmal hat. Ich hätte mir ihren Rat gern zu Herzen genommen. Denn ihre Ratschläge habe ich immer befolgt, und das tue ich auch heute noch.

Als ich mit Schwung die letzte Kurve der Auffahrt nehme und mich der Vorderseite des Hauses nähere, steuere ich den vertrauten, großen Apfelbaum auf dem Rasen im Vorgarten an und beschließe, daneben zu parken. Ich lächele, als ich daran denke, wie sehr Nana diesen starken, alten Baum mit seiner knorrigen Rinde und den ausladenden Ästen und Zweigen liebt. Und ich erinnere mich noch gut an den Nachmittag im Sommer, als ich vom höchsten Ast gefallen bin und mir den linken Arm gebrochen habe. Ich war damals neun, fast zehn Jahre alt. Ich habe so laut geschrien, dass ich danach stundenlang keine Stimme mehr hatte. Nana hat mir zwei Pfund geschenkt und mir versprochen, mit mir zum Laden im Ort hinunterzugehen, um Süßigkeiten zu kaufen, wenn ich wieder aus dem Krankenhaus zurück sei. Ich weiß nicht mehr, ob wir an diesem Nachmittag tatsächlich noch Süßigkeiten gekauft haben, aber ich erinnere mich noch sehr gut an Nanas Arme, die mich umschlungen hielten, während sie mir sagte, dass ich das tapferste Mädchen in ganz Irland sei. Ich wünschte, ich könnte jetzt so tapfer sein wie damals.

Heute erkenne ich Nanas großes Bauernhaus kaum wieder. Aber wenn ich ehrlich bin, erkenne ich mich selbst in letzter Zeit nicht mal wieder. Alles verändert sich so plötzlich, dass es mir Angst macht. Während der letzten Monate hat der Gestank von Desinfektionsmitteln im Bauernhaus meiner

Großmutter den Duft von Frischgebackenem abgelöst. Was wir jetzt zu hören bekommen, sind keine Geschichten mehr, die aus Büchern vorgelesen werden, die über und über mit Eselsohren versehen sind; es sind vielmehr ellenlange Erklärungen, die mit medizinischem Fachjargon gespickt sind und aus Krankenhausberichten stammen.

Noch während ich auf die Bremse trete und mein Auto danach unter den müden Zweigen des alten Apfelbaums abstelle, reißt mein Bruder schon die Haustür auf. Ich schlucke ein wenig Magensäure hinunter, die mir die gesamte Fahrt über immer wieder hochgekommen ist, und atme erleichtert auf. Schnell schnappe ich mir meine Handtasche vom Beifahrersitz und bin fast schon aus dem Auto gesprungen, bevor es endgültig zum Stehen gekommen ist. Ich vergesse völlig, mir wieder meine Schuhe anzuziehen, und rutsche stattdessen mit den Schlappen, die ich beim Autofahren immer trage, über den losen Kies. Ich kann gar nicht schnell genug hin zu all den Erinnerungen, die mir am Herzen liegen, obwohl ich auf eine Zukunft zusteuere, die mir Angst macht.

»Habe ich es noch rechtzeitig geschafft?«, schreie ich.

Meine Stimme hallt durch den großen offenen Garten und schallt mir wie ein Schlag ins Gesicht zurück. Dann herrscht Stille. Kein Windhauch raschelt in den Blättern des Baums. Kein einziger Vogel zwitschert in seinem Nest. Mir kommt es vor, als würde die Natur die Luft anhalten und auf die Antwort meines Bruders warten. Ben ruft jedoch nichts zurück. O Gott!

»Bin ich noch rechtzeitig gekommen?«, schreie ich noch lauter, während ich mich der Haustür nähere und in Bens Miene nach Hinweisen suche.

Ben nickt, und erst da wird mir klar, dass ich die Luft angehalten habe.

Erst als ich die klapprige Eingangsstufe erreiche, bremse ich ab. Mir fällt ein, wie sehr sie jedes Mal wackelt, wenn man drauftritt. Jahrelang bin ich unbeholfen darübergeklettert, weil ich nicht diejenige sein wollte, unter der die Stufe nachgibt. Doch heute bleibe ich mitten darauf stehen, und es ist, als ob die alte Betonplatte Mitleid empfindet – sie bewegt sich kein Stück unter meinem Gewicht.

Bens Augen sind ganz verquollen und blutunterlaufen. Er hat ganz offensichtlich geweint. Am liebsten würde ich ihn fest drücken, doch ich habe Angst, dass ich zusammenbreche und in tausend Stücke zerfalle, wenn ich ihn berühre. Mir schnürt es die Kehle zu, und plötzlich wird mir bewusst, wie sehr mir das Herz in der Brust klopft.

»Du hast es rechtzeitig geschafft«, erwidert Ben. Sein steifer Oberkörper gibt nach, und die Mundwinkel heben sich zu einem matten Lächeln. »Du hast es geschafft.«

Erleichtert schlage ich mir die Hand auf die Brust und muss husten. »Gott sei Dank.«

»Komm rein. Nana ist in ihrem Schlafzimmer.« Ben nickt in Richtung der ausladenden Treppe hinter ihm. »Die Krankenschwester ist bei ihr, Mam auch.«

Ben tritt beiseite und macht Platz, damit ich an ihm vorbeigehen kann, doch ich rühre mich nicht von der Stelle. Alle Haare im Nacken stehen mir zu Berge, und mein Rücken buckelt wie der einer aufgeschreckten Katze. Ich glaube, ich habe zu viel Angst davor hineinzugehen. Mit einem Mal komme ich mir wieder wie ein kleines Kind vor. Plötzlich brauche ich jemanden, der mir versichert, dass alles gut wird.

Doch ich ahne, wie die Geschichte enden wird. Die Erwachsene in mir weiß, dass es dieses Mal kein Happy End gibt. *Vielleicht wird es gar nicht passieren, wenn ich nicht hineingehe*, rede ich mir ein. Ich bleibe einfach hier auf der Veranda stehen, und Nana wird wieder gesund. *Sie wird wieder gesund.*

»Holly, jetzt komm rein. Draußen ist es eiskalt!«, fordert mich Ben auf. Seine Hand schließt sich um meinen Ellbogen und schiebt mich ins Innere des Hauses, bevor er die schwere Eingangstür hinter uns schließt.

Ich lasse meine Handtasche auf den ausgeblichenen Korbstuhl fallen, der drinnen direkt neben der Tür steht. Dann bemerke ich, dass mein Vater auf der untersten Stufe hockt und in einen Kaffeebecher starrt. Ich lege meine Hand auf seine Schulter und drücke sie sanft. Er schaut auf und lächelt, doch weder sagt er einen Ton, noch steht er auf. Ich verstehe. Ganz langsam atme ich aus, nicke und haste dann an ihm vorbei.

»Kommst du mit, Ben?«, frage ich, bleibe auf halbem Weg die Treppe hinauf stehen und drehe mich zu ihm um.

Ben schüttelt den Kopf. »Geh nur ruhig. Lass dir Zeit mit ihr. Sie hat nach dir gefragt. Ich komme gleich nach.«

Sie hat nach mir gefragt? Tief in meiner Magengrube meldet sich das schlechte Gewissen. Ich hätte viel früher herkommen müssen. Im Büro war in letzter Zeit die Hölle los, seit man Nate zum Abteilungsleiter befördert hat, wenige Tage vor unserer Trennung, doch das ist keine Entschuldigung. Ich hätte mir die Zeit nehmen müssen, um meine sterbende Großmutter zu besuchen. Den Rest der Treppe laufe ich hinauf, indem ich immer zwei Stufen auf einmal nehme.

Nanas Schlafzimmertür ist einen Spaltbreit geöffnet, aus

dem Inneren ertönt Musik. Zwar ganz leise nur, und es klingt eher wie ein Summen im Hintergrund, doch hier ist alles so still, dass ich die Musik bereits vom Treppenabsatz aus hören kann. Es ist dieser Opernkram, den Ben und ich als Kinder so gehasst haben. Nur Violinen und Cellos. Das Stück stammt aus *Carmen* – Nanas Lieblingsoper. Wie schön es ist, fällt mir erst jetzt auf.

Mit zitternder Hand greife ich nach Nanas Schlafzimmertür und öffne sie gerade so viel weiter, dass ich durch den Spalt passe. Die Vorhänge sind zugezogen, doch vier oder fünf kleine Kerzen, die wahllos auf Großmutters Frisierkommode bei dem Fenster stehen, verströmen ein zartes Licht. Ich blinzele, und innerhalb eines kurzen Moments haben sich meine Augen an die Dunkelheit gewöhnt. Rote, vielleicht auch rosafarbene Rosen stehen in einer Keramikvase auf dem Nachttisch. Mir brennen die Augen, als ich sie, ohne auch nur einmal zu blinzeln, anstarre. Denn mir ist klar, dass ich jetzt gleich meine Großmutter im Bett liegen sehen werde, wenn mein Blick auch nur einen Hauch zur Seite wandert. Stattdessen konzentriere ich mich jedoch auf den Rücken meiner Mutter, die gebeugt am Bettrand auf der Matratze sitzt. Sie hält Nanas Hand, lässt diese jedoch los und steht auf, als sie mich bemerkt. Sie stürzt auf mich zu und umarmt mich so fest, dass sie mich fast erdrückt.

»Sie hat keine Schmerzen, Liebes«, erklärt Mam, als könnte sie meine Gedanken lesen und wüsste, was ich fragen würde, wenn ich nur ein Wort herausbringen könnte.

Ich nicke. Ich würde gern sagen, wie sehr es mich freut, dass Nana nicht leiden muss, aber ich schaffe es einfach nicht. Mam löst ihre Arme von mir und bittet mich, Platz zu nehmen. Ich weiß nicht, was ich tun soll. Es gibt nur einen Stuhl neben dem Bett, und den verdient meine Mutter.

Ich weiche einen Schritt zurück, woraufhin ich mit den Schultern an die Wand hinter mir stoße. Die Kühle der Tapete scheint meinen zitternden Körper zu beruhigen; ich atme ein paar Mal tief ein, während ich mit steifem Rücken unbeholfen dastehe.

»Du musst keine Angst haben, Holly«, flüstert Mam. »Das würde sie nicht wollen.«

Ich runzele die Stirn. »Ich habe keine Angst.«

Eine glatte Lüge, und meine Mutter weiß das genau. Ich bin vor Angst sogar wie erstarrt, und mir entgeht nicht, wie die gleiche Angst bleischwer auf Mams Körper lastet.

Im Badezimmer nebenan wird plötzlich gespült, was mich erschreckt und tatsächlich zusammenzucken lässt.

»Das ist die Krankenschwester«, erklärt Mam schnell. »Sie ist großartig, Holly. Du wirst sie mögen. Sie ist seit ein paar Tagen bei Nana.«

Ich lächele schwach.

»Du siehst müde aus, Holly. Hast du schon was gegessen?«, erkundigt sich Mam.

Ich nicke. Meine zweite Lüge in weniger als einer Minute.

Meine Mutter schluckt schwer, und ich kann tatsächlich sehen, wie sich die Luft ihren Hals hinunterbewegt. *Wie lange hat sie hier wohl schon gesessen*, frage ich mich. *Stunden?* Wohl eher Tage. Sie muss erschöpft sein. Und sie sieht deutlich älter aus, fast so alt wie Nana.

»Weißt du was, Mam?«, erwidere ich und habe Mühe, meine Stimme unter Kontrolle zu halten. »Eigentlich habe ich ziemlich großen Hunger …«

Meine Mutter richtet sich auf und reibt sich die Hände. »Natürlich hast du das«, nickt sie. »Ich geh schnell runter und mache dir was. Ich glaube, im Kühlschrank sind noch Reste von heute Mittag. Wenn nicht, dann laufe ich kurz zum Laden rüber. Ich bin gleich wieder da.«

»Das klingt super«, lächele ich. »Vielen Dank.«

Ich habe überhaupt keinen Hunger. Eben habe ich schon versucht, an einem Apfel zu knabbern, doch davon ist mir übel geworden. Aber meine Mutter ist erschöpft und braucht eine Pause davon, am Bett meiner Großmutter zu wachen. Da ist es das Mindeste, dass ich mir ein Sandwich runterwürge, wenn es ihr hilft und für eine kurze Ablenkung sorgt.

»Du bleibst bei ihr, nicht wahr?«, fragt Mam und dreht sich noch einmal zu mir um, als sie an der Schlafzimmertür angekommen ist.

»Natürlich. Ich gehe nirgendwohin.«

2.

Holly

»Sie können sich ruhig hinsetzen.«

Ich wirbele herum und bemühe mich, nicht allzu entgeistert auszusehen, als eine fremde Frau mittleren Alters das Zimmer betritt. Die Krankenschwester, wird mir klar. Ich bin einigermaßen verwundert, dass sie normale Kleidung trägt und nicht etwa einen Schwesternkittel, wie ich es erwartet habe.

»Annie, bist du wach?«, fragt die Schwester laut und langsam, als sie sich über Nanas Bett beugt. »Du hast Besuch.«

Die Krankenschwester schaut mich an, und es dauert länger, als es eigentlich sollte, bis bei mir der Groschen fällt. Sie wartet darauf, dass ich mich vorstelle.

»Ich bin Holly«, flüstere ich.

»Ah, Holly.« Sie strahlt, als sei ihr der Name bekannt. »Schön, Sie endlich kennenzulernen. Ich bin Marcy.« Sie streckt den Arm aus, und wir schütteln einander die Hände.

Es fühlt sich seltsam an, über das Bett meiner Großmutter hinweg Höflichkeiten auszutauschen. Aber heute fühlt sich einfach alles irgendwie komisch an.

»Annie hat mir eine Menge über ihre Enkelin erzählt. Sie beide stehen einander sehr nahe, nicht wahr?«

Marcys große Kulleraugen glänzen, wenn sie von Nana spricht, als seien die beiden in den letzten Tagen beste Freundinnen geworden, was mich sehr freut. Marcy ist ziemlich klein – knapp ein Meter fünfzig, schätze ich – und hat deutliches Übergewicht. Ihr Lächeln ist warmherzig, und ihre Stimme besitzt einen beruhigenden Klang. Ich glaube, ich mag Marcy. Jede Wette, dass Nana sie auch mag.

»Ja, das tun wir.« Ich schlucke mühsam und bringe es endlich übers Herz, meine Großmutter anzuschauen. »Wir sind uns immer schon sehr nahe gewesen. Nana hat mich nach Strich und Faden verwöhnt, als ich noch klein war.«

Meine Großmutter ist blass, doch damit habe ich gerechnet. Allerdings überrascht es mich, dass sie so dünn geworden ist. Ihre Haut klebt an den Knochen, als sei nichts mehr dazwischen. Doch sie lächelt matt, während ihre Hände bequem seitlich neben ihr ruhen. Die Nägel sind hellrosa lackiert und so schön und gepflegt manikürt wie eh und je. *Eine elegante Dame bis zum letzten Atemzug*, denke ich und platze fast vor Stolz.

»Entschuldigen Sie mich bitte«, sagt Marcy, als sie an mir vorbeistreift und sich zwischen dem leeren Stuhl und der Bettseite hindurchschlängelt. Sie streicht meiner Großmutter über das graue Haar und schiebt es ihr mit der Hand aus der Stirn. Dann beugt sie sich hinunter und flüstert Nana etwas ins Ohr, woraufhin Nanas mattes Lächeln ein wenig breiter wird.

Marcy dreht sich langsam um und nickt. »Sie weiß, dass Sie hier sind.«

Ich warte und beobachte Nana, doch sie rührt sich nicht. Mir kommen die Tränen, obwohl ich schon so viel im Auto geweint habe, dass ich eigentlich angenommen habe, dass meine Tränendrüsen jetzt ausgetrocknet sein müssten. Was sie aber offensichtlich nicht sind.

»Ich lasse euch beiden mal ein wenig Zeit«, erklärt Marcy.

Ich mache große Augen und erstarre.

»Keine Sorge«, beruhigt mich Marcy, da sie offensichtlich meine Angst spürt. »Annie hat alle Medikamente genommen, die sie braucht. Im Augenblick ist sie einfach nur müde. Sprechen Sie mit ihr. Seien Sie bei ihr. Nutzen Sie die Zeit, um weitere Erinnerungen zu schaffen.«

»Okay.« Wieder muss ich schwer schlucken und fühle mich unsicher.

»Ich bin unten in der Küche, wenn Sie mich brauchen«, fügt Marcy hinzu, während sie Tabletten und andere medizinische Sachen aus dem Zimmer aufsammelt.

Dann ist sie fort, sodass es nur noch Nana und mich gibt. Ich brauche eine Weile, bis ich es endlich auf den Stuhl neben ihrem Bett schaffe. Zwei ganze Lieder hat Nanas *Carmen*-CD in dieser Zeit abgespielt. Als ich mich endlich setze und die Hand meiner Großmutter nehme, schlingen sich ihre Finger um meine Handfläche. Und ich bin mir nicht ganz sicher, aber es fühlt sich fast an, als drücke sie meine Hand.

Ich neige den Kopf und schweige, während mir die Tränen wie Sommerregen auf die Knie meiner dunkelblauen Hose tropfen.

»Ich habe dich lieb, Nana«, flüstere ich. »Ganz doll.«

Dieses Mal bin ich absolut sicher, dass Nana mir die Hand gedrückt hat. Ich ziehe die Nase hoch und reiße mich zusammen. Das Letzte, was Nana jetzt noch braucht, ist ein zitterndes Häufchen Elend, das sich an ihrem Bett die Augen ausheult.

Nachdem ich einmal angefangen habe, mit ihr zu reden, kann ich gar nicht mehr aufhören. Zuerst stottere ich nur zusammenhangloses Zeug, doch es dauert nicht lange, bis alte Erinnerungen geweckt werden und mir die Worte mühelos über die Lippen sprudeln. Ich erzähle Nana, wie sehr sie Ben und mich über die Jahre hinweg verwöhnt hat. Andauernd hat sie uns vor dem Abendessen Süßigkeiten zugesteckt – was meine Mutter unglaublich geärgert hat. Ich erinnere mich noch gut an die trägen Sommertage, an denen sie mit uns im See hinterm Haus schwimmen gegangen ist. Ich arbeite mich langsam durch unsere Jugendzeit, als Ben und ich launisch waren und noch dachten, wir hätten die ewige Jugend für uns gepachtet. Wir sind regelmäßig ausgerastet, wenn unsere Eltern uns von unseren Freunden weggezerrt haben, um übers Wochenende nach Galway zu fahren. Und dann sind da noch meine neuesten Probleme. Es fällt schwer, darüber zu sprechen.

»Mein Liebesleben ist völlig im Eimer, Nana«, gebe ich zu. Die Worte schmecken bitter. »Ich weiß, wie sehr du Nate magst, aber er ist nicht der Mann, für den du ihn hältst. Und er ist auch nicht der Mann, für den *ich* ihn gehalten habe.« Ich seufze schwer; Trauer und Bedauern nagen an meiner Seele. »Vor kurzem hat er sein wahres Ich gezeigt, und er ist wirklich ein riesengroßer Mistkerl. Glaub mir! Das allererste Problem, und schon fährt er mit seinen Brüdern für eine Woche nach Ibiza. Ist das zu fassen? Er macht sich einfach aus dem Staub und ruft mich dann sturzbetrunken um vier Uhr morgens an, um sich zu entschuldigen. Aber dafür ist es zu spät. Was passiert ist, ist passiert. Und es führt kein Weg mehr zurück. Dabei hatte ich wirklich gedacht, ich hätte den Richtigen gefunden, Nana.« Ich habe Mühe, die Tränen zurückzuhalten. »Das habe ich wirklich. Und obwohl alles das totale Chaos ist, ist das Schlimmste an der ganzen Sache, dass ich ihn wirklich vermisse. Ich vermisse ihn sogar sehr.« Ich fahre mir mit der Hand durchs Gesicht und zupfe und ziehe an meiner Haut, bis sie wehtut. »Vielleicht wird mir die wahre Liebe nie begegnen.«

Nana klammert ihre Finger fester um meine Hand, und instinktiv beuge ich mich näher zu ihr hinunter. Es dauert einen Moment, doch schließlich öffnet Nana den Mund und schiebt die Zunge über ihre ausgetrockneten Lippen. Ich warte. Sie will etwas sagen. Vor Aufregung ist mir fast schlecht, und das Blut schießt mir so heftig durch die Adern, dass ich meinen eigenen Puls in den Ohren rauschen höre.

»Die wahre Liebe …« Nana hustet und öffnet die Augen. »Du kannst sie nicht finden, Holly. Sie findet dich. Und dann lässt sie dich nicht mehr los. Niemals.«

Ich will ihr gerade antworten, wie sehr ich hoffe, dass das stimmt, bekomme dazu aber nicht die Gelegenheit. Nana hustet wie verrückt und bekommt keine Luft mehr. Allein die wenigen Worte haben sie zu sehr angestrengt.

»Schon gut, Nana«, flüstere ich, als ich mich über sie beuge und ihr sanft über die Brust reibe. »Alles wird gut.«

Nichts wird mehr gut. Ich bin kurz davor durchzudrehen. Ich will ihr dabei helfen, sich aufzusetzen, damit sie abhusten und wieder Luft bekommen kann, aber ich habe Angst, sie zu bewegen, damit ich ihre zerbrechlichen Knochen nicht verletze.

»Versuch, ruhig zu bleiben, Nana. Keine Panik«, sage ich zu ihr, ziehe meine Hand zurück und stürze zur Schlafzimmertür hinaus.

Keine Panik? Ich verdrehe die Augen – ich bin so eine Heuchlerin!

Ich bleibe an der obersten Treppenstufe stehen und starre über das Geländer. Im Flur ist niemand. Aus der Küche höre ich jedoch Stimmen, Teetassen klappern. Leider kann ich nicht rufen, da ich sonst meine Großmutter erschrecken würde, aber ich brauche dringend die Krankenschwester. Innerlich zerrissen laufe ich die ersten Stufen hinunter. Einerseits will ich Nana nicht allein lassen, andererseits brauche ich Hilfe. Auf halbem Wege halte ich inne und keuche vor Erleichterung, als Ben in der Küchentür erscheint. Er schaut zu mir rauf, und ich muss gar nichts mehr sagen. Er hastet durch die Tür zurück, und innerhalb von Sekunden ist Marcy da, die an mir vorbei die Treppe hinaufeilt.

Wenige Minuten später kommt Ben mich holen. Mir war überhaupt nicht bewusst, dass ich wie erstarrt auf der Treppe stehen geblieben bin, bis ich schließlich die Hand meines Bruders auf der Schulter spüre.

»Komm mit. Wir besorgen dir erst mal einen Kaffee, Holly. Mam hat dir etwas zu essen zubereitet. Ich wollte dich eben rufen.«

Mir schlottern die Knie, als ich die Treppe hinuntergehen will. Ben hält mir seinen Ellbogen hin, in den ich mich dankbar einhake und ihn den Großteil meines Gewichts tragen lasse.

»Passiert das gerade wirklich?«, murmele ich. »Wird Nana uns für immer verlassen?«

»Ja, Holly. Ich glaube schon.«

3.

Holly

Zusammen mit meiner Familie sitze ich um den Küchentisch herum und trinke schweigend Kaffee, den ich eigentlich gar nicht will. Ich starre aus dem Fenster, nehme den Garten draußen aber gar nicht richtig wahr; viel zu sehr bin ich damit beschäftigt, alte Erinnerungen vor meinem geistigen Auge aufleben zu lassen. Ich konzentriere mich auf meinen letzten Besuch vor Nanas Diagnose hier in ihrem Bauernhaus. Ich glaube, es war im Spätsommer. Nate und ich waren auf dem Weg ins County Mayo, um das Wochenende am Meer zu verbringen; unterwegs dahin sind wir kurz vorbeigekommen, um uns mit Nana zu unterhalten. Wie immer hatte Nana Tee und Scones für uns vorbereitet, und wir drei saßen genau an diesem Tisch, und Nana erzählte uns ein paar ihrer Geschichten von früher. Das alles hatte ich schon dutzende Male zuvor gehört, doch jetzt bereue ich es sehr, nicht richtig bei der Sache gewesen zu sein, da ich so schnell wie möglich weiter und ans Meer kommen wollte. Nate dagegen hat aufmerksam zugehört und viele Fragen über die Vergangenheit gestellt. Damals habe ich gedacht, dass er sie bei Laune halten wollte, doch rückblickend bin ich inzwischen überzeugt, dass er nur sehr wissbegierig war und von ihrem Leben aus einer Zeit erfahren wollte, als es noch keine Handys oder E-Mails gab.

Ein sanftes Klopfen an der Küchentür holt mich ins Hier und Jetzt zurück. Mit einem Quietschen öffnet sich die Tür, und Marcys Kopf taucht im Türspalt auf.

»Marcy«, sagt meine Mutter und steht auf, als die Tür geöffnet wird.

»Kaffee?«, fragt Ben, der zwischen Tisch und Küchenwand eingequetscht ist, und unternimmt einen Versuch, von seinem Platz aufzustehen.

Marcy schüttelt sanft den Kopf. »Nein, vielen Dank, Ben. Ich hatte heute schon so viel davon.«

Ben lässt sich wieder auf seinen Stuhl fallen und starrt weiter in seinen Becher mit kaltem Kaffee, den er nicht getrunken hat.

Marcy und meine Mutter stehen eine Zeit lang schweigend da und tauschen Blicke aus, als würde Marcy meiner Mutter wortlos etwas mitteilen. Ich wünschte, ich würde es verstehen. Ich wünschte, Marcy würde etwas sagen. Und ich wünschte mir, Mam würde sich wieder hinsetzen; sie sieht aus, als würde sie gleich zusammenbrechen. Ich ertappe mich dabei, wie ich auf die Stuhlkante vorrücke, um sie, nur für den Fall, auffangen zu können.

Marcy und meine Mutter müssten etwa im gleichen Alter sein. Beide bevorzugen einen unkomplizierten Kleidungsstil und haben graue Haarsträhnen – auch wenn meine Mutter deutlich mehr davon hat. Doch während Marcy klein und korpulent ist, ist meine Mutter schlank und groß, ja sogar größer als viele Männer, die ich kenne.

Wahrscheinlich dauert es nur wenige Sekunden, bevor

Marcy das Wort ergreift, doch die Warterei kommt mir wie eine Ewigkeit vor.

»Annie hat sich wieder beruhigt«, erklärt Marcy. »Das Morphin wirkt jetzt.«

»Wie lange hat sie noch?«, platzt es plötzlich aus mir heraus.

Mam starrt mich missbilligend an. Mein Vater ruft meinen Namen so, wie er es früher immer gemacht hat, als ich noch ein Kind war und er mich wegen irgendeiner Ungezogenheit ausgeschimpft hat.

»Es tut mir leid.« Ich schlucke und entschuldige mich, um die Gefühle meiner Eltern zu schonen, doch innerlich brenne ich darauf, eine Antwort zu bekommen.

»Das muss es nicht«, entgegnet Marcy. »Sie wären überrascht, wie oft ich diese Frage zu hören bekomme. Ich wünschte nur, ich könnte Ihnen darauf eine Antwort geben, Holly, aber so leid es mir tut, die gibt es nicht. Jeder Mensch ist anders. Außerdem ist Ihre Großmutter eine Kämpferin, so viel steht fest.«

»Aber viel Zeit bleibt uns nicht mehr, oder?«, hake ich nach.

»Holly! Schluss damit!«, protestiert Dad. »Nicht vor deiner Mutter!«

»Lass sie, George«, unterbricht Mam ihn. »Sie hat ja Recht mit ihrer Frage. Vielleicht wäre es tatsächlich besser, es zu wissen. Zumindest können wir dann Vorkehrungen treffen.«

Jetzt kneife ich die Augen zusammen und starre meine Mutter finster an. Mir ist klar, dass sie die Beerdigung meint. Du meine Güte! *Wir führen doch wohl nicht ernsthaft diese Unterhaltung, oder?*

»Ich werde mich schon darum kümmern, Mam. Mach dir darum keine Sorgen«, erklärt Ben und schaut auf.

Normalerweise ist bei unseren Gesprächen genau das der Punkt, an dem ich dann einen Witz reißen und meinen Bruder einen Arschkriecher nennen würde, weil er mal wieder versucht, der Beliebtere von uns beiden zu sein. Aber nicht heute. Heute ist nichts lustig.

Ich sage kein Wort mehr. Marcy hat mir die Antwort, die ich mir erhofft habe, leider nicht gegeben. Die Antwort nämlich, dass all das hier ein großer Irrtum ist, dass Nana nur eine simple Grippe hat und es ihr in ein paar Tagen wieder besser geht. Ich habe keine Lust, über irgendetwas anderes zu reden.

»Entschuldigt mich«, sage ich und schiebe meinen Stuhl zurück.

Die Stuhlbeine quietschen, als sie sich weigern, über die Marmorfliesen zu gleiten. Alle Augen ruhen auf mir, als ich aufstehe. *Was zum Teufel …?* Ich verlasse die Küche durch die Gartentür, ohne mich noch einmal umzuschauen.

Instinktiv steuere ich den alten Hühnerstall am Ende des Gartens an. Hier riecht es seltsam. Seit mehr als zwanzig Jahren schon hat Nana hier drinnen keine Hühner mehr gehalten, doch ich könnte schwören, immer noch den Geruch von Hafermehl und flauschigen gelben Federn frisch geschlüpfter Küken in der Nase zu haben. Ich presse mir die Hand auf die Brust und hole erst einmal tief Luft, die jedoch so eiskalt ist, dass ich husten muss. Es kann nicht später als achtzehn Uhr sein, gefühlt ist es jedoch schon mitten in der Nacht. Wie sehr ich den Januar hasse! Hier hinten im Garten ist es schon dunkel, und ich bin zu weit vom Haus entfernt, damit das Licht, das aus dem Küchenfenster strahlt, bis hierher reicht.

Ich erinnere mich noch gut daran, wie Ben und ich uns hier draußen versteckt haben, lange nachdem wir eigentlich ins Bett hätten gehen sollen, und zufrieden waren, dass uns hier im Dunkeln niemand finden würde. Jetzt ist jedoch alles anders. In den letzten Wochen hätte ich mich liebend gern wieder so versteckt. Doch nun habe ich Probleme, denen man nicht so einfach entkommen kann.

Ich zerre das Handy aus der Hosentasche und nutze die Taschenlampenfunktion, um zu sehen, was sich um mich herum befindet. Dabei fallen mir erst unzählige verpasste Anrufe sowie Textnachrichten von Nate auf, doch ich ignoriere sie. Wahrscheinlich will er nur mit mir debattieren, warum ich einfach aus dem Büro gestürzt bin, obwohl ich morgen eigentlich eine wichtige Präsentation für einen internationalen Kunden vor mir habe. In letzter Zeit reden wir kaum noch miteinander, und wenn, dann nur über Berufliches. Zuerst dachte ich, es wäre besser so, doch mittlerweile fällt es mir immer schwerer, so zu tun, als seien wir nur Arbeitskollegen. Ich vermisse den Mann, den ich einmal für meinen Seelenverwandten gehalten habe.

Als ich auf einen leeren Metalleimer stoße, drehe ich ihn um und setze mich darauf. Es ist eiskalt und fast schon lächerlich unbequem, aber ich stehe nicht wieder auf. Stattdessen verschränke ich die Arme vor der Brust, um mich zu wärmen, und krümme mich so zusammen, dass ich fast zu einer Kugel zusammengekauert bin. Dicke salzige Tränen kullern mir über die Wangen, während mein Körper ächzt und stöhnt. Es tut gut, alles rauszulassen. Zugleich fühlt es sich aber so unglaublich schlimm und schmerzhaft an, dass ich nicht weiß, ob ich dem gewachsen bin. *O Nana.*

»Da sind Sie ja!«, ertönt plötzlich eine Stimme.

Ich zucke zusammen und richte mich unwillkürlich auf.

»Ihre Mutter hat mir gesagt, dass Sie bestimmt hier draußen sind«, erklärt Marcy.

»Ich musste mal kurz alleine sein.«

»Das verstehe ich. So eine Situation ist alles andere als leicht. Aber hier draußen ist es bitterkalt, und Sie haben keinen Mantel an«, fährt Marcy fort. »Annie würde nicht wollen, dass Sie sich hier den Tod holen.«

»Vielleicht wäre das gar nicht mal so schlecht«, knurre ich. »Dann könnten wir gemeinsam gehen.«

»O Holly, Süße. Nein.« Selbst im Dunkeln sehe ich, wie Marcy den Kopf schüttelt. »Sie sind jung und haben noch das ganze Leben vor sich. Ich weiß, wie weh das tut, aber Ihre Großmutter würde nicht wollen, Sie so reden zu hören.«

»Es ist einfach nicht fair.« Ich schniefe und ziehe den Ärmel meines Pullovers über die Hand, um mir damit die Tränen wegzuwischen.

»Ich weiß. Ich weiß«, erwidert Marcy. »Ich weiß, dass es sich jetzt genau so anfühlt. Aber auch Annie war einmal jung, genauso jung, wie Sie es jetzt sind. Sie hat ihr Leben gelebt. Ein tolles Leben, Holly. Ihre Zeit ist jetzt gekommen, und sie ist bereit zu gehen. Aber sie kann nicht friedlich einschlafen, wenn sie weiß, dass Sie hier draußen ganz allein herumlaufen und so aufgewühlt sind.«

Ich rümpfe die Nase. So lieb und nett Marcy auch ist, aber ihre Ansprache ist noch mieser als der Gestank hier im Hühnerstall.

»Hat meine Mutter Sie beauftragt, mir das zu sagen?«, frage ich.

Marcy schüttelt den Kopf, aber ich weiß, dass sie lügt.

»Nana weiß gar nicht, dass ich hier draußen bin, oder?«

»Nein«, gibt Marcy zu.

Ich lächele, lasse den Kopf sinken und fühle mich gleich schon ein bisschen besser. Marcy ist mir viel sympathischer, wenn sie ehrlich ist.

»Aber Annie macht sich sehr wohl Sorgen um Sie«, fügt Marcy hinzu. »Sie findet, dass Sie in Liebesdingen Ihr Herz zu sehr schützen, und das will sie nicht.«

Unweigerlich muss ich an Nate denken. Ich habe das Getuschel der Kollegen im Büro mitbekommen, dass sie uns für das Pärchen halten, das am wenigsten zueinander passt. Nate ist selbstsicher und nimmt kein Blatt vor den Mund. Ich dagegen bin still und halte mich, was Gefühle betrifft, sehr zurück. Die Kolleginnen aus der Buchhaltung hatten sogar eine Wette laufen, wann wir uns trennen werden. *Wer auch immer auf den Januar getippt hat, gewinnt ein Vermögen.* Meine Familie dagegen hat uns die Daumen gedrückt. Meine Mutter meinte, Nate tue mir gut und habe mich aus meinem Schneckenhäuschen geholt – was auch immer das bedeuten soll. Und Nana fand, Nate würde sie an jemanden erinnern. Ich wünschte, ich hätte mir die Zeit genommen, sie zu fragen, an wen.

Ich hebe den Kopf und mustere die Frau, die vor mir steht. Zwar kenne ich sie nicht, doch sie scheint viel über mich zu wissen.

»Nana hat gesagt, dass sie sich Sorgen um mich macht?«, piepse ich.

»Das musste sie gar nicht«, antwortet Marcy. »Es ist vielmehr das, was sie nicht gesagt hat, was zeigt, wie sehr sie sich um Sie sorgt. Und um Ihren Bruder.«

»Sie haben in der letzten Zeit viel miteinander geredet«, lächele ich. »Also Nana und Sie.«

Marcys Stimme wird sanfter – glücklicher. »Annie ist eine ganz wunderbare Dame. Ich freue mich, mich um sie zu kümmern und sie kennengelernt zu haben.«

Marcys bittersüße Worte treffen mich ins Herz. Menschen erst dann kennenzulernen, wenn sie kurz davor sind, sich von dieser Welt zu verabschieden, muss für Marcy sehr schwer sein, stelle ich mir vor. Meine Großmutter ist eine tolle Frau. Das finden alle. Sie hat ihr ganzes Leben in Athenry verbracht, die gesamte Stadt kennt sie gut. Sie ist beliebt und findet schnell neue Freunde. Also ist es wirklich keine Überraschung, dass meine Großmutter selbst auf dem Sterbebett noch neue Freundschaften schließt und Menschen mit ihrer bezaubernden Art und ihrer Herzenswärme für sich gewinnt. Leider komme ich so gar nicht nach ihr. Aber ich bin wirklich froh, dass Marcy Nanas Krankenschwester ist und Nana in den vergangenen Tagen Gesellschaft hatte. Jemand, mit dem sie ihre Geschichten von früher teilen kann. Eigentlich hätte ich diejenige sein sollen, doch jetzt ich bin ja hier. Jetzt können wir reden. Ich stehe auf.

»Sie kommen also wieder mit rein?«, fragt Marcy.

»Ja. Natürlich.« *Ich hätte gar nicht erst rausgehen sollen.*

»Oh, eines noch. Ich habe noch eine kurze Frage«, sagt Marcy und spielt an ihren Fingernägeln herum.

»Okay«, erwidere ich und frage mich, warum sie nicht warten kann, bis wir wieder drinnen sind – wo es schön warm ist.

»War Annie früher Künstlerin?«

Ich kichere. »O Gott, nein. Malen und Zeichnen liegen Nana überhaupt nicht. Sie ist eher ein Büchernarr.«

Marcy schweigt, sodass ich noch ein wenig aushole. »Nana ist eine richtige Leseratte. Eine passionierte Leserin, das grenzt bei ihr schon fast an Besessenheit.« Ich seufze und schwelge in Erinnerungen. »Eigentlich komisch, dass sie niemals selbst ein Buch geschrieben hat.«

»Hmmm.« Marcy kratzt sich tatsächlich am Kopf. »Es ist nur … hmmm …«

»Was denn?«, frage ich. Jetzt hat mich die Neugier gepackt.

»Ach nichts, gar nichts. Vergessen Sie's.«

»Jetzt sagen Sie schon!«, fordere ich sie auf. »Gibt es etwas, worum wir uns Sorgen machen sollten?«

»Nein, nein.« Marcy wedelt mit der Hand hin und her, als würde sie einen Fehler wegwischen, der in der Luft steht. »Es ist nur … Annie spricht so liebevoll von ihren Entwürfen. Im Schlaf erzählt sie davon. Es macht sie glücklich.«

»Wie komisch«, stelle ich fest und schüttele den Kopf. »Ich hatte keine Ahnung davon, dass Nana zeichnet.«

»Ich habe mich sogar gefragt, ob sie irgendwo einen alten Skizzenblock hat. Oder ein paar Bilder, die sie gemalt hat und die irgendwo verborgen sind. Auf dem Dachboden vielleicht?«, hakt Marcy nach.

Ich zucke mit den Schultern. »Keine Ahnung. Wir können ja mal nachsehen. Aber das klingt so gar nicht nach Nana.«

»Vielleicht war das vor langer Zeit«, fährt Marcy fort. »Bevor Sie geboren wurden, schätze ich. Ich kann ja mal Ihre Mutter danach fragen.«

»Nein«, zucke ich zusammen. »Sagen Sie ihr erst einmal nichts. Meine Mutter hat es schon schwer genug. Wenn sie jetzt auch noch denkt, dass Bilder, die Nana wichtig sind, irgendwo verloren gegangen sein könnten, würde sie das noch viel mehr aufregen. Ich werde danach suchen. Das wäre dann immerhin eine Sache weniger, um die sie sich kümmern muss.«

»Klingt nach einem guten Plan, Holly. Hoffentlich werden Sie fündig. Ihre Großmutter spricht so liebevoll davon. Sie müssen etwas ganz Besonderes sein.«

»Okay«, lächele ich, zufrieden, dass ich eine Aufgabe habe. »Ich fange sofort mit der Suche an.«

»Braves Mädchen.« Marcy legt mir eine Hand auf die Schulter.

Ich frage mich ernsthaft, ob die Suche nach den Entwürfen wirklich so wichtig für Nana ist … oder eher für mich. Denn ich habe das Gefühl, dass Marcy mich wie ein offenes Buch lesen kann. Vielleicht gibt es gar keine Gemälde. Vielleicht ist diese Vorstellung nichts anderes als eine willkommene Ablenkung. Etwas, womit ich mich beschäftigen kann und das mich davon abhält, wieder auszuflippen. Mir wird klar, dass ich Marcy jetzt erst recht mag.

4.

Holly

Der Dachboden riecht noch viel muffiger als der Hühnerstall. Modrige, feuchte, abgestandene Luft schlägt mir entgegen, sobald Ben die Dachbodenluke zurückschiebt. Ich will dort nicht hinauf. Vermutlich haben die einzigen Besucher, die der Dachboden in den letzten zwanzig Jahren gesehen hat, deutlich mehr Beine als ich.

»Jetzt komm schon, Holly!« Ben späht durch die viereckige Öffnung der Dachbodenluke in der Decke des Gästezimmers von oben zu mir herunter. »Hier gibt es keine Spinnen. Ich habe alles abgesucht.«

»Sei bloß vorsichtig«, warne ich ihn unwillkürlich.

»Kommst du jetzt rauf oder nicht? Immerhin war das deine Idee«, mault Ben.

»Gib mir eine Minute«, erwidere ich, als ich mit zitternden Händen die Seiten der Leiter packe.

Ben verschwindet aus meinem Sichtfeld, ich weiß, dass er genervt ist. Denn ich habe ihm nicht einmal verraten, wonach wir suchen. Doch sobald ich den Dachboden auch nur erwähnt habe, hat sein Gesicht gestrahlt. Wahrscheinlich ist er für diese Ablenkung genauso dankbar wie ich. Oder er ist aufgeregt. Es ist nämlich genauso wie damals, als wir noch klein waren. Da haben wir uns als Märchenfee und Darth Vader verkleidet und stundenlang die Gegend erkundet. Kein Stein, den wir nicht umgedreht hätten. Im wahrsten Sinne des Wortes. Der Garten glich einem Schlachtfeld, wenn wir fertig waren. Wie ein Wirbelwind sind wir durch das Haus gefegt, haben Kissen vom Sofa auf den Boden geworfen und sie als Trittsteine benutzt, um einen Lavafluss zu überqueren, frische Wäsche aus dem Wandschrank geworfen auf der Suche nach einem Schatz. Meine Mutter hat uns jedes Mal ausgeschimpft und darauf bestanden, dass wir das Chaos beseitigen, doch meine Großmutter hat nur gelacht, uns dazu verdonnert, nach dem Abendessen abzuspülen, und dann das Haus schnell selbst wieder auf Vordermann gebracht.

Das Gebälk über mir ächzt und knackt und reißt mich aus meinen Gedanken in die Gegenwart auf der wackeligen Leiter zurück. So klingt es, wenn Ben dort oben auf und ab läuft. Staub rieselt auf mich herab und landet in meinen Augen; ich fluche leise vor mich hin.

Beim Hinaufklettern zittern mir die Knie. »Ich komme«, rufe ich, obwohl ich nicht weiß, warum ich mich ankündige – als ob Ben mich nicht erwarten würde.

Ben antwortet nicht; stattdessen flackert ein Licht, und nach ein paar neuerlichen Anläufen bleibt es schließlich an. Im Hellen ist alles schon gleich viel weniger beängstigend.

»Hab den Lichtschalter gefunden«, ruft Ben überflüssigerweise.

»Tatsächlich? Ist mir gar nicht aufgefallen.«

Ben seufzt, woraufhin ich lachen muss. Es ist, als wären wir tatsächlich wieder Kinder.

Endlich bin ich oben auf der Leiter angelangt, hole tief Luft und stecke den Kopf durch die Öffnung der Dachluke. Es ist überraschend. An einigen Stellen schaut unter der Dachverkleidung Dämmmaterial hervor, doch davon einmal abgesehen hätte man meinen können, sich in einem beliebigen Raum des Hauses zu befinden. Der unbenutzt und kalt ist – zugegeben. Doch auf keinen Fall ist es die Brutstätte angsteinflößender Insekten, wie ich es erwartet habe.

»Schau dir das mal an!« Ben deutet auf einen Berg ordentlich aufeinandergestapelter Kartons in verschiedenen Größen. »Nana war eine Sammlerin. Wer hätte das gedacht?«

»Ist, Ben«, korrigiere ich ihn. »Nana *ist* eine Sammlerin.«

»Als sie noch jung war, meinte ich, Holly. Du meine Güte!«, blafft mich Ben an. »Ich wollte damit doch nicht sagen, dass sie … dass sie …«

Ben wirkt, als kämen ihm gleich die Tränen. Ich fühle mich schrecklich. »Tut mir leid. Es ist alles so komisch. Ich wollte dich nicht anmeckern.«

Ben dreht mir den Rücken zu und hebt einen der größten Kartons vom Stapel. Als Ben sich umdreht und den Karton zwischen uns auf den Boden stellt, erkenne ich an seiner Miene, dass dieser schwerer ist als angenommen. Dann löst er das vergilbte, nicht mehr sonderlich gut klebende Paketband. Dieses Geräusch hallt einen Augenblick lang über den Dachboden und klingt umso lauter, da keiner von uns beiden einen Ton sagt. Ich kann zwar nicht für Ben sprechen, aber ich halte in diesem Moment den Atem an.

»Schallplatten«, verkündet Ben vergnügt, als er den Karton durchstöbert. »Hier sind ganz viele davon.«

»Vorsichtig«, warne ich. »Wenn das originale Schellackplatten sind, könnten sie ein Vermögen wert sein. Nana würde ausflippen, wenn wir sie beschädigen.«

»Ich frage mich, ob man die immer noch abspielen kann?«, grinst Ben.

Ich zucke mit den Schultern. »Klar, warum nicht? Aber worauf willst du sie abspielen? Für den CD-Player sind sie ja wohl ein wenig zu groß.«

»Moment. Moment …«, erwidert Ben und hebt einen Zeigefinger.

Er stürzt zum entgegengesetzten Ende des Dachbodens, wodurch die Holzbretter unter uns beben. Das jagt mir ganz schön Angst ein. Immerhin fühlt es sich an, als ob sie brechen und wir jeden Augenblick durch die Decke fallen könnten.

»Aha«, ruft Ben, nachdem er ein paar Tücher beiseitegezogen hat, die einen großen und seltsam geformten Haufen bedeckt hatten.

»Ein Grammophon!«, stelle ich fest. Schnell sind meine Bedenken hinsichtlich des riskanten Holzbodens vergessen, und ich laufe zu Ben hinüber, um den Apparat selbst in Augenschein zu nehmen. »O Ben, den müssen wir zu Nana runterbringen. Damit könnten wir ihr ein paar ihrer Platten vorspielen. Jede Wette, dass ihr das gefallen wird!«

Mein Bruder mustert mich niedergeschlagen. Schnell schaue ich weg; meine Begeisterung wird mit einem Schlag von der Trauer in seinem Blick zunichtegemacht.

»Lass uns erst mal prüfen, ob es überhaupt noch funktioniert«, erwidert er leise.

Ben beugt sich vor und dreht an dem Hebel, der sich an der Seite befindet.

»Man muss es ankurbeln?«, frage ich mit großen Augen. »Wow. Das muss richtig alt sein.«

»Jepp. Vielleicht hundert Jahre«, erklärt Ben. »Das ist eine echte Antiquität. Wahrscheinlich gehörte das Grammophon den Urgroßeltern.«

Ben ist ein Geschichtsass. Auf dem College studiert er Archäologie und arbeitet nebenher in einem Museum in Cork. Tatsächlich bittet er Nana immer und immer wieder, ihm Geschichten von früher zu erzählen. Was unsere Mutter in den Wahnsinn treibt – sie hat die Geschichten immerhin schon so oft gehört, dass sie sie mittlerweile auswendig kennt. Insgeheim vermute ich, dass Bens Begeisterung dafür zur Hälfte dem Anblick von Mams Miene geschuldet ist, wenn Nana wieder zu einer ihrer endlosen Geschichten ansetzt.

»Lass uns die hier mal ausprobieren«, sagt Ben und bürstet den Staub von einer Platte ab, die er oben aus dem Karton herausgeholt hat. »*Die Dreigroschenoper*.«

»Oh, die kenne ich.« Sehr zum Missfallen meines Bruders summe ich die Melodie von »Die Moritat von Mackie Messer«. »Jetzt hör schon auf«, rufe ich, als er das Gesicht verzieht. »Mam sagt immer, ich kann toll singen.«

Ben schnaubt scherzhaft. »Alles klar. Mam behauptet auch, sie habe kein Lieblingskind. Aber das ist eindeutig eine Lüge.«

»Da hast du Recht«, nicke ich und zucke mit den Schultern. »Ich bin definitiv ihr Lieblingskind.«

Ben streckt mir die Zunge heraus, kann aber nicht ernst bleiben. Als er lachen muss, beißt er sich fast auf die Zunge.

Ich nehme Ben die Platte aus der Hand und lege sie auf den Plattenteller. Wenn ich aus dieser kabellosen Soundanlage schlau geworden bin, die Nate mir letztes Weihnachten geschenkt hat, dann kann ich ja wohl auf jeden Fall mit einem alten Grammophon fertigwerden. Wie man es aus alten Schwarz-Weiß-Filmen kennt, ziehe ich den Tonarm zur Platte hin und setze die Nadel auf die Platte. Doch nichts passiert.

»Er muss kaputt sein«, stelle ich enttäuscht fest.

Schweigend beugt sich Ben an mir vorbei und betätigt einen kleinen Schalter, der sich rechts unten am Gerät befindet. Sofort hallt Musik über den Dachboden.

»Funktioniert besser, wenn man es anschaltet«, neckt mich Ben.

Normalerweise wäre ich jetzt rot geworden oder hätte mit einer passenden pfiffigen Antwort pariert, doch ich bin zu sehr von den jazzigen Saxophontönen abgelenkt, die meine Ohren verwöhnen. So weit wie möglich strecke ich die Arme aus und beginne, mich summend von links nach rechts zu wiegen. Einen Augenblick lang lasse ich mich ganz von der Musik tragen und vergesse vollkommen, wie krank Nana ist und wie sehr ich Nate vermisse. Doch dieser Zustand dauert nur wenige Sekunden. Ich stoße mir nämlich den Zeh an der Ecke eines Kartons, lasse mich vor Schmerz auf den Boden plumpsen und bin mit einem Schlag wieder in der Realität angekommen. Ich hole tief Luft und reiße mich zusammen, während ich dem Karton, der meinen großen Zeh derartig zum Pulsieren gebracht hat, einen finsteren Blick zuwerfe.

Diese Kiste unterscheidet sich vom Rest. Sie ist nicht aus Karton. Zudem ist sie nur klein, nicht viel größer als eine Schuhschachtel. Nichts, was man zum Verpacken brauchen würde, zum Umziehen oder Aufräumen. Bevor ich die Kiste öffne, weiß ich schon, dass dies genau das ist, was ich suche.

Eine Erinnerungskiste. Sie ist verstaubt, roséfarben und erinnert tatsächlich etwas an eine Schatztruhe. Die Steppnähte an den Ecken verraten mir, dass sie einmal viel dunkler war, möglicherweise Kirschrot. Was jedoch nicht davon ablenkt, wie schön die kleine Kiste ist oder wie aufgeregt ich bin, als ich mich hinunterbeuge und mit den Fingern über die Oberfläche streiche.

»Alles gut bei dir, Holly?«, erkundigt sich Ben und eilt zu der Stelle, wo ich zu einer kleinen Kugel zusammengekauert hocke. »Hast du dir wehgetan?«

Ich schüttele den Kopf und deute auf die Kiste. »Sieh mal.«

Ben verzieht das Gesicht, als er neben mir in die Hocke geht und die Arme um die Knie schlingt. Einen solchen Gesichtsausdruck kenne ich gar nicht von ihm; bedeutet das vielleicht, dass er glücklich und traurig zugleich ist? Und sehe ich jetzt womöglich genauso aus?

»Ben. Sieh mal!«, wiederhole ich, wobei mir vor lauter Gefühlen die Stimme bricht.

»Holly, das sind bestimmt sehr persönliche Dinge …«

»Ich weiß.«

»Ich finde nicht, dass wir das öffnen sollten.« Ben seufzt.

»Wie bitte? Warum nicht?«

»Weil …«

»Nichts *weil.* Das ist nämlich genau das, wonach wir gesucht haben«, erkläre ich.

Ben steht auf und lässt mehrmals die Schultern kreisen. »Holly, wonach *genau* suchen wir denn?«

»Nach Erinnerungen.«

»Holly!« Ben starrt mich finster an. »Was hast du vor? Willst du etwa in ihren Sachen herumschnüffeln?«

»Nein, kann man so nicht sagen.« Ich hebe die Hand und wedele sie hin und her, als würde ich damit Bens Bedenken wegwischen wollen, während ich mich mit der anderen Hand am Deckel der Kiste zu schaffen mache. »Das Ding hier ist besser gesichert als Fort Knox«, stelle ich fest.

»Holly, hör auf damit!«, warnt mich Ben und wird schlagartig bitterernst. »Das sind Nanas private Sachen.«

»Du meine Güte, Ben«, stöhne ich. »Du klingst schon genau wie Mam.«

Bens Oberkörper ist wie versteinert, und er presst die Lippen so fest aufeinander, dass sich rund um die Mundwinkel strenge Falten bilden.

»Jetzt hab ich's!«, verkünde ich triumphierend, als sich der Deckel der Kiste endlich hebt.

Ben kann nicht anders, er geht neben mir auf die Knie und starrt hinein. Ein Haufen vergilbter, zerknitterter Blätter starrt uns entgegen. Die Seiten wölben sich wie ein kleines Papierkanu in der Mitte nach innen und an den Ecken nach oben – der Beweis dafür, dass sie jahrelang in dem begrenzten Raum der roséfarbenen Kiste gelegen haben.

»Die sehen aus, als würden sie bei der kleinsten Berührung in tausend Stücke zerfallen«, stelle ich fest und schüttele den Kopf.

»Das werden sie schon nicht«, versichert mir Ben. »Papier, das so zusammengepresst ist, verhält sich wie ein fester Block. In der Anzahl liegt die Kraft. So was eben. Das ist bei mir bei der Arbeit immer wieder Thema.«

»Vielleicht solltest *du* es dann lieber rausholen«, erwidere ich.

Ben hebt die Hände über den Kopf und gibt auf. »Nein.

Ich bin immer noch nicht sicher, ob wir überhaupt hier oben sein sollten. Ich fasse nichts von Nanas Sachen an.«

»Du meine Güte«, erwidere ich und verdrehe die Augen.

Nervös hole ich Luft und schiebe meine Hand an der Innenseite zwischen dem Kistenrand und dem Papierstapel hinein. Überraschenderweise macht der Papierhaufen das problemlos mit, sodass ich ihn an meine Brust presse und mich auf meinen Po zurückfallen lasse. Ich schlage die Beine übereinander und lege die Seiten zwischen Ben und mir auf den Boden.

»Was ist das?«, fragt Ben gebannt.

»Oh, jetzt bist du also interessiert?«, feixe ich.

»Holly. Jetzt mal im Ernst. Ist das … ist das Nanas letzter Wille?«

Ich rümpfe die Nase. »Du meine Güte, Ben. Nein! Gott, nein! Es ist Kunst, denke ich. Bilder. Marcy hat mir davon erzählt.«

»Marcy?« Ben kneift unsicher die Augen zusammen. »Woher weiß Marcy davon?«

»Nana hat von den Bildern geträumt.«

Ben schaut geknickt drein; ganz offensichtlich ist er nur wenig begeistert darüber, dass Marcy etwas über Nana weiß, wovon sie uns noch nie erzählt hat. Ich weiß, dass er so empfindet, weil es mir nicht anders geht. Obwohl ich dazu absolut kein Recht habe, das ist mir klar. Insbesondere da Marcy berichtet hat, dass Nana davon im Schlaf gesprochen hat. Es tut einfach nur ein wenig weh. Meine Großmutter kennt mich in- und auswendig, und ich habe angenommen, andersherum wäre es genauso. Aber ich habe nicht mal einen Schimmer davon gehabt, dass sie früher gern gemalt hat.

Was weiß ich dann sonst noch alles nicht über sie? Mir ist mehr als bewusst, dass uns die Zeit davonläuft. Es bleiben nicht mehr viele Tage, um all den Erlebnissen aus Nanas Vergangenheit zu lauschen und auch die Geschichten anzuhören, für die ich nie die Geduld hatte. Ich hätte besser aufpassen sollen. Ich hätte mich nicht so von der Arbeit oder den Reisen in Beschlag nehmen lassen dürfen. Diese Zeit lässt sich nicht mehr zurückdrehen – obwohl ich wünschte, es wäre so.

Ich starre auf das Papier. Jedes Blatt besitzt die gleiche Größe, jedes befindet sich exakt hinter einem anderen wie bei den Seiten eines Buches.

»Ein Buch! Du meine Güte, das ist ein Buch!«, rufe ich plötzlich und springe auf.

Ben starrt mich an, als hätte ich den Verstand verloren; ich lache vor lauter Begeisterung und Aufregung. Endlich ergibt alles einen Sinn. Nana ist die größte Leseratte, die ich kenne, daher überrascht es mich nicht, dass sie hier eine Geschichte versteckt hat. Das ist so viel besser als ein Gemälde. Und es passt zu Nana! Meiner Nana.

Schnell ziehe ich meine Strickjacke aus und breite sie neben dem Blätterstapel aus. Ben beobachtet mich dabei, schweigt jedoch. Vorsichtig hebe ich die oberste Seite hoch, und wie erwartet ist die Seite darunter mit blauer Tinte bedeckt. In Handschrift. Die nächste Seite ebenso. Und die nächste. Jedes Mal wenn ich eine Seite oben vom Stapel hebe, lege ich sie mit der Schriftseite nach unten auf meine Strickjacke. Da keine Seitenzahlen auf den Blättern stehen, ist dies im Moment die beste Art und Weise, sie in der vorgegebenen Reihenfolge zu belassen. Ben lächelt und nickt anerkennend.

»Ist das Nanas Handschrift?«, fragt Ben, während wir uns durch den Seitenstapel zwischen uns vorarbeiten.

»Es sieht so aus«, nicke ich.

Bens Lächeln erstarrt, und er legt die Seite in seiner Hand oben auf den Stapel, wodurch er die Ordnung durcheinanderbringt. Schnell sortiere ich sie auf den Stapel mit den umgedrehten Blättern. Ben scheint das gar nicht aufzufallen. Er rutscht mit dem Po über den Holzboden, steht jedoch nicht auf.

»Holly, ich weiß nicht, ob wir das hier wirklich tun sollten. Nanas Kram zu durchforsten, als ob sie … als ob … Na ja, es ist einfach nicht richtig. Nicht solange sie noch … du weißt schon, unter uns ist.«

»Genau das ist es, Ben. Nana lebt noch. Ich weiß nicht, wie lange noch. Aber sie ist immer noch da. Also reiß dich mal zusammen und überleg mit, was das hier ist.«

»Wahrscheinlich ein Tagebuch oder so was in der Art«, erwidert Ben. »Da. Wir haben es rausgefunden. Können wir denn jetzt bitte wieder runtergehen?«

»Das ist kein Tagebuch, Ben«, widerspreche ich ihm, als ich die aufgeschlagene Seite überfliege.

Mir springen fast die Augen aus dem Kopf, als mir ein bestimmtes Wort auffällt. Sketch. Das Wort kommt richtig oft vor, mindestens einmal pro Seite oder gar noch öfter.

»Was zum Geier, Holly …? Warum grinst du so?«, fragt Ben.

Zu Bens Ärger wird mein Grinsen allerdings nur noch breiter.

»Mir reicht's«, blafft Ben. »Ich bin weg.«

Ich packe Ben am Ärmel und ziehe ihn zu mir herunter, als er aufstehen und davonstürmen will.

»Das hier ist kein Tagebuch, du Blödmann«, stelle ich beschwingt fest. »Das ist ein Buch. Nanas Buch. Nana war eine Schriftstellerin. Ich hab's doch gewusst!«

Ben zuckt. »Ein Buch? Niemals.«

»Doch. Das ist es. Toll, oder?«, erwidere ich begeistert. »Vielleicht ist es sogar so etwas wie eine Autobiografie.«

Mit dem Finger fahre ich über die Buchstaben S-K-E-T-C-H, die in verschiedenen Absätzen zu finden sind. »Marcy hat doch erzählt, dass Nana immer wieder etwas von Entwürfen gemurmelt hat, oder?«

»Ähm, okay. Ja«, nickt Ben mit einem Mal interessiert.

»Na ja, ich glaube nicht, dass sie Bildentwürfe gemeint hat«, erkläre ich. »Also nichts, was mit Kunst im Sinne von Malen und Bildern und all dem zu tun hat. Nana hat Marcy nichts über Gemälde erzählt. Sie meinte ihren Romanentwurf. In dem es um einen Menschen geht. Um einen Mann. Um einen Mann namens Sketch. Vielleicht ein früherer Freund von ihr?«

»Vielleicht unser Großvater?« Bens Augen funkeln neugierig.

»Lass uns keine voreiligen Schlüsse ziehen.«

»Aber es könnte doch sein, oder?«, erwidert Ben.

»Klar«, nicke ich. »Durchaus möglich.«

»Hast du dich nicht schon mal gefragt, warum Nana nie über ihn redet?«, fragt Ben.

»Über Sketch?«

»Über Großvater. Sketch. Eben diesen Teil ihrer Vergangenheit«, fährt Ben fort. »Wahrscheinlich macht es sie traurig.«

Ich zucke mit den Schultern. »Das glaube ich nicht. Wahrscheinlich will sie einfach ihre Erinnerungen für sich behalten. Aber vielleicht sollen wir auch endlich von Sketch erfahren. Verstehst du denn nicht? Nana hat nicht gemalt, sie hat geschrieben. Und das hier sind ihre Worte.« Ich reiße mich von den Seiten los und sehe zu Ben auf. Er glaubt mir. Oder wenigstens würde er mir wahrscheinlich gern glauben. »Danach hat Nana gesucht, Ben. Davon hat sie Marcy erzählt. Von der Geschichte über Sketch.«

Ben reibt sich wie ein James-Bond-Bösewicht mit Zeigefinger und Daumen übers Kinn. Er sieht so unglaublich witzig aus, dass ich Mühe habe, ernst zu bleiben.

»Raus mit der Sprache, jetzt mach schon!«, ziehe ich ihn auf und stupse ihn mit der Schulter an.

Ben verdreht die Augen und schüttelt den Kopf.

»Los!«, bohre ich nach.

»Ja, okay«, stöhnt er. »Gute Arbeit, Holly. Dein Herumschnüffeln hat sich also gelohnt.«

»Das ist toll, oder?« Ich sammele die Seiten auf, die auf meiner Strickjacke liegen, und lege sie auf den ursprünglichen Stapel zurück, wobei ich genau darauf achte, sie in der richtigen Reihenfolge zu belassen. »Ich kann es immer noch nicht glauben, dass Nana ein Buch geschrieben hat. Ich weiß zwar, dass sie eine große Leseratte war, aber ich hatte ja keine Ahnung, dass sie wirklich auch selbst etwas geschrieben hat. Das ist so cool! Mein Gott, ich freue mich so, das zu lesen!«

»Okay, Holly, jetzt komm mal wieder runter«, beruhigt mich Ben. »Ich dachte, du hasst es zu lesen.«

»Ich hasse diesen ganzen Geschichts-Faktenkram, den du so magst, Ben«, brumme ich. »Aber Romane mag ich.«

Nachdem ich die entnommenen Seiten wieder auf den Stapel zurückgelegt habe, betrachte ich begeistert die Höhe des Blätterhaufens. Ein ganzes Buch, von Hand geschrieben. Von. Meiner. Großmutter. *Das ist so verdammt fantastisch!*

»Das ist nicht nur irgendein altes Buch, Ben. Das ist *ihr* Buch. Ihr Leben!« Ich seufze schwer mit einer Mischung aus gebrochenem Herz und vollkommener Begeisterung.

»Alles klar. Okay. Okay«, erwidert Ben, steht auf und lockert die Beine. »Autsch! Mir sind die Füße eingeschlafen. O Mist! Autsch, autsch!«

Ich schnappe mir den Seitenstapel, achte sorgsam darauf, keine Eselsohren zu hinterlassen, und stehe ebenfalls auf. »Sollen wir ihr das Buch vorlesen?«

Bens Unterlippe zuckt, und er bleibt reglos stehen. »Ähm, keine Ahnung. Könnte es sie vielleicht zu sehr aufregen?«

»Marcy meint, es würde Nana glücklich machen, darüber zu sprechen«, erwidere ich.

»Ich dachte, Marcy habe gesagt, über *Kunst* zu sprechen mache sie glücklich?«, korrigiert mich Ben.

»Ja.« Frustriert schneide ich meinem besserwisserischen Bruder eine Grimasse. »Das hatten wir doch eben schon. Marcy kennt eben nicht die ganze Geschichte.«

»Aber du, oder was?«, hakt Ben nach.

»Nein, natürlich nicht«, murmele ich. »Noch nicht. Aber dann, wenn ich das hier gelesen habe.« Ich halte Ben den Seitenstapel hin. »Mit den Entwürfen hat sie das Buch über Sketch gemeint! Das habe ich dir doch schon erklärt!«, schnaube ich und ziehe süffisant die Augenbrauen hoch. »Komm schon, Ben. Bist du nicht genauso neugierig wie ich? Willst du nichts über all die Geheimnisse in Nanas Leben erfahren?«

»Ah, da haben wir's ja! Geheimnisse! *Nanas* Geheimnisse. O Holly, was tun wir hier?« Bens Miene wird mit einem Mal ganz blass.

Ich bin es nicht gewohnt, meinen Bruder so zu erleben. Ben ist anderthalb Jahre älter als ich. Ich habe immer zu ihm aufgeschaut, so als könne er mich vor allem beschützen. Aber er kann nicht verhindern, dass ein Leben ohne Nana schmerzvoll sein wird. Im Augenblick halte ich jedoch ein Stück von ihr in meinen Armen. Ganz gleich, wie viel Angst ich davor habe, was uns in den kommenden Tagen – vielleicht auch nur Stunden – erwarten mag, bin ich froh, dieses Buch gefunden zu haben. Es sollte wohl so sein, dass ich es finde.

5.

Holly

Mit dem Muhen der Kühe werde ich wach. Die morgendlichen Geräusche auf dem Land hatte ich schon ganz verdrängt, doch jetzt kommen sie mir sehr vertraut vor, wie die warmherzige Umarmung eines alten Freundes. Ich stehe auf und recke mich. Mein Nacken ist ganz steif, für das Übernachten auf der Couch bin ich inzwischen wohl einfach zu alt. Mir war klar, dass es mir schwerfallen würde einzuschlafen, deshalb hatte ich mich auf die Couch gesetzt, um noch ein bisschen zu lesen. Dabei muss ich dann aber irgendwann eingeschlafen sein, ohne es bis zum unbequemen Einzelbett im Gästezimmer unten zu schaffen. Meine Knochen und sämtliche Muskeln ächzen und stöhnen jetzt und zeigen sich völlig unbeeindruckt von den paar Stunden Schlaf, die sie bekommen haben.

Mit der Hand streiche ich mir über die Hose, um sie an den Beinen zu glätten und das unangenehme, schmuddelige Gefühl zu vertreiben, den Tag in den alten Klamotten von gestern zu beginnen. Im Haus ist es gespenstig still; ich würde gern wissen, wie spät es ist. Ich wünschte, ich hätte meine Armbanduhr gestern Abend nicht auf der Küchentheke liegengelassen. Als ich die Vorhänge beiseiteziehe, merke ich, dass es noch ziemlich früh sein muss. *Gut.* Vielleicht habe ich dann noch Zeit, um zum Einkaufsladen zu gehen, bevor jemand wach wird – und sei es auch nur, um mir eine Zahnbürste und einen Kamm zu besorgen. Wie gestern Abend lediglich ein wenig Zahnpasta mit dem Zeigefinger auf den Zähnen zu verteilen kann man nicht wirklich als Zähneputzen bezeichnen. Wenn der Bäcker schon geöffnet hat, kann ich Scones kaufen. Darüber freuen sich die anderen bestimmt. Ich nehme Nanas handgeschriebenes Manuskript vom Sofatisch vor mir. Als meine Augen gestern Abend zu müde wurden, um noch länger zu lesen, habe ich zur Sicherheit meinen Schal um das Papierbündel gewickelt. Unter der türkisfarbenen Seide schauen nun geschwungene blaue Buchstaben hervor. Sie sind hübsch und schreien geradezu danach, weitergelesen zu werden. Doch mein Magen knurrt laut, und ich weiß, dass mir den Rest des Tages übel sein wird, wenn ich ihn nicht gleich mit etwas fülle.

Ich schleiche die Treppe hinauf und achte darauf, dass die Holzstufen unter meinem Gewicht nicht ächzen. Dann stecke ich den Kopf zur Tür des Hauptschlafzimmers hinein. Nana schläft ruhig und bequem. Ich seufze, und sofort geht es mir besser. Marcys Kopf rutscht immer wieder zur Seite. Sie ist auf dem Stuhl neben dem Bett eingenickt. Hoffentlich hat sie nicht die ganze Nacht in dieser Position verbracht! Auf Zehenspitzen schleiche ich ums Bett herum, drapiere die Decke, die zu Boden gefallen ist, über Marcys Schulter und lege ihr das Manuskript auf den Schoß. Einen Moment lang bleibe ich reglos stehen, um sicher zu sein, dass ich keine von beiden aufgeweckt habe. Kurz ziehe ich in Betracht, Marcy eine Nachricht zu schreiben, doch mir ist klar, dass ich das nicht brauche. Marcy wird alles verstehen, sobald sie die Seiten sieht.

Nach weniger als einer Stunde bin ich wieder zurück, was bei den eisglatten Straßen im Januar wirklich keine schlechte Leistung ist. An der Haustür werde ich von meiner Mutter empfangen, die mich strahlend anlächelt. Seit langem schon habe ich sie nicht mehr so lächeln gesehen. Zumindest nicht, seitdem sich Nanas schlimmer Husten bei einer Routineuntersuchung vor fünf Monaten als Lungenkrebs herausgestellt hat.

»Nana ist wach«, stellt Mam fest und nimmt mir die braune Tüte mit den Scones ab. »Sie hat heute einen guten Tag, Holly. Sie hat sich sogar im Bett aufgesetzt. Und nach einer Tasse Tee gefragt. Ist das zu fassen?«

»Tee?«, wiederhole ich, weil mir nichts anderes einfallen will.

»Ich weiß, ich weiß«, nickt Mam. »Sie war sonst immer für Kaffee, aber das ist ein gutes Zeichen. Kaum zu glauben, dass sie die Kurve gekriegt hat. Das ist ein Wunder. Ein echtes Wunder.«

Ich würde gern etwas sagen, aber ein übergroßer Kloß aus Sorge klemmt mir im Hals und blockiert jegliche Worte. Plötzlich ist meine Mutter so von Hoffnung erfüllt. Für mich ist das noch schlimmer, als sie aufgelöst zu erleben. Es bricht mir das Herz zu sehen, dass sie nicht wahrhaben will, was vor ihren Augen passiert.

Mam öffnet die braune Tüte und schaut hinein. »Oh, die sehen köstlich aus, Holly. Vielen Dank!« Ihr Lächeln wird noch strahlender. »Ich mache sie schnell in der Mikrowelle warm und koche uns einen frischen Kaffee dazu.«

Meine Mutter geht in die Küche und wirkt dabei ein ganzes Stück größer als gestern. Als ob die Last, die normalerweise auf ihren Schultern lastet und sie nach unten zieht, sich auf einmal aufgelöst hat.

Mitten in der Bewegung hält sie jedoch inne und dreht dann den Kopf zu mir. »Danke, Holly. Du bist ein tolles Kind.«

Dann reißt sie den Kopf so schnell wieder herum, dass es wehtun muss, doch mir sind die Tränen in ihren Augen nicht entgangen. Mir wird klar, dass ich falschgelegen habe. Meine Mutter verleugnet gar nichts. Das genaue Gegenteil ist der Fall, sie braucht eine Ablenkung. Meine Ablenkung ist Nanas Manuskript geworden. Wenn Kaffee und Scones bei meiner Mutter funktionieren, dann werde ich jeden Tag zur Bäckerei gehen, solange es eben nötig ist. Wenn es sein muss, auch zehnmal am Tag.

Das Handy vibriert in meiner Manteltasche. Vermutlich ist es das Büro oder Nate oder Nate, der mich aus dem Büro anruft. Aber ich will mit niemandem reden. Ganz besonders nicht mit *ihm*. Ich schiebe die Hand in die Tasche und drücke auf das »Ablehnen«-Feld, während ich nach oben gehe.

Die Vorhänge in Nanas Schlafzimmer sind geöffnet, und sofort fällt mir ein frischer Blumenstrauß auf, der mittig auf der Fensterbank steht. Er ist wunderschön. Rosafarbene Lilien – Nanas Lieblingsblumen. Ich frage mich, woher der Strauß stammt.

»Oh, Holly, Sie haben es gefunden! Sie haben Annies Skizzenbuch gefunden!«, ruft Marcy und schlingt die Arme um mich, was mich zusammenfahren lässt. Die Blumen haben mich abgelenkt, sodass ich sie nicht auf mich zukommen gesehen habe.

»Ja. Ben und ich haben es gestern Abend auf dem Dachboden gefunden«, nicke ich.

»Toll. Einfach nur toll«, schwärmt Marcy und lässt mich los.

Ich reiße mich vom Anblick der frischen Blumen los und bemerke Marcys Lächeln. »Aber es ist ein Buch.«

Marcy macht große Augen.

»Also, das soll heißen, es ist ein Roman. Kein Skizzenbuch«, erkläre ich. »Es sind alles Worte. Handgeschrieben. Eine Geschichte. Ich kann es kaum glauben, dass sie all die Jahre dort oben gelegen hat. Ich hätte Nana am liebsten sofort daraus vorgelesen, aber sie war schon eingeschlafen.«

»Eine Schriftstellerin«, stellt Marcy fest, als ergäbe plötzlich alles einen Sinn. »Natürlich, das ist sie!« Marcy nimmt ihre Jacke von der Stuhllehne und schiebt die Arme in die Ärmel hinein.

Sie geht. Man muss mir die Sorge wohl deutlich angesehen haben, da Marcy mir gleich eine Erklärung liefert. »Ich muss jetzt nach Hause«, sagt sie leise, »aber heute Abend komme ich wieder. Ich würde sehr gern ein paar Geschichten aus Annies Buch hören. Jede Wette, dass sie faszinierend sind.«

Marcy knöpft sich die Jacke zu, greift nach meiner Hand und drückt sie sanft. »Eine meiner Kolleginnen von der Tagesschicht kommt heute Nachmittag vorbei. Bis dahin geht es Annie gut, Holly. Sie hat es sehr bequem, versprochen.«

Zum ersten Mal, seit ich das Zimmer betreten habe, schaue ich zum Bett hinüber. Nicht weil ich unhöflich bin oder ich meine Großmutter absichtlich ignoriere, sondern weil es mich immer noch schockiert, wenn ich sie so sehe. Als würde es mir jedes Mal aufs Neue bewusst werden, wie matt und gebrechlich sie geworden ist. Heute Morgen jedoch wirkt sie anders. Ihr Gesicht ist immer noch blass und schmal, und die Haut hängt an ihren Knochen wie Pappmaché an einem Ballon, doch ihre Wangen strahlen einen warmen Glanz aus, der gestern noch nicht da war. Als rosig kann man es noch nicht bezeichnen, aber strahlend. Einfach glücklich. Zweifellos muss das Buch der Grund dafür sein.

»Sie hätten ruhig schon mit Lesen anfangen können, Marcy«, sage ich endlich. »Ich habe es Ihnen extra zum Durchblättern hingelegt. Ich dachte, es könnte Nana vielleicht aufmuntern, die Geschichten zu hören.«

»Nein, Holly«, schüttelt Marcy den Kopf. »So gern, wie ich das getan hätte, aber das steht mir nicht zu. Annie will Ihre Stimme hören, nicht meine.«

Jetzt kann ich mich von Nanas Anblick nicht mehr losreißen. Sie sitzt aufrecht im Bett, wenngleich auch mit Hilfe eines kleinen Kissenbergs in ihrem Rücken, und obwohl sie die Augen geschlossen hat, weiß ich, dass sie wach ist. Ihre Mundwinkel sind zu einem zarten Lächeln gekrümmt. Vielleicht hat meine Mutter ja doch Recht. Vielleicht hat Nana noch einmal die Kurve bekommen. Vielleicht sind unsere Gebete erhört worden, sodass ein Wunder geschieht.

»Ich glaube, das würde ihr sehr gefallen«, antwortet Marcy für sie. »Versuchen Sie's mal hier.« Mit der flachen Hand klopft sie auf die Bettkante. »Hier sitzt man gemütlicher als auf dem alten Stuhl, außerdem können Sie dann leichter ihre Hand nehmen. Das mag sie.«

»Ich bin froh, dass Sie und Nana auf mich gewartet haben, Marcy«, stelle ich fest, als ich meinen Mantel ausziehe und ihn auf den Stuhl werfe. »Vielen Dank.«

»Na ja, ich will nicht lügen«, erwidert Marcy. »Es hat mich schon ein paar Mal sehr in den Fingern gejuckt anzufangen …«

Ich lache, jedoch nur halbherzig.

Marcy bückt sich und holt den Blätterstapel unter dem Stuhl hervor. »Hier.« Sie drückt mir den Stapel in die ausgestreckten Arme. »Annie kann es kaum abwarten, aber sie hat auf Sie gewartet.«

»Vielleicht sollte ich meine Mutter dazuholen«, schlage ich vor, als ich plötzlich nervös werde. Keine Ahnung, warum.

»Ich glaube, die Geschichte ist für Sie, Holly.« Marcy deutet auf mich.

Ich mache große Augen. »Für mich?«

Marcy nickt.

»Das kann gar nicht sein. Die Handlung spielt Ende der Fünfzigerjahre.« Ich fahre mit dem Finger über das Datum, das fast unleserlich unter den Titel auf der ersten Seite gekritzelt ist. »Sehen Sie?«

Marcy schnappt sich ihre Handtasche, die am Bettende auf dem Boden steht, und holt daraus einen riesengroßen gelbgrünen Schal heraus, den sie sich um den Hals wickelt. »Stimmt, das ist ein altes Buch, Holly. Sogar noch älter als Sie oder Ihre Mutter. Aber darin befindet sich eine Nachricht für Sie; das weiß ich genau.«

Ungläubig starre ich Marcy an. Der Schal bedeckt die untere Hälfte ihres Gesichts, sodass nur noch ihr Nasenrücken und die Augen zu sehen sind. Ihre Augen sind groß, rund und glänzen und erinnern mich an die von Nana. In ihrer dunkelblauen Iris liegt so viel Mitgefühl, dass ich ihr gern glauben möchte.

»Okay«, nicke ich. »Vielleicht sollten Nana und ich eine Weile allein lesen.«

Zwar sehe ich Marcys Mund nicht, doch in ihren Augenwinkeln bilden sich Falten, und ich weiß genau, dass sie mich anlächelt. »Das wäre perfekt«, stellt sie fest. »Dann bis heute Abend, meine Liebe. Genießen Sie jedes einzelne Wort.«

Ich nehme die Hand meiner Großmutter. »Das werden wir.«

6.

Annie

1958

Ich reibe mir die Augen und richte mich mit einem Ruck auf, wobei ich mir fast den Kopf am Bücherregal über mir stoße. Ich brauche einen Moment, um zu Atem zu kommen, und bin dankbar, dass ich nicht das Regal getroffen habe, sodass meine dicken gebundenen Bücher mit einem lauten Knall auf den Boden gefallen wären. Denn mit lauten Geräuschen wie diesem handele ich mir viel Ärger ein.

Schnell husche ich zum Fenster und ziehe die Vorhänge beiseite. Draußen ist es schon hell; die Sonne kommt zwischen dicken Oktoberwolken zum Vorschein. Es muss bereits weit nach neun an diesem Morgen sein. Warum hat Ma mich nicht geweckt? Sie kann doch nicht immer noch im Bett liegen? Normalerweise verschläft sie nie, besonders nicht an einem Samstag. Um zehn ist nämlich das beste Gemüse auf dem Markt schon weg, und sie würde es nicht wagen, deformierte Möhren mit nach Hause zu bringen.

Aus der oberen Schublade meines Nachttischs hole ich die Kleidung von gestern heraus und ziehe mich in Windeseile an. Selbst wenn wir sofort losgehen würden, wären wir immer noch zu spät, um das Lieblingsfleisch und -gemüse meines Vaters zu besorgen. Ich gebe dem vertrauten Schmerz der Angst in meiner Magengrube nach, bevor ich die Schlafzimmertür öffne.

Mit einem einzigen riesengroßen Schritt überquere ich den Flur und presse das Ohr an die Schlafzimmertür meiner Mutter. Ich weiß nicht so recht, was ich mir zu hören erhoffe. Vielleicht das Geräusch, wie sie etwas putzt. Möglicherweise ist sie ja schon längst aus der Stadt zurück. Weil sie heute vielleicht ohne mich gegangen ist. Ich hoffe inständig, dass sie einfach einen großen Vorsprung hat, anstatt mit den Hausarbeiten ins Hintertreffen geraten zu sein. Doch in ihrem Zimmer herrscht Stille, sie ist nicht da.

Nachdem ich die Schuhe ausgezogen habe, schleiche ich über die alten Holzdielen im Flur. Durch die jahrelange Übung weiß ich genau, wo ich hintreten kann und wo nicht. Einige Holzdielen sind nachsichtig mit mir und behalten das Geheimnis meiner Anwesenheit für sich, während andere mich mit ihrem Ächzen und Knarzen gnadenlos verraten würden.

Im Wohnzimmer entdecke ich meinen Vater, der auf dem Teppich liegt und den Whiskeyrausch der vergangenen Nacht ausschläft. Der Ofen ist während der Nacht ausgegangen, sodass die Kälte allmählich hereinkriecht. Auf dem Sessel neben Pa entdecke ich seinen Mantel, den ich über ihm ausbreite in dem verzweifelten Versuch, ihn warm zu halten. Wenn ich mich beeile, habe ich vielleicht noch genug Zeit, um zum Markt und wieder zurück zu laufen, bevor er aufwacht.

Als ich mich auf Zehenspitzen wegschleiche, lässt mich ein plötzliches Schnauben mitten in der Bewegung erstarren. Ich halte die Luft an, bis ich höre, wie sich mein Vater auf den Rücken dreht und weiterschnarcht.

Schnell stelle ich die Schuhe vor die Küchentür, bevor ich wieder nach drinnen pirsche. Der Kopf befiehlt mir, so schnell wie möglich zum Markt zu laufen, doch mein Herz sagt mir, nicht eher zu gehen, bevor ich nicht nach meiner Mutter gesehen habe.

*

Mit zitternden Fingern lege ich die Seite weg und schaue zu meiner Großmutter hinüber. Nanas Augen sind weit aufgerissen.

»Nana«, sage ich und habe Mühe, zu Atem zu kommen. »Ist das … Beruht die Geschichte auf einer wahren Begebenheit? Das Mädchen, von dem ich gerade vorgelesen habe – das bist du, oder?«

»Das bin ich, Holly.« Nanas Stimme krächzt wie ein rostiger Nagel, der über Stahl gezogen wird. »Das ist meine Geschichte.«

»Der Vater in dieser Geschichte … dein Vater. Du hattest Angst vor ihm, nicht wahr? Er war kein netter Mensch, oder?«

Nana schluckt.

»Vielleicht sollten wir heute nicht mehr weiterlesen«, sage ich schnell und lege eine Hand über die Seite, als würde das Verstecken der Tinte bedeuten, dass das alles nicht passiert ist. »Ich will dich nicht aufregen.«

»Holly, Liebes.« Nana drückt meine Hand, so gut sie kann.

»Die Erinnerungen werden mich nicht aufregen. Sie zu vergessen schon. Also, lies weiter.«

Ich kann meine Sorge kaum verbergen, als ich mit dem Daumen über die Rückseite ihrer knochigen Hand streiche.

»Holly, bitte.« Nanas Stimme ist nicht mehr als ein gedämpftes Flüstern. »Lies mir bitte weiter vor.«

»Schschscht«, versuche ich sie zum Schweigen zu bringen, da ich befürchte, dass selbst nur wenige Worte ihr die letzten Kräfte rauben könnten. »Das mache ich ja schon.«

Ich nehme die nächste Seite zur Hand und lese weiter …

*

Heute ist es im Ort viel leiser als sonst. Der Marktplatz ist samstagmorgens zu dieser Uhrzeit der Dreh- und Angelpunkt allen Geschehens. Unser Markt gilt als der beste Bauernmarkt der ganzen Gegend, und aus den umliegenden Städten kommen die Leute hierher, um bei uns Lebensmittel einzukaufen. Doch jetzt bevölkern nur noch eine Handvoll Leute den Marktplatz. Die meisten Bauern packen bereits leere Kisten zusammen und bereiten ihre Abfahrt vor. Mir bleibt die Luft weg, als würde man mir die Kehle zuschnüren, und ich gerate in Panik, dass ich zu spät dran bin, um noch Lebensmittel für diese Woche zu kaufen.

»Miss Annie«, ruft eine tiefe Männerstimme hinter mir.

Ich wirbele herum.

»Annie, Liebes, schön, dich zu sehen. Ich habe mir schon Sorgen gemacht, du würdest heute gar nicht mehr auftauchen.«

Mr Talbot, ein beliebter Bauer aus der Stadt, steht hinter

mir. Er hat die Hände in die Seiten gestemmt, während ein strahlendes Lächeln seine wettergegerbten Wangen betont.

»Ich bin spät dran«, sage ich.

»Hast ausgeschlafen, was?« Sein Lächeln wird noch breiter.

Ich nicke belämmert.

»Bist du mit deiner Mutter hier?«, fragt Mr Talbot und hebt den Schirm seiner Mütze, während er sich suchend umschaut.

»Nein, heute Morgen nicht.«

Mr Talbots Mundwinkel sinken herunter, und sein Blick wird sanft, als er die Augen zusammenkneift. »Ist sie wieder krank?«

»Ja«, lüge ich und spüre, wie mir sogleich die Schamesröte in die Wangen steigt. »Sie hat sich hingelegt, um sich auszuruhen.«

»Das tut mir sehr leid«, erwidert der Bauer und mustert mich mit vielsagendem Blick. »In letzter Zeit geht es ihr oft nicht gut. Das ist gar nicht schön. Ich hoffe, sie war wenigstens beim Doktor.«

»Es ist nur eine Erkältung.« Ich schlucke und habe ein schlechtes Gewissen, einen solch lieben und besorgten Mann anlügen zu müssen.

Mr Talbot rümpft ein wenig die Nase, und sein Blick sagt mir, dass er mir kein Wort glaubt, das mir über die Lippen kommt. Doch er ist ein echter Gentleman, und ich lächele, als mir klar wird, dass er nicht weiter nachhaken wird. Stattdessen dreht er sich um und sucht in der Kiste herum, die neben ihm steht.

»Sie müssen heute gut verkauft haben«, stelle ich fest und atme traurig aus. »Sie haben gar nichts mehr übrig.«

»Heute Morgen sind die Leute früher als sonst unterwegs gewesen«, erklärt Mr Talbot. »Muss am Wetter liegen. Heute Nachmittag soll ein Sturm aufziehen. Der Tag wird finster. Siehst du?« Mr Talbot deutet zum Himmel. »Die Leute wollen eben nicht im Regen unterwegs sein.«

Mein Blick wandert nach oben. Die schweren grauen Wolken, die sich über uns zusammenziehen, hatte ich noch gar nicht bemerkt. Das Wetter ist plötzlich und aggressiv umgeschlagen, und mir wird beim Gedanken an den langen Heimweg angst und bange. Wenn ich nicht nur nass bis auf die Haut, sondern obendrein auch noch mit leeren Händen nach Hause zurückkehre, wird mein Vater gleich zweimal so wütend sein.

»So, da haben wir sie ja.« Mr Talbot holt eine braune Papiertüte aus einer der unteren Kisten hervor. »Ich habe ein paar Sachen für meine Lieblingskundin zurückgelegt.« Er öffnet die Tüte und starrt hinein. »Ich habe hier ein paar Möhren, Rüben und Eier zusammengepackt, und« – Mr Talbot nickt in Richtung eines älteren Bauern auf der entgegengesetzten Seite des Marktplatzes, den ich aber nicht kenne – »Mr Cosgrove hat noch ein paar der besten Lammkoteletts ganz Irlands beigesteuert. Nur für dich.«

Mir fällt ein riesengroßer Stein vom Herzen, und man muss mir die Erleichterung deutlich angesehen haben, da Mr Talbot nickt, als habe er verstanden.

Ich fische in meinen Rocktaschen nach den Münzen, die ich heute Morgen eingesteckt habe, ohne nachzuzählen. Als ich endlich eine Handvoll hervorhole, zittere ich. Ich öffne sie und starre auf die armselige Summe, mit der Ma und ich den Rest der Woche auskommen müssen.

»Wie viel schulde ich Ihnen?«, frage ich und bin mir gleichzeitig im Klaren darüber, dass die Lammkoteletts weit über unseren Möglichkeiten liegen.

Es liegt zwar immer ein leckeres Kotelett für meinen Vater in der Einkaufstasche, doch der Rest des Fleischs sollten billige Reststücke für meine Mutter und mich sein.

Mr Talbot legt seine riesige Hand auf die meine, und seine rauen, trockenen Finger schließen sich wie ein Ahornblatt um meine Hand, als er meine Finger um die Münzen schließt. »Heute nichts, Annie.«

»Aber die Lammkoteletts?«, zittere ich. »Die sind teuer.«

Mr Talbot schüttelt den Kopf. »Ein Genesungsgeschenk für deine Mutter. Daraus lässt sich ein feiner Eintopf kochen. Sie braucht was Gutes zu essen, wenn sie angeschlagen ist.«

Tränen treten mir in die Augen, und aus Angst, dass sie mir übers Gesicht laufen könnten, traue ich mich nicht zu blinzeln. »Danke, Mr Talbot. Ich werde meiner Mutter von Ihrer Güte berichten.«

»Tu das, Annie. Aber warte damit besser, bis dein Vater außer Hörweite ist. Ich will nicht, dass du und deine Mutter Ärger bekommt.«

Ich zucke zusammen, fange mich jedoch recht schnell wieder und hoffe, dass Mr Talbot nichts bemerkt hat. Seine Aussage beweist, dass er deutlich scharfsinniger ist, als sein starker Akzent und die breiten Schultern es vermuten lassen.

Ich weiß um das Geschwätz. Athenry ist eine Gemeinschaft, die zusammenhält. Nachbarn helfen sich in Zeiten der Not gern gegenseitig. Doch die gleichen Nachbarn tratschen auch hemmungslos hinter deinem Rücken. Und wenn du nicht mittratschst, dann wird über dich getratscht. Gerüchte und Gemunkel sind der Kraftstoff, der die Maschine der Gemeinschaft am Laufen hält. Und meine Familie liefert genügend Anlässe zum Tratschen.

»Vielen Dank, Mr Talbot«, bedanke ich mich und hieve die schwere Tüte, die er mir reicht, in die Ellenbeuge. »Vielen Dank.«

Die Papiertüte ist unbarmherzig sperrig, und ich befürchte, dass der Boden nachgeben wird, bevor ich den Acht-Kilometer-Marsch nach Hause geschafft habe. Instinktiv presse ich sie an meine Hüfte. Das Gewicht verrät, dass sich in der Tüte auch noch eine beträchtliche Menge Kartoffeln befindet. Meine Mutter wird sich freuen. Eine lädierte Hüfte nach meiner Ankunft zu Hause wird da ein vergleichsweise kleines Opfer sein.

»Ich habe genug Platz und könnte dich mitnehmen, Annie«, verkündet Mr Talbot und deutet auf sein Pferd und den Wagen.

Das Pferd ist neben uns angebunden und frisst lange Grashalme, die zwischen den Rissen des Straßenbetons hindurchgewachsen sind. Ein paar warme, bunte Decken liegen zusammengefaltet hinten im Wagen; sie sehen wunderbar kuschelig aus. Ich denke ernsthaft über Mr Talbots Angebot nach, während mir die schwere Papiertüte knapp über dem Hüftknochen ins Fleisch schneidet. Vielleicht könnte ich ihn bitten, mich am oberen Ende unserer Straße abzusetzen. So würde mein Vater niemals davon erfahren.

»Wenn du ungefähr eine Stunde warten kannst, bis ich alles aufgeräumt habe, würde ich mich sehr über die Gesellschaft freuen«, erklärt Mr Talbot.

Innerlich stöhne ich auf. Leider kann ich so lange nicht auf dem Marktplatz bleiben. Jemand könnte mich sehen und es meinem Vater gegenüber erwähnen.

»Danke, Mr Talbot, aber ich laufe lieber gleich los. Ich wäre gern so schnell wie möglich zu Hause, um nach meiner Mutter zu schauen.« Ich lächele und bin relativ souverän, da ich nur eine halbe Lüge erzähle.

»Na gut, Annie. Aber pass auf dich auf. In der Papiertüte ist genug Nahrung für euch beide drin. Achte darauf, dass du auch was davon abbekommst, ja?«

Mein Lächeln wird breiter, als ich gehe. »Auf Wiedersehen, Mr Talbot. Bis nächste Woche.«

Ein stürmischer Wind pustet mir um die Knöchel. Im Gegensatz zu heute Morgen, als ich losgegangen bin, ist es jetzt auf jeden Fall einige Grad kühler geworden, sodass die eisige Kälte mir durch den dünnen blauen Stoff des Kleides und bis ins Mark kriechen wird. Ich hätte mir eine Strickjacke mitnehmen sollen, doch meine Mutter und ich haben zusammen nur diese eine, und die habe ich ihr heute Morgen über die Schultern gelegt, bevor ich losgegangen bin – in der Hoffnung, dass ihr die Wärme guttun wird.

Ich gehe so schnell, wie es die schwere braune Tüte erlaubt. Die sperrige Form zwingt mich dazu, mich zur Seite zu neigen und zu watscheln.

Vor dem Postamt sitzt eine Gruppe junger Leute auf der niedrigen Mauer. Die meisten von ihnen kenne ich von früher aus der Schule. Natürlich haben sie sich alle ein wenig verändert, seit sie zu jungen Erwachsenen herangewachsen sind, jedoch nicht so viel, dass sie mir fremd geworden wären. Über die Jahre habe ich den Kontakt zu ihnen verloren. Die meisten von ihnen haben im Alter von zehn oder elf Jahren die Schule verlassen, und mein Vater hat mich stets davor gewarnt, dass diejenigen, die weiterführende Schulen besuchten, keine angemessene Gesellschaft für mich seien.

Ein Gesicht in der Gruppe zieht meine Aufmerksamkeit auf sich. Arthur Talbot. Mr Talbots Sohn. Er ist genauso hübsch wie früher, stelle ich schweren Herzens fest. Er sitzt nicht wie alle anderen auf der Mauer, sondern steht und lehnt mit dem Rücken an den Steinen. Die Ellbogen sind gebeugt und nah an seinen Körper gepresst, da er sich oben auf der Mauer abstützt. Das kann eigentlich nicht bequem sein, doch bei ihm sieht diese Haltung völlig lässig aus. Sein dunkles Haar ist glatt aus dem Gesicht gekämmt, und er hat den Kragen seiner schwarzen Lederjacke hochgeschlagen, sodass dieser seinen Hals einrahmt. Eine Zigarette hängt zwischen seinen Lippen, und sein Blick ist fest auf mich gerichtet. Mir stellen sich die Nackenhaare auf. Als ich näher komme, bewegt er sich schnell und schiebt sich zwischen sein Auto und die Wand. Entweder muss ich mich eng an ihm vorbeidrängen oder ihn bitten, zur Seite zu treten. Mir ist klar, dass er das mit voller Absicht tut. Ich werde langsamer und tue so, als würde ich mich mit dem Gewicht der braunen Papiertüte beschäftigen. Er wartet ab, einen Fuß fest auf dem Boden, den anderen auf der Stoßstange seines flaschengrünen Morris mit einem cremefarbenen Verdeck, der vor ihm parkt. Wahrscheinlich lassen sich die meisten Mädchen von einem Jungen mit eigenem Auto beeindrucken. Ich bin nicht wie die meisten Mädchen, wünschte mir aber, ich wäre es.

»Bist du in Eile, Annie?«, ruft mir eine von ihnen zu, als ich beschließe, den Gehweg zu verlassen und mit gesenktem Kopf das parkende Auto zu umrunden.

Ich nicke, schaue aber nicht hoch.

»Ach Annie, komm schon. Mach dich mal locker! Wir amüsieren uns doch nur«, kreischt sie.

Ich presse die Tüte fester an mich und gehe schneller. Ich will einfach nur nach Hause. Gleich wird mein Vater wach; der Whiskey der letzten Nacht wird seine Spuren hinterlassen haben und sich auf seine Laune auswirken. Die Lammkoteletts werden ihn aber hoffentlich besänftigen.

Ich halte den Kopf gesenkt, doch mein Blick wandert zur Blackwell Tavern hinauf, die einen Ehrenplatz auf dem höchsten Punkt des Ortes einnimmt. In dem Pub bin ich noch nie gewesen – wie die meisten achtbaren, anständigen Frauen von Athenry –, dennoch hasse ich diesen Ort. Es ist erst kurz nach Mittag, und doch stehen schon Dutzende Fahrräder von so vielen ehrenwerten Männern draußen vor der Tür. Sie gehen hinein, gescheite, fromme Männer mit erhobenen Häuptern, doch heraus torkeln sie, auf wackeligen Beinen, lallend, mit der Laune eines Monsters. Manchmal frage ich mich, wie viele Mädchen wie ich die Hand ihres Vaters zu spüren bekommen haben, weil er den ganzen Tag in der Blackwell Tavern getrunken hat. Eigentlich kann ich nicht die Einzige sein.

»Annie. Bleib doch stehen und rede kurz mit uns«, ruft das hübsche Mädchen, während sie mich beäugt und ihre Beine auf der Mauer von links nach rechts schwingen lässt.

»Du brauchst gar nicht zu versuchen, mit ihr zu reden«, brüllt eine andere. »Sie ist komisch.«

Die Beleidigung perlt an mir ab, als wäre meine Haut aus Wachs. Nach den jahrelangen Beschimpfungen und Hänseleien der anderen Kinder habe ich ein undurchdringlich dickes Fell bekommen.

»Willst du denn gar keine Freundinnen haben?«, fährt das Mädchen fort und wirft sich die hellblonden, langen, schweren Locken über die Schulter zurück.

Die Jugendlichen auf der Mauer kichern. Einige halten sich die Hand vor den Mund oder senken den Kopf, doch die meisten von ihnen machen sich erst gar nicht die Mühe, ihre Belustigung zu verbergen. Sie starren mich unverhohlen an, als sei ich verrückt. Ein paar von ihnen wirken sogar, als hätten sie Angst vor mir. Ihre scharfen, durchdringenden Blicke tun mir mehr weh, als es ihr albernes Geschwätz je könnte.

Arthur entfernt sich von seinen Freunden und kommt vorne um sein Auto herumgeschlendert, sodass er mir nun direkt im Weg steht. Sein Blick brennt sich geradezu in mich hinein. Schnell suche ich die Straße nach einem Weg ab, der um ihn herumführt, doch er steht zu nah am Auto, als dass ich mich zwischen ihm und der Beifahrertür hätte durchquetschen können. Auf der anderen Seite von ihm befindet sich eine riesige, dreckige Pfütze, wenn ich einen Bogen um ihn machen würde. Meine Schuhe wären ruiniert, sollte ich dort hineintreten. Mit dreckigen Schuhen würde ich mir heute Nachmittag ein blaues Auge von meinem Vater einhandeln. Ich muss also stehen bleiben und die bösen Sachen, die diese Gruppe sich einfallen lässt, über mich ergehen lassen. Innerlich fange ich an, ein Lied zu singen. »Die Moritat von Mackie Messer« aus der *Dreigroschenoper*, mein Lieblingslied. Mit dem Refrain in Dauerschleife kann ich ihre Worte ausblenden, wenn ich einfach schweigend weitersinge.

Arthur sagt keinen Ton. Er steht einfach nur da und mustert mich. Was glaubt er denn, was ich jetzt tun werde? *Und die behaupten,* ich *wäre komisch!*

Nachdem ich zweimal den Refrain durchgegangen bin, blaffe ich ihn schließlich an. Ich kann es mir nicht leisten, wegen ihrer albernen Spielchen den Samstag zu vertrödeln.

»Kann ich dir helfen?«, fauche ich.

»Eigentlich dachte ich, du bist diejenige, die Hilfe braucht«, erwidert Arthur.

»Ich?«, frage ich und neige den Kopf zur Schulter, um an ihm vorbeizuschauen.

Hinter ihm dehnt sich die Straße ins schier Unendliche, und der Himmel ist finsterer als je zuvor. Die Verspätung wird garantiert dafür sorgen, dass ich mitten in den dicksten Regenschauer gerate. In der Erwartung, ihn lachen zu sehen oder dabei zu erwischen, wie er sich zu seinen feixenden Freunden umblickt, schaue ich zu ihm. Aber er macht weder das eine noch das andere. Er beobachtet mich einfach. Sein Blick ruht immer noch auf mir, doch jetzt fühlt es sich irgendwie anders an. Als ob er mich *wirklich* sehen würde. Mein Ich, das ich so mühevoll vor allen zu verstecken versuche. Noch nie hat mich jemand auf diese Art und Weise angeschaut – nicht mal meine Mutter. Dieser Blick macht mir Angst.

Das Mädchen, das mich aufgezogen hat, springt vorsichtig von der Mauer herunter und kommt langsam zu uns herüber, bis sie neben Arthur stehen bleibt.

»Komm schon, Sketch«, sagt sie. »Lass sie in Ruhe. Das wird doch langweilig.«

»Ich langweile mich nicht.« Er lächelt. »Annie, langweilst du dich?«

Ich schüttele den Kopf; dabei dreht sich alles in mir, dass mir schwindelig wird. Noch zehn Sekunden früher hätte ich einfach den Blick zu Boden gerichtet und die Gelegenheit genutzt, an der Gruppe vorbeizulaufen, solange sie noch abgelenkt waren. Aber das war, bevor er mich mit seinen tiefblauen Augen angeschaut hat. Sein Blick sagt mir, dass er so viel mehr über mich weiß als nur meinen Namen.

»Mir ist nicht langweilig.« Ich schlucke.

»Seht ihr. Annie langweilt sich auch nicht«, erklärt er selbstsicher.

Ich mag den Klang meines Namens, wenn er über seine Lippen kommt. Ich mag seine Lippen. Sie sind voll und dunkelrot und ergänzen seinen warmen Teint perfekt.

»Geh doch nach Hause, Bridget, wenn dir das lieber ist«, erklärt er und reißt seinen Blick einen Moment lang von mir los, um das Mädchen anzustarren.

Sie zuckt mit den Schultern. »Na gut. Dann mache ich das auch. Ich werde hier jedenfalls nicht meinen Tag damit vergeuden, Annie die Worte aus der Nase zu ziehen. Aber du brauchst mir nicht hinterherzulaufen, wenn du merkst, wie sie wirklich ist.«

»Du kennst sie also so gut, Bridget?« Arthur grinst.

Bridgets Oberlippe wird ganz steif, sodass sich auf ihrem Nasenrücken kleine Falten bilden, die sie alt wirken lassen.

»Sie hält sich für etwas Besseres als der Rest von uns. So viel steht fest«, schnaubt Bridget. »Das ist geradezu unverschämt. Ich weiß gar nicht mehr, wie oft ich versucht habe, ihr Hallo zu sagen, seitdem ich aus der Schule raus bin, aber Annie hat sich nicht einmal dazu herabgelassen, mir zu winken oder Guten Tag zu sagen.«

»Stimmt das, Annie?«, fragt Arthur, kneift die Augen zusammen und versucht, seine Enttäuschung zu überspielen.

Ich ignoriere es. Normalerweise gehe ich nicht oft in den Ort. Und wenn, dann nur, um für meinen Vater in einem vollkommen unrealistischen Zeitrahmen Besorgungen zu machen. Vielleicht hat Bridget tatsächlich versucht, hallo zu sagen, und ich war einfach zu beschäftigt, um es überhaupt zu bemerken. Kein Wunder, dass sie mich unhöflich findet.

Die Tüte in meinen Armen wird unbequem schwer, und als mir ein einzelner Regentropfen auf die Nase fällt und an dieser herunterläuft, schaue ich zum Himmel hinauf.

»Ganz genau«, seufzt Bridget. »Hau nur ab und schweb weiter auf Wolken. Tu uns allen einen Gefallen und lauf weiter.«

»Hör auf damit, Bridget«, schimpft Arthur, dessen Stimme plötzlich tiefer klingt und ihn viel älter als zwanzig erscheinen lässt. Er kommt näher. Ich rieche seinen Moschusduft, der so frisch und anziehend wirkt wie sein schneeweißes T-Shirt, das unter seiner Lederjacke hervorlugt. »Annie, lass dich nicht ärgern. Ich will nicht, dass du weggehst. Willst du nicht ein wenig bleiben und dich mit mir unterhalten? Bitte!«

Meine Schneidezähne bohren sich in die Unterlippe, und obwohl mein blaues Kleid viel zu dünn ist für einen derartig kühlen Tag, ist mir heiß; ich beginne zu schwitzen.

»O Sketch! Das ist doch lächerlich!«, kichert Bridget. »Du vergeudest deine Zeit. Morgen schwebt sie schon wieder auf Wolken oder vergräbt die Nase in einem Buch.«

»Okay, danke, Bridget«, entgegnet Arthur. »Du hast deine Ansicht klargemacht.«

Eifersucht und Enttäuschung setzen sich in den feinen

Fältchen rund um Bridgets hübsche Augen nieder, und mit einem Mal tut sie mir leid. Wahrscheinlich sollte ich ihr sagen, dass von mir keine Gefahr ausgeht. Arthur ist attraktiv, keine Frage, aber das spielt keine Rolle für mich … darf es einfach nicht.

Endlich geht Bridget. Die Gruppe hüpft geschlossen von der Mauer herunter und folgt ihr. Bridget ist eine Anführerin. Ich frage mich, ob sie das weiß.

Arthur wartet, bis seine Freunde um die nächste Hausecke verschwunden und damit außer Sichtweite sind, bevor er strahlend lächelt und seine schönen, geraden weißen Zähne zum Vorschein kommen.

»Fangen wir noch mal von vorn an«, schlägt er vor. »Ich bin Sketch.« Er hält mir seine Hand hin.

Ich kneife die Augen zusammen und trete von einem Bein aufs andere, während ich herauszufinden versuche, was er im Schilde führt. Arthur Talbot kennt mich seit meinem vierten Lebensjahr. In der Grundschule haben wir die meiste Zeit nebeneinandergesessen. Ich habe ihm bei Mathe geholfen, während er für mich oft einen Apfel aus dem Obstgarten seines Vaters in seine Schultasche geschmuggelt hat. Zwar habe ich es ihm nie gesagt, aber an manchen Tagen war dieser Apfel alles, was ich gegessen habe. Rückblickend wird mir klar, dass ich ihm das gar nicht sagen musste. Er wusste es. Arthur hat drei Tage vor seinem elften Geburtstag die Schule verlassen. Sein Vater brauchte Hilfe auf dem Hof, und als einziger Sohn musste Arthur seinen Pflichten nachkommen. Ich habe seine köstlichen roten Äpfel schrecklich vermisst, aber Arthur selbst habe ich noch viel mehr vermisst.

Ich schiebe die Tüte unter meinen Arm und schüttele ihm

mit der freien Hand die seine. Ich bin ohnehin schon viel zu spät dran, um vor dem großen Regen zu Hause zu sein. Doch da ich eine Tüte mit frischem Gemüse und Fleisch von seinem Vater mit mir herumschleppe, ist es das Mindeste, dass ich kurz stehen bleibe und mit ihm rede.

»Annie Fagan. Schön, dich kennenzulernen, Sketch.« Ich grinse so breit, dass sich meine Wangen in Falten legen und die Augen zu schmalen Sehschlitzen werden lassen.

Er hat warme Hände, und er packt beherzt zu. Unsere Hände umklammern sich einen Hauch länger, als sie eigentlich sollten. Ich ziehe meine Hand als Erste zurück, was aber den Schauer, der mir den Rücken hinunterläuft, nicht mindert.

»Meine Freunde nennen mich heutzutage Sketch«, erklärt er und wirkt mit einem Mal nervös, seit wir allein sind.

»Sind das deine Freunde?« Ich deute die Straße hinunter zur Ecke, hinter der ein paar Schatten zu erkennen sind, und ich weiß, dass die Gruppe von der Mauer dort drüben zusammengedrängt auf Sketch wartet.

»Ja. Sie sind gar nicht so übel. Ehrlich.«

Ich verziehe das Gesicht und werde dann rot, als mir bewusst wird, wie unhöflich meine offensichtliche Abneigung wirken muss.

Sketch lacht. »Bridget ist eigentlich eine gute Seele. Sie verhält sich nur nicht so nett zu Menschen, die sie einschüchtern.«

Jetzt bin ich diejenige, die lachen muss, aber bei mir ist es eher ein nervöses Kichern. Ich schüchtere ganz sicher niemanden ein, aber ich weiß seine Mühe, sie zu verteidigen, sehr zu schätzen. Er ist Bridget ein ebenso guter Freund, wie er es mir einmal gewesen ist.

Das Paket unter meinem Arm schneidet mir in die Haut, wenn ich es nur mit einer Hand trage, und das Gewicht ruft mir wieder in Erinnerung, wo ich jetzt eigentlich sein sollte.

»Sketch, es war nett, dich wiederzusehen«, verkünde ich und weiche einen Schritt zurück. »Aber ich muss mich jetzt wirklich auf den Weg machen.«

»Hast du es so eilig?« Er atmet aus.

»Ja, ziemlich.«

»Dann lass mich dich mitnehmen.«

Ich drehe mich um, mustere seinen Wagen und hasse mich für die Feststellung, wie schön er glänzt. Ich schüttele den Kopf, um sein Angebot höflich abzulehnen.

»Ich werde auch keine komischen Aktionen versuchen, Annie. Ich habe dich aufgehalten; ich würde es gern wiedergutmachen, dass ich dir deinen Tag durcheinandergebracht habe. Bitte erlaube mir, dass ich dich dort absetze, wo du hinmusst.« Er fischt in seiner Hosentasche, holt den Autoschlüssel heraus und lässt ihn dann mit einem beachtlichen Selbstbewusstsein um seinen Zeigefinger kreisen.

Mit einem trockenen Husten räuspere ich mich und zermartere mir das Hirn, was ich Glaubwürdiges sagen könnte. Er hat alles falsch verstanden. Ich lehne sein Angebot, mich mitzunehmen, nicht etwa ab, weil ich Angst vor ihm habe. Das Gegenteil ist der Fall. Er ist höflich und ordentlich gekleidet. Er sieht aus, als gehöre er eher auf eine Kinoleinwand, und nicht, als würde er normalerweise Schweineställe ausmisten. Obendrein riecht er göttlich, eine eindeutige Mischung aus Zitrusduft und Sandelholz, und er hat Geld. Familienvermögen. Die Talbots sind eine der bekanntesten und angesehensten Familien in Athenry.

»Lass dich nicht von ihren breiten Schultern, den schmutzigen Stiefeln und den Hosen täuschen, die nach Kuhmist stinken«, hat mir meine Mutter einmal gesagt. »In Kuhmist steckt viel Geld, Annie. Arme Bauern gibt es nicht.«

Mein Blick wandert über jeden Zentimeter seines brandneuen, teuren Autos. Meine Mutter hat mich vor Männern wie Sketch gewarnt. Vor Männern wie meinem Vater. Wenn die Verpackung zu gut scheint, um wahr zu sein, dann weil sie für gewöhnlich tatsächlich etwas verbergen. Sketch Talbot ist ein Gentleman und einige Nummern zu groß für mich. Indem ich einfach nur mit ihm rede, spiele ich mit dem Feuer. Wir sind zusammen aufgewachsen und haben uns dann auseinandergelebt. Der Junge, neben dem ich in der Schule gesessen habe, war mir vertraut, doch die Zeit ist nicht stehen geblieben. Den Mann, der mich jetzt anstarrt, kenne ich nicht.

»Vielen Dank, aber es ist ein schöner Tag«, murmele ich. »Ich gehe lieber zu Fuß.«

Sketch schielt zum Himmel hinauf, und ich kann nicht anders, als es ihm gleichzutun. Dunkle, fast schwarze Wolken türmen sich über unseren Köpfen auf.

»Schöner Tag, was?«, feixt er. Sein Blick wandert wieder zu mir.

»Gegen ein wenig Regen ist nichts einzuwenden«, erwidere ich trotzig.

»Das stimmt«, nickt er. »Wenn man eine Ente ist.«

Ich zucke mit den Schultern. Eigentlich will ich in sein Auto. Unbedingt sogar. Mir ist kalt, ich fühle mich einsam, und angesichts der Aussicht darauf, eine Freundschaft wieder aufleben zu lassen, die ich einmal sehr geschätzt habe, platze ich fast vor Glück. Doch dann schweift mein Blick zur Blackwell Tavern. Mit seinen drei Stockwerken überragt der Pub bedrohlich alle anderen Läden und Cottages, die die Straße säumen. Er ist das dominanteste Gebäude des Ortes und zugleich eine nicht gerade subtile Metapher für den Typus Mann, der dort tagtäglich ein und aus geht. Männer, die bis zum Umfallen trinken; Männer, die ihre Frauen schlagen; Männer, die es nicht dulden würden, wenn ihre Tochter im Auto eines ehemaligen Freundes mitfährt.

»Bitte, Annie. Wovor hast du Angst?«

Sketch glaubt ganz bestimmt, dass er die Antwort ist.

»Warte hier.« Sketch ist unruhig, als würde er befürchten, dass ich sofort die Beine in die Hand nehme, sobald er mich aus den Augen lässt. Schnell eilt er um das Auto herum und öffnet die Fahrertür. »Bist du noch da, Annie?«, ruft er. Als ich dem Klang seiner Stimme folge und über das cremefarbene Verdeck schaue, merke ich, dass er mich anstarrt.

Wir stehen einander am grünen Auto gegenüber, unsere Blicke treffen sich, und mein Herz klopft wie wild.

»Ich habe hier etwas für dich«, verkündet er triumphierend.

Sein Lächeln ist warmherzig und ansteckend; meine Mundwinkel heben sich und spiegeln seine Miene. Mein Puls rast so dermaßen, dass ich das Blut in meinen Adern rauschen höre, als es in meinen Ohren vorbeiströmt. Meine Knie scheinen sich plötzlich zu verselbständigen und sind wie Wackelpudding. Mir ist dieses Gefühl eigentlich sehr vertraut. Etwas Ähnliches spüre ich, wenn ich spät in der Nacht die Stiefel meines Vaters auf der Veranda vor dem Haus höre. Doch etwas ist anders. Das Herz klopft mir zwar bis zum Hals, doch Angst habe ich keine. Im Gegenteil: Sketchs Augen verleihen mir das Gefühl, nach Hause zu kommen. Sie sind wie ein Heim, das ich nie gekannt habe. Sie geben mir das Gefühl von Sicherheit.

»Jetzt sag etwas, Annie!« Seine Stimme zittert. »Du meine Güte, du hast keine Ahnung, wie nervös du einen machen kannst!«

»Tut mir leid.« Ich werde rot. »Was ist es denn?«

Sketchs Schulter dreht sich, und ich vermute, dass er hinter seinem Rücken etwas versteckt. Aufgeregt puste ich heiße Luft durch meine Lippen, als Sketch einen rotbäckigen Apfel hinter seinem Rücken hervorzaubert und ihn hochhält, damit ich ihn sehen kann.

»Ein Apfel. Ein ro-roter Apfel«, stottere ich, als wüsste er nicht, was er da in der Hand hält. »Stammt der von der Obstplantage deines Vaters?«

Sketch nickt. »Sie schmecken immer noch so gut wie früher, Annie.«

»Du erinnerst dich«, sprudelt es aus mir hervor.

»Wie könnte ich das je vergessen? Ich bin ziemlich froh, dass du dich auch noch erinnerst.«

»Immer«, strahle ich.

Sketchs Kopf verschwindet aus meinem Sichtfeld, und ich halte den Atem an, bis er auf meiner Autoseite wieder auftaucht.

Ich drehe das Handgelenk und lausche dem Knacken meiner Knochen, als ich einen Blick auf die Uhr werfe. Es ist fast eins. Mein Vater wird höchstwahrscheinlich bald wach sein und auf sein Mittagessen warten. Nie im Leben werde ich rechtzeitig zurück sein, um die Lammkoteletts zuzubereiten.

»Okay«, nicke ich. »Ich fahre mit dir.«

Sketch grinst breit, während mein Magen Purzelbäume schlägt.

»Ich wohne auf dem Millview Drive. Am Friedhof vorbei, dann auf der rechten Seite«, erkläre ich und deute mit dem Finger in die Richtung, als sei es möglich, das Haus meiner Eltern an der Fingerspitze erkennen zu können.

Sketch kneift die Augen zusammen. »Wohnst du immer noch draußen in Millview? Aber das ist ja … wie weit? Knappe zehn Kilometer von der Stadt entfernt.«

»Sieben, vielleicht acht«, entgegne ich. »Ist das für dich zu weit zum Fahren? Das würde ich verstehen.«

Sketchs kantiges Kinn gibt nach. »Nein, alles gut. Ich fahre gern. Ich freue mich über einen Grund, aus der Stadt rauszukommen. Aber du liebe Zeit, Annie, das ist ja eine ganz schöne Strecke, wenn du hin und zurück zu Fuß gehst. Einmal, als ich noch jünger war, bin ich selbst den Weg zu Fuß gegangen. Das würde ich aber nur ungern öfter machen.«

»Mir macht es nichts aus«, erwidere ich mit einem Schulterzucken. »Ich gehe gern zu Fuß.«

Ich lüge. Es macht mir etwas aus. Sehr sogar. Mir tun die Füße weh, und die Blasen sind oft unerträglich. Heute ist es nicht ganz so schlimm, da es recht sonnig war, als ich losgegangen bin, aber im eiskalten Winter … Du meine Güte, da fühlt es sich an, als ob mir die Zehen einfrieren und abfallen.

»Legst du den Weg oft zu Fuß zurück?«, fragt Sketch leise.

Ich zucke mit den Schultern. »Ein paar Mal pro Woche. Manchmal auch öfter. Beim Laufen habe ich Zeit zum Nachdenken.«

»Da kannst du ja sehr viel nachdenken.«

»Ich habe auch viel, worüber ich nachdenken kann«, erwidere ich wahrheitsgemäß.

Ich erzähle ihm jedoch nicht, dass ich in der Zeit weinen kann, ohne Angst zu haben, dass man mich hört. Und ich beichte ihm auch sicher nicht, dass ich bei jedem Gang in die Stadt davon träume, niemals wieder zurückzukehren.

Es entsteht eine unangenehme Stille, als Sketch auf meine Schuhe blickt. Ich werde rot. Der rechte Schuh hat ein großes Loch. Es ist zwar nur oberflächlich, und es kommt auch noch kein Wasser durch, aber ich merke schon, wie bestürzt Sketch ist. Glücklicherweise bringt er mich nicht in die Verlegenheit, mich nach einem anderen Paar Schuhe zu fragen. Offensichtlich kennt er die Antwort.

»Du wolltest doch nicht mit diesem großen Einkauf den ganzen Weg nach Hause gehen, oder?« Er deutet auf die Tüte in meinen Armen, die inzwischen unerträglich schwer geworden ist. »Lass mich dir das abnehmen, bevor du dich verletzt.«

Widerwillig gebe ich ihm die Tüte. Ich versuche so zu tun, als wäre mir der Inhalt der braunen Papiertüte nicht wichtig, doch mein Blick will sich nicht von ihr losreißen. Wenn die Eier zerbrechen … daran möchte ich gar nicht denken.

»Komm. Dann fahren wir dich mal nach Hause.« Er legt den Arm um meine Schultern und schiebt mich in Richtung der Beifahrertür.

Ich erstarre, als die Wärme seines Arms meinen Nacken streift. Schnell lasse ich den Blick über die Straße schweifen, um so viel wie möglich zu erfassen, ohne den Kopf zu bewegen. Niemand unterwegs. Niemand da, der mich sehen könnte, wie ich zu einem Jungen ins Auto steige. Niemand, der meinem Vater davon erzählen könnte. Gott sei Dank.

7.

Annie

Sketchs Morris verfügt über ein eingebautes Autoradio. Ich kann es kaum glauben. Da erklingt tatsächlich Musik während der Fahrt. Zwar kenne ich das Lied nicht, aber das spielt keine Rolle; im Takt der Musik wippe ich mit dem Fuß.

»Tanzt du gern?«, fragt mich Sketch, als wir die Stadt verlassen.

»Ich liebe tanzen«, gestehe ich.

»Ernsthaft? Ich habe dich noch nie im Mount Clements gesehen.«

Ich streiche mir eine lose Haarsträhne hinters Ohr und atme tief ein, während ich ein wenig auf meinem Sitz herumrutsche, um aus dem Fenster zu sehen.

Das Mount Clements ist der größte Tanzsaal in ganz Galway, und er befindet sich in unserer Stadt. Freitagabends ist das der Ort, wo man hingeht. Dort gibt es eine Bühne mit einer Band. Es muss wunderbar sein, zumindest sagen das alle. Ich bin nie dort gewesen. Mein Vater meint, dass Mädchen wie ich dort nichts verloren hätten, was schon ziemlich paradox ist, wenn man bedenkt, dass mein Vater meine Mutter vor zweiundzwanzig Jahren im Mount Clements kennengelernt hat.

Sketch wartet darauf, dass ich mich wieder zu ihm umdrehe, und wendet kurz den Blick von der Straße ab, um mir in die Augen zu schauen. »Vielleicht magst du ja mal mit mir hingehen, Annie?«

»Wir sind fast da«, schlucke ich schwer. »Es sind nur noch ein paar Kilometer.«

»Bitte sag, dass du mitkommst, Annie. Bitte, tanz mit mir. Ja?«

»Ich würde sehr gern, wirklich.«

»Ich könnte dich auch abholen«, bietet Sketch mir an. »Wenn das der Grund für deine Bedenken ist?«

»Bedenken?«, wiederhole ich.

»Ich dachte nur, vielleicht hat deine Familie kein Auto«, fährt Sketch fort. »Das ist der Grund, warum du so viel zu Fuß unterwegs bist, oder? Und auch der Grund, warum ich dich im Tanzsaal noch nicht gesehen habe. Junge Damen sollten nachts nicht allein unterwegs sein. Und bei Dunkelheit ist es auch zu gefährlich, mit dem Fahrrad über die kurvige Straße zu fahren. Selbst wenn das Fahrrad ein Licht hat. Das verstehe ich.«

Ich seufze. Da ich ihm keine Erklärung geliefert habe, hat sich Sketch einfach selbst eine überlegt. *Gott sei Dank.*

Ich beiße mir auf die Unterlippe, bevor ich widerwillig zustimme. »Genau. Du hast mich richtig verstanden. Wir haben kein Auto. Schade, denn, wie ich schon sagte, ich tanze gern.«

»Prima, dann haben wir das ja geklärt«, stellt Sketch grinsend fest. »Ich komme dich dann abholen. Sollen wir sagen, am kommenden Freitag?«

»Kommenden Freitag?«, wiederhole ich.

»Ja, na ja. Es sei denn, du hast andere Pläne.« Sketchs Lächeln wird unsicher. »Wir können das auch gern auf nächste Woche verschieben, wenn du zu tun hast. Aber nur, damit du's weißt: Die Wartezeit könnte mich umbringen.«

O Gott. O mein Gott. Unzählige Gedanken jagen mir durch den Kopf. Ich will hingehen. Ich will unbedingt hingehen, aber ich habe nicht die geringste Ahnung, wie ich das anstellen soll, ohne dass mein Vater davon erfährt. Denn er würde niemals zustimmen; und sollte er jemals erfahren, dass ich ohne seine Erlaubnis hingegangen bin, so hätte dies schwerwiegende Konsequenzen für mich.

»Ähm, ich denke mal darüber nach«, antworte ich mit zitternden Knien, während ich nach vorn starre und mir das Hirn auf der Suche nach einer glaubwürdigen Ausrede zermartere.

»Annie Fagan. Du zierst dich ja ganz schön, was?« Sketch ist die Enttäuschung deutlich anzumerken.

Ich würde es ihm gern erklären. Komischerweise sehne ich mich geradezu danach, ihn wissen zu lassen, dass ich ihn nicht zurückweise, nur damit er sich mehr Mühe gibt. Ohne zu zögern, würde ich mit ihm in den Tanzsaal gehen. Wenn es nur so einfach wäre! Schnell wechsle ich das Thema.

»Sketch«, murmele ich.

»Mmmhmm«, erwidert er, während er halbherzig ein Lied im Radio mitsummt.

»Deine Freunde nennen dich also Sketch?«

»Genau. Schon seit ein paar Jahren. Ich habe mich nie als Arthur gesehen. Arthur ist eher ein Name für einen uralten Greis, findest du nicht? Ich glaube ja, meine Mutter hat sich verpflichtet gefühlt, mich wie meinen Vater und dessen Vater zu nennen. Als Erstgeborenen.«

»Eher ein Name für einen uralten Greis?« Ich kichere. »Wahrscheinlich gibt es mehr junge Arthurs, als du glaubst. Und ich finde, der Name passt zu dir. Er klingt so … ähm … smart.«

Sketch zieht die Augenbrauen hoch und schüttelt den Kopf, als hätte ich ihn gerade beleidigt. »Nee. Ich bin nicht so der smarte Typ.«

Sketchs elegantes, adrettes Auftreten ist beinahe makellos, daher kann er sich eigentlich nicht auf sein Aussehen beziehen. Wahrscheinlich meint er es intellektuell, wobei mir seine Selbstzweifel durchaus vertraut sind. Athenry ist eine Stadt, die für das Schubladendenken seiner Bewohner bekannt ist. Es ist wie bei Äpfeln und Birnen. Sketchs Schublade ist »Sketch, der Bauernsohn«. Genau wie meine »Annie, die Tochter des Alkoholikers« ist.

»Ich bin definitiv mehr Sketch als Arthur«, bekräftigt Sketch. »Jedenfalls hat der Name eine doppelte Bedeutung, das gefällt mir besonders.«

»Ach, tatsächlich? Und die wäre?«

»To sketch bedeutet zeichnen. Ich zeichne«, gibt er ohne Zögern zu. »Ein wenig. Und nicht sehr gut. Aber meine Freunde sagen mir immer wieder, ich solle versuchen, die Skizzen zu verkaufen.«

»Du zeichnest? Das ist toll!«

Mein erster Gedanke ist jedoch natürlich, ob seine Eltern wohl davon wissen. Ich kann mir beim besten Willen nicht vorstellen, dass sein Vater besonders glücklich ist, Sketch mit einem Bleistift in der Hand zu sehen, in der sich eigentlich eine Schaufel befinden sollte. Ich schüttele den Kopf und rüge mich innerlich. Ich habe so viel Zeit in dieser Stadt verbracht, dass ich schon anfange, wie alle anderen hier zu denken. Ich wünschte, ich wäre so mutig, meinen eigenen Weg zu gehen.

»Ich würde sehr gern deine Zeichnungen sehen«, erwidere ich.

Sketch kneift die Augen zusammen.

»Vielleicht kann ich sie mir ja einmal anschauen?«, frage ich vorsichtig.

»Okay«, nickt er schließlich nach kurzem Schweigen. »Da.« Er deutet knapp über meine Knie. »Öffne das Handschuhfach.«

In der Ablage unterhalb des Armaturenbretts liegt eine braune Ledermappe. Sie ist zerschlissen und wird von einer weißgrauen Schnur zusammengehalten. Der zerfledderte Zustand scheint so gar nicht zu Sketch zu passen, zu seinem makellosen, guten Aussehen und dem Auto. Es wirkt eher so wie etwas, das mir gehören könnte.

»Schon gut. Du kannst sie ruhig öffnen«, ermuntert mich Sketch. »Du musst nur auf die Zeichnungen obendrauf aufpassen. Das ist Kreide. Du willst dir doch nicht dein schönes Kleid ruinieren.«

Ich lächele, präge mir sein liebenswürdiges Kompliment ein und beuge mich mit vorgetäuschtem Selbstvertrauen vor, um mir die Mappe zu nehmen.

»Ich hoffe, die Zeichnungen gefallen dir«, stellt Sketch fest und beobachtet mich aus den Augenwinkeln.

Mit zitternden Fingern löse ich die widerspenstige Schnur. Endlich öffnet sich das Leder wie die Blätter einer aufblühenden Lilie und gibt den Blick auf wunderschöne Kunstwerke in allen Farben des Regenbogens frei.

Ich halte die Luft an. »Die sind wunderschön! Unglaublich schön. Jetzt verstehe ich auch, warum deine Freunde wollen, dass du sie verkaufst. Damit könntest du locker deinen Lebensunterhalt bestreiten. Du hast wirklich Talent!«

»Danke.«

Sketchs Wangen glühen. Ich bringe ihn in Verlegenheit. Wahrscheinlich sollte ich die Mappe besser schließen, doch vorher will ich unbedingt noch einen Blick auf ein paar weitere Zeichnungen werfen.

»Oh, wow, das Bild hier ist überwältigend«, stelle ich fest. Mit großen Augen betrachte ich das mit Wasserfarben gemalte Porträt einer Frau, die vor hohen Bäumen steht. »Wer ist diese Lady? Kennst du sie?«

»Sie ist meine Mutter«, erklärt mir Sketch.

»Wie wunderschön sie ist.« Jetzt erinnere ich mich wieder an sie aus der Zeit, als wir noch Kinder waren. Jeden Nachmittag hat sie am Schultor auf ihn gewartet und ist dann Hand in Hand mit ihm nach Hause gegangen.

Sketch hustet trocken, und seine Hände krallen sich plötzlich um das Lenkrad. Mir fällt auf, wie er mit dem Kiefer mahlt und dichtmacht. Ich schlucke schwer, und eine vertraute Panik zwickt mich in der Brust. Irgendetwas, das ich gesagt habe, muss ihn verärgert haben, doch ich habe nicht die leiseste Ahnung, was das sein könnte. Hastig klappe ich die Ledermappe zu.

»Es tut mir leid. So furchtbar leid«, entschuldige ich mich. »Ich war vorsichtig. Ich habe die Bilder in genau der Reihenfolge wieder zurückgelegt, in der sie vorher waren.«

Meine verfluchten Finger machen alles noch schlimmer: Das glatte Leder gleitet mir durch die Hände, sodass ich die Mappe mehr als einmal fast fallen lasse. Ich bekomme die Kordel einfach nicht zu fassen, und als sich dann auch noch Schweißperlen in meinen Handflächen sammeln, ist es mir beinahe unmöglich, überhaupt noch irgendetwas festzuhalten.

Sketch reißt abrupt das Lenkrad herum, wodurch der Wagen nach links ausschert. Das Vorderrad rammt den Grünstreifen; mir klappern vor Angst die Zähne. Sketch lässt das Auto langsam weiterrollen, bis wir die Straße komplett verlassen haben und endlich zum Stehen kommen.

Ich traue mich kaum einzuatmen. Jedes Luftholen brennt mir in der Lunge, und mein Herz klopft so wild, dass Sketch es wahrscheinlich hören könnte, würde der Motor nicht laufen.

Er sitzt reglos da und starrt durch die Windschutzscheibe. Seine Hände krallen sich immer noch um das Lenkrad. Ich wünschte, er würde etwas sagen. Irgendetwas. Je länger er schweigt, desto größer wird seine Wut. Ich weiß, wie so etwas abläuft. Mein Vater wird alt, und der jahrelange Alkoholmissbrauch hat seinen Körper ausgelaugt. Daher schaffe ich es mittlerweile gerade eben, seine Wut auszuhalten. Doch Sketch ist groß und breit. Jung und stark. Gegen seinen Zorn hätte ich keine Chance. Ich wäre besser niemals in seinen Wagen gestiegen. Ich hätte es besser wissen müssen.

Meine Hand greift nach dem Türgriff, doch ich packe nicht zu. Ich käme nicht weit, bevor mich Sketch eingeholt hätte, und Wegrennen würde ihn wahrscheinlich nur noch wütender machen.

»Sketch, es tut mir leid. Ich hätte meine Nase nicht so tief in deine Angelegenheiten stecken sollen. Ich schwöre, ich wollte dich nicht verärgern.«

Sketch lässt das Lenkrad los und dreht sich zu mir um. Er hat Tränen in den Augen. Meinem Vater kommen normalerweise auch die Tränen, aber erst nachdem er meine Mutter geschlagen hat. Nie vorher. Ich verstehe das nicht.

»Du hast doch nicht in meinen Sachen herumgeschnüffelt, Annie. Ich habe es dir doch erlaubt, dir die Zeichnungen anzuschauen. Ich wollte ja, dass du sie siehst!«

Ich schlucke warme, trockene Luft hinunter. Sie bleibt mir im Hals stecken, und ich habe Mühe, nicht zu husten und zu prusten. »Ich hätte nicht fragen sollen, wer die Dame auf dem Bild ist. Das geht mich gar nichts an. Es tut mir so leid! Bitte sei nicht böse.«

Sketch wischt sich mit den Fingerspitzen unter den Augen entlang, und als er die Hände sinken lässt, sind die Spuren der Tränen verschwunden. Er scheint sich gefasst zu haben.

»Annie. Ich bin doch nicht böse. Wie kommst du darauf?«

Verzweifelt mustere ich sein Gesicht auf der Suche nach einem Hinweis darauf, was er jetzt hören will. Wenn ich das Richtige sage, fährt er vielleicht weiter und lässt seine Wut an der Straße aus anstatt an meinem Kopf.

»Ich weiß nicht.« Ich presse meinen Rücken fest an den Ledersitz hinter mir. »Es tut mir leid.«

»Bitte hör auf, dich immer wieder zu entschuldigen.« Sketch seufzt. »Du musst dich für nichts entschuldigen. Du hast nichts falsch gemacht!«

Ich konzentriere mich voll und ganz auf meine Atmung

sowie darauf, meinen rasenden Puls zu beruhigen. *Wenn Sketch keine Entschuldigung hören will, was will er dann?*

»Himmel, Annie! Du zitterst ja!«

»Mir geht's gut. Mir ist nur ein wenig kalt«, lüge ich.

Sketch beugt sich vor und zieht seine schwarze Lederjacke aus. Dann dreht er sich zu mir um; ich halte die Luft an und wage es nicht, mich zu rühren. Jetzt kommt es. Instinktiv schließe ich die Augen. Es ist weniger beängstigend, wenn ich seine Faust nicht kommen sehe.

Sekunden vergehen wie in Zeitlupe, bevor ich seine Hände schließlich auf meinen Schultern spüre, als er mir seine Jacke umlegt.

»So«, sagt er. »Ist es jetzt besser?«

Als ich die Augen wieder öffne, sehe ich, wie er mich beobachtet. Der Blick seiner runden türkisblauen Augen streift über mich wie ein sanfter Nebel, der meine Panik langsam abklingen lässt.

»Okay. Das ist gut. Ich habe mir schon Sorgen gemacht. Ich hatte bereits befürchtet, du würdest krank. Sollen wir weiterfahren?«

Vollkommen sprachlos nicke ich.

»Wir können aber auch eine Weile anhalten, wenn du dir noch weitere Bilder anschauen möchtest«, fährt Sketch fort. »Mir macht es nichts aus, noch zu warten. Tatsächlich ist es sogar ziemlich schön, jemanden zu haben, dem ich sie zeigen kann.«

Sketchs Mundwinkel heben sich, und seine Augen blicken mich warm und funkelnd an. Eigentlich muss ich so schnell wie nur möglich nach Hause, aber sein Angebot kann ich kaum ablehnen, ohne unhöflich und undankbar zu wirken.

»Deine Mutter also …«, flüstere ich und taste mich vorsichtig vor, falls ich seine Signale doch falsch verstanden haben sollte und er doch nicht über sie reden möchte.

»Sie ist tot«, platzt es aus Sketch hervor, bevor ich meinen Satz beenden kann. »Sie ist vor sechs Jahren gestorben. Ich vermisse sie schrecklich.«

»O du meine Güte!«, stottere ich. »Das tut mir leid. Ich hätte niemals …«

»Was denn?« Sketch zuckt mit den Schultern. »Dann hättest du nicht gefragt, wer die Frau ist? Ich weiß. Niemand will sie mehr erwähnen, weil es mich aufregen könnte. In Wahrheit regt es mich aber am meisten auf, nicht mehr über sie zu sprechen. Das ist gut. Sogar sehr schön. Danke, dass du gefragt hast, Annie. Danke, dass du mir eine Gelegenheit gegeben hast, an meine Mutter zu denken.«

Sketchs Schmerz steht ihm in jede Falte seines verzerrten Gesichts geschrieben. Es muss schrecklich sein; ich kann mir ein Leben ohne meine Mutter nicht einmal vorstellen. Wir beide sind alles füreinander.

»Und dein Dad?«, frage ich. »Wie kommt er zurecht?«

Sketch nickt. »Schwer zu sagen. Wir reden nicht so viel miteinander, wie es mir lieb wäre. Er findet, ich vergeude meine Zeit mit Farbe und Papier, und denkt, ich werde arm sein wie eine Kirchenmaus, wenn ich mit diesem Quatsch weitermache. Die Landwirtschaft liegt den Talbots im Blut, sagt er. Seine Brüder sind alle Bauern, wie er und schon mein Großvater vor ihm. Mir liegt es aber nicht im Blut.«

»Magst du keine Tiere?«, erkundige ich mich und versuche, meine Enttäuschung zu überspielen.

»Doch, doch. Sogar sehr. Bei Sonnenaufgang bin ich schon auf, um das Vieh zu melken, und ich habe auch kein Problem damit, den Schweinemist wegzumachen oder den Schafstall auszumisten. Lediglich mit dem Schlachthaus habe ich meine Probleme; ich bin da leider nicht so hart im Nehmen. Wahrscheinlich bin ich der Schwächling der Familie.«

Ich mustere Sketchs breite Schultern; sie nehmen die gesamte Breite des Fahrersitzes ein. Die kurzen Ärmel seines weißen T-Shirts haben genau die richtige Länge, um den Blick auf seine starken Arme und die Muskeln freizugeben. Sollte Sketch der Schwächste der ganzen Familie sein, möchte ich mir nicht mal vorstellen, wie seine Onkel aussehen.

»Wie ist es bei dir? Was macht dein Vater?«, fragt Sketch.

»Ähm …« Mir brennen die Wangen, und ich rutsche unruhig auf meinem Sitz hin und her. Ich überlege kurz, mir etwas auszudenken, aber ich habe das Gefühl, Sketch etwas mehr Respekt zu schulden. Stattdessen beschließe ich, die Wahrheit nur kurz zu streifen.

»Mein Vater war Ingenieur. Er war früher für die Bahngesellschaft tätig, doch seit einem tragischen Unfall hat er starke Rückenschmerzen und kann nicht mehr arbeiten.«

Ich lasse den Teil der Geschichte lieber aus, der erklärt, dass sich seit diesem Tag alles verändert hat. Der Tag, an dem ein Kollege versehentlich eine Eisenbahnschwelle fallen gelassen hat, die dann zwischen den Schulterblättern meines Vaters gelandet ist und ihm im Rücken mehrere Knochen gebrochen hat. Den Schmerz hat er im Whiskey ertränkt. Damals war ich fünf Jahre alt. Sein Rücken ist längst geheilt, doch die Trinkgewohnheiten sind geblieben. Seit fünfzehn Jahren ist er nicht mehr arbeiten gegangen.

»Es tut mir sehr leid«, sagt Sketch, und mit einem Mal klingt seine Stimme viel weicher und tiefer. »Ich bin sicher, dass es hart für ihn ist … und für dich.«

»Ja«, nicke ich. »Das ist es manchmal.«

Sketch wirft einen Blick auf die Uhr. »Es ist zehn nach eins«, stellt er fest. »Ich fahre dich am besten nach Hause.«

Vermutlich hat Sketch zwischen den Zeilen gelesen und den Grund für meine Eile verstanden, doch ich frage ihn nicht danach. Es ist nichts, worüber ich sprechen möchte. Falls es meinem Vater jemals zu Ohren kommen sollte, dass ich über ihn geredet habe … Himmel, das möchte ich mir lieber nicht ausmalen.

Sketch lässt den Motor an, und innerhalb weniger Sekunden sind wir wieder auf der Straße und fahren schneller als zuvor. Ich klappe die Ledermappe zu und binde mit der Kordel eine Schleife, bevor ich die Mappe wieder dorthin zurücklege, wo ich sie vorgefunden habe. Liebend gern würde ich Sketch darum bitten, ihm ein Bild abkaufen zu dürfen, aber ich habe kein Geld, um es zu bezahlen, und ich möchte keinen von uns bloßstellen, indem ich ihn bitte, es abzustottern. Den Rest der Fahrt sitzen wir schweigend da.

In weniger als fünf Minuten erreichen wir das obere Ende meiner Straße.

»Bitte halt hier an«, sage ich. Nachdem ich seine Lederjacke abgestreift habe, vermisse ich sofort ihre Wärme.

Sketch fährt weiter.

»Bitte, halt an!«, wiederhole ich, lauter dieses Mal.

Wir rollen weiter vorwärts. Mittlerweile sind wir nur noch wenige Meter von der Haustür meiner Eltern entfernt.

»Um Himmels willen, Sketch. Halt an! Bitte halt an!«, schreie ich.

Die Bremsen quietschen, und wir kommen abrupt zum Stehen. Ich werfe Sketch die Lederjacke zu und drehe mich zur Tür um, doch Sketch packt mich an der Hand, bevor ich die Wagentür öffnen kann.

»Annie, was ist los? Wovor hast du Angst? Etwa vor deinem Vater?«

Mir zittert die Unterlippe. Mein Vater könnte jeden Augenblick kommen. *Jeden Augenblick.*

»Ich bin seltsam. Einfach seltsam«, erwidere ich. »Tu dir selbst einen Gefallen und halt dich von mir fern.«

»Annie, hör auf damit. Bitte!« Sketch schließt seine Finger fester um meine Hand. »Rede mit mir. Ich möchte dir gern helfen.«

»Du kannst mir nicht helfen! Es würde alles nur noch verschlimmern.«

»Kann ich dich wenigstens wiedersehen? Morgen vielleicht?«

»Nein.«

»Na gut. Dann übermorgen?«

»Nein, niemals. Ich kann dich nicht wiedersehen, Sketch. Es tut mir leid. Ich muss jetzt gehen. Bitte. Lass mich raus.«

Sketch lässt meine Hand los, doch sein Körper bleibt so verdreht in seinem Sitz, dass er mich ansieht.

Meine Hände sind verschwitzt und klebrig, und die Finger halten mich zum Narren, als ich am Türgriff herumfummele. Ich suche die Straße nach Anzeichen dafür ab, dass mein Vater mich holen kommt.

»Lass mich dir wenigstens etwas geben, bevor du gehst«,

bittet Sketch schicksalsergeben, während ich den stechenden Blick seiner Augen auf mir spüre.

Widerwillig reiße ich mich vom Anblick der Straße los und lasse den Blick zu Sketchs Gesicht wandern. Er greift an mir vorbei, holt die Ledermappe unter dem Armaturenbrett hervor und lehnt sich dann in seinem Sitz zurück, um die Mappe zu öffnen.

Mein Herz klopft mir bis zum Hals, und es fühlt sich an, als würde es sich einen Weg aus meinem Hinterkopf hämmern. Zwar halten meine Finger den Türgriff immer noch umklammert, doch ich zerre nicht mehr daran.

Verzweifelt wünsche ich mir, einen schönen, entspannten Nachmittag auf dem Beifahrersitz von Sketch Talbots flaschengrünem Auto verbringen zu können. Doch solche Unternehmungen sind etwas für Mädchen wie Bridget. Normale Mädchen.

Sketch beeilt sich, die Bilder in der Mappe durchzublättern. Seine Hast spiegelt meine Angst wider, doch zum ersten Mal in meinem Leben versuche ich erst gar nicht, meinen Drang nach Eile mit irgendeiner lahmen Entschuldigung zu vertuschen. Ich glaube nicht, dass das nötig ist. Sketch versteht es, ohne dass ich noch ein Wort darüber verlieren müsste.

»Hier ist es«, strahlt Sketch.

Er zieht ein Bild aus dem unteren Teil des Stapels, pustet darauf, um Kreidereste abzuschütteln, die in der Mappe auf dem Bild gelandet sind, und reicht es mir.

»Ich habe es kurz nach dem Tod meiner Ma gemalt«, flüstert Sketch. »Sie hat Pas Obstplantagen geliebt. Als sie krank wurde, hat sie anfangs stundenlang draußen gesessen und durch die Zweige der Apfelbäume hindurch in den Himmel geschaut. Außer meiner Mutter bist du der einzige Mensch, den ich kenne, der Äpfel so sehr liebt.«

»O Sketch«, stottere ich und streiche mit der Hand über die atemberaubenden Aquarellfarben. Sie zeigen einen warmen Sommertag auf einer wunderschönen Obstplantage, deren Bäume über und über mit saftigen roten Äpfeln behangen sind. »Das ist atemberaubend! Jede Wette, dass deine Mutter stolz auf dich wäre.«

»Nimm es bitte, ja?«, fordert mich Sketch auf. »Wenn du mich wirklich nicht mehr sehen willst, dann möchte ich, dass du das Bild bekommst. Denk an mich, wenn du es dir anschaust.«

»Das … das … das kann ich nicht annehmen. Das hast du für deine Mutter gemalt. Es ist wunderschön. Unglaublich schön. Das kann ich einfach nicht annehmen.«

»Meine Mutter *war* wunderschön. Innerlich und äußerlich. Aber ich brauche keine Farben auf einem Blatt Papier, um mich an sie zu erinnern. Jedes Mal wenn ich die Augen schließe, sehe ich sie. Das Malen ist nur ein Zeitvertreib.« Sketch hält inne und seufzt. »Weißt du, an wen ich gedacht habe, als ich dort ganz allein auf der Obstplantage war?«

»An deine Mutter.« Ich lächele.

»Ja. Natürlich. Mit jedem Pinselstrich habe ich an sie gedacht.« Sketch lächelt. »Aber ich habe auch an dich gedacht, Annie. Ich habe mich daran erinnert, wie es war, mit einer besten Freundin aufzuwachsen, die Äpfel liebt. Und ich habe daran gedacht, wie sehr ich meine Mutter vermisse. Und wie sehr ich dich vermisse.«

»Sketch, es tut mir so leid, dass deine Mutter gestorben ist«, erwidere ich.

»Mir auch.« Er lässt die Schultern hängen. »Aber du bist immer noch da, Annie. Bitte weise mich nicht zurück. Bitte. Bitte lass zu, dass ich dich wiedersehen kann.«

Ich schüttele den Kopf. Meine Finger krallen sich wieder fester um den Türgriff. Sketch ist ein wunderbarer Mensch, und es war überraschend leicht, wieder zu der alten Vertrautheit unserer Freundschaft zurückzufinden. Doch Sketchs Gefühle für mich könnten mich in große Schwierigkeiten bringen.

Ich biete ihm das Bild noch einmal an, doch er hebt die Hände über den Kopf und tut, als würde er sich ergeben, wobei seine Finger das Autodach streifen. Dann schüttelt er den Kopf und die Trauer, die in seinem Blick liegt, bricht mir das Herz.

»Bitte, Annie. Nimm es einfach. Nimm es und denk an mich.«

»Na gut«, nicke ich und nehme das Papier an, das Sketch sauber und ordentlich zusammenrollt. »Aber du kannst nicht mehr herkommen …«

»Annie, bitte …«

»Sketch. Du verstehst das nicht. Du. Kannst. Nicht. Mehr. Herkommen. Glaube mir!«

»Ich verstehe das sehr wohl, Annie.« Traurig schüttelt Sketch den Kopf. »Ich werde dich nicht in Schwierigkeiten bringen. Versprochen.«

Schnell öffne ich die Beifahrertür und springe aus dem Auto, bevor Sketch die Gelegenheit hat, noch etwas zu sagen. Über mir poltern und krachen rabenschwarze Wolken, und ein plötzlicher Donnerschlag lässt mich zusammenfahren. Riesengroße eiskalte Regentropfen prasseln mit einem Mal vom Himmel. Ich laufe, werfe keinen Blick zurück. Aber ganz gleich, wie schnell ich haste, es gibt kein Entrinnen vor den sintflutartigen Regenfällen. Innerhalb weniger Sekunden bin ich vollkommen durchnässt.

Ich stürme durch die Haustür und schließe sie hinter mir. Mit dem Rücken fest an die Tür gedrückt bleibe ich stehen und hoffe inständig, dass Sketch nicht so dumm ist, mir zu folgen. Innerlich zähle ich von hundert an rückwärts und spüre, wie meine Beine im Rhythmus mit jeder Zahl zittern. *Stille.* Sketch ist mir nicht gefolgt. Und mein Vater ist noch nicht aufgewacht. *Ich bin sicher.* Während sich meine Finger fest um das aufgerollte Bild schließen, das ich direkt vor meinen gebeugten Körper gehalten habe, um es vor dem Wasser zu schützen, lächele ich. Schnell bücke ich mich und hebe den Kohleeimer neben der Tür an. Dann rolle ich das Bild auseinander und falte es in der Mitte. Anschließend lege ich es auf den Boden und stelle den schweren Eimer darauf. Ich stehe auf und lächele, zufrieden, dass ich einen Ort gefunden habe, an dem mein Vater das Bild niemals finden wird.

Immer noch wackelig auf den Beinen, eile ich in die Küche, wo mir plötzlich einfällt, dass ich die braune Papiertüte in Sketchs Auto vergessen habe. Papas Mittagessen.

O mein Gott.

8.

Holly

Meine Großmutter wälzt sich im Schlaf unruhig hin und her. Es sind keine großen, ruckartigen Bewegungen; eher kleine Zuckungen, die ihren Körper von links nach rechts zerren, als würde sie sanft auf einem Boot schaukeln. Meiner Meinung nach bedeutet es, dass sie träumt. Süße Träume, hoffentlich.

Ich stehe auf und strecke die Beine aus. Keine Ahnung, wie lange ich auf Nanas Bettkante gehockt habe. Die Tagesschwester ist nicht lange geblieben. Sie hat Nana ein starkes Mittel gespritzt, das sie außer Gefecht gesetzt hat. Meine Mutter ist immer mal wieder ins Schlafzimmer gekommen, doch nach ein paar Minuten wieder gegangen. Sie ist ziemlich rastlos und schafft es nicht, länger still zu sitzen. Für Mam ist es noch schwerer als für mich. Nana ist alles für sie. Es muss schrecklich sein, miterleben zu müssen, wie die eigene Mutter stirbt.

Ich laufe in Nanas beengtem Schlafzimmer auf und ab. Auf der einen Seite wünsche ich mir, die Zeit würde schneller vergehen, andererseits wäre es mir am liebsten, sie würde stehen bleiben. Eine Weile lang starre ich aus dem Erkerfenster in den wolkenlosen blauen Himmel. Für einen kalten Januartag sieht es draußen überraschend schön und strahlend aus. Die Wintersonne scheint tief am Himmel und küsst die Kieselsteine auf der Auffahrt, sodass sie regelrecht funkeln. Genau solche kalten, frischen Wintertage hat Nana geliebt. Ganz gleich, welches Wetter, sie ist an diesen Tagen rausgegangen, warm eingepackt, mit Hut und Schal, wenn die kalten Temperaturen es verlangten, und hat ihren Spaziergang gemacht. Jeden Tag, gute acht Kilometer. Alte Gewohnheiten lassen sich schwer überwinden, meinte sie immer. Damals habe ich es nicht verstanden, jetzt begreife ich jedoch, was sie gemeint hat. *O Nana.*

Versehentlich streiche ich mit dem Ärmel meines Pullovers über den Blumenstrauß auf der Fensterbank, woraufhin ein feiner Duft aufsteigt. Ich atme tief ein und genieße es, dass er für einen Augenblick den Gestank von Desinfektionsmittel überlagert. Nanas Schlafzimmer duftet mit einem Mal wie damals, als ich noch klein war. Ich schließe die Augen, und einen Moment lang stelle ich mir vor, wieder ein Kind und während der Sommerferien hier zu Besuch zu sein. Mein Ausbruch ist nur von kurzer Dauer; als Nana im Schlaf Mühe hat, Luft in ihre schwache Lunge zu befördern, reiße ich die Augen wieder auf. Ich wirbele auf der Stelle herum und halte den Atem an, während ich ihre Brust beobachte. Voller Erleichterung merke ich, dass diese sich hebt und wieder senkt – wenn auch zittrig –, und atme auf. Nanas Augen sind immer noch fest geschlossen, und von dem beängstigenden Gurgeln abgesehen, das sie alle paar Sekunden ausstößt, scheint sie tief und fest zu schlafen. Ich muss mir immer wieder in Erinnerung rufen, dass sie laut der Krankenschwestern keine

Schmerzen hat. Ich muss ihnen einfach glauben, sonst würde ich den Verstand verlieren.

Auf der verzweifelten Suche nach Ablenkung drehe ich mich wieder zum Fenster um und konzentriere mich auf die Blumen. Bei einer abgeknickten Lilie richte ich den Stängel wieder auf; dabei stoße ich auf einen kleinen goldenen Umschlag inmitten des Blumenstraußes. Er ist noch zugeklebt. Wer auch immer den Strauß in die Vase gestellt hat, muss den Brief übersehen haben. Schnell fische ich ihn heraus und öffne ihn, um Nana sagen zu können, wer ihr Verehrer ist.

Annie,
vielen Dank für deinen Rat.
Du hattest Recht, viele Antworten habe ich in den Sternen gefunden.
Alles Liebe
Nate

Fast hätte ich die Nachricht fallen lassen. Ich schüttele den Kopf. Mein Exverlobter schickt meiner Großmutter Blumen? Ich kann mich nicht entscheiden, ob ich das absolut unangemessen finden soll oder ob es einfach eine wundervolle, fürsorgliche Geste ist. Nate muss sie gleich gestern geschickt haben, nachdem er meine Nachricht auf seinem Bildschirm gelesen hat. Ich frage mich, für welchen Rat Nate Nana dankt und warum er das gerade jetzt tut. Ich habe ihm zwar geschrieben, dass Nana krank ist, aber ich habe nichts darüber gesagt, wie krank sie ist. Ich schätze mal, Nate hat zwischen den Zeilen gelesen. Mit zitternden Fingern schiebe ich die

Nachricht wieder in den Umschlag zurück und lege ihn auf die Fensterbank, gleich neben die Vase.

Ich hole mein Handy aus der Tasche. Jedes Mal, wenn ich auf das Display schaue, werden mir weitere verpasste Anrufe von Nate angezeigt. Offenbar will er wirklich dringend mit mir sprechen. Doch seitdem sein Flugzeug vor fünf Tagen in Dublin gelandet ist, habe ich ihn ignoriert. Er ist nicht in unser Apartment zurückgekommen, und ich kann nur vermuten, dass er bei seinem Bruder auf dem Sofa übernachtet. Bei der Arbeit sehe ich ihn nur, wenn es sich absolut nicht umgehen lässt. Und im Flur gehe ich einfach an ihm vorbei. Augenkontakt vermeide ich, aber ich spüre jedes Mal seinen stechenden Blick. Mein Posteingang quillt über vor Mails von ihm. Sowohl mein privater als auch mein Arbeits-Account ist mit seinen Nachrichten zugemüllt. Ohne auch nur ein Wort davon gelesen zu haben, wandert alles direkt in den virtuellen Papierkorb. Letzte Woche, als er zu einem Last-Minute-Urlaub mit seinen Brüdern – alles Singles – nach Ibiza aufgebrochen ist, wollte er auch nicht reden. Er hat mir nicht einmal gesagt, dass er in Urlaub fährt. Ich musste es von einem der Typen aus dem Büro erfahren. In dieser Woche hat Nate keine E-Mail geschickt. Oder SMS versendet. Das Einzige, was er geschafft hat, war ein kurzer Anruf, und mit dem hat er auch noch gewartet, bis er betrunken genug war. Wenn er sich einfach aus dem Staub machen kann, wann es ihm passt, dann kann er mir schließlich auch genug Raum und Zeit lassen, um bei Nana zu sein. Er weiß genau, wie lieb ich sie habe. Wenn ich ihm auch nur ein klein wenig wichtig wäre, würde er mich jetzt in Ruhe lassen.

Das Handy vibriert in meiner Hand, und wie zu erwarten ist, leuchtet Nates Name auf dem Display auf. Bevor ich Zeit habe zu kneifen, drücke ich auf das grüne Feld und halte mir das Handy ans Ohr. Ich bin sowas von bereit, ihm zu sagen, dass er mich in Ruhe lassen soll, aber als ich dann den Mund öffne, kommt mir lediglich ein gedämpftes Wimmern über die Lippen – wie von einem verletzten Tier, das um Hilfe winselt.

»Holly?«, fragt Nate. Seine Stimme klingt tiefer und entschlossener als gewohnt.

Ich schüttele den Kopf. Mir schlägt das Herz bis zum Hals, und ich kann keinen klaren Gedanken fassen.

»Holly, bist du da? Kannst du mich hören?«

Ich nehme das Handy vom Ohr und räuspere mich mit einem rauen Husten. »Ich höre dich«, flüstere ich, nachdem ich das Handy wieder am Ohr habe.

»Alles in Ordnung mit dir?«

»Nein.«

»Okay, tut mir leid. Blöde Frage.«

Ein Rascheln im Bett hinter mir lenkt mich ab, und ich drehe mich um, um nach Nana zu sehen. Zwar schläft sie noch, doch sie ist in eine unbequeme Position gerutscht, halb sitzend, halb liegend. Die Kissen, die hinter ihr aufgetürmt sind, pressen ihr das Kinn an die Brust. Ich klemme das Handy zwischen Schulter und Ohr ein und sorge so für freie Hände. Dann eile ich zum Bett hinüber und passe auf, Nana nicht aufzuwecken, während ich die Kissen neu drapiere und ihr alles so bequem wie möglich herrichte.

Es ist jedoch so gut wie unmöglich, den wolkenkratzerhohen Kissenstapel so zu arrangieren, dass es funktioniert.

Daher schiebe ich sanft meine Hand zwischen Nanas Hinterkopf und das oberste Kissen, während ich einige der mittleren Kissen aus dem Stapel ziehe und sie auf den Stuhl neben dem Bett werfe. Einen Moment lang genieße ich bewusst die Wärme ihres Kopfes in meiner Hand, bevor ich sie vorsichtig in eine entspanntere Position bringe.

»Holly, bist du noch da?« Nates Stimme kratzt wie ein rostiger Nagel an meinem Ohr.

»Ja«, flüstere ich. »Ich bin hier.«

»Ich habe kurz befürchtet, du hättest wieder aufgelegt«, gesteht Nate.

Ich atme scharf aus und ergebe mich dem Schmerz in meiner Brust, als mir das Herz bricht. So sollte es nicht sein. Ich habe keine Zeit für ein unschönes Trennungsdrama. Die Einzige, die jetzt zählt, ist Nana.

»Was willst du, Nathan?«, frage ich.

»Ich … ich …« Nate hält inne, und ich wundere mich, was er wohl gerade macht. Ob er wohl stehen bleibt und sich am Kopf kratzt? Oder wünschte er sich, niemals angerufen zu haben? »Annie ist krank«, stellt er dann fest – als ob ich das nicht wüsste.

Ich will nicht mehr weitertelefonieren. »Du weißt doch, dass sie Krebs hat«, blaffe ich ihn an.

»Ich weiß. Ich weiß. Ich meine … ist es …?« Nate hält wieder inne, und dieses Mal kann ich hören, wie er mit irgendetwas im Hintergrund raschelt. Im Zweifelsfall entscheide ich für ihn und gehe davon aus, dass er mit irgendetwas herumspielt, weil er Ablenkung braucht. »Ist es das Ende?«

Lautlos kommen mir die Tränen und laufen mir über die

Wangen. »Ja.« Ich zwinge mich zu diesem Eingeständnis, vielleicht mehr mir selbst als Nate gegenüber. »Ja, das ist es.«

Nate schnieft, und ich frage mich, ob auch er weint. Er ist gar nicht so der emotionale Typ, aber ich weiß, dass er eine Schwäche für meine Großmutter hat. Vielleicht ist das gerade wirklich ein Schock für ihn.

»Das tut mir leid, Holly«, erwidert er. »Schrecklich leid.«

»Danke«, antworte ich.

»Mir tut alles leid.«

Ich schüttele den Kopf. Ich will nichts diskutieren. Nicht jetzt. Selbst dann, wenn Nates Entschuldigung ehrlich gemeint sein sollte.

»Ich muss los«, sage ich.

»Okay, das verstehe ich«, flüstert Nate. »Bitte, Holly. Wenn ich irgendetwas tun kann, dann sag es mir.«

Ich grunze und verdrehe die Augen. »Tschüss, Nathan.« Ich schiebe das Handy in die Hosentasche zurück, drehe mich wieder um und starre aus dem Fenster.

Nate sollte jetzt hier bei mir sein. Er sollte mir über den Rücken streicheln und mich darin unterstützen, stark zu bleiben. Er sollte mich in den Armen halten und mich auf die Stirn küssen, wie mein Vater es bei meiner Mutter tut. Er sollte mir sagen, dass alles gut wird, und er sollte es auch dann noch sagen, wenn er selbst nicht mehr daran glaubt. Genauso wie ich ihm auch dann noch zuhöre, wenn ich selbst auch nicht mehr daran glaube. Doch so sollte es wohl nicht sein. Nichts von dem hier sollte so sein.

Lange starre ich nach draußen. Der Garten wirkt so viel kleiner als damals, als ich noch ein Kind war. Die Apfelbäume, die wahllos über den Rasen verteilt sind, scheinen auch nicht mehr so groß zu sein, und das Gartentor kommt mir viel näher vor als früher, es ist nur noch wenige Schritte entfernt. Als Kind hatte ich immer den Eindruck, Nanas Bauernhof wäre riesengroß, und Ben und ich konnten stundenlang unsere Zeit damit verbringen, aufgeregt von einer Ecke zur anderen zu laufen, bis wir uns schließlich erschöpft in unsere Betten fallen lassen wollten. Doch vorher rannten wir rein, schmutzig und mit Grashalmen im Haar, und setzten uns an den Küchentisch, wo wir dann selbstgebackenes Vollkornbrot aßen. Jetzt sehne ich mich nach jenen Tagen und wünsche mir mit einer fast unmenschlichen Intensität, die Zeit zurückdrehen zu können.

Über mir ziehen sich dunkle Wolken zusammen und werfen Schatten auf den Kiesweg. Als ich zum Himmel hinaufschaue, ist mir klar, dass es gleich in Strömen regnen wird. Es erscheint passend; offenbar hat das Wetter es sich zur Aufgabe gemacht, die Vergangenheit fortzuspülen. Mir wird mit einem Mal bewusst, dass ich mich in Erinnerungen verloren habe und schon eine ganze Weile aus dem Fenster starre. Ich friere und fühle mich mit einem Schlag schrecklich einsam. Es ist, als ob Nana nicht mehr bei mir wäre. Ich lege die Hände ans Gesicht und fahre die Wangen entlang, bis die Haut ganz straff und starr ist und ein wenig schmerzt, als ob sie gegen die Anspannung protestiert. Eigentlich würde ich mich gern zu Nana umdrehen und nach ihr sehen, doch ich habe zu viel Angst. Ich habe richtig Panik. Ich lasse die Hände fallen und falte sie wie im Gebet, während ich auf dem Absatz herumwirbele.

Nana ist blass, und ich höre das Gurgeln ihres keuchenden Atems nicht mehr, an das ich mich allmählich gewöhnt habe.

Ich haste zum Bett und gehe ganz nah an sie heran. Sie ist so ruhig. So still. Zu still. Ich lege meine Hand auf ihre Brust; mit einem hämmernden Geräusch jagt mir das Blut durch die Adern. Endlich spüre ich, wie ihre Brust sich hebt und langsam wieder senkt. Ihre Atmung ist zweifellos schwerfällig und mühsam, aber sie ist noch da. Sie ist noch bei mir. *Gott sei Dank.*

Mein Blick wandert hastig zur Schafzimmertür, und ich hoffe inständig, dass jemand hereinkommt. Meine Mutter oder die Schwester. Irgendwer. Sekunden verstreichen wie in einer schmerzlich langsamen Zeitlupe. Doch niemand kommt. Ich habe zu viel Angst, Nana zurückzulassen, um Hilfe zu holen. Als würde sie aufhören zu atmen, wenn ich die Hand von ihrer Brust nehme. Ich recke den Hals und neige den Kopf in Richtung der Tür. Aus der Küche höre ich die Stimmen meiner Familie. Ganz leise vernehme ich das Klappern von Teetassen, und ich vermute, dass meine Mutter gerade wieder einmal abwäscht. Sie wird noch das Muster vom Geschirr schrubben, wenn sie so weitermacht.

Mit zitternder Hand fahre ich in meine Hosentasche und hole das Handy heraus. Nates Telefon klingelt und schaltet dann auf Mobilbox, doch ich beende den Anruf, ohne eine Nachricht zu hinterlassen. Ich habe keine Ahnung, was ich gesagt hätte, wenn er rangegangen wäre. Ich atme scharf aus und rufe dann Bens Handy an. Es klingelt genau einmal, dann höre ich schon, wie er die Treppe heraufgeflogen kommt.

Innerhalb von wenigen Sekunden stürzt er zur Schlafzimmertür herein, und ich lächele ihn an, erleichtert, ihn zu sehen.

»Um Himmels willen, Holly! Warum liegt Nana denn so flach?«, blafft er mich an und hastet auf mich zu. »Sie soll nicht flach liegen.« Er schiebt sich zwischen mir und der Bettkante vorbei und zwingt mich so, die Hand von Nanas Brust zu nehmen.

»Sie ist runtergerutscht!«, erkläre ich ihm. »Und dann schien sie nicht mehr bequem zu liegen.«

Ben legt Nana seinen Arm um die Schultern und hebt sie vorsichtig an. Der plötzliche Positionswechsel lässt sie keuchen, und mit immer noch geschlossenen Augen holt sie durch den weit aufgerissenen Mund laut Luft. Ben reißt den Kopf zur Seite und starrt über die Schulter hinweg auf den Kissenstapel auf dem Stuhl zwischen uns.

»Leg die zurück«, fordert er mich auf. »Sie muss aufrecht sitzen. Sonst kann sie nicht richtig atmen.«

Während ich alle Kissen auf einmal packe, wirbeln Schuldgefühle tief in meiner Magengrube umher. Ich schiebe die Kissen Nana hinter den Kopf und die Schultern; Ben hält währenddessen ihren Oberkörper in seinen starken Armen.

»Da«, wimmere ich. »Ich habe sie zurückgelegt. Jetzt sind sie alle wieder da.«

Ben lehnt Nana behutsam an den frischen Kissenstapel, woraufhin ein ganz vorsichtiges, schiefes Lächeln ihre erschöpfte Miene aufleuchten lässt.

»Was hast du dir bloß dabei gedacht, Holly?«, fragt Ben, dreht sich um und starrt mich finster an. »Die Kissen sind doch nicht zum Spaß dort aufgestapelt. Warum um alles in der Welt hast du sie weggenommen? Das war ziemlich gefährlich. Wie lange hat sie flach dagelegen?«

»Ich … ich …«, stottere ich und hoffe, nicht in Tränen auszubrechen. »Keine Ahnung. Ein paar Minuten. Es tut mir leid. Ich wusste das nicht. Ich dachte, es wäre für sie vielleicht bequemer zu liegen.«

Bens Blick wandert zu dem Papierstapel, den ich am Bettende liegen gelassen habe, und schüttelt den Kopf.

»Holly, ich weiß, wie sehr du dich darüber freust, Nanas Buch gefunden zu haben«, erklärt er. »Aber du musst mehr auf die wirklich wichtigen Dinge achten. Wenn die Schwester nicht hier ist, ist es unsere Aufgabe, dafür zu sorgen, dass Nana sicher ist und keine Schmerzen hat.«

»Ich weiß. Das weiß ich doch«, verteidige ich mich.

»Nun, findest du nicht, du hättest lieber mit Marcy gestern Abend über Nanas Pflege sprechen sollen? Und nicht etwa über irgendein albernes Buch, von dessen Existenz keiner von uns bislang gewusst hat?«

»Es ist nicht albern«, fauche ich. »Es macht Nana glücklich, wenn ich ihr daraus vorlese.«

Ben verdreht die Augen und schlendert zur anderen Seite des Betts hinüber, um einen schwarzen Metallzylinder zu holen.

»Was ist das?«, frage ich.

»Nanas Sauerstoff«, seufzt Ben und ist sichtlich enttäuscht darüber, dass ich das tatsächlich fragen musste. »Sie braucht ihn.«

Ben fummelt am Ventil herum. Zufrieden darüber, dass alles in Ordnung ist, entwirrt er anschließend einen dünnen, durchsichtigen Schlauch, der um den Zylinder gewickelt und oben an selbigem befestigt ist. Das andere Ende des Schlauchs ist eine Art Schlaufe, die Ben dann Nana über den Kopf schiebt, ihr hinter die Ohren klemmt und dann locker unter ihre Nase legt.

»So«, erklärt er schließlich triumphierend. »Jetzt geht es ihr gleich wieder besser.«

»Okay, prima.« Ich atme so scharf aus, dass mir kurz schwindelig wird.

»Tut mir leid«, entschuldigt sich Ben besänftigend. Seine angespannten Schultern lockern sich, die Runzeln auf seiner Stirn glätten sich nach und nach. »Ich wollte dich nicht anmeckern. Ich habe nur kurz Angst bekommen.«

»Schon gut«, erwidere ich mit einem Schulterzucken. »Ich sollte all das lernen, da hast du Recht.« Ich nicke in Richtung des Sauerstoffgeräts. »Vielleicht kannst du es mir zeigen?«

»Ja, aber später. Du solltest jetzt besser nach unten gehen und eine Tasse Tee trinken«, schlägt Ben vor. »Du bist seit einer Ewigkeit hier drinnen, und du siehst ziemlich erschöpft aus.«

Ich schüttele den Kopf.

»Ich bleibe bei ihr«, verspricht mir Ben. »Wirklich, Holly. Du siehst nicht gut aus. Und ich bin sicher, Mam würde deine Gesellschaft auch guttun. Sie hat gerade wirklich zu kämpfen.«

Ben lässt sich auf den Stuhl plumpsen und lehnt sich mit den Ellbogen auf die Bettkante. Dann schlingt er seine Finger um Nanas Hand, die an seiner jungen, straffen Haut wie eine welkende Blume wirkt.

»Holly, im Ernst«, bekräftigt Ben. »Ich mache mir wirklich Sorgen um dich. Mach mal eine Pause.«

»Holly, Liebes.« Nanas Stimme rasselt heiser in ihrer Brust, und die Augen sind zu schwer und müde, um sie zu öffnen.

»Sei ein braves Mädchen und geh einen Tee trinken. Ich bin auch noch hier, wenn du zurückkommst.«

»Das weiß ich doch.« Ich bemühe mich zu lächeln. »Okay, Nana. In zehn Minuten bin ich wieder da. Dann können wir noch ein wenig lesen.«

Meine Großmutter atmet tief aus ihrem Inneren rasselnd aus. »Ich kann es kaum … erwarten.«

9.

Annie

Ich höre ein Rascheln und Poltern. Mein Vater ist wach. Ich erkenne das Geräusch von seinen schwerfälligen Beinen wieder, die auf den Fußboden prallen, während er schwankt und taumelt und krampfhaft versucht, das Gleichgewicht zu finden. Mein Körper zittert wie ein Blatt im Wind, als ich mich mit dem Rücken an die Haustür lehne und mein Kleid mustere. Der sintflutartige Regen hat es von einem zarten Himmelblau in ein dunkles Winterblau verwandelt. Sollte mein Vater mich hier frierend und pudelnass vorfinden, wie ich den ganzen Boden volltropfe, wird er fuchsteufelswild werden angesichts meiner Dummheit, in den Regen geraten zu sein. Was noch schlimmer ist: Wenn er merkt, dass ich keine Lebensmittel mitgebracht habe, wird er mich grün und blau schlagen. Seine Laune, befeuert durch den Whiskey der letzten Nacht, jagt mir Angst ein.

»Annie«, grollt er so laut wie der Donner draußen. »Wo bist du, Göre?«

Ich frage mich, ob ich es wohl hinausschaffe, ohne dass die Tür quietscht und mich verrät. Ich könnte draußen neben dem Haus Feuerholz holen und so tun, als wäre ich beim

Erledigen der Hausarbeit vom Regen überrascht worden. Dann wäre er zwar immer noch wütend, aber ich könnte ihn mit einem prasselnden Kaminfeuer ablenken und beten, dass die Hitze des Feuers seine hämmernden Kopfschmerzen lindert.

»Annie, hol mir Essig und Packpapier«, brüllt er.

Er lallt, seine Vokale sind überbetont. Vermutlich hat er immer noch Alkohol im Blut. Vielleicht ist er aber auch auf dem Heimweg hingefallen und hat eine aufgeplatzte Lippe. Es wäre nicht das erste Mal. Vor zwei Wochen erst hat er sich irgendwie die linke Augenbraue aufgerissen, und als meine Mutter versucht hat, den Dreck und kleine Steinchen aus der klaffenden Wunde zu waschen, hat er wie ein Schwein gequiekt und meine Mutter mit einem Schlag seiner mächtigen Rückhand durchs Zimmer geschleudert. Ganze zwei Tage hat es gedauert, bis der Abdruck seiner Finger auf ihrer Wange von einem Dunkelrot zu einem hellen Rosa verblasst war.

»Annie, Göre«, brüllt er. »Ich rufe nicht noch einmal. Komm her, aber auf der Stelle!«

Ich greife hinter meinen Rücken und finde beinahe mit links den Türknauf. Langsam drehe ich ihn und gebe mir dabei größte Mühe, ganz leise zu sein. Fast habe ich es geschafft, als plötzlich ein lautes Geräusch ertönt, sodass ich zusammenfahre und den Knauf loslasse. Meine Mutter hat in der Küche etwas fallen lassen, einen Kochtopf oder eine Pfanne wahrscheinlich. Das Metall schlägt mit einem unverkennbaren Scheppern auf die Küchenfliesen, das länger durch das Haus zu hallen scheint, als es sollte – als ob es die Wände emporklettern und meinen Vater ausfindig machen würde, damit er der Sache nachgeht.

Als das Scheppern aufhört, höre ich schon die unbeholfenen Schritte meines Vaters auf dem Weg in die Küche. Der Klang seiner klobigen Winterstiefel ist unverkennbar. Zweifellos wird meine Mutter sich hastig an die Arbeit gemacht haben, ihr Missgeschick aufzuwischen, doch die Zeit wird nicht reichen, bis mein Vater sie zu packen bekommt. Wenn sie auf den Knien hockt und den Boden scheuert, befindet sie sich in einer sehr ungeschützten Haltung, sodass sein Wutausbruch in Form einer geballten Faust sie in den Rücken oder an den Kopf treffen wird. Oder schlimmer noch, wenn er sein Knie oder die Stiefelsohle benutzt.

»Pa«, rufe ich und bemühe mich, das Zittern meiner Stimme zu unterdrücken, während ich ins Hausinnere haste. »Packpapier, hast du gesagt. Ich hole es dir sofort.«

Mein Vater wirbelt auf dem Absatz herum. Er beäugt mich von Kopf bis Fuß, als sei ich etwas, das er von seinen dreckigen Stiefeln abgekratzt hat. Mit angehaltenem Atem warte ich darauf, dass ihm klar wird, wie nass ich bin. Meine Mutter kommt aus der Küche gehuscht und rutscht beinahe auf den Fliesen aus. Sie hat ein Tablett mit einer Tasse Tee und ein paar Scheiben Toast in der Hand.

»Hier, für dich, Johnny«, besänftigt sie ihn, während ihr Blick für den Bruchteil einer Sekunde zu mir schweift, um zu sehen, ob es mir gut geht. »Setz dich hin, dann kümmere ich mich um dich. Ich habe Tee für dich gekocht. Und Toast – schön mit Butter, genau, wie du es magst.«

Mein Vater begibt sich ganz langsam zum Sessel hin, der neben dem Kamin steht. Es gibt gar keinen Grund dafür, dass er so langsam geht oder diese übertriebenen Minischritte macht. Ich recke den Hals und kann gerade noch diesen lilaroten Wutstreifen erkennen, der sich auf seiner Stirn bildet und sich bis zur Nase hinunter ausbreitet. Bevor ich ihm jedoch etwas zurufen oder ihn sonst irgendwie ablenken kann, folgt meine Mutter ihm schon auf dem Fuße. Sie presst das Tablett gegen ihre Brust, sehr darauf bedacht, ja keinen Tropfen Tee über den Rand der Tasse schwappen und auf die Untertasse tropfen zu lassen. Als mein Vater am Sessel angekommen ist, dreht er sich so schnell wie immer um, und einen Moment lang glaube ich, dass er sich vielleicht wirklich einfach hinsetzen und Mas Toast und Tee genießen wird. Gerade als ich auszuatmen wage, fegt mein Vater mit seinem kraftvollen Arm durch die Luft, sodass seine flache Hand gegen die Unterseite des Tabletts prallt. Die Kraft dieses Stoßes schlägt meiner Mutter das Tablett aus der Hand und lässt es durch die Luft fliegen. Das Tablett, die Teetasse, der Teller und die Toastscheiben regnen einzeln herunter und landen vor seinen Füßen auf einem chaotischen Haufen.

»Du tollpatschiges Miststück!«, schreit mein Vater. Er packt meine Mutter am Schopf und schmeißt sie wie achtlos weggeworfenen Müll zu Boden.

Ihre Knie prallen auf den Boden, und der Schmerz ist den müden Falten um ihre hübschen Augen herum deutlich anzusehen. Ich bin nicht so dumm zu schreien. Oder meiner Mutter zu Hilfe zu kommen. Jeder Versuch, ihr zu helfen, würde alles noch deutlich schlimmer machen. Dafür habe ich über die Jahre hinweg viel Lehrgeld zahlen müssen. Sollte mein Vater glauben, dass meine Mutter und ich uns gegen ihn verschwören, würde dies seine Wut nur noch mehr anheizen. Mir bricht es jedoch fast das Herz, als ich einfach nur dastehe und zusehe, wie meiner Mutter die Tränen über die

Wangen laufen, als sie die zerbrochenen Porzellanscherben zusammensammelt und sie auf das Tablett legt, das überraschenderweise alles unbeschadet überstanden hat.

»Toast?«, fragt mein Vater mit gefletschten Zähnen, während er hoch über meiner Mutter aufragt. »Soll das etwa eine angemessene Mahlzeit für einen hart arbeitenden Mann sein?«

Meinen Vater habe ich nie als hart arbeitenden Mann erlebt. Das einzige Einkommen in diesem Haushalt ist seine Invalidenrente. Drei Viertel der Summe wandern jede Woche schnurstracks in die Kasse der Blackwell Tavern. Schließlich bleibt so wenig davon übrig, dass es wirklich schwerfällt, davon einen Haushalt aufrechtzuerhalten. Gott sei Dank gewähren uns die Läden in der Stadt Kredit, sonst müssten wir verhungern. Im letzten Jahr war es nicht ganz so eng, als meine Mutter ihre hübschen Kreuzstichstickereien in der Stadt an die Bauersfrauen verkauft hat. Doch am letzten Heiligabend hat mein Vater als Strafe für angebrannte Kartoffeln ihre rechte Hand so schlimm mit kochendem Wasser verbrüht, dass sie seitdem die Nadel nicht mehr richtig halten kann. Sie hat versucht, mir diese Fähigkeit beizubringen, doch das muss im Geheimen geschehen, wenn mein Vater im Pub ist. Bevor er nach Hause kommt, müssen wir sicher sein, alles sauber gemacht und auf den Speicher weggeräumt zu haben.

»Annie.« Mein Vater kommt zu mir marschiert. »Beweg dich in die Küche und koch mir ein anständiges Mahl. Der Tag ist zur Hälfte um, und ich habe noch nichts zu essen bekommen. Nicht viele Männer in dieser Stadt würden so einen Unsinn dulden. Ich bin viel zu still. Viel zu still, was mein Wohlergehen angeht.«

Ich nicke und zwinge mich zu einem knappen Lächeln, als ich mich von der Tür entferne. Dabei versuche ich so viel Distanz wie möglich zwischen uns zu lassen, während ich vorbeigehe und mich auf den Weg in die Küche mache.

»Annie«, schnaubt er, als ich an ihm vorbeieile. »Annie, komm zurück.«

Ich schlucke den Kloß in meinem Hals hinunter, der viel zu groß für meinen Hals ist, und schließe eine Sekunde lang die Augen, bevor ich tapfer genug bin, mich zu ihm umzudrehen.

»Bist du nass?«, blafft er mich an und deutet auf mein Kleid, das sich an meiner Haut ganz steif und hart anfühlt, während es trocknet.

Ich schaue an mir herunter und zucke zusammen, als ich die trockenen und nassen Stellen bemerke, die miteinander rangeln und sich in mehreren Blauschattierungen im feuchten Stoff präsentieren.

»Es regnet«, erkläre ich kleinlaut, als wäre das unbarmherzige Getöse des Donners jede Minute nicht schon Hinweis genug. »Ich … ich …«

»Ist das dein bestes Kleid? Und ist das die Art und Weise, wie du es behandelst?« Wolken des Zorns brauen sich in den Augenwinkeln meines Vaters zusammen und verzerren seine für gewöhnlich runden Augen zu schmalen Schlitzen.

»Das ist mein einziges Kleid.« Ich schlucke und weiß, sobald mir die Worte über die Lippen gekommen sind, dass ich für meine patzige Antwort bezahlen werde.

»Was hast du gesagt?« Seine Miene verfinstert sich.

»Ich … ich …« Ich schlürfe meine Worte, als würde ich heiße Suppe zu mir nehmen.

Mein Vater geht einen einzigen riesengroßen Schritt nach vorn und richtet sich zu seiner vollen Größe auf. Obwohl er sich beständig über die Schmerzen in seinem Rücken beschwert, ist er hervorragend in der Lage, sich lang zu machen und aufrecht zu stehen, wenn er es will. Er ist gute zwei Köpfe größer als ich. Und doppelt so breit. Ganz leicht trenne ich meine Knie voneinander, damit sie nicht aneinanderstoßen und Geräusche machen. Mein Vater hebt die rechte Hand hoch über seinen Kopf, und ich schließe die Augen.

Als es an der Haustür klopft, reiße ich die Augen jedoch wieder auf. Ein festes, regelmäßiges Klopfen in Dreierfolgen. Mein Vater lässt die Hand sinken, und sein giftiger Blick erinnert mich daran, wie viel Glück ich gehabt habe.

Es klopft unerbittlich. »Wer ist da?«, ächzt mein Vater und holt die Taschenuhr aus seiner Hosentasche hervor, um nach der Uhrzeit zu schauen. »Wer klopft da um diese Zeit an einem Samstag?«

Ich schüttele den Kopf. »Ich weiß es nicht.«

Wir haben nie Besucher. Unser Haus liegt nicht nur weit ab vom Schuss, sondern ist auch noch schwer zu finden, wenn man nicht genau weiß, wo man danach suchen muss. Wenn jemand aus der Stadt so weit nach draußen zu uns gefahren kommt, muss es um etwas Geschäftliches gehen. Vielleicht ist es ein Bauer vom Wochenmarkt, der bezahlt werden will. Meine Mutter hat schon so lange anschreiben lassen, dass die Rechnung außer Kontrolle geraten ist. Wir haben kein Geld im Haus. Normalerweise haben wir in einer alten Keksdose eine kleine Summe für den absoluten Notfall auf dem Speicher versteckt, doch diese habe ich heute Morgen für den Lebensmitteleinkauf geplündert. *Die Lebensmittel!* Mir bleibt erneut das Herz stehen, als ich mich an die braune Papiertüte erinnere, die ich in Sketchs Auto stehengelassen habe. Was, wenn mich jemand eben dabei beobachtet hat, wie ich in Sketchs Auto gestiegen bin? Vielleicht ist einer seiner Saufkumpane hergekommen, um ihm von meinem frevelhaften Benehmen zu berichten. *O Gott. O Gott.*

»Hallo? Hallo?«, ruft jemand zwischen dem Klopfen.

Sofort erkenne ich die heisere männliche Stimme. Das ist Sketch. Mir dreht sich beinahe der Magen um.

Mein Vater reißt die Augen auf und schürzt schief die Lippen, als wäre er überrascht. Doch nichts könnte meinen Vater jemals überraschen. Ich kenne diese Miene. Pa verzieht jedes Mal so das Gesicht, wenn er sich auf leichte Unterhaltung freut. Wie dann, wenn er meiner Mutter eine Frage stellt, sie antwortet und sich traut, eine Meinung auszusprechen. Die falsche, natürlich. Oder wenn das Abendessen nicht gut genug schmeckt. Das Feuer nicht heiß genug ist. Oder zu heiß ist. Jedes Mal die gleiche Miene, bevor er wütend wird.

»Geh zur Tür, Annie«, befiehlt Pa und senkt die Stimme zu einem kaum hörbaren Flüstern.

Ich drehe den Kopf und schaue über die Schulter zurück; Mas und meine Blicke treffen sich. Sie hockt immer noch auf dem Boden und räumt die letzten Scherben des zerbrochenen Porzellans weg.

»Tu, was dein Vater dir sagt, Liebes.« Sie lächelt, doch das Flattern in ihrer Stimme und die Angst in ihrem Blick entgehen mir nicht.

»Hallo!«, ruft Sketch ein weiteres Mal. »Jemand zu Hause?«

»Mary, du bleibst hier«, befiehlt Pa. Sein Blick schießt zu

meiner Mutter, die immer noch in gebückter Haltung verharrt. »Wage es ja nicht aufzustehen.«

Sein Tonfall ist sanft, doch nichtsdestotrotz klebt Boshaftigkeit an seinen Worten.

»Du …«, flüstert er und richtet seine Aufmerksamkeit wieder auf mich. »Wer auch immer das ist: Du sagst ihm, dass du allein zu Hause bist.«

Ich nicke.

»Hast du mich verstanden?«, flüstert er, wobei Speichel durch seine fest aufeinandergepressten Zähne spritzt.

Er presst seine schaufelgroße Hand fest auf meine Schulter und drückt den weichen Teil zwischen meinem Hals und dem Schulterblatt, bis ich ihn am liebsten anschreien würde aufzuhören. »Du bist allein zu Hause. Vergiss das ja nicht!«

Mein Vater nimmt seine kraftvolle Hand weg und tritt einen Schritt zurück, damit ich die einzige Person bin, die Sketch sehen wird, wenn ich die Tür aufmache.

10.

Annie

Der selbstgefällige, stechende Blick meines Vaters ruht auf mir, als ich den Türknauf drehe und die Tür sich mit einem Quietschen öffnet. Wie erwartet steht Sketch hochgewachsen und gerade vor mir. Ich halte den Atem an, während mein Blick den seinen sucht. Inständig bete ich, dass Sketch mich wie ein Buch lesen kann. Ich hoffe, dass er mir tief in die Seele schaut und mich versteht, wie er es eben getan hat.

»Hallo.« Er lächelt.

Ich brauche ein paar Sekunden, bis ich das braune Papiertütenpaket bemerke, das er sich unter den Arm geklemmt hat. *Meine Einkäufe.*

»Miss Fagan?«, fragt Sketch und neigt den Kopf zur Seite.

»Ja?« Ich zittere und habe keine Ahnung, wohin das führen soll.

»Ich habe gehofft, das richtige Haus zu erwischen. Ich habe mich in der Stadt durchgefragt, wissen Sie?« Er zwinkert mir zu. »War ganz schön schwer, aus den Leuten eine Antwort rauszubekommen. Sie reden nicht viel mit den Leuten, was?«

Mit einem sanften Hüsteln räuspere ich mich. »Sie haben die Leute gefragt, wo ich wohne?«, frage ich verwirrt. Sketch weiß doch, wo ich wohne. Vor weniger als fünf Minuten ist er draußen vor unserem Tor vorgefahren, und ich bezweifle, dass er überhaupt weggefahren ist.

»Nun, ja.« Er nickt entschlossen. »Ich musste selbst herkommen und mich mit eigenen Augen davon überzeugen, dass es Ihnen gut geht. Wissen Sie, ich betrachte mich als Gentleman, Miss Fagan.«

»Tun Sie das?«

»Ja. Natürlich. Welcher respektable Mann in Athenry würde das nicht tun?«

Meine Nase zuckt; ich rieche den heißen Atem meines Vaters, der in der Luft hängt.

»Es tut mir wirklich leid, dass ich Sie vollgespritzt habe, als ich eben an Ihnen vorbeigefahren bin. Mit meiner achtlosen Fahrweise habe ich Ihnen Ihr hübsches Kleid ruiniert«, plappert Sketch ungezwungen.

»Oh«, erwidere ich, während bei mir langsam der Groschen fällt, worauf er hinauswill.

»Ich musste einfach herkommen und nachsehen, ob es Ihnen gut geht.« Sketch grinst. »Und mich natürlich entschuldigen.«

»Vielen Dank«, murmele ich. Meine Wangen werden rot.

»Hier«, sagt er und hält mir die braune Einkaufstüte hin. »Ich habe Ihnen ein paar frische Kleinigkeiten vom Hof meines Vaters mitgebracht. Ich hoffe, sie sind nach Ihrem Geschmack.«

Ich nehme das Paket entgegen und werfe einen Blick hinein, wobei ich meine Tüte mit Lebensmitteln wiedererkenne, die ich in seinem Auto zurückgelassen habe. *Sketch Talbot ist ein beeindruckender Lügner*, denke ich.

»Ich bin sicher, dass das Schmutzwasser, das ich über Ihr Gemüse gespritzt habe, nicht sonderlich appetitlich ist. Da ist es das Mindeste, wenn ich die beschädigte Ware ersetze.«

»Vielen Dank«, lächele ich ihn strahlend an. »Ihre Güte weiß ich sehr zu schätzen.«

Schweigen breitet sich zwischen uns aus, und ich kann nicht anders, als den Jungen anzulächeln, der so entschlossen mein Freund sein will. Nach all den Jahren würde ich mich so sehr darüber freuen.

»Hallo«, sagt mein Vater, der plötzlich neben mir auftaucht, bevor ich überhaupt bemerke, dass er sich bewegt hat.

»Hallo.« Sketch nickt höflich und erkennt das Recht des Älteren an.

»Ich bin John Fagan«, stellt mein Vater klar und streckt die Hand aus.

Sketchs Unterlippe sinkt ganz leicht, und ich frage mich, ob er womöglich denkt, dass mein Vater wie ein normaler Mann aussieht – und nicht wie ein Monster. Sketch streckt den Arm aus und schüttelt meinem Vater die Hand.

»Sketch. Sketch Talbot«, erwidert Sketch selbstsicher. »Ich freue mich, Sie kennenzulernen, Sir.«

»Welchem Umstand haben wir das Vergnügen Ihrer Anwesenheit zu verdanken, junger Mr Talbot?«, fragt mein Vater, der viel zu nah neben mir steht.

Ich spüre, wie die Hitze seiner Haut auf mich überspringt und wie Sirup an mir festklebt.

»Ich schulde Ihrer Tochter eine Entschuldigung, Sir«, ergreift Sketch das Wort.

»Oh, tatsächlich?« Skeptisch zieht mein Vater die Augenbrauen hoch.

»Ja, in der Tat. Ich hätte sie eben beinahe in ernsthafte Gefahr gebracht«, erwidert Sketch und nickt. »Wissen Sie, Mr Fagan, ich habe ein neues Auto, aber die Lenkung ist schwerfällig, und ich bin noch kein geübter Fahrer. Ich habe nicht damit gerechnet, dass ein junges Mädchen an diesem gefährlichen Straßenabschnitt geht, während sich obendrein auch noch ein Unwetter zusammenbraut. Fast hätte ich sie überfahren.«

Ich schlucke schwer.

»Törichte Göre«, schnaubt mein Vater. »Ich werde sie ermahnen, künftig vorsichtiger zu sein.«

Sketch senkt den Kopf, seufzt und wartet einen Augenblick, bevor er wieder aufschaut. »Der Fehler lag bei mir, Mr Fagan. Nicht bei Ihrer Tochter. Es war allein meine Schuld. Glücklicherweise konnte ich gerade noch rechtzeitig ausweichen. Aber was, wenn es dunkel gewesen wäre? Dann hätte die Geschichte vielleicht ein anderes Ende genommen.«

»Und was schlagen Sie jetzt vor, Mr Talbot, was ich tun soll? Soll ich sie etwa ans Tischbein fesseln, damit sie sich nicht unbeaufsichtigt aus dem Haus schleicht?«

Sketch prustet und lacht, als sei mein Vater der witzigste Mensch der Welt. »Ach, wenn sich unsere Probleme doch nur alle so leicht lösen lassen würden, was, Mr Fagan? Nein, natürlich nicht. Aber ich könnte Ihre Tochter in die Stadt mitnehmen. Das wäre viel sicherer. Wie wäre es mit einmal pro Woche? Zweimal, wenn Sie frisches Fleisch brauchen.«

»Annie hat zwei Beine zum Laufen«, schnaubt mein Vater und schlägt mir fest genug auf den Rücken, dass er mir damit ein heiseres Grunzen über die Lippen zwingt.

»Die Straße ist wirklich gefährlich, Mr Fagan, mit ihren

schlecht einsehbaren Kurven. Just dieser Abschnitt ist bekannt dafür, dass Pferde und Wagen sich dort oft überschlagen.« Sketch fixiert das Gesicht meines Vaters, ohne dabei auch nur mit der Wimper zu zucken. »Ich bin mir sicher: Sollte Annie jemals etwas zustoßen, könnten Sie sich dies niemals verzeihen.«

Irgendwo zwischen dem Hals und dem Bauch meines Vaters ist ein Ächzen zu hören. Mir ist klar, dass Sketch seine Geduld nun arg auf die Probe stellt. Ich sollte besser etwas sagen und Sketch warnen, es ruhiger angehen zu lassen, doch mein Vater hat mich eines Besseren belehrt, als mich einzumischen, wenn Männer sich unterhalten.

»Mr Talbot, verraten Sie mir bitte, was Sie von diesem Arrangement hätten? Mal abgesehen natürlich von dem Vergnügen, welches die Gesellschaft meiner wunderbaren Tochter mit sich bringt.«

Sketch tritt einen Schritt zurück; sein Kopf bewegt sich übertrieben auf und ab, als er mich von Kopf bis Fuß mustert. »Wie ich schon sagte, bin ich ein Gentleman. Aber ich bin kein Dummkopf. Ich müsste natürlich eine kleine Gebühr verlangen.«

Mein Vater wirft den Kopf in den Nacken, und ein boshaftes Lachen gurgelt tief in seinem Hals. »Jetzt, mein Junge, kommen wir der Sache also näher. Sie sind ein gerissener Geschäftsmann, das muss man Ihnen lassen. Aber wusste ich's doch, dass die Sache einen Haken hat und nicht nur auf purer Freundlichkeit beruhen kann.«

»Also haben wir einen Deal?«, fährt Sketch fort.

»Ganz sicher nicht«, grunzt mein Vater. »Ich bezahle Ihnen nicht einen Penny, junger Mann. Annie kann laufen. Das wird ihr nicht schaden. Frische Luft tut jungen Mädchen gut. Macht den Kopf frei. Frauen kommen sonst auf die komischsten Ideen.«

Sketch presst die Lippen fest aufeinander, und ich frage mich, was er wohl gerade denkt. Glücklicherweise habe ich eindeutig das Gefühl, dass er die geringe Meinung meines Vaters im Hinblick auf Frauen nicht teilt.

»Geld habe ich nicht gemeint, Sir.« Sketch schüttelt den Kopf.

»Ach?« Mein Vater grinst süffisant und sieht langsam zu mir herüber. »Was haben Sie denn dann gemeint?«

Sketch räuspert sich und scharrt mit den Füßen. Mit einem Mal wirkt er weniger selbstsicher, sondern fast schon ein wenig verlegen. Hinter meinem Rücken drücke ich ihm fest die Daumen und hoffe, dass die bohrenden Fragen meines Vaters sowie sein harscher Tonfall Sketch nicht ins Wanken gebracht haben. Sollte er jetzt umfallen, könnte mir dies eine Menge Ärger einbringen.

Mein Vater atmet flach und schwer, woran ich erkenne, was der Alkohol der vergangenen Nacht alles bei ihm angerichtet hat. Er lässt die Schultern hängen, die wiederum seinen Hals und den Kopf mit nach unten ziehen; dazu grunzt er immer wieder. Selbst wenn sein Mund geschlossen ist, scheint jede Pore seines Körpers den Gestank von schalem Whiskey zu verströmen. Zweifellos wird auch Sketch das riechen. Ich weiß nicht, wie lange mein Vater noch Sketchs Einmischung hinnehmen wird.

Sketch tritt wieder einen Schritt zurück und schafft so eine komfortable Distanz zwischen sich und meinem Vater. Ich merke, wie er tief Luft holt und Mühe hat, den Kloß in seinem Hals hinunterzuschlucken. »Meine Mutter ist vor knapp sechs Jahren gestorben, Sir«, sagt er schließlich. »Es gibt nur noch Dad und mich. Und, nun ja – der Hof ist groß. Es braucht viel Zeit und Arbeit, sich um alles zu kümmern. Die Arbeit auf dem Feld macht echte Kerle hungrig. Dad und ich könnten ein anständiges Mahl brauchen, wenn wir abends nach Hause kommen.«

»Ihr Verlust tut mir leid«, bringt mein Vater zustande. »Es ist immer schwer, wenn man einen Elternteil verliert. Besonders in Ihrem Alter.«

In der Stimme meines Vaters schwingt etwas, das ich von ihm nicht kenne. Ehrlichkeit. Fast glaube ich ihm, dass ihm Sketchs Verlust wirklich leidtut. Vielleicht ist mein Vater ja trotz allem doch ein Mensch.

»Aber mal im Ernst, Jungchen, Ihre tote Mutter ist nicht mein Bier«, fährt er fort.

Ich seufze. Das klingt wieder ganz nach dem Mann, den ich kenne.

»Das habe ich auch nicht erwartet«, fährt Sketch fort. »Aber mein Dad und ich brauchen eine Frau im Haushalt, die Hand anlegt. Putzen, kochen, so was eben. Wir zahlen auch ein faires Gehalt.«

»Glauben Sie ernsthaft, Annie ist eine gute Köchin?« Die Laune meines Vaters hebt sich; die Aussicht auf Geld hat sein Interesse geweckt.

Sketch nickt. »Das hoffe ich, ja.«

»Und wer soll sich dann um mich kümmern, Mr Talbot? Muss nicht auch mir jemand das Essen kochen?«

Sketchs Mundwinkel zucken und heben sich zu einem unsicheren Lächeln. Ich merke deutlich, wie sorgsam er seine Worte wählt. Sketch ist genauso gerissen wie charmant.

»Ich bin sicher, dass Ihre Frau sich mit Freuden um Sie kümmern wird, Mr Fagan.«

Mein Vater grunzt und dreht sich zu meiner Mutter um, die immer noch auf dem Boden hockt.

»Mary!«, brüllt er laut. »Komm her und schau, wer da ist.«

Meine Mutter steht langsam auf und streicht mit der Hand die Schürze glatt. Sie hat sich beeindruckend schnell gefasst. Mit hoch erhobenem Kopf kommt sie zu uns, doch sie kann ihr unbeholfenes Hinken wegen ihrer geprellten Knie nicht verbergen.

»Hallo!« Sie lächelt strahlend, als sie die Tür erreicht, und nimmt in der Lücke Platz, die mein Vater für sie zwischen ihm und mir geschaffen hat.

»Hallo, Mrs Fagan.« Sketch nickt ihr zu. »Schön, Sie kennenzulernen.«

»Sketch …« Ich hüstele. »Also Mr Talbot hat Pa gerade davon erzählt, dass er und sein Dad Hilfe auf dem Hof brauchen könnten.«

»Oh, Sie stammen von einem Bauernhof?«, fragt meine Mutter, als hätte sie nicht jedes einzelne Wort von ihrer gebückten Haltung auf dem Boden aus mitbekommen.

»Ja, Ma'am.« Sketch nickt. »Und ich habe gehofft, Ihrer Tochter eine Anstellung anbieten zu können.«

»Oh, das ist gut …«, fängt meine Mutter an, doch mitten im Satz wird sie vom wütenden, finsteren Blick meines Vaters zum Schweigen gebracht.

»Und was bringt Sie auf die Idee, wir könnten Geld brauchen?«, blafft mein Vater ihn an, während er gleichzeitig vorspringt und meine Mutter nach hinten drängt, sodass sie beinahe hinfällt.

Instinktiv schlinge ich meinen Arm um ihre Taille, um ihr Halt zu geben. Glücklicherweise konzentriert sich die aufgeheizte Stimmung meines Vaters auf Sketch, daher merkt er nicht, dass ich meiner Mutter kurz zu Hilfe komme.

»Sie haben ein schönes Heim«, beschwichtigt Sketch ihn. »Ein richtig hübsches Haus. Man kann sehen, wie hervorragend hier der Haushalt geführt wird. Mein Angebot ist durch und durch egoistisch. Wenn ich sie einstelle, tue ich weder Ihnen noch Annie einen Gefallen. Sie würden mir einen großen Dienst erweisen. Einen, den ich sehr zu schätzen weiß.«

»Sie sind äußerst redegewandt, Mr Talbot.« Mein Vater richtet sich auf. »Das muss man Ihnen lassen.«

»Wir sind uns also einig?« Sketch verzieht keine Miene, doch ein unübersehbares Funkeln der Aufregung glänzt in seinen Augen. »Ich fahre Annie zwei Mal pro Woche in die Stadt und wieder zurück. Sagen wir, erst mal dienstags und samstags. An allen anderen Wochentagen kann Annie zu uns auf den Hof kommen und sich die Fahrt mit Kochen und Putzen verdienen. Sonntags ist natürlich Familientag, da würde ich es selbstverständlich nie wagen zu stören.«

Kleine Blasen der Begeisterung ploppen in meinem Bauch. Vor lauter Vorfreude bekomme ich kaum Luft.

Mein Vater strafft die Schultern; eine Ernsthaftigkeit breitet sich in seiner Miene aus. »Das ist ein stolzer Preis für ein paar Fahrten.«

»Vielleicht kann ein wenig Bargeld helfen«, schlägt Sketch vor. »Wären vier Schillinge in Ordnung?«

»Fünf.«

»Sie sind ein zäher Verhandlungspartner, Mr Fagan«, entgegnet Sketch. »Okay, Sir. Fünf Schillinge und keinen Penny mehr.«

Sketch streckt die Hand aus, und mein Vater schüttelt sie dann so fest, dass ich, nachdem er losgelassen hat, rote Abdrücke seiner fleischigen Finger auf Sketchs Hand erkennen kann.

»Ich komme am Montag und hole Annie dann um zehn Uhr zu ihrem ersten Arbeitstag ab«, verkündet Sketch.

»Um elf«, blafft mein Vater. »Sie muss erst den Kamin ausfegen und Frühstück zubereiten. Ich kann nicht zulassen, dass hier der Haushalt aus den Fugen gerät, nur damit es Ihnen passt.«

Sketch atmet tief und langsam aus, und seine Abneigung gegen meinen Vater steht ihm deutlich in die matten Falten an seinen Augen geschrieben, die eben noch nicht dort waren. »Also um elf. Auf Wiedersehen, Mrs Fagan«, verabschiedet sich Sketch höflich und schaut kurz meiner Mutter in die Augen.

Ich wünschte, er hätte das nicht getan. Ma wird gleich für seine Zuneigung verprügelt werden.

»Annie«, sagt er dann, und ich bete, dass er nicht lächelt, während er mit mir spricht. »Wir sehen uns dann am Montagmorgen. Bitte sei pünktlich«, erklärt er streng, als ahne er, dass mein Vater jegliche Anzeichen von Zuneigung nicht gutheißen würde.

»Mr Fagan.« Sketch nickt, als er die Verandastufen rückwärts hinuntergeht. »Bis Montag.«

Wütend knallt mein Vater die Tür zu. Seine Augen brennen sich wie glühende Kohlen in die meinen.

»Warum ruhst du dich nicht aus, Johnny«, schlägt meine Mutter vor. »Annie und ich kümmern uns dann schnellstens um das Essen. Nach diesen geschickten Verhandlungen kannst du bestimmt eine kleine Pause vertragen. Mr Talbot hat ja ganz schön angegeben, deshalb sollten wir jetzt seine Lebensmittel einmal auf die Probe stellen und sehen, wie toll sein Hof wirklich ist.«

Ich warte nicht darauf, bis meine Mutter fertig ist, sondern eile gleich los und sammele das Tablett mit dem zerbrochenen Porzellan von vorhin ein, bevor mein Vater sich daran erinnert und es erneut seine Wut befeuert.

Hinter mir baut mein Vater körperlich rasant ab und schleppt sich zum Sessel am Kamin, um dort seinen übergewichtigen Körper hineinfallen zu lassen.

»Tee, Mary!«, brüllt er, als meine Mutter und ich uns auf den Weg in die Küche machen.

»Natürlich, Schatz«, erwidert meine Mutter mit zusammengebissenen Zähnen, was mein Vater glücklicherweise nicht sehen kann. »Natürlich.«

Meine Mutter beäugt die frischen Lebensmittel aus der Papiertüte und fängt schweigend an, ein leckeres Mahl zuzubereiten. Erst als vom Wohnzimmer her ein lautes Schnarchen in die Küche dringt, ergreift sie das Wort.

»Annie, Süße. Versprich mir, dass du vorsichtig bist«, sagt sie, schließt ihre schlanken Finger um mein Handgelenk und schüttelt sanft meine Hand.

Unsicher mustere ich sie und nicke.

»Ich sehe doch, wie dieser Junge dich anschaut. Und es sind sicherlich nicht dein Besen und dein Wischlappen, für die er sich interessiert.«

»Meinst du?«, strahle ich sie an. »Glaubst du wirklich, er mag mich?«

»Ja«, nickt sie mit Trauer im Blick. »Aber irgendwann habe ich auch einmal gedacht, dass dein Vater mich mag.«

»Ich glaube nicht, dass Sketch wie Pa ist«, entgegne ich.

»Intelligente Männer sind gefährlich, Annie. Du und ich wissen das besser als die meisten anderen. Und Sketch hat bereits jetzt deinen Vater so mühelos angelogen …«

»Er hat gelogen, um mich zu schützen, Ma.«

»Lüge bleibt Lüge, Annie.«

»O Ma. Ich weiß, dass du dir Sorgen machst. Aber ich werde vorsichtig sein, versprochen. Ich passe auf.«

Die Finger meiner Mutter klammern sich fester um mein Handgelenk, während ihr die Tränen kommen. »Ich werde nicht immer hier sein, um dich zu beschützen, Liebes. Einmal wird der Tag kommen, an dem dein Vater zu weit geht, und dann, nun, dann wirst du auf dich gestellt sein.«

11.

Holly

Ben sitzt auf Nanas Bettkante, während ich mich auf dem Sessel neben dem Bett fläze. Meine Augenlider werden immer schwerer, ich kann die Augen kaum noch offen halten. Ben hat seit ungefähr einer Stunde vorgelesen und lässt nun das Manuskript sinken, um Luft zu holen.

»Um Himmels willen, Nana«, ruft er und versucht mühsam, sich zu beherrschen. »Ich hatte ja keine Ahnung, dass dein Vater solch ein … ein …« Mitten im Satz verstummt er und schlägt die Hände vors Gesicht.

»… Mistkerl war«, krächzt Nana, öffnet ein Auge und lächelt schief, als erfülle es sie mit Genugtuung, ihren Vater zu beschimpfen.

»Ich wollte Monster sagen, aber deine Beschreibung trifft es auch ganz gut.« Ben wagt ein schüchternes Lächeln.

Schnell wird es still um uns herum, und zwischen langen, schweren Wimpernschlägen beobachte ich, wie Ben neben meiner Großmutter sitzt und ihr vorsichtig den Handrücken streichelt. Die Mundwinkel Nanas rosiger Lippen sind ganz leicht nach oben gezogen, und sie murmelt leise vor sich hin, während sie tief einatmet. Sie wiederholt die Worte, die wir ihr gerade vorgelesen haben. Ich merke, wie sehr sie die Erinnerung an Sketch genießt. Es ist schön, sie so friedlich und voller Nostalgie zu erleben.

Sanft drückt jemand meine Schulter, und als ich mich umdrehe, sehe ich, wie meine Mutter sich lächelnd über mich beugt. Mit der anderen Hand trägt sie ein Tablett mit zwei Tassen heißem Kaffee. Eine Tasse reicht sie mir, die andere Ben.

»Ich dachte mir, ihr könntet vielleicht eine kleine Stärkung vertragen«, erklärt sie.

»Danke, Mam.« Ben nickt und trinkt direkt einen Schluck.

»Danke«, seufze ich und starre in meine Tasse.

Ich kann nicht noch mehr Kaffee trinken. Allein von dem Geruch wird mir schon übel. Vorher hatte ich bereits zwei Tassen, und die haben mir wie Blei im Magen gelegen, bis ich mich vor einer Stunde unten auf der Toilette übergeben habe. Glücklicherweise ist es niemandem aufgefallen.

»Wie geht es ihr?«, fragt Mam und wagt sich weiter vor.

»Sie schläft immer wieder ein«, antwortet Ben.

Meine Mutter schüttelt den Kopf und weicht einen Schritt zurück, wobei sie fast über meinen Fuß gefallen wäre. Sie kann sich nicht überwinden, zu nah an Nana heranzugehen. Ihre Angst ist zu groß.

»Die Schwester sollte in etwa zwanzig Minuten hier sein«, erklärt Mam. »Dann braucht Nana noch weitere Medikamente.«

»Möchtest du dich nicht ein wenig zu uns setzen?«, frage ich. »Wir machen eine kleine Vorlesepause, während Nana schläft.«

Ich stehe auf und biete meiner Mutter meinen Platz an. Sie

setzt sich, beugt sich vor, stützt sich mit den Ellbogen auf die Knie und vergräbt das Gesicht in ihren Händen.

»Wir lassen dich mal kurz allein«, sagt Ben, dessen Stimme wie statisch aufgeladen knistert. »Komm, Holly.«

Weder antwortet meine Mutter, noch schaut sie auf, doch es kommt mir so vor, als würde ich ihr Herz hören, das gerade bricht. Vor ein paar Wochen habe ich bei Nate etwas ganz Ähnliches gespürt. Damals habe ich es nicht erkannt, dafür aber jetzt.

Ben und ich wechseln uns mit Besuchen in Nanas Schlafzimmer ab. Dabei behalten wir Mam genauso sehr im Blick wie Nana. Meine Mutter verharrt eine Ewigkeit lang wie eine Statue, aber ab und zu höre ich, wie sie mit Nana spricht. Und ab und zu flüchtet sie auf den Treppenabsatz, um sich die Tränen wegzuwischen und tief Luft zu holen, bevor sie wieder zu Nana zurückkehrt.

Ich habe mich gerade unten auf der Toilette eingeschlossen, als Marcy ein wenig früher als angekündigt eintrifft. Als Erstes geht sie in die Küche und unterhält sich ein paar Minuten lang mit meinem Vater. Als ich das Badezimmer verlasse, laufe ich ihr im Flur über den Weg, wo sie ihren Mantel und den Schal am Fuße der Treppe über den Geländerpfosten hängt.

»Schlechter Tag?«, fragt Marcy und wirft mir einen wissenden Blick zu.

»Nana hatte eben ein paar Atemprobleme«, gestehe ich und fahre mir mit der Hand übers Haar. »Jetzt geht es ihr aber wieder besser. Wir haben ihr heute Nachmittag lange vorgelesen, das hat ihr gefallen.«

»Das ist prima.« Marcy lächelt. »Aber ich habe Sie gemeint. Sie sehen leichenblass aus.«

»Oh, ähm, mir geht's gut«, lüge ich, als ich sauer aufstoßen muss und es mir schon wieder hochkommt, sodass ich mich fast auf meine Schuhe übergeben muss.

»Ich habe keine Ahnung, warum das immer als Morgenübelkeit bezeichnet wird«, stellt Marcy fest. »Eigentlich hält sie doch den ganzen Tag über. Bei meinen drei Kindern war es sogar abends am schlimmsten.«

Ich schlage die Hand vor den Mund und schüttele den Kopf. »Woher wissen Sie das?«

»Ihre Großmutter hat es mir erzählt.«

»Nana?« Ich starre sie mit großen Augen an. »Nana weiß davon? O mein Gott, nicht zu fassen!«

»Sie ist eine sehr scharfsinnige Lady. Ich glaube, ihr entgeht kaum etwas.« Marcy zwinkert mir zu.

»O Marcy. Ich wollte eigentlich niemandem davon erzählen. Jedenfalls jetzt nicht. Nicht, wo es Nana so schlecht geht.«

»Weiß Ihre Mutter es schon?«, erkundigt sich Marcy.

Ich schüttele den Kopf.

»Ihr Vater oder Ben?«

Wieder schüttele ich den Kopf.

»Wie sieht es mit dem Kindsvater aus?«, flüstert Marcy.

»Ja. Er weiß es. Aber es ist alles nicht so einfach.«

»Oje.« Marcys Schultern sacken nach unten, als sie einen Schritt auf mich zukommt und die Stimme noch weiter senkt. »Freut er sich nicht darüber?«

»Doch«, erwidere ich. »Sogar sehr. Wir beide eigentlich, aber …« Ich fahre mir mit der Hand durchs Haar, unsicher, ob ich mich dazu überwinden kann, meine Worte laut auszusprechen.

»Marcy! Hallo! Sie sind aber früh dran!«, ruft Ben und taucht hinter uns am Fuß der Treppe auf.

»Hallo, Ben«, Marcy richtet sich auf.

»Mam ist gerade oben bei Nana«, erklärt er, »falls Sie zu ihr möchten.«

»Ja, ich will nach oben.« Marcy zwinkert mir zu. »Sie sollten eine Kleinigkeit essen, Holly. Und wir beide unterhalten uns dann später weiter, ja?«

»Klar«, lächele ich. »Später.«

Ben wartet, bis Marcy außer Hörweite ist. »Habe ich euch gerade bei etwas unterbrochen?«

Ich schüttele den Kopf.

»Du bist eine schlechte Lügnerin, Holly. Weißt du das?«

Ich zucke mit den Schultern.

»Du weißt ja: Wenn du reden willst, bin ich für dich da«, fährt Ben dort. »Jederzeit.«

»Danke, Ben«, erwidere ich. »Das weiß ich sehr zu schätzen. Aber im Moment möchte ich das nicht, okay?«

»Ähm, alles klar, Holly.« Ben nickt. »Aber da ist jemand, der sehr gern mit dir reden würde.«

Mein Blick wandert zur Küchentür. Mein Vater versteckt sich dort die meiste Zeit des Tages. Entweder lässt er meiner Mutter Raum, oder er fühlt sich unbehaglich und unwohl und weiß nicht, was er mit sich anstellen soll.

Ben schüttelt den Kopf. »Nein, Holly, nicht Dad«, sagt er, als könnte er meine Gedanken lesen. »Nate ist da.«

»Nate ist *hier*? Also jetzt gerade? Hier bei uns?«, quieke ich.

Ben kehrt der Küche den Rücken zu und deutet auf die geschlossene Tür des großen Wohnzimmers. »Er wartet seit einer halben Stunde in der *guten Stube*.«

Die gute Stube ist Nanas Lieblingszimmer im ganzen Haus. Ben und ich durften als Kinder nie allein dort hinein. Ich habe immer angenommen, dass es eine Sicherheitsmaßnahme war, damit wir nicht Nanas kostbare Porzellanfigürchen kaputtmachen, die ganz anfällig und zerbrechlich sind. Selbst heute noch habe ich Angst, sie anzufassen. Doch jetzt wird mir klar, dass wir vom Wohnzimmer ferngehalten wurden, da man sich an den Figürchen verletzen kann. Jede Wette, dass ich vor vier Monaten an so etwas noch nicht gedacht hätte. Bereits jetzt führt die Schwangerschaft dazu, dass ich vieles mit anderen Augen sehe. Auch Nate.

»Warum ist Nate hier?«, fauche ich.

Ben kneift die Augen zusammen. »Willst du ihn denn gar nicht sehen?«

»Wir haben uns getrennt, Ben«, gestehe ich ihm freiheraus. »Schon vor ein paar Wochen. Ich dachte, Nate hätte es dir gesagt. Es ist alles ziemlich chaotisch und durcheinander.«

»Ach Mist, Holly. Tut mir leid«, erwidert Ben und seufzt. »Das wusste ich nicht.«

»Für so was habe ich jetzt keinen Nerv, Ben. Nicht, wenn es Nana so schlecht geht.«

»Ich weiß. Ich weiß«, nickt Ben. »Aber vielleicht will er die Sache aus der Welt schaffen. Ihr wart lange zusammen, Holly. Schluss oder nicht, vielleicht will er einfach nur hören, ob es dir gut geht. Schließlich hat er mitbekommen, wie nah du und Nana euch seid.«

»Ja, wahrscheinlich.« Ich schlucke. »Ich sollte wohl besser mit ihm reden, oder?«

Ben lächelt. »Ja, das solltest du. Ich lasse euch zwei mal allein und koche uns einen Kaffee. Möchtest du auch einen?«

»Puh«, stöhne ich, als mir allein beim Gedanken an Kaffee schon wieder schlecht wird. »Gott bewahre. Nicht noch mehr Kaffee. Aber Nate will vielleicht einen trinken. Kannst du uns, ähm … vielleicht zehn Minuten geben … und dann den Kaffee reinbringen?«

»Holly, was ist los? So ernst ist es?«, hakt Ben besorgt nach. »So ernst, dass du mit Nate nicht mal länger als zehn Minuten allein sein kannst?«

»Ben, bitte!« Mit meinem Blick flehe ich ihn wortlos an, keine weiteren Fragen mehr zu stellen. »Komm einfach in zehn Minuten rein. Versprochen?«

»Holly …« Ben strafft die Schultern und reckt sich; seit meiner Ankunft gestern habe ich ihn kein einziges Mal gerade aufgerichtet gesehen. »Soll *ich* lieber mit Nate sprechen? Soll ich ihm sagen, dass er gehen soll?«

Ich schüttele den Kopf. Ich weiß, dass Ben Nate gernhat. Über die Jahre hinweg haben die beiden sich angefreundet. Sie sind Fans der gleichen Fußballmannschaft und beide besessen von glänzenden Sportwagen mit leistungsstarken Motoren. Selbst wenn ich wollte, dass Nate geht, würde ich nicht von Ben erwarten, Nate den Marschbefehl zu geben.

Einen Moment lang presse ich mir die Finger auf die Augenlider, was sofort hilft, den Druck, der sich in meinem Kopf aufbaut, zu lindern. Dann hole ich tief Luft und gehe Richtung Wohnzimmer.

»Holly!«, ruft Ben mir hinterher. »In zehn Minuten gibt's Kaffee!«

»Danke«, rufe ich und zittere beim Ausatmen ein wenig.

Hinter mir höre ich, wie sich die Küchentür öffnet und mit einem leisen Geräusch wieder schließt. Ich erstarre, bleibe einen Moment allein im Flur stehen und hole schweigend Luft. Ein leises Wimmern kommt mir über die Lippen, als ich daran zurückdenke, wie viel Leben in den vergangenen Jahren hier auf dem Flur gewesen ist und wie die jetzige Stille hier so gar nicht dazu passen will. Dicke, salzige Tränen laufen mir über die Wangen, und ich frage mich, was ohne Nana, die uns alle zusammenhält, aus meiner Familie werden wird. Meine kleine Welt löst sich so schnell auf, dass ich ins Wanken gerate. Eine plötzliche Woge der Übelkeit steigt in mir hoch, und ich packe den Geländerpfosten, um Halt zu finden. Instinktiv rufe ich nach Nate, doch er hört mich nicht.

Nate sitzt auf der anderen Seite der Tür vor mir, aber ich habe das Gefühl, dass uns in Wahrheit Welten voneinander trennen – ich fühle mich so verdammt einsam. Ich warte, bis die Übelkeit sich wieder gelegt hat, bevor ich mich traurig auf den Weg ins Wohnzimmer mache.

12.

Holly

Nate steht mit dem Rücken zur Tür, hat die Hände in den Hosentaschen vergraben und schaut aus dem Fenster. Er hört gar nicht, dass ich ins Wohnzimmer komme. Ein paar Sekunden lang stehe ich hinter ihm, bevor ich genügend Mut gesammelt habe, um seinen Namen zu flüstern.

»Holly«, sagt er, nimmt die Hände aus den Taschen und lässt sie starr an der Hosennaht, als er sich zu mir dreht.

Er trägt seinen maßgeschneiderten marineblauen Anzug, meinen Lieblingsanzug, und ich frage mich, ob er diesen absichtlich gewählt hat. Dazu trägt er eine blau-rot gestreifte Krawatte, die ich hasse. Dennoch sieht er immer noch gut aus. Sogar sexy, trotz der dunklen Ringe unter den Augen und neuer Falten auf der Stirn, die seine Müdigkeit erahnen lassen. *Er schläft offenbar genauso schlecht wie ich.* Nate holt tief Luft, und ich beobachte, wie sich sein Brustkorb hebt; er hält die Luft lange an, und als er laut seufzt, ist deutlich zu merken, wie ihn die Gefühle niederdrücken und belasten.

»Holly, es tut mir so leid«, sagt er schließlich und tritt einen winzigen Schritt vor.

Ich schüttele den Kopf und öffne den Mund, doch kein

Ton kommt heraus. Meine Füße scheinen sich unabhängig vom Körper zu bewegen, und ohne nachzudenken, ertappe ich mich dabei, wie ich zu ihm stürze. Nate breitet die Arme aus, und sobald ich an seine Brust stoße, breche ich zu einem schluchzenden Häufchen Elend zusammen. Er schließt meinen zitternden Körper in seine Arme und presst mich an sich. Mein Kopf passt so genau wie immer unter sein Kinn, und als er den Kopf senkt, streicht mir sein warmer Atem weich über den Kopf. Wie ein Knäuel aus verschlungener Kordel stehen wir eine lange Zeit da, ohne ein Wort zu sprechen.

Als meine Beine schließlich anfangen zu zittern und Nate sich wohl Sorgen macht, ich könnte ohnmächtig werden, schlägt er vor, dass wir uns hinsetzen. Ich will nicht von Nates wohltuendem warmem Körper weichen, doch er nimmt mir diese Entscheidung ab, tritt einen Schritt zurück, greift nach meiner Hand und führt mich zum geblümten Sofa, das in dem großen bodentiefen Erkerfenster steht. Nach einem kurzen Blick auf die Uhr bedauere ich es plötzlich, Ben darum gebeten zu haben, nach zehn Minuten ins Wohnzimmer zu kommen. Uns bleibt nicht mehr viel Zeit zum Reden.

»Wie geht es dir?«, fragt mich Nate, nachdem wir beide Platz genommen haben.

Wir sitzen zwar nebeneinander, doch zwischen uns bleibt ein kleiner Abstand. Ich lasse mein Knie, das ihm am nächsten ist, leicht zur Seite schwenken, wodurch mein Oberschenkel seinen streift.

»Ist dir immer noch übel?«, fragt er und dreht sich leicht, sodass er mich ansehen kann. Sein Bein verharrt jedoch weiter an meinem.

Ich verziehe das Gesicht und nicke. »Ja. Zwar nicht mehr

ganz so schlimm wie zu Beginn, aber ich fühle mich immer noch nicht gut.«

»Hast du deiner Mam schon von dem Baby erzählt?«, flüstert er, als fürchte er sich vor der Antwort.

»Das kann ich nicht. Sie hat schon genug Sorgen. Da will ich sie nicht auch noch damit belasten. Der Zeitpunkt ist wirklich schlecht.«

»Hast du denn weiter darüber nachgedacht, was du willst?«, fragt Nate.

Ich atme tief durch die Nase ein und bekomme davon sofort Kopfschmerzen. Ich reiße mein Bein von Nate weg und stehe auf.

»Holly, komm«, beschwichtigt mich Nate sanft. »Ich will dich nicht aufregen, aber wir müssen darüber sprechen. Wir müssen eine Entscheidung treffen.«

»Ich will nicht darüber reden«, knurre ich und laufe auf und ab.

»Ich weiß, dass du das nicht willst«, entgegnet Nate und steht nun ebenfalls auf. »Aber du *musst.*«

»Wolltest du vielleicht letzte Woche über das Baby reden, als du nach Ibiza abgehauen bist, Nate?«, brülle ich, während mir Tränen der Wut und Enttäuschung die Sicht vernebeln. »Nein, das wolltest du nicht. Du hast dich nur bis zum Anschlag volllaufen lassen wollen. Ich habe die Fotos auf Facebook gesehen.«

»Holly, du warst diejenige, die nicht mit mir reden wollte.« Nate senkt den Kopf. »Ich wusste einfach nicht, was ich tun sollte.«

»Und da ist dir nur Ibiza eingefallen?«, blaffe ich.

Nate verschränkt die Arme vor der Brust und neigt den

Kopf. »Ibiza war eine Flucht, Holly. Ich musste da raus. Ich hatte keine Ahnung, wie ich dir helfen sollte. Du hast mich von dir gestoßen, und je mehr ich versucht habe, dir zu helfen, desto mehr hast du dich von mir entfernt. Du wolltest mir nicht mal sagen, wie du dich fühlst oder was dir durch den Kopf geht. Himmel, Holly, du hast es nicht mal fertiggebracht, mich anzusehen. Das hat mich wahnsinnig gemacht.«

Ich starre Nate in die Augen, und meine Enttäuschung muss mir deutlich anzusehen sein, denn er sackt zusammen.

»Du bist diejenige, die eine Pause wollte«, fährt Nate fort. »Du hast das gesagt, Holly. Nicht ich. Ich habe gesagt, dass ich dich niemals verlassen werde. Erinnerst du dich? Und ich habe dir gesagt, dass wir das gemeinsam durchstehen.«

Mit der Zunge fahre ich innen an den Zähnen entlang, verzweifelt auf der Suche nach etwas, was ich mit meinem Mund tun kann, außer zu reden. *Natürlich erinnere ich mich. Ich war ein echtes Miststück. Und ich habe meinen Schmerz an Nate ausgelassen. Doch das hätte ich nicht tun dürfen. Niemals.*

»Ich bin auch kurz vor dem Nervenzusammenbruch«, gesteht Nate. »Schließlich ist das auch mein Baby, Holly. Meinst du nicht, dass das auch für mich schwierig ist?«

Ich lasse den Kopf hängen und presse zwei Finger auf den Punkt über der Nase zwischen den Augen. »Nicht lebensfähig. Das haben sie gesagt, Nate.« Mir kommen die Tränen. *Mein Baby. Mein kleines, geliebtes Baby.* Instinktiv lege ich die Hand auf meinen wachsenden Bauch.

Nate atmet schwer und lässt die Arme hinunterfallen, die nun leblos an seinen Hüften baumeln. »Ich weiß, Holly, ich weiß. Ich war auch dabei.«

»Das ist doch nicht fair, Nate. Das ist nicht fair. Unser Baby wird sterben. Und wir können nichts dagegen tun.«

»Ich weiß, Holly.« Nate packt mich und drückt mich so fest an sich, dass ich kaum Luft bekomme. Gleichzeitig will ich aber auch nicht, dass er loslässt.

»Und Nana«, sage ich, während mir heiße, salzige Tränen über die Wangen laufen, »Nana wird auch sterben. Bald schon, Nate. Ganz bald. Sie verlässt mich. Beide verlassen mich.«

Nate schluckt schwer, und ich merke, dass auch er zittert, doch er schweigt. Wir wiegen uns vor und zurück, ohne uns vom Fleck zu bewegen, folgen einem langsamen, gleichmäßigen Rhythmus. Gelegentlich bleibt Nate stehen und küsst mich auf die Stirn. Fast ist es, als wären wir in einer Blase, nur wir beide, und der ganze miese Kram der Realität kann diese Blase nicht zum Platzen bringen. Doch der Moment ist nicht von langer Dauer. Von einem leisen Klopfen an der Wohnzimmertür werden wir ins Hier und Jetzt zurückgerissen, als Ben schließlich die Tür öffnet und seinen Kopf durch den Spalt schiebt.

»Will jemand Kaffee?«, fragt er lächelnd.

»Danke, Kumpel«, erwidert Nate. »Kaffee wäre super!«

»Du meine Güte, Holly! Was ist los?«, fragt Ben, stößt die Tür weit auf und platzt ins Zimmer herein. »Was hast du zu ihr gesagt?« Finster starrt er Nate an.

Nate seufzt und schüttelt den Kopf. Stille breitet sich aus, während die Anspannung im Wohnzimmer kaum noch zu ertragen ist.

»Holly.« Ben betont meinen Namen wie ein Lehrer, der die Aufmerksamkeit eines unwilligen Schülers erzwingen will. »Was ist hier los? Ist alles in Ordnung?«

Ich sauge die Unterlippe zwischen die Zähne und zwinge mich dazu, mit meinen verheulten Augen meinem besorgten Bruder ins Gesicht zu schauen. »Nein, kann man nicht behaupten«, gebe ich zu.

Ben streckt sich und macht sich so groß, wie er kann, was aber insgesamt immer noch einen halben Kopf kleiner als Nate ist. Er lässt die Schultern vor und zurück kreisen in dem Versuch, selbstbewusst zu wirken. »Hör mal, Nate, vielleicht solltest du jetzt besser gehen. Unsere Familie macht gerade eine harte Zeit durch. Holly hat mir gesagt, dass ihr euch getrennt habt, und das tut mir leid, aber der Zeitpunkt, das jetzt zu klären, ist wirklich ungünstig. Wie du siehst, nimmt Holly das alles ziemlich mit.«

»Wir machen eine Beziehungspause. Getrennt haben wir uns nicht, Ben«, erklärt Nate ruhig. »Holly und ich machen auch gerade eine Menge durch, und wir haben beide unsere Probleme. Aber ich habe Annie wirklich sehr gern. Sie war immer so nett zu mir. Wenn es für euch okay ist, würde ich gern bleiben. Ich möchte für Holly da sein. Aber auch für Annie.«

Ben sinkt in sich zusammen, als er laut ausatmet; sein Atem riecht nach Kaffee. »Holly?«

Ich nicke. »Ich will, dass Nate bleibt, Ben. Ich brauche ihn hier.«

»Okay.« Ben entspannt sich. »Aber könnte mir einer von euch beiden vielleicht verraten, was hier los ist?«

Nate schaut mich kummervoll an, und obwohl ich zusammenzucke, signalisiert mein Blick Nate, dass jetzt der Zeitpunkt gekommen ist, meinem Bruder die Wahrheit zu sagen.

»Holly ist schwanger«, sprudelt es aus Nate hervor.

»Oh mein Gott!«, ruft Ben sichtlich überrascht. »Ein Baby! Wow, das sind tolle Neuigkeiten! Herzlichen Glückwunsch!«

Nate und ich rühren uns nicht. Sagen keinen Ton.

»Was denn?«, fragt Ben, dessen Begeisterung so schnell erloschen ist, wie sie gekommen ist. »Was ist los? Ich dachte, ihr freut euch?«

»Dem Baby geht es nicht gut«, erwidert Nate.

Bens Wangen werden blass. Als Nana eben Atemprobleme hatte, sah er ähnlich aus.

»Nicht gut?«, wiederholt Ben. »Was heißt, nicht gut?«

»Vor ein paar Wochen waren wir beim Ultraschall«, erkläre ich starr. »Dabei hat man herausgefunden, dass es Probleme mit den Nieren und dem Herzen gibt.«

»Okay.« Ben nickt mit offenem Mund. »Der kleine Racker muss also gleich nach der Geburt operiert werden. Man hört ja immer wieder, dass Babys am Herzen operiert werden, nicht wahr?«

»Es … es … ist nicht so einfach«, entgegnet Nate.

»Aber Kinder sind widerstandsfähig. Die kommen schnell wieder auf die Beine«, druckst Ben herum.

Mir wird das Herz schwer. Ich weiß, dass Ben nur versucht, positiv zu denken und Nate und mir Mut zuzusprechen, damit es uns besser geht, aber keine noch so lieb gemeinten Worte können uns helfen.

»Es nennt sich Edwards-Syndrom.« Ich räuspere mich mit einem abgehackten Husten. »Es sieht nicht gut aus.«

Ben scheint in sich zusammenzuschrumpfen. Neben Nate hat er immer schon klein und untersetzt gewirkt, aber mit einem Schlag scheint er winzig geworden zu sein.

»Vom Edwards-Syndrom habe ich noch nie etwas gehört«, gesteht Ben.

Ich zucke mit den Schultern. »Wir auch nicht. Aber die Ärzte haben es uns erklärt, außerdem habe ich es gegoogelt. Es gibt keine Hoffnung.«

»Ach Mist, Holly.« Ben schüttelt den Kopf. »Und was ist mit den USA? Dort gibt es doch immer wieder medizinische Fortschritte. Vielleicht ist das ja eine Option?«

»Ben«, sage ich und lenke seine Aufmerksamkeit wieder auf mich. »Wir schaffen es wahrscheinlich nicht mal mehr bis zur Geburt.«

»O Gott.« Ben wirkt, als würde er gleich in Ohnmacht fallen. »Das tut mir so leid! Ich kann mir nicht mal ansatzweise vorstellen, wie schwer das für euch beide sein muss.«

»Es ist beschissen«, gibt Nate unumwunden zu. »Holly und ich haben uns so gefreut, als wir von der Schwangerschaft erfahren haben. Holly konnte es gar nicht abwarten, es Annie zu berichten – das war das Erste, was sie mir gesagt hat. Vier Generationen der Talbots …« Nate verstummt mitten im Satz, und niemand fährt fort; wir alle stehen bloß da und starren zu Boden, als stünden die Antworten auf die Probleme des Lebens auf unseren Fußspitzen geschrieben.

»Weiß Nana schon davon?«, fragt Ben schließlich und schaut auf.

»Ja«, flüstere ich. »Von dem Kind weiß sie.«

Ben lächelt. »Was hat sie gesagt?«

»Nichts bis jetzt«, erwidere ich und zucke mit den Schultern. »Ich weiß nicht, wie ich ihr erklären soll, dass das Baby krank ist. Es wird ihr das Herz brechen.«

Ben schließt die Augen, und seine Gesichtsblässe scheint sich auf den ganzen Körper auszudehnen. »Das ist so unfair, Holly«, murmelt er. »Das solltest du nicht durchmachen müssen. Vor allem nicht jetzt.«

»Versprich mir, dass du niemandem etwas sagst«, fordere ich, nehme seine Hand und schüttele sie vorsichtig, um seine volle Aufmerksamkeit zu bekommen. »Versprich es mir, Ben.«

»Okay, okay. Natürlich«, nickt Ben. »Meine Lippen sind versiegelt.«

»Danke.« Ich muss schlucken.

»Aber wenn ich irgendetwas für dich tun kann. Oder wenn du darüber reden willst …« Ben scharrt mit den Füßen. »Oder wenn du nicht darüber reden willst. Keine Ahnung. Es ist nur … Na ja, ich bin da. Ich bin immer für dich da, Holly. Und Nate«, fährt Ben fort und schaut langsam zu Nate hinüber, der zum Fenster gegangen ist und hinausstarrt. »Du kannst auch mit mir reden. Natürlich nur, wenn du magst. Ich … ich habe zwar keine Ahnung vom Edwards-Syndrom, aber ich würde gerne etwas darüber erfahren, wenn dir danach ist, mir mehr darüber zu erzählen.«

Nate dreht sich ganz langsam zu ihm um. »Ja, klar. Es wird mir guttun, darüber zu sprechen«, antwortet er Ben, doch sein Blick ruht auf mir.

Für gewöhnlich sind Nates Augen türkisblau, doch heute wirken sie dunkler und aufgewühlt wie das Meer nach einem Wintersturm. Kummer steht ihm in die feinen Falten um seine Lippen geschrieben, sodass ich den Blick von ihm abwenden muss. Denn wenn ich das nicht tue, werde ich zusammenbrechen und weinen. Das Atmen fällt mir schwer.

Mir kommt es vor, als wäre die Luft auf einmal bleischwer, und mit jedem Einatmen füllt sie meine Brust wie mit Beton, der mein Inneres zerstören will. »Könnt ihr beide mir einen Gefallen tun?«, frage ich und reibe mir über die Arme, die ich vor der Brust verschränkt habe, um ein wenig Kraft in meine Knochen zu befördern.

»Klar«, antwortet Ben und versucht, locker zu klingen, aber er ist wie ein offenes Buch für mich. Er hat Mühe, alles zu verarbeiten, was er gerade erfahren hat.

Nate antwortet nicht, doch sein schiefes Lächeln und der Blick seiner wunderschönen traurigen Augen brennen sich in mich ein und lassen mich wissen, dass er alles für mich tun würde. Und ich glaube ihm.

»Es gibt ein Gemälde. Es gehört Nana«, erkläre ich und merke, wie ich allein schon beim Gedanken daran wieder fröhlicher werde. »Es ist ein Aquarellbild von einer Obstplantage, Nate. Ein Freund von Nana hat es vor vielen Jahren gemalt. Er hat es ihr geschenkt, als sie gerade einmal zwanzig Jahre alt waren. Es ist etwas ganz Besonderes.«

»Ich glaube, ich habe hier noch nie ein Bild von einer Obstplantage gesehen«, stellt Ben fest.

»Ich auch nicht«, pflichte ich ihm bei. »Es ist zu besonders, um es wie ein altes Foto oder Bild einfach an die Wand zu hängen.«

»Oben auf dem Speicher stehen noch unzählige Kartons«, sagt Ben. »Wir könnten dort danach suchen.«

Ich ziehe die Nase kraus. »Ich weiß nicht. Ich bezweifle, dass das Bild auf dem Dachboden ist. Ich glaube, Nana bewahrt es woanders auf. An einer ganz besonderen Stelle. Aber wir müssen es unbedingt finden. Bevor es zu spät ist.«

»Okay«, erwidert Nate und reißt sich vom Fenster los, um neben mir zu stehen. »Wir finden es. Keine Sorge.«

»Uns bleibt nicht mehr viel Zeit«, stelle ich fest, wobei mir die Worte beinahe im Hals stecken bleiben.

»Ich weiß. Ich weiß«, flüstert Nate; er legt den Arm um meine Taille und streicht mir über den Rücken. »Wir finden es, Holly. Ich verspreche es dir.«

13.

Annie

Schon von Weitem höre ich Sketchs Autoreifen langsam über den steinigen Boden rollen, der sich eine Einfahrt schimpft. Schnell fahre ich mir mit der Hand durchs Haar und entwirre so die meisten der störrischen Knoten. Dann nehme ich das Haar zu einem Zopf zusammen, drehe ihn um sich selbst, forme eine Schlaufe und ziehe das Ende dort hindurch. Meine Haare sind lang genug, um sich so ohne ein Haargummi zu einem Knoten frisieren zu lassen. Meine Haare sind obendrein ein wenig fettig, deshalb sollte alles gut halten, ohne dass sich einzelne Haarsträhnen lösen. An meinem ersten Tag auf dem Bauernhof möchte ich einen guten Eindruck hinterlassen.

Als es fest an der Haustür klopft, springe ich auf. Ich muss lächeln, als mir klar wird, dass mir das Herz mit einer Kombination aus Anspannung und Begeisterung bis zum Hals schlägt. Schnell schlüpfe ich in meine Schuhe, die übers Wochenende glücklicherweise getrocknet sind. Dies hat jedoch dazu geführt, dass das Leder Falten wirft und unbequem gegen meine Zehen drückt.

»Sie bringen sie um siebzehn Uhr heim. Und keine Minute

später, haben Sie verstanden?«, befiehlt mein Vater, dessen tiefe Stimme den Flur entlangdonnert und mich selbst auf die Entfernung noch erzittern lässt.

»Natürlich, Sir!«, höre ich Sketch zustimmen. »Punkt siebzehn Uhr.«

Ich eile den Flur hinunter und sorge dafür, dass ich weder aufgedreht noch gespannt wirke, als mein Vater sich zu mir umdreht und mich von Kopf bis Fuß mustert.

»Ich habe sämtliche Hausarbeiten erledigt, Pa«, erkläre ich. »Außerdem habe ich einen zusätzlichen Eimer mit Holzscheiten neben dem Kamin bereitgestellt, falls sie dir ausgehen sollten.«

Ich drehe mich um, als ich hinter mir Mutters Absätze über den Flur laufen höre. »Arbeite hart, Annie«, rät sie mir. »Sorg dafür, dass Mr Talbot etwas für sein Geld bekommt, ja?«

»Natürlich, Ma.« Ich lächele knapp. »Ich werde niemanden enttäuschen.«

»Braves Mädchen.« Meine Mutter zieht ihre Strickjacke aus, schüttelt sie und beugt sich vor, um sie mir über die Schultern zu legen. »Damit du es schön warm hast«, sagt sie.

Ihre Körperwärme steckt noch in der blauen und petrolfarbenen Wolle, was ich genieße. Nachdem ich die Arme in die Ärmel geschoben und die Jacke fest um mich gezogen habe, überkreuze ich beide Seiten über der Brust, damit die Jacke geschlossen bleibt. Unter dem linken Ärmel meines Kleides befindet sich ein großes Loch, wo die Naht dem unablässigen Tragen nachgegeben hat. Die kratzige Wolle bohrt sich durch das Loch und kitzelt meine Haut. Ich würde mich am liebsten drehen, schütteln und dafür sorgen, dass das Kratzen aufhört, aber alle Blicke ruhen auf mir.

»Wir sollten losfahren«, stellt Sketch entschlossen fest und lächelt mich herzlich an. »Hast du alles, was du brauchst?«

Ich werde rot und blicke zu meiner Mutter hinüber. *Meint Sketch damit etwa, dass ich einen Schrubber und Scheuerlappen mitbringen soll?*

»Einen Mantel vielleicht?«, fragt Sketch, deutet mit dem Kinn über seine Schulter und dirigiert meinen Blick nach draußen, wo sich dunkle Regenwolken wie verstreute Kohlen über dem Himmel verteilen.

»Ich habe alles«, winke ich ab, da ich nicht zugeben will, keinen Mantel zu besitzen.

Wenn der Regen unbarmherzig niederprasselt und ich Holzscheite holen muss, halte ich mir einen Sack über den Kopf, aber mit dem werde ich Sketch oder mich sicher nicht in Verlegenheit bringen.

»Wollen wir losfahren?«, frage ich.

»Ja. Auf jeden Fall«, erwidert Sketch, tritt beiseite und lässt mich an ihm vorbei die Verandatreppe hinuntergehen.

»Auf Wiedersehen, Mr Fagan.« Sketch streckt den Arm aus und schüttelt meinem Vater, dessen Blick wütend an mir klebt, die Hand. »Mrs Fagan.« Sketch grüßt meine Mutter mit einem milden Nicken. »Annie wird um siebzehn Uhr heute Abend wieder zu Hause sein, keine Sorge.«

Sketch hastet die Treppe hinunter, läuft zur Beifahrerseite des Wagens und öffnet mir die Tür.

»Danke«, lächele ich und steige ein.

Sketch schließt die Tür, läuft ums Auto herum zur Fahrerseite und lässt den Motor an, während ich meiner Mutter zum Abschied zuwinke.

»Welche Arbeit soll ich zuerst angehen?«, frage ich, als

Sketch rückwärts die lange, schmale Einfahrt zur Hauptstraße hochfährt. Weder antwortet er mir, noch dreht er mir den Kopf zu, bis wir – außerhalb der Sichtweite meines Vaters – gedreht haben und die Motorhaube nun Richtung Stadt deutet.

»Annie, warum hast du deinen Mantel nicht mitgebracht?«, fragt Sketch schließlich.

Verlegen rutsche ich so auf meinem Sitz herum, dass das Leder unter mir quietscht. »Ich habe es dir doch eben gesagt. Ich glaube nicht, dass es regnen wird.«

»Im Ernst?« Sketch tippt sanft mit dem Zeigefinger an die Scheibe. »Annie, besitzt du überhaupt einen Mantel?« Sketch flüstert die Worte so sanft, dass sie sich wie eine weiche Umarmung um mich legen.

Ich werfe einen Blick aus dem Fenster auf die dunklen Wolken, die sich jeden Augenblick über uns ausregnen werden.

»Ist dir nicht kalt?«, fragt Sketch.

Ich schüttele den Kopf.

Für die Herbstzeit ist es heute überraschend mild. Von dem ein oder anderen Regenschauer einmal abgesehen ist es ein paar Grad wärmer als im letzten Jahr zu dieser Zeit, und da hatte ich auch keinen Mantel.

»Gut«, erwidert Sketch lächelnd. »Denn ich habe einen kleinen Ausflug geplant und will nicht, dass du frierst.«

»Du willst mit mir wegfahren?«, frage ich nervös.

»Ja, aber es ist eine Überraschung. Geht das in Ordnung?«

Mir fällt die Kinnlade herunter. »Ich dachte, wir fahren zum Hof deines Vaters. Soll ich nicht mit der Zubereitung des Abendessens anfangen? Für ein Brathähnchen brauche ich ein paar Stunden. Und das ohne Füllung. Ihr wollt eins mit Füllung, richtig?«

»Mach dir keine Sorgen, Annie. Ich weiß, dass du um siebzehn Uhr zu Hause sein musst. Ich werde dich nicht zu spät abliefern; ich habe deinem Vater mein Wort gegeben.«

»Ihr braucht mich also gar nicht in der Küche?«

»Nein, heute nicht.«

»Was denn dann, Sketch? Ich … ich … verstehe das nicht.«

»Das wirst du schon noch. Das verspreche ich dir.«

Sketch biegt von der Hauptstraße auf eine holprige Seitenstraße ab, die mit Schlaglöchern übersät ist. Der Wagen dröhnt und scheppert, und im Inneren werden wir geschüttelt wie Speck, der in einer fettigen Pfanne brutzelt.

»Wohin fahren wir?«, frage ich, als es still wird.

»Vertraust du mir?«, erwidert Sketch, der den Blick konzentriert auf die Straße gerichtet hält.

Ich beobachte durchs Fenster die Bäume und Sträucher, die an uns vorbeiziehen. An dieser Straße befinden sich keine Häuser; auf den riesengroßen Feldern, die sich auf beiden Seiten des Weges erstrecken, gibt es nicht einmal Vieh. Die üppige grüne Landschaft ist ungestört, und ich könnte mir vorstellen, dass dies ein wunderbares Plätzchen wäre für einen gemütlichen Nachmittagsspaziergang an einem Sommertag.

»Du vertraust mir doch, oder?«, wiederholt Sketch besorgt.

Sketch bezahlt gutes Geld für meine Dienste heute. Wenn ich weder kochen noch putzen soll, dann gibt es nur eine Aufgabe, die mir einfällt. *Wie kann er es nur wagen?* Ich schüttele empört den Kopf und schniefe meinen Herzschmerz weg. Ich habe Sketch für einen Gentleman gehalten. Vielleicht hat meine Mutter doch Recht mit ihrer Meinung über Männer. Vielleicht sind sie ja tatsächlich alle Monster.

»Annie, was ist los?«

»Damit habe ich nicht gerechnet«, erwidere ich und klinge überraschenderweise ruhiger, als ich mich fühle.

»Womit hast du nicht gerechnet?« Sketch grinst. »Wir sind doch noch gar nicht da.«

»So ein Mädchen bin ich nicht, Sketch«, fahre ich fort und schüttele entschieden den Kopf.

Mitten auf der Straße kommt das Auto zu einem plötzlichen abrupten Halt, sodass es mich auf meinem Sitz nach vorn reißt und ich fast durch die Windschutzscheibe fliege.

»Was für ein Mädchen, Annie?« Sketch hält das Lenkrad fest umschlungen, dreht den Kopf jedoch zu mir.

»Du weißt schon, was ich meine«, entgegne ich und schaffe es auf beeindruckende Art und Weise, dass meine Stimme dabei nicht zittert. »*So* dringend benötige ich das Geld nun auch wieder nicht, Sketch.«

Sketch kaut auf der Unterlippe herum und nickt langsam. Er kneift die Augen zusammen und runzelt die Stirn so, dass seine Brauen sich der Nase nähern.

»Okay«, erwidert er und startet den Motor wieder. »Okay.«

Ich sitze reglos und schweigend da, weil ich nicht weiß, was er tun wird. Ich frage mich wirklich, ob er die Nerven verlieren und mich schlagen wird. Meine Mutter hat erzählt, dass es bei ihr so angefangen hat. Ab und an ein sanfter Schlag, wenn sie einen Fehler gemacht oder meinen Vater enttäuscht hat. Böser wurde es dann nach dem Unfall meines Vaters.

Sketch wendet sich von mir ab und richtet seine Aufmerksamkeit wieder auf sein Auto. Die Reifen quietschen, wühlen Matsch auf und lassen ihn in alle Richtungen spritzen.

»Was machst du?«, frage ich und verliere allmählich die Beherrschung.

»Ich drehe um«, erwidert Sketch entschieden. »Ich fahre dich nach Hause.«

»Nach Hause?«

»Ja. Auf der Stelle.« Sketch reißt das Lenkrad herum, und der Motor heult auf, als die Reifen versuchen, auf der schmuddeligen Straße Halt zu finden.

»Aber ich dachte …«, murmele ich, »ich dachte …«

»Dieser verdammte Matsch«, grunzt Sketch und reißt das Lenkrad hin und her.

»Sketch.« Ich flüstere seinen Namen so sanft, dass der Klang wie Sauerstoff durch meine Lunge strömt.

»Ich weiß genau, was du gedacht hast, Annie«, schnaubt Sketch. »So ein Mädchen bist du nicht. Das verstehe ich. Aber ich bin auch nicht so ein Kerl.« Angewidert schüttelt Sketch den Kopf. »Warum verstehst du das nicht?«

Mein rasendes Herz schlägt langsamer, und das Pochen weicht einem dumpfen Schmerz und Bedauern. Ich schaue ihn an, und ich weiß, dass er mich aus den Augenwinkeln heraus sehen muss, aber er weigert sich, den Kopf zu mir zu drehen und mir in die Augen zu schauen.

Seine Mundwinkel sind leicht missbilligend nach unten gebogen, und die Schultern hängen schlapp herunter. Ich glaube, ich habe ihn tief verletzt. Ich habe ihn schlimmer verletzt, als es ein Schlag oder Tritt je hätte tun könnte.

»Es tut mir leid. Ich dachte nur …« Ich schaue aus dem Fenster und betrachte die weiten grünen Felder, die sich kilometerweit erstrecken. »Es ist so einsam hier. Und du hast gesagt, du bezahlst mich, damit ich für dich arbeite, aber dann wolltest du nicht, dass ich putze oder koche … und die einzigen Überraschungen, die ich je erlebt habe, endeten immer in Tränen.«

»Nicht alle Männer sind Monster, Annie«, seufzt Sketch. »Ich bin nicht wie dein Vater.«

Ich spüre Sketchs Hand auf meiner Schulter. Die Wärme seiner Handfläche findet ihren Weg durch meine Strickjacke und ermutigt mich, den Kopf wieder zu Sketch zu drehen.

»Ich würde nie, niemals von einer Frau erwarten, für das Vergnügen eines Mannes ihren Körper zu verkaufen. Niemals, Annie.« Sketch schüttelt den gesenkten Kopf.

»Sketch, es tut mir leid«, entschuldige ich mich. »Ich habe alles falsch verstanden. Bitte sei nicht böse.«

Sketch schaut zu mir auf. Seine rosigen Wangen sind ein wenig blasser als gewohnt, und sein herzliches Lächeln ist erloschen. Die türkisfarbenen Augen funkeln zwar wunderschön, doch mir entgeht nicht die Trauer, die ihm in die leicht wettergegerbten Züge seines jungen Gesichts geschrieben steht.

»Ich habe keine Ahnung, was du durchgemacht hast, Annie«, stellt Sketch klar, wobei ein feines Krächzen seine Stimme brechen lässt. »Und wenn ich ehrlich bin, weiß ich nicht, ob ich damit umgehen könnte, wenn ich davon erfahren würde. Aber eines kann ich dir sagen: Es gibt auch gute Männer auf dieser Welt. Ehrliche, hart arbeitende, anständige Männer. Und solange ich noch Kraft in den Knochen und Luft in der Lunge habe, werde ich dir beweisen, dass ich einer von den Guten bin, Annie. Und ich werde mich um dich kümmern, wenn du es zulässt.«

»Sketch, ich …«

»Ich hätte deinem Vater kein Geld anbieten sollen«, unterbricht mich Sketch. »Ich hätte dich nicht kaufen dürfen, als wärst du ein Sack Kartoffeln vom Hof meines Vaters. Ich wollte einfach Zeit mit dir verbringen.« Sketch fährt sich mit der Hand durchs Haar und verwuschelt es. »Ich glaube, ich wollte dir ein wenig Freiheit erkaufen.«

Ich nicke. Ich weiß.

»Wahrscheinlich bin ich das völlig falsch angegangen. Ich hätte deinem Vater Paroli bieten sollen, anstatt die lahme Entschuldigung zu erfinden, dass du für uns arbeiten sollst. Ich hätte deinem Vater besser einfach gesagt, wie toll ich dich finde und dass es mir ein Vergnügen wäre, den Tag mit dir verbringen zu dürfen.«

»Nein. O Gott, nein!« Ich reiße die Augen auf, bis sie brennen. »Das hätte alles nur noch schlimmer gemacht. Mein Vater wäre ausgerastet. Man kann mit ihm nicht vernünftig reden.«

»Ich hätte es wenigstens versuchen sollen«, beharrt Sketch. »Ich hätte nicht mit Geld um mich werfen sollen, als wärst du käuflich. Ich wollte dir keine Angst machen, Annie.«

»Eigentlich war das sogar verdammt clever«, entgegne ich lächelnd. »Geld ist so ziemlich das Einzige, was mein Vater versteht. Also genauer gesagt Geld und Alkohol.«

»Dann ist er ein Idiot, Annie«, stellt Sketch fest. »Jeder Mann würde sich glücklich schätzen, dich in seinem Leben zu haben. Es macht mich richtig wütend, dass er offenbar nicht kapiert, wie wunderbar du bist.«

Die Leidenschaft und die Aufrichtigkeit in Sketchs Tonfall berühren mich. Natürlich weiß ich, dass dieser Trost nur von kurzer Dauer ist. Nette Worte und selbst die besten Absichten können mir nicht helfen, ganz gleich, wie ehrlich Sketch es auch meint.

»Ich muss dir gleich Geld geben, Annie«, erklärt Sketch. »Ich habe deinem Vater mein Wort gegeben, und ich beabsichtige, mich auch daran zu halten. Außerdem möchte ich dich nicht in Schwierigkeiten bringen. Ich werde dir den ausgehandelten Betrag bezahlen. Das verstehst du doch, oder?«

»Ja.« Ich schlucke. »Danke.«

»Aber du musst wissen, dass ich mir deine Liebe nicht erkaufen will«, fährt Sketch fort, während sein Blick den meinen sucht. »Ich würde dich niemals dafür bezahlen wollen, dass du dich mir hingibst.«

»Ich weiß. Ich weiß.« Ich werde rot. »Ich habe das missverstanden.«

»Pssst! Hör zu«, sagt Sketch und legt einen Finger über meine Lippen. »Ich *will* deine Liebe, Annie. Aber ich möchte sie mir verdienen. Ich möchte dein Herz im Sturm erobern, und ich will der Mann sein, der dir dabei hilft, die Vergangenheit zu vergessen.«

Mein Körper fühlt sich plötzlich schwerer an, als ich es gewohnt bin, und ich schmelze auf meinem Sitz dahin. Ich glaube ihm.

»Ich weiß nicht, ob ich die Vergangenheit je vergessen kann«, gestehe ich. »Es war so hart. Das kannst du nicht verstehen.«

»In mancherlei Hinsicht verstehe ich das schon«, erwidert Sketch. »Ich sehe, dass dir so viele schlimme Dinge passiert sind. Du trägst den Schmerz in deiner Seele mit dir. Bridget, die anderen aus der Schule, die Bauern rund um die Stadt, sie alle denken, dass du schüchtern und zurückhaltend bist. Aber ich sehe dein wahres Ich. Ich weiß, warum du so schnell an den Leuten vorbeigehst, warum es dir jedes Mal das Herz bricht, wenn du an der Blackwell Tavern vorbeikommst. Und ich weiß auch, warum du glaubst, keine Freunde haben zu können. Ich *verstehe* dich.«

Ich senke den Kopf und starre auf meine Knie, bis mir alles vor den Augen verschwimmt und die Farben meiner Haut und die meines Kleides ineinander übergehen. Sketch schiebt seinen Finger unter mein Kinn und neigt sanft meinen Kopf nach hinten. Bevor ich Zeit habe, ihn anzuschauen, spüre ich, wie seine Hände über mein Gesicht streichen; seine Finger tröpfeln wie sanfter Regen von meiner Stirn hinunter, vorbei an den Augen, die er sanft schließt. Er fährt meine Nase entlang, meine Lippen und mein Kinn.

Als ich die Augen wieder öffne, ist er mir so nahe, dass ich die Wärme seines Körpers spüren kann.

»Ich habe dich immer schon gesehen, dein wahres Ich, selbst als wir erst elf Jahre alt waren«, gesteht Sketch. »Du warst meine beste Freundin, Annie, ich habe dich seitdem an jedem einzelnen Tag vermisst.«

»Ich habe dich auch vermisst«, gebe ich zu. Zum ersten Mal in all den Jahren wird mir klar, wie wahr diese Worte sind. »Aber jetzt ist alles kompliziert, Sketch. Wir sind keine Kinder mehr.«

»Das stimmt.« Sketch grinst, und plötzlich erinnert er mich an den kleinen Jungen, der er einmal war. »Wenn ich dich küssen will, lauert jetzt wenigstens nicht mehr der

Schuldirektor um die Ecke, den Stock schon im Anschlag, um mich zu schlagen, falls ich es wagen sollte, dir zu nahe zu kommen.«

»Ich glaube nicht, dass du mich mit elf schon küssen wolltest, Sketch«, entgegne ich und werde rot.

»Heißt das, du denkst, ich will dich jetzt küssen?« Sketch zieht kess die Augenbrauen hoch.

Ich richte mich ein wenig auf. Mit einem Mal merke ich, wie feuchtkalt es im Auto geworden ist, und als ich mich umschaue, sehe ich, dass die Scheiben allmählich beschlagen.

»Annie, als wir noch Kinder waren, habe ich dir nicht bloß Äpfel geschenkt«, fährt Sketch fort. »Ich habe dir mein Herz geschenkt. Seitdem hat es dir gehört; du hast es nur nicht gewusst.«

Ich kichere verlegen. »Ich weiß nicht, was ich sagen soll …«

»Sag, dass du es behältst«, ermuntert mich Sketch. »Und dass du mir eines Tages vielleicht im Gegenzug deines schenkst.«

»Okay«, lächele ich, während mir das Herz fast stehen bleibt.

Sketch fährt sich mit den langen, schlanken Fingern durch das Haar und verwuschelt die abstehenden dunklen Spitzen oben auf dem Kopf. Der Typ mit der coolen schwarzen Lederjacke und dem schicken Auto sieht plötzlich aus wie das aufgeregte Schulkind, an das ich mich erinnere.

»Ich werde dich jetzt küssen, Annie«, stellt er fest.

Ich lächele.

Sketchs große Hände legen sich um meine Wangen, und ich schließe die Augen. Mir klopft das Herz bis zum Hals, während ich warte und warte. Ich höre, wie er auf seinem Sitz herumrutscht. Das Leder quietscht leise unter ihm, als er mir näher kommt. Ich keuche, als sich der dünne Baumwollstoff seines weißen Hemds an meine Brust drückt. Unsere Brustkörbe heben und senken sich im gleichen Rhythmus, als wir zusammen erwartungsvoll atmen. Und dann schmecke ich ihn. Seine Lippen pressen sich wie warme, feine Seide an meine Lippen. Weich und fest. Kraftvoll und sanft. Sein Mund öffnet sich ein wenig mehr, führt mich und übernimmt die Kontrolle. Sein Atem huscht von seinem Körper wie eine warme Sommerbrise in den meinen. Ein Schauer läuft mir den Rücken hinauf und bleibt in meinem Nacken hängen; er verkündet mir, jede Sekunde dieses perfekten Augenblicks zu genießen.

Sketchs Hand streicht über meinen Hinterkopf, seine Finger verlieren sich in meinem Haar. Als er mich noch näher an sich zieht und unsere Lippen sich noch fester verschlingen, atme ich ihn ein, als wäre er die Luft, die mich leben lässt. In diesem Moment bin ich fest davon überzeugt, dass er es vielleicht tatsächlich ist. Unsere Oberkörper pressen sich entschlossen aneinander, verbannen die Luft zwischen uns, und ich lasse mich vollkommen fallen. In diesem Augenblick wird mir klar: Sketch Talbot ist nicht einfach nur irgendein Junge, mit dem ich aufgewachsen bin. Er ist nicht einfach nur ein lang verloren geglaubter Freund. Er ist nicht einmal irgendein Mann, in den ich mich verliebe. Er ist mein Retter. Sketch Talbot ist mein Licht in einer Welt voller Dunkelheit.

14.

Holly

»Du meine Güte, Nana!«, rufe ich und lasse das Manuskript sinken. Ich sichere es, indem ich es vorsichtig in meinen Schal einwickele und es am Bettende ablege.

»Wow, Annie. Der Kuss war ja wohl so was von heiß!«, findet Marcy und wischt sich eine Träne aus dem Augenwinkel. »Ich könnte jetzt eine Zigarette vertragen, dabei rauche ich nicht einmal!«

Ein leises Glucksen ertönt tief im Hals meiner Großmutter. »Sketch war etwas ganz Besonderes«, müht sie sich ab.

»Das bezweifle ich keinen Augenblick«, erwidert Marcy, als sie den Infusionsschlauch an Nanas Hand zurechtrückt. »Ist alles in Ordnung, Annie? Der Zugang tut Ihnen nicht weh, oder?«

»Alles gut, Marcy, vielen Dank«, krächzt Nana. »Ich brauche den Kram nicht.«

»Darüber bekommst du nur Flüssigkeit, Nana«, erkläre ich. »Damit du nicht dehydrierst.«

»Flüssigkeit?«, wiederholt Nana und zieht eine einzelne Augenbraue hoch, um ihre Überraschung zu zeigen.

»Kochsalzlösung, Annie«, fügt Marcy hinzu. »Wie Wasser, nur viel besser.«

»Das Einzige, was besser als Wasser ist … ist Gin«, gurgelt Nana mit einem entschlossenen Nicken, das sie alle Energie zu kosten scheint.

»Das stimmt wohl«, antwortet Marcy und schüttelt die Kissen hinter Nanas Kopf auf.

Ich beobachte, wie Marcy sie zu einem festen Stapel zusammenklopft. Nana sieht nicht aus, als würde sie gemütlich liegen, doch ihre Atmung klingt sofort besser, sobald sie aufrecht an dem Kissenstapel lehnt, und ihr schiefes Lächeln und die halb geschlossenen Augen verraten mir, dass sie keine Schmerzen hat.

»Ist das besser, Annie?«, erkundigt sich Marcy, während sie mit gebeugtem Rücken über dem Bett hängt. »Liegen Sie bequem?«

Meine Großmutter bewegt den Kopf ganz langsam auf und ab; es ist eine so winzige Bewegung, dass ich sie mit einem Blinzeln fast verpasst hätte. Doch Marcy scheint sie zu verstehen, und ich beobachte, wie sie Nanas Hand nimmt und sie sanft drückt.

»Prima, Annie. Das ist schön«, flüstert Marcy. »Brauchen Sie sonst noch etwas? Haben Sie Hunger?«

»Tee«, murmelt Nana. »Eine Tasse Tee, bitte.«

»Kein Problem«, strahlt Marcy. »Ich laufe kurz nach unten und setze Teewasser auf.«

Eine nervöse Panik macht sich in mir breit. Was ist, wenn Nana aufhört zu atmen, während Marcy unten ist? Ich habe nicht die leiseste Ahnung, was ich tun soll. Ich hasse das Gefühl, Angst zu haben, mit meiner Großmutter alleingelassen zu werden. Am liebsten würde ich alle Zeit der Welt mit ihr verbringen, doch wenn ich neben ihr sitze, bin ich permanent wie gelähmt vor Angst, dass etwas passieren könnte und ich dann nicht weiß, wie ich ihr helfen soll.

Ich fahre mir mit den Händen durchs Gesicht und gebe mir Mühe, meine Angst vor Marcy und Nana zu verbergen. »Ich könnte den Tee kochen«, schlage ich beiläufig vor.

»Kommt nicht in Frage«, beharrt Marcy. »Sie sollten hierbleiben und die kurze Zeit allein mit ihr genießen, Sie alle beide. Außerdem könnte ich die Gelegenheit nutzen und mir die Beine vertreten.«

Marcy muss die Angst in meinem Blick bemerkt haben, da sie die Schultern sinken lässt und kurz innehält, als sie an mir vorbeigeht, um mir sanft über den Arm zu streicheln. »Ihr geht es gut, Holly. Keine Angst. Ich bin auch nicht lange weg.« Marcy dreht den Kopf zum Bett zurück. »Gleich bin ich wieder da, Annie«, sagt sie laut.

Meine Großmutter wartet, bis Marcys Schritte auf der Treppe nicht mehr zu hören sind, bevor sie die Augen aufschlägt und neben sich aufs Bett klopft. »Setzt dich kurz, Holly, ja?«

Ich schlucke nervös und zwinge mich zu einem so strahlenden Lächeln, dass die Muskeln neben meinen Ohren zucken. »Klar«, erwidere ich und greife nach dem Manuskript am Bettende.

»Lass das mal liegen«, sagt Nana. »Wir können später noch … weiterlesen.«

Mein Blick fällt auf den Berg von weißem Papier, überzogen mit Nanas Handschrift. Die Ecken der alten Papierseiten bekommen allmählich Eselsohren vom vielen Hochheben und wieder Weglegen, und mein Seidenschal, den ich notdürftig um den Stapel gewickelt habe, um alle Seiten beisammenzuhalten, zeigt sich nachsichtig gegenüber dem Drang der Seiten, sich an allen Ecken hochzuwellen, während sich die Mitte wie ein Papierschiffchen nach unten neigt. Da noch mehr als hundert Seiten zu lesen sind, werde ich das Gefühl nicht los, dass uns nicht mehr genug Zeit bleibt. Mein Herz ist schwer vor Sorge, und ich habe Mühe, nicht zu weinen. Ich ertappe mich immer wieder dabei, wie ich an die Decke starre in der Hoffnung, dass ich die Tränen unterdrücken kann, wenn ich die Augen nur weit genug aufreiße. Jedes Blinzeln birgt ein Risiko, aber ich will nicht zulassen, dass Nana mitbekommt, wie aufgewühlt ich bin; ich will ihr keine Angst einjagen.

»Holly, bitte?«, ruft Nana, während ihre Hand einen Kreis auf der Decke andeutet, wo ich Platz nehmen soll.

Langsam und beständig atme ich aus, und meine Unterlippe scheint sich wie von selbst hinter den Schneidezähnen verstecken zu wollen.

»Ist er hier?«, fragt Nana, als ich mich bücke, um mich neben ihr auf die Bettkante zu setzen. Dabei passe ich gut auf, neben ihrer Hüfte Platz zu nehmen, ohne ihr wehzutun.

»Ist *wer* hier, Nana?«, hake ich leise und ruhig nach.

Meine Großmutter schließt die Augen; sie atmet lang und tief prustend aus, als würde es sie jedes letzte bisschen Energie kosten, einfach nur zu atmen. Ich frage mich, ob sie Sketch meint. Ob die Medikamente sie vielleicht so schläfrig und dösig machen, dass sie halluziniert. Ich hoffe es fast. Ich hoffe, sie denkt an ihn und dass diese Gedanken sie glücklich machen.

Nanas Hand zuckt, und ich spüre, wie ihre dünnen, gebrechlichen Finger meine Hüfte antippen. »Nathan, Holly«, schnauft Nana. »Ist Nathan hergekommen?«

Ich wende mich ab, damit Nana die Tränen nicht sieht, die ich jetzt nicht mehr zurückhalten kann. Durch die Nase atme ich ein, und ich zwinge mich, die Luft ganz langsam wieder aus dem Mund auszuatmen, damit mein Körper nicht zittert, während ich still weine.

»Er ist hergekommen, Nana«, erwidere ich und wische mir die Augen, bevor ich sie wieder über die Schulter hinweg anschaue, damit sie mich lächeln sieht. »Nathan ist hergekommen, um dich zu besuchen.«

»Schön.« Nana schluckt und schließt die Augen. »Und er ist hier, um dich zu sehen.«

15.

Annie

Während des letzten Kilometers ist die Straße immer schmaler und schmaler geworden, sodass ich mich allmählich frage, ob wir nicht bald schon das Ende der Welt erreichen, wenn wir so weitermachen. Der Motor brummt und stottert, als Sketch auf Gras weiterfährt. Die Straße war plötzlich zu Ende. Der Wagen schwankt, da er Mühe hat, auf dem nassen und unebenen Untergrund Halt zu finden. Schließlich parkt Sketch das Auto unter einer riesengroßen Rosskastanie, deren Zweige tief hängen und wie müde Arme aussehen, während ihre dünnen Spitzen wie knorrige Finger wirken, die, wenn sie sich im Wind wiegen, den Boden kitzeln wollen.

»Wir sind da«, verkündet Sketch, öffnet die Fahrertür und springt hinaus.

Ich warte darauf, dass er ums Auto herum zu meiner Seite kommt, doch als er nach mehr als einer Minute immer noch nicht bei mir erschienen ist, öffne ich selbst die Tür. Ich steige aus und kann glücklicherweise einer Pfütze im letzten Moment ausweichen.

Ich wickele die Strickjacke enger um mich und verschränke die Arme vor der Brust, doch der raue Wind findet, wie um mich zu ärgern, einen Weg durch die Wolle hindurch. Bevor ich die Chance habe, die Autotür zu schließen, packt der Wind sie und schlägt sie mit einem lauten Knall zu, der das ganze Auto erzittern lässt.

»Alles in Ordnung mit dir?«, fragt Sketch und lugt hinter dem Heck des Wagens hervor.

»Tut mir leid«, entschuldige ich mich und verziehe das Gesicht. »Ich hatte nicht damit gerechnet, dass der Wind so stark ist.«

Sketch antwortet nicht. Der Kofferraum steht offen, und ich nehme an, dass er dort nach etwas sucht. Ich frage mich, ob ich ihm meine Hilfe anbieten soll.

Neben uns hängt ein rostiges Weidegatter schief in den Angeln. Der Wind stößt es auf und lässt es wieder zufliegen wie eine Fahne, die im Wind flattert. Das Quietschen der alten Scharniere ist kilometerweit das einzige Geräusch, das zu hören ist. Ich bleibe einen Moment lang stehen, betrachte die Schönheit der Umgebung und lausche der Stille, die sich ins Unendliche zu erstrecken scheint. Die Schlichtheit dieser malerischen Landschaft ist wohltuend. Üppige grüne Hecken begrenzen die verschiedenen Felder voller Weizen, Gerste und hohem Gras. Quadrate in Gelb, Braun und verschiedenen Grünschattierungen erstrecken sich wie eine Patchworkdecke über das Land. Wunderschön und erhaben. Es ist geradezu, als könne nichts diesem Ort etwas anhaben. Ich stelle mir vor, in hundert Jahren genau an dieser Stelle zu stehen und alles würde genau so aussehen wie in diesem Augenblick.

Als der Kofferraum geschlossen wird, reiße ich mich vom Anblick der Natur los und beobachte, wie Sketch auf mich zukommt. Mein Blick bleibt an dem Trageriemen eines khakifarbenen Rucksacks hängen, den er sich über die rechte Schulter geschlungen hat. Der dicke Riemen schmiegt sich an seine Lederjacke und scheint im Rücken sehr zu ziehen; was auch immer sich in diesem Rucksack befindet, muss sehr schwer sein. Außerdem fallen mir ein paar unschöne Ölfarbflecke rund um die Schnallen auf, was mich vermuten lässt, dass sich seine Pinsel und Farben sicher und wohlbehalten in diesem Rucksack befinden. Zwar bin ich so unendlich neugierig, dass es fast schon wehtut, aber ich traue mich nicht, danach zu fragen. Mein Vater hat mir eingebläut, dass eine Frau niemals Fragen zur Privatsphäre eines Mannes stellen darf.

»Selbst die unauffälligsten Männer haben ihre Geheimnisse, Annie«, hat meine Mutter ihm immer unwissentlich beigepflichtet.

Sketch Talbot ist kein unauffälliger Mann, nichtsdestotrotz bleiben meine Lippen versiegelt. Es wird mehr brauchen als eine wiederaufgelebte Freundschaft, um die gewohnte Unterwerfung zu brechen, die mir mein Leben lang von meinem Vater eingetrichtert worden ist.

»Hier.« Sketch bietet mir ein Paar graue Gummistiefel und einen schwarzen Wintermantel an, den er unter seinen Arm geklemmt hat und den ich gar nicht bemerkt habe. »Beides gehörte meiner Mutter, aber ihr müsstet etwa die gleiche Größe haben.«

Ich nehme den Mantel und die Stiefel entgegen und weiß nicht, was ich sagen soll.

»Es ist ziemlich matschig.« Sketch deutet auf das benachbarte Feld. »Ich will nicht, dass du dir deine guten Schuhe ruinierst.«

Sketch schaut nicht auf meine Füße hinunter und lässt sich auch nicht anmerken, dass ich die gleichen Schuhe wie gestern trage. Die mit dem Loch an der Seite. Die einzigen, die ich besitze. Die nicht schmutzig werden dürfen – denn sollte mir das passieren, wird mein Vater ausflippen. Und das weiß auch Sketch.

Ich werde rot. Gern würde ich mich bedanken, doch ein Kloß aus Tränen steckt mir im Hals, weshalb ich mich gegen weitere Worte entscheide.

Sketch lächelt und bietet mir seine freie Schulter an. An dieser halte ich mich fest, als ich auf einem Bein stehe, mir einen Schuh ausziehe und in den ersten widerspenstigen Gummistiefel schlüpfe. Ich winde und drehe meinen Fuß, während ich mich abmühe, all meine Zehen hineinzudrängen.

»Hast du noch nie Gummistiefel getragen?«, lacht Sketch über meine Bemühungen.

Ich schüttele den Kopf und gerate kurz ins Wanken, als ich den Fuß wechsele. »Nein. Noch nie«, gestehe ich. »Ich war auch noch nie auf einem Bauernhof. Ich habe noch nie ein Schwein gesehen. Na ja, außer dem Schweinespeck in der Pfanne.«

Sketch wirft den Kopf in den Nacken und lacht schallend. »Na, das müssen wir heute Nachmittag ändern. Ich nehme dich später mit zum Vieh. Es gibt aber einen Ort, der noch wichtiger ist und den du zuerst sehen sollst.«

»Okay«, lächele ich. Nachdem ich mit beiden Füßen wieder auf dem Boden stehe und das Gleichgewicht wiedergefunden habe, seufze ich erleichtert. »Wo ist dieser wichtige Ort?«

Sketch grinst, als er zum Himmel hinaufschaut. »Zieh lieber schnell den Mantel an«, stellt er fest. »Es sieht nach Regen aus.«

»Du willst mir also nicht einmal einen Hinweis darauf geben, wo wir hingehen?«, frage ich.

»Nein.«

Sketch nimmt meine Schuhe und wirft sie auf die Rückbank seines Wagens, während ich mit den Armen in den schwarzen Wollmantel schlüpfe. Ich halte inne und genieße die Woge der Behaglichkeit, die ich sofort spüre, als die dicke Wolle den Wind davon abhält, mich zu streifen. Noch nie habe ich mich draußen so geborgen und kuschelig gefühlt.

Sketch dreht sich um und erwidert das strahlende Lächeln, das sich in meinem Gesicht breitgemacht hat. »Er sitzt perfekt«, stellt er fest.

»Und er ist so unglaublich warm.« Ich wiege mich hin und her, schlinge die Arme um mich und schmiege meinen Hals an den kuscheligen Kragen.

»Prima! Ich freue mich, dass er dir gefällt«, nickt Sketch. »Du solltest ihn behalten.«

»O nein, das kann ich nicht«, scheue ich mich, mit einem Mal verlegen.

»Natürlich kannst du das. Ich möchte, dass du ihn behältst.«

»Aber er hat deiner Mutter gehört«, protestiere ich.

»Ja. Und jetzt gehört er dir.« Trauer umwölkt Sketchs Stirn, und der Blick seiner für gewöhnlich funkelnden Augen wird plötzlich trüb und bekümmert.

»Danke«, sage ich und streiche mit der Hand über die Wolle. »Ich werde sehr gut darauf achten, das verspreche ich.«

»Ich weiß«, nickt Sketch, während sein Blick mich verschlingt.

Statuenhaft bleibe ich stehen und lasse ihm die Zeit, die er braucht. Einen Moment lang bin ich wieder das kleine Mädchen, das glücklich vor seinem besten Freund steht, der immer nach frisch geschnittenem Gras und Hühnerfutter riecht. Als wir noch klein waren, musste ich Sketch meine Geheimnisse gar nicht verraten. Er kannte sie bereits. Heute kenne ich seins. Sketch will mir sagen, dass er mich genauso sehr braucht wie ich ihn.

»Komm«, sagt er, nimmt mich an die Hand und reißt uns aus der Lähmung, in die wir beide verfallen sind. »Wir sollten jetzt losgehen. Wir müssen noch ein ganzes Stück laufen.«

Sketch geht voraus, ich folge ihm. Wir stapfen durch feuchtes Gras und springen über Gatter und Gräben. Hin und wieder schaue ich zurück, und nach einer Weile kann ich weder die Straße noch Sketchs Auto länger sehen.

»Wir sind gleich da«, erklärt Sketch. »Hast du schon genug vom Laufen?«

»Überhaupt nicht. Ich gehe gern zu Fuß«, antworte ich.

»Ich hoffe, die Gummistiefel bereiten dir keine Probleme«, erwidert er.

»Die hier«, ich deute auf meine Füße, »sind toll!« Zum Beweis springe ich auf und ab, sodass der nasse Boden unter mir schmatzt. »Einfach toll!«

Wenn Sketch es wollte, könnte ich noch stundenlang weiterlaufen. Normalerweise bin ich immer sehr in Eile, wenn ich in die Stadt gehe; ich versuche stets, die Wege so schnell wie möglich hinter mich zu bringen, ohne mir die Zeit zu nehmen, mich umzuschauen. Dabei achte ich nicht auf die

Vögel, die über mich hinwegfliegen, oder darauf, wie sich die Blätter an den Bäumen golden und weinrot färben, bevor sie abfallen. Heute jedoch nehme ich all das wahr. Es ist, als würde ich ein wunderschönes Gemälde betrachten, bei dem die Aquarellfarben mit einem Mal lebendig geworden sind. Es ist Magie, und ich koste jeden Moment aus.

Sketch bleibt stehen, als sich mit einem Mal ein Feld voller riesengroßer Apfelbäume vor uns erstreckt.

»Wir sind da«, stelle ich vielsagend fest.

»Wir sind da«, wiederholt Sketch.

Die Bäume sind so hoch, dass ich den Kopf weit in den Nacken legen muss, um die Baumkronen zu sehen, und fast befürchte, dabei rückwärts umzufallen. Die riesigen Äste breiten sich wie starke Arme aus, und die Äpfel, die daran hängen, sind so glänzend und rot, dass mir das Wasser im Mund zusammenläuft beim Gedanken daran, wie saftig sie wohl schmecken.

Vor lauter Aufregung darüber, alle Eindrücke aufzunehmen, schweift mein Blick von einem Baum zum nächsten. »Ich hätte nicht gedacht, dass sie so … so …«

»… groß sind«, vollendet Sketch meinen Satz.

»… schön sind«, lächele ich. »Ich habe noch nie etwas so Schönes gesehen.«

Sketch hüpft über ein geschlossenes Gatter hinüber und läuft zum nächsten Baum. Dort greift er nach einem riesengroßen grün-roten Apfel, der an einem der unteren Äste hängt. Mit einer sanften Drehung seiner Hand pflückt er den Apfel. Sketch platziert ihn auf seiner Schulter und lässt ihn dort einen Moment ruhen, bis er sich meiner Aufmerksamkeit sicher ist. Mein Herz schlägt schneller, als Sketch schließlich sanft mit der Schulter zuckt und der Apfel an seinem Arm hinunterkullert, bis Sketch ihn mit der ausgestreckten Hand auffängt.

»Für dich«, erklärt er mit einem frechen Grinsen.

Ich lache. »Du bist viel besser geworden.«

Eine wohlige Erinnerung an all die Äpfel, die Sketch in jungen Jahren bei dem Versuch eines perfekten Bewegungsablaufs fallen gelassen hat, tanzt mir durch den Kopf.

»Das macht die jahrelange Übung«, erklärt Sketch, »aber ohne dich am Ende der Kette, der ich den Apfel hätte schenken können, war es nur halb so lustig.«

Ich nehme den Apfel und poliere die Schale an meinem Mantel. Dann beiße ich ein großes Stück ab und schlucke es fast im Ganzen. Doch bevor ich einen weiteren Bissen nehmen kann, spüre ich Sketchs warme Lippen auf meinem Mund. Ich schließe die Augen, der Apfel kullert mir aus der Hand und rollt über das Gras, wo er schließlich an meinen Füßen liegen bleibt.

»Köstlich«, flüstert er; das Wort haucht er sanft von seinem geöffneten Mund in den meinen, und ich weiß genau, dass er nicht den Apfel meint.

16.

Annie

Sketch zieht den Rucksack von seiner Schulter und stellt ihn unter dem höchsten Baum der ganzen Obstplantage auf den Boden. Seine Rinde ist gewunden und knorrig, und selbst wenn Sketch und ich uns an die Hände nehmen würden, glaube ich nicht, dass wir die Arme um den gesamten Stamm schlingen könnten. Initialen sind in die dicke Rinde geritzt, umgeben von einem Herzen, dessen Umrisse recht wackelig sind. Es ist hübsch und romantisch und lässt mich breit grinsen. Doch meine Mundwinkel zucken und sinken wieder, als ich mich frage, ob Sketch wohl auch andere Mädchen hergebracht hat. Bridget vielleicht. Mir wird ganz schwer ums Herz. Eigentlich habe ich kein Recht, eifersüchtig zu sein, doch der Stachel sitzt tief. Bridget und Sketch sind Freunde. Sketch und ich haben uns lange Zeit nicht gesehen. Ich kann nicht erwarten, dass er all die Zeit in Einsamkeit verbracht hat. Das hätte ich auch nicht gewollt. Er sollte nicht erleben, was ich durchgemacht habe. Einsamkeit und Isolation verändern einen Menschen. Ich bin nicht mehr die gleiche dürre Elfjährige mit dem frechen Kurzhaarschnitt, die Sketch einmal kannte. Das Gewicht, das auf meiner Brust lastet, wird immer schwerer, und trotz all meiner Bemühungen kann ich es nicht abschütteln. Schließlich wird mir klar, dass ich nicht eifersüchtig auf Bridget bin. Ich bin neidisch auf die Zeit, die sie mit Sketch verbracht hat und die mir verwehrt geblieben ist. Ich sehne mich nach all den verlorenen Jahren und trauere um das Kind, das ich einmal gewesen bin.

»Das sind die Anfangsbuchstaben meiner Eltern«, erklärt Sketch leise, als ihm auffällt, worauf ich starre. »Sie haben die Initialen am Tag ihrer Hochzeit in den Baum geritzt. Darum steht der letzte Buchstabe auch für beide. T wie Talbot. Siehst du?« Sketch fährt mit dem Finger über die Mulden und verharrt einen Moment länger auf der zweiten Initiale – der seiner Mutter.

»A.T. liebt B.T.«, lese ich laut vor.

»Blair«, flüstert Sketch. »Der Name meiner Mutter war Blair.«

»Da ist ein sehr schöner Name«, schlucke ich.

»Genauso schön wie sie.« Sketch lächelt. »Mein Vater hat immer gesagt, dass er nie begriffen hat, wie ein Mann wie er so viel Glück haben konnte, ein Mädchen wie sie zu heiraten. Manchmal konnte er den Blick nicht von ihr lassen. So schön war sie.«

Mir geht durch den Kopf, dass mein Vater meine Mutter auch oft anstarrt. Normalerweise, wenn sie einen Fehler gemacht oder etwas gesagt hat, das er nicht hören will, und er sie dann dafür büßen lässt. Ich huste verlegen und versuche einzuatmen, um nicht dabei zu ersticken. In dem vergeblichen Versuch, mir das Bild von den blutunterlaufenen Augen meines Vaters heute Morgen aus dem Kopf zu schlagen, schüttele ich den Kopf.

»Annie, ist alles in Ordnung mit dir?«, fragt mich Sketch, dessen Hand mit einem Mal auf meiner Schulter liegt.

Unweigerlich zucke ich zusammen, sodass Sketch zurückweicht, doch mir entgeht nicht der traurige Ausdruck, der kurz über sein Gesicht huscht. Sketch öffnet sich mir gegenüber und erzählt mir von seiner toten Mutter, während ich zwar einen höchst lebendigen Vater habe, von dem ich jedoch wünschte, er würde für immer aus meinem Leben verschwinden. Ich schäme mich schrecklich.

»Es klingt, als sei dein Vater ein Romantiker.« Ich kichere und versuche verzweifelt, meine Nervosität mit aufgesetztem Gelächter zu überspielen.

»Wahrscheinlich.« Sketch zuckt mit den Schultern. Zwar beantwortet er meine Frage, aber ich werde den Eindruck nicht los, dass er lieber derjenige wäre, der die Fragen stellt.

»Du vermisst sie«, lenke ich ab.

Sketch lässt die Schultern sinken, die ihn zu Boden zu drücken scheinen. Der Kragen seiner schicken Lederjacke klappt zurück, als würde sie ihm Respekt zollen, als sein Blick zu mir schweift. Ich merke, dass er nicht wegen seines Verlusts traurig ist. Er ist wegen mir traurig.

»Als sie gestorben ist, ist er daran zerbrochen«, flüstert Sketch.

Endlich schaffe ich es, den Kloß in meinem Hals herunterzuschlucken. Ich möchte ihm gern dafür danken, dass er das alles mit mir teilt. Dafür, dass er mir keine Fragen stellt, deren Beantwortung ich nicht übers Herz bringe. Und ich möchte ihm dafür danken, dass er die Antworten kennt, ohne dass einer von uns beiden ein Wort darüber verlieren muss. Ich bringe lediglich ein Lächeln zustande, doch er erwidert es sofort.

»Ich vermisse meine Mutter. Natürlich«, fährt er fort. »Aber ich vermisse meinen Vater genauso sehr. Als sie von uns gegangen ist, hat sie einen Teil von ihm mitgenommen. Seitdem fehlt ein Stück von ihm.«

»Aber ist es nicht besser, jemanden zu haben, der einen – wenn auch nur eine Zeit lang – vervollständigt, als nie vollständig zu sein?«, frage ich.

Sketch senkt den Kopf und starrt auf den Boden, während er mit dem Fuß einen Kreis ins Gras zeichnet. Er versucht, es zu verbergen, aber mir entgeht das zarte Lächeln nicht, das seine Mundwinkel umspielt.

»Bist du unvollständig, Annie?«, fragt Sketch und hebt den Kopf. Seine Augen glühen dabei und starren mich mit einer solchen Intensität an, dass ich das Gefühl habe, innerlich aufgeheizt zu werden.

»Ich glaube nicht, dass auch nur einer von uns für sich allein vollständig sein kann«, antworte ich.

»Glaubst du das tatsächlich?«, hakt Sketch nach.

»Ja.« Ich werde rot. »Bei Seelenverwandten zum Beispiel. Manche Menschen finden niemals ihren Seelenverwandten; diese Vorstellung macht mich traurig.«

»Glaubst du denn, dass du eines Tages deinen Seelenverwandten triffst, Annie?«, grinst Sketch, und das schelmische Funkeln in seinen Augen führt dazu, dass mir Schmetterlinge im Bauch tanzen.

»Ich denke, wir alle brauchen jemanden, der uns liebt«, flüstere ich. »Das muss sehr schön sein.«

»Was ist denn mit deinem Vater?« Sketch strafft die Schultern, und seine Miene wird plötzlich ernst, was ihn deutlich älter als seine zwanzig Jahre aussehen lässt.

»Was soll mit ihm sein?«, frage ich unsicher.

»Er scheint kein Mann zu sein, der begriffen hat, was wahre Liebe ist«, erklärt Sketch voll mutiger Überzeugung.

Jedes Mädchen, das auch nur einen Hauch von Würde in sich trägt, würde einem Mann für eine solch unverschämte Bemerkung über seinen Vater eine schallende Ohrfeige verpassen. Doch ich vergrabe die Hände in den Taschen des warmen Mantels und senke den Kopf.

»Er weiß gar nicht, was Liebe ist«, gestehe ich ebenso mutig.

Solch respektlose Worte zu äußern bewegt mich sehr. Es ist gleichermaßen befreiend wie erschreckend. Ich fühle mich erleichtert, endlich einmal die Gedanken laut ausgesprochen zu haben, die ich seit Jahren zurückgehalten habe, doch diese Befreiung ist nur von kurzer Dauer. Die vertraute Angst, die tief in mir wohnt, schlägt mit Bärenkrallen nach mir. Ich verdrehe mir fast den Hals, um an dem riesigen Apfelbaum neben uns vorbeizuschauen. Mein Blick hangelt sich von Baum zu Baum. Ich weiß, dass Sketch und ich hier allein sind. Ich weiß es. Aber ich kann das wachsende Gefühl der Sorge nicht abschütteln; mir kommt es vor, als würde der Wind meine Worte forttragen, sodass sie irgendwie ihren Weg in die wütenden Ohren meines Vaters finden. Ich habe noch nie jemandem davon erzählt, wie mein Vater meine Mutter und mich behandelt. Und obwohl ich mich immer nur recht unklar geäußert habe, weiß ich, dass Sketch mich besser versteht, als ich es mir je hätte erhoffen können. Ich bekomme sehr genau mit, wie er mit mir mitfühlt und sich sorgt. Er will mich retten. Sogar ein Held sein. Aber das würde alles nur noch schlimmer machen.

Sketch legt seine Hände um meine Wangen und dreht langsam mein Gesicht zu sich. Seine Haut ist grob und rau, was der jahrelangen Arbeit auf dem Feld geschuldet ist. Auch eine gewisse Wärme strahlt sie aus – allein schon seine Berührung beruhigt mich. Ich wünschte, ich könnte diesen Augenblick für immer in eine Flasche packen und unter meinem Bett aufbewahren, sodass ich immer mal wieder den Deckel aufschrauben und ein Schlückchen von dieser Erinnerung nehmen könnte.

»Was hat er dir angetan, Annie?«, flüstert Sketch.

Ich schüttele den Kopf und starre in dem verzweifelten Versuch, die Tränen aufzuhalten, die mir über die Wangen laufen wollen, in die Wolken hinauf.

Sketch küsst mich sanft auf die Stirn und löst sich plötzlich von mir. Mein tränenverschleierter Blick folgt ihm, als er sich bückt, um seinen Rucksack loszuschnallen. Der Wind schlägt mir ins Gesicht und wischt jede Spur von Sketchs warmen Händen fort. Ich seufze und ziehe mir die Ärmel über die Hände. Dann wische ich mit der kratzigen Wolle die Spuren der Tränen unter den Augen fort.

»Hast du Hunger?«, fragt Sketch, während er sich aufrichtet. Er weicht meinem Blick aus, und mir ist klar, dass er das tut, um mich nicht in Verlegenheit zu bringen, und nicht etwa, weil es ihn nicht interessiert.

Allein schon bei der Frage fängt mein Magen an, laut zu knurren, und ich nicke. Mein Blick wandert zu einem der tiefhängenden Zweige, genauer gesagt zu einem leuchtend roten Apfel, der noch größer ist als der von eben.

Sketch folgt meinem Blick. »Du kannst nicht nur von Obst leben, Annie.«

Ich lächele schüchtern, als ich die aufrichtige Sorge in seinen Worten durchklingen höre.

»Warte hier«, weist er mich selbstbewusst an und verschwindet hinter ein paar dicht ineinander verwachsenen Bäumen.

Wenige Sekunden später kehrt er zurück und rollt im Schweiße seines Angesichtes einen Felsbrocken übers Gras. Die körperliche Anstrengung steht ihm und lässt ihn, wenn überhaupt möglich, noch attraktiver wirken. Ich grinse, als ich mich daran erinnere, wie ich ihn einmal versehentlich mit einem Kieselsteinchen am Knie getroffen habe, als wir in riesengroßen Pfützen auf dem Schulhof Steine haben hüpfen lassen. Er hat eine Stunde lang geheult wie ein Schlosshund. Er war damals acht, ich sieben Jahre alt. Den Rest des Nachmittags über habe ich ihn damit aufgezogen. Erst als er sich am nächsten Tag geweigert hat, mich von seinem Apfel abbeißen zu lassen, habe ich mich entschuldigt.

»Brauchst du dabei Hilfe, Mr Softie?«, scherze ich, als mir der Kosename einfällt, den ich an jenem Tag benutzt habe.

»Nein, danke, Fräulein Fies«, wirft er mir schnell an den Kopf, und mir wird klar, dass seine Erinnerung an den Vorfall damals genauso klar ist wie meine.

»Ich habe es gehasst, so genannt zu werden«, gestehe ich voller Ernst, lächele dabei jedoch.

»Ich weiß.« Er zuckt mit den Schultern, wobei er fast den Felsbrocken wieder zurück und über seine Zehen hätte rollen lassen. »Das ist ja der Grund, warum ich's gemacht habe.«

Ich runzele die Stirn so fest, dass sich meine Augenbrauen über der Nase treffen.

»Wenn der Wind sich dreht, bleibt dein Gesicht so stehen«, neckt mich Sketch im Tonfall eines kleinen Kindes.

»Na, und wer ist jetzt hier Fräulein Fies?« Ich muss lachen.

Mein Magen knurrt lautstark und erinnert uns beide daran, dass es mehr als einen von Bauer Talbots köstlichen Äpfeln braucht, um mich als mittlerweile Erwachsene den Tag über satt zu halten.

Sketch bugsiert den Felsbrocken unter die Zweige eines großen, alten Apfelbaumes, wo er ihn dann liegen lässt, und richtet sich auf. Dann stemmt er die Hände in die Seiten und atmet aus, zufrieden, dass sein Plan funktioniert hat. Aus seinem Rucksack zieht er eine Decke hervor und legt sie über den großen Stein.

»Perfekt«, stellt er grinsend fest, nachdem er einen Schritt zurückgewichen ist und das Gesamtwerk begutachtet hat. »Das Gras ist noch zu nass, um sich daraufzusetzen, aber das hier sollte in Ordnung sein«, erklärt er.

Ich nicke und stimme ihm zu, obwohl ich keine Ahnung habe, wofür das perfekt sein sollte.

»Für ein Picknick, Annie.« Sketch lächelt, als könne er meine Gedanken lesen. Als Kind habe ich immer gedacht, er könne das wirklich. Vielleicht hat sich seit früher gar nichts verändert.

»Es tut mir leid, dass es nicht so gemütlich ist, wie ich es gern gehabt hätte, aber ein Picknick im Oktober kann eben ziemlich kühl sein. Wenigstens sitzen wir hier trocken.« Sketch schaut zu den ineinander gewachsenen Ästen und Zweigen hinauf. »Hier kommt kein Regen durch.«

»Ein Picknick?«, lächele ich. »Befindet sich das in deinem Rucksack?«

Sketch nickt. »Habe ich heute Morgen alles eigenhändig eingepackt. Ich mag nicht der beste Koch sein, aber ich kann durchaus ein paar Scheiben Brot mit Butter beschmieren, wenn es sein muss. Ich verhungere! Heute gab es kein Frühstück …« Sketch bremst sich, als ob ihm bewusst werden würde, dass ich meistens kein Frühstück bekomme.

»Du wirkst enttäuscht«, stellt Sketch mit langem Gesicht fest. »Es ist auch in Ordnung, wenn du keinen Hunger hast.«

»Ich verhungere!«, gebe ich schnell zu und hoffe, meine Enttäuschung darüber verbergen zu können, dass sich in Sketchs Rucksack Lebensmittel und nicht Papier und Farben verbergen. »Das ist eine tolle Überraschung. Vielen Dank!«

»Schön. Dann lass uns etwas essen.« Sketch neigt den Kopf zur Seite und wartet, bis ich auf der Decke auf dem Felsbrocken Platz genommen habe, um sich dann im Schneidersitz auf das Gras zu setzen, welches er zuvor noch als zu nass bezeichnet hat. Ich beobachte seine Hände, während er das Picknick auspackt. Er besitzt schlanke, lange Finger, und seine Handflächen sind zweimal so groß wie meine.

»Die Hand eines Mannes ist seine stärkste Waffe«, sagt meine Mutter immer. »Die geballten Finger eines Mannes ergeben eine Faust.«

Sketch ist jung und stark. Um das zu wissen, musste ich nicht erst sehen, wie er einen Felsbrocken quer über die Wiese rollt, oder die Größe seiner Faust abschätzen. Aber allmählich wird mir klar, dass es nicht die starken Männer sind, die Frauen wehtun. Es sind die schwachen. Mein Vater mag zwar groß und breit sein und oft seine Faust nutzen, doch das macht ihn noch lange nicht zu einem starken Mann. Mit Sketch kann er es nicht im Geringsten aufnehmen.

»Greif zu.« Sketch lächelt strahlend, als er mich dabei ertappt, wie ich ihn beobachte.

Ich werde rot und hoffe, dass dies nicht einer jener Momente ist, in denen er meine Gedanken lesen kann.

Es gibt heißen Tee aus einer Flasche, zwei gleiche Tassen, Brot und Sandwiches mit Erdbeermarmelade. Ganz einfach und doch so perfekt, und ich esse, bis ich befürchte, gleich zu platzen.

»Es gibt noch mehr«, verkündet Sketch, nachdem ich die vierte Scheibe Brot verputzt und die dritte Tasse Tee getrunken habe.

Ich schüttele den Kopf. »Ich bringe keinen weiteren Bissen mehr hinunter.«

»Und was ist mit Kuchen?«, grinst Sketch.

Ich reiße die Augen so weit auf, als hätte Sketch mir gerade die unanständigsten Dinge ins Ohr geflüstert.

»Er ist selbstgebacken«, verspricht Sketch. »Dad tauscht hier einen Sack Kartoffeln und dort ein Bund Möhren, um den besten Kuchen von ganz Galway zu bekommen.«

»Obstkuchen?«, stottere ich mit großen Augen und hoffnungsvoll.

»Ganz genau.« Sketchs Augen funkeln attraktiv vor Selbstvertrauen. »Magst du Obstkuchen?«

»Ich habe noch nie welchen gegessen«, keuche ich. »Aber ich habe die Frauen auf dem Marktplatz darüber reden gehört, und ich habe mir immer vorgestellt, dass er wie ein Regenbogen schmeckt.«

Sketch steht auf. Er streckt mir seinen Arm entgegen und

öffnet die Hand. Ich ergreife sie, sodass er mich hochziehen kann. Zwischen uns sind nur noch wenige Zentimeter. Sketch neigt den Kopf zur Seite und streicht sich mit dem Zeigefinger und dem Daumen übers Kinn.

»Wie ein Regenbogen?«, grübelt er. »Ganz genau, so schmeckt er.«

»Klingt wundervoll.«

»Oh, das ist er.« Sketch schmatzt mit den Lippen und zieht dann die Nase kraus. »Wie schade, dass du schon satt bist.«

Er beugt sich vor und schnappt sich den Rucksack vom Boden, wirft sich einen Trageriemen über die Schulter und läuft los. »Dann werde ich ihn wohl den Schweinen zum Fraß vorwerfen«, ruft er.

Mir fällt die Kinnlade herunter, und meine Beine brauchen ein paar Sekunden, bis ihnen klar wird, dass mein Kopf sie anbrüllt, ihm endlich hinterherzujagen.

»Wage es ja nicht!«, rufe ich und habe Mühe, vor lauter Lachen Tempo aufzunehmen.

»Komm, Annie! Da musst du schon schneller sein!« Sketch dreht sich zu mir um und läuft rückwärts.

Ich schleppe mich mit meinen Gummistiefeln durch das hohe, nasse Gras. Ein paar Mal verliere ich fast den linken Stiefel, doch durch Wackeln und Schütteln kann ich ihn wieder überstreifen. Sketch muss so laut lachen, dass er bestimmt gleich Seitenstechen bekommt. Er springt mühelos über den Graben zum nächsten Feld hinüber, und als er außer Sichtweite gerät, rufe ich ihm zu, auf mich zu warten. Ich nähere mich dem Graben und zwinge mich, noch schneller zu laufen. Als ich mich ihm unausweichlich nähere, hole ich tief Luft. Ich beuge die Knie und springe hoch – in der Hoffnung, den Graben zu schaffen und gleichzeitig meine Gummistiefel anzubehalten.

Ich fliege durch die Luft, breite unweigerlich die Arme wie Flügel aus, schließe die Augen und genieße den kurzen Moment der Freiheit. Meine Landung ist jedoch nicht ganz so elegant, als ich auf der anderen Seite auf den wartenden Sketch pralle und wir beide zu Boden stürzen. Sketch landet flach auf dem Rücken, ich unbeholfen auf ihm. Beschämt versuche ich, auf die Beine zu kommen, doch Sketchs Arme schließen sich um meine Hüfte und halten meinen Körper an Ort und Stelle fest. Seine Augen heften sich an die meinen, sodass er auch meinen Blick hält.

»Das Einzige, was hier nach Regenbogen schmeckt, bist du, Annie«, sagt Sketch, während seine Lippen die meinen suchen.

Ich schließe die Augen und gebe mich ganz dem wohligen Gefühl hin, als Sketch Talbot mich küsst und süße Träume in mir entstehen lässt.

17.

Holly

Nate dreht sich auf die andere Seite und stöhnt verschlafen. »Wie spät ist es?«

»Spät.« Ich setze mich auf und erschaudere, als ich den Rücken an das kalte Eisengestell des Kopfendes lehne.

Nate und ich liegen in einem Einzelbett zusammengedrängt in dem Zimmer im Erdgeschoss, in dem ich als Kind immer geschlafen habe. Nate meinte, er sei auch mit dem Sofa zufrieden, aber als ich ihm gesagt habe, dass ich ihn neben mir haben wolle, hat er bereitwillig zugestimmt, sich mit mir in das schmale Bett zu zwängen. Ich habe seinem Enthusiasmus jedoch sogleich einen Dämpfer verpasst, damit er sich keine falschen Hoffnungen macht, denn das heißt noch lange nicht, dass alles vergessen ist und wir wieder zusammen sind.

»Ich will nicht, dass sich meine Mutter auch noch Sorgen um mich macht«, habe ich streng erklärt. »Wenn du auf dem Sofa im Wohnzimmer schläfst, dann wird sie natürlich vermuten, dass irgendetwas nicht stimmt. Und noch mehr Stress kann sie im Augenblick einfach nicht brauchen. Alles klar?«

Wie ein gehorsamer Schuljunge hat Nate genickt und

meine Bedingungen akzeptiert. Ich wollte ihm gegenüber nicht zugeben, wie sehr ich wollte, dass er neben mir schläft, da es mir mein bereits angeknackstes Herz vollends brechen würde, wäre ich jetzt allein.

Seit fast zwei Wochen haben Nate und ich nicht mehr nebeneinandergelegen. Seine Körperwärme neben mir ist tröstlich, obwohl zwei Erwachsene leider nicht gemütlich in das beengte Bett passen, insbesondere da Nates breite Schultern den Löwenanteil des Platzes einnehmen.

»Hast du überhaupt schon geschlafen?«, krächzt er und setzt sich neben mir auf.

Ich schüttele den Kopf.

Unter der Schlafzimmertür kriecht ein silberner Lichtstrahl aus dem Flur hindurch; Nate dreht sein Handgelenk und versucht, das Licht auf seine Armbanduhr leuchten zu lassen.

»Es ist bereits nach Mitternacht«, erkläre ich und halte ihm das Display meines Handys so hin, dass er in der Ecke der Anzeige die Uhrzeit erkennen kann.

»Candy Crush?«, schnaubt er und verzieht das Gesicht, da er von den leuchtenden Farben des Spiels geblendet wird.

»Level 137.«

»Du meine Güte. Wie lange spielst du das denn schon?«

»Eine Weile. Ich konnte nicht einschlafen.«

Nate gähnt und schiebt seinen Arm zwischen meinen Hals und das eiskalte Kopfteil des Bettes. Ich erstarre und schließe die Augen. Verletzung und Ärger, die sich zwei Wochen lang angesammelt haben, steigen an die Oberfläche, und ein Teil von mir hätte am liebsten seine Hand weggeschlagen. Der andere Teil, ein deutlich dominanterer, möchte ihm dafür danken, dass er alles stehen und liegen gelassen hat, nur um bei mir zu sein. Nates Hand streichelt mir über den Rücken und wärmt mich; ich gebe es auf, mich dagegen zu wehren, und lasse den Kopf auf seine Schulter sinken.

»Alles gut bei dir?«, flüstert Nate. Sein warmer Atem tanzt über meinen Kopf hinweg.

Ich schniefe und schmiege mich enger an ihn. »Ich wünschte, wir könnten dieses Bild für Nana finden«, seufze ich, nachdem sich eine wohlige Stille zwischen uns ausgebreitet hat.

»Ich weiß. Ich wünschte auch, wir würden es finden. Aber Ben und ich haben alles abgesucht. Wir haben sogar den alten Hühnerstall durchforstet. Wir haben einfach keine Idee mehr, wo das Bild noch sein könnte.«

»Sie würde sich so darüber freuen«, erwidere ich. »Das weiß ich genau.«

»Ja, natürlich.« Nate drückt sanft meine Schulter. »Du würdest dich auch freuen, es zu sehen, oder?«

»Ja klar! Sehr sogar! Es ist bestimmt ein wunderschönes Bild.«

»Wie kommt ihr denn mit dem Buch voran?«, fährt Nate fort. »Genießt Annie die Erinnerungen an früher?«

»Sie ist eine tolle Autorin«, schwärme ich. »Sie ist richtig, richtig gut! Ich kann es gar nicht glauben, dass sie niemandem von ihrer Geschichte erzählt hat.«

»Vielleicht hat sie auf den richtigen Zeitpunkt gewartet«, vermutet Nate.

»Ja, vielleicht. Ich wünschte nur, ich hätte früher davon erfahren. Als ich klein war, hat Nana mir immer Gutenachtgeschichten vorgelesen«, erkläre ich. »Es fühlt sich komisch an, dass die Rollen nun vertauscht sind.«

»Ich glaube einfach, dass es so vorgesehen ist, weißt du? Das ist der Kreislauf des Lebens. Vielleicht wird unser Kind irgendwann einmal deiner Mam …« Nate verstummt, als ihm bewusst wird, dass er versehentlich das Baby erwähnt hat. Mit der freien Hand fährt er sich über die Stirn. »Ach Mist, Holly, tut mir leid. Ich wollte nicht …«

»Schon gut«, erwidere ich.

Nate schluckt, und in der Stille der Nacht kann ich tatsächlich hören, wie er einatmet.

»Ob sie wohl je darüber nachgedacht hat, es zu veröffentlichen?«, fragt Nate sanft, wechselt das Thema und kehrt zu Nanas Buch zurück.

»Möglicherweise«, erwidere ich.

»Findest du es denn gut genug, um es zu veröffentlichen?«, fragt Nate. »Vielleicht sollten wir uns darum kümmern. Das wäre eine fantastische Würdigung. Du weißt schon, ihr Name auf dem Buchdeckel. Der Bestseller von Annie Talbot. Das hat was, oder?«

»Eine interessante Vorstellung, das stimmt …« Ich halte inne und denke nach. »Aber … ich weiß nicht. Ich glaube nicht, dass das der Grund ist, warum sie ihre Geschichte zu Papier gebracht hat. Ich denke, sie wollte sich einfach erinnern. Worte können ein ganzes Bild entstehen lassen, nicht wahr? Ich glaube eher, dass das Buch Nanas Art und Weise war, dafür zu sorgen, dass diese Erinnerungen nicht verblassen. Und es hat funktioniert. Sie erinnert sich. Wenn ich ihr vorlese, lächelt sie. Du solltest sie dann mal sehen, Nate. Sie ist richtig glücklich, wenn sie zuhört. Sie strahlt über das ganze Gesicht. Manchmal werde ich so von der Geschichte gefesselt, dass ich fast vergesse, wie krank sie ist, wenn ich dann zu ihr hinüberschaue.«

»Das ist wirklich toll, Holly. Ich bin froh, dass ihr so viel Zeit miteinander verbringen könnt. Das muss etwas ganz Besonderes sein.«

»Ja, das ist es«, gebe ich zu und kämpfe mit den Tränen. »Aber dann erinnere ich mich wieder. Und sehe, wie blass sie ist. Und wie dünn. Dann fällt mir wieder ein, dass sie stirbt. Es ist schrecklich, ihr dabei zuzuschauen, wie sie uns langsam entgleitet, Nate. Das ertrage ich kaum.«

Nate streckt die freie Hand aus, schiebt mir seine Finger unters Kinn und neigt meinen Kopf nach hinten, sodass ich keine andere Wahl habe, als im Halbdunkel seinen Blick zu erwidern.

»Holly, ich wünschte, ich könnte etwas tun«, flüstert Nate. »Ich komme mir so verdammt hilflos vor.«

Das Mondlicht scheint durch die abgewetzten Stellen der schweren Vorhänge hindurch und lässt die Tränen in seinen Augen wie Regentropfen funkeln. Ich frage mich, ob er meine Großmutter meint, die er nicht retten kann, oder unser Baby. Wahrscheinlich meint er beide.

»Bald wird sie sterben, Nate«, schluchze ich. »Wir sind alle so verdammt hilflos; eingepfercht in diesem alten Kasten warten wir. Ich hasse es. Ich hasse es, wie ich mich fühle.«

Endlich lasse ich meine Tränen zu. Mein ganzer Oberkörper zittert, als tränenerstickte Schluchzer meine Schultern heftig schütteln.

Nate schweigt. Er schlingt seine Arme um mich und wiegt mich vor und zurück, soweit es das winzige Bett uns erlaubt.

Irgendwann dämmere ich in einen unruhigen Schlaf weg. Immer wieder wache ich mit einem Schreck auf, weil ich eine Sekunde lang vergesse, wo ich bin; doch dann legt er seine Arme fester um mich und tröstet mich wieder in den Schlaf.

Es dauert nicht lange, bis Nate und ich beide so verkrampft, eingeengt und unbequem dort liegen, dass schon verschiedene Körperteile vollkommen taub geworden sind. Am Ende entscheiden wir uns, die Bettdecke auf den Boden zu legen und darauf zu schlafen. Mit gerade ausgestreckten Armen taste ich mich wie ein Zombie zum Schrank vor und bemühe mich, im Dunkeln den Weg zu finden. Aus dem obersten Fach ziehe ich ein paar Wolldecken hervor und werfe sie Nate zu, der versucht, ein notdürftiges Bett auf dem Boden zu schaffen. Ich will gerade sein Werk loben, als ich mir beim Herumdrehen den Zeh schlimm an der Schrankecke stoße.

»Verdammter Mist«, heule ich auf. Ich packe meinen Fuß und hüpfe auf der Stelle auf und ab, um nicht laut zu schreien und das ganze Haus aufzuwecken.

»Alles in Ordnung?«, fragt Nate, aber mir entgeht das prustende Lachen nicht, das er mit Gewalt zu unterdrücken versucht.

»Es tut weh!«, blaffe ich, immer noch hüpfend.

»Komm her«, fordert mich Nate auf. »Ich massiere dir den Zeh.«

Langsam lasse ich mich auf den Boden hinunter und krieche unter die gelb-rote Patchworkdecke. Ich erinnere mich noch an all die Picknicke, die wir im Laufe der Jahre darauf im Garten veranstaltet haben. Als wir noch klein waren, ist Nana vom Picknicken geradezu besessen gewesen. Ich habe mich stets gefragt, warum sie es so mochte, ja sogar im Herbst. Jetzt weiß ich es. Es hat sie an Sketch erinnert.

»Du meine Güte, die sind ja eiskalt!«, stöhnt Nate, als er meine Füße endlich in Händen hält.

»Mir ist auch kalt«, erwidere ich.

Nate massiert meine Waden und Knöchel, und ich atme behutsam ein, während mir klar wird, dass bei mir Körper und Herz gleichermaßen erschöpft sind.

»Weißt du, Holly«, flüstert Nate, als seine Finger sanft meinen Knöchel umspielen. »Ich wünschte, ich könnte die Zeit zurückdrehen und die letzten Wochen noch einmal durchleben. Dann wäre ich besser. Dann würde ich es besser machen. Dann wäre ich für dich da.«

»Du bist jetzt für mich da«, antworte ich und wische mir mit dem Handrücken unter der Nase entlang, während ich laut schniefe.

»Ich hätte nicht nach Ibiza fliegen sollen«, gibt Nate leise zu.

»Nein.« Ich schlucke. »Das hättest du besser nicht getan.«

»Ich bin mit der Situation nicht klargekommen, Holly. Besonders als du mich von allem ausgeschlossen hast. Ach Mist, das kommt jetzt völlig falsch raus«, stellt Nate erschöpft fest. »Ich meine nur … Ich dachte, du brauchst ein wenig Zeit und Abstand. Und ich wollte wahrscheinlich auch ein wenig Abstand.«

»Ibiza ist tausende Kilometer entfernt. Das ist wohl genügend Abstand.« Ich schüttele den Kopf. »Wie jeder normale Mensch hättest du einfach in den Pub gehen und ein paar Bierchen kippen können. Das wäre auch ein wenig Abstand von allem gewesen, weißt du?«

»Ja, schon klar. Ibiza war eine bescheuerte Idee. Ich habe alles falsch gemacht. Ich hab richtig Scheiße gebaut, Holly. Ich fühle mich wie der größte Mistkerl der Welt.«

»Das weiß ich. Aber deswegen tut es nicht plötzlich weniger weh. Du hast mich richtig verletzt, Nate.« Trauer, Wut und Enttäuschung rangeln in meinem Inneren, und mein Herz fühlt sich an, als würde es zerplatzen. »Du bist einfach gegangen und hast mich im Stich gelassen, als ich dich am meisten gebraucht habe. Mal ganz im Ernst, Nate: Wer macht so was?«

»Ich wusste nicht, was ich sonst hätte tun sollen«, erwidert Nate.

»Dich mit deinen Brüdern auf Ibiza um Sinn und Verstand zu saufen war in deinen Augen also die beste Lösung, die dir eingefallen ist?«

»Ja, offen gestanden«, gibt Nate kleinlaut zu und lässt meinen Knöchel los, um die Arme vor der Brust zu verschränken, als müsse er physisch sein Herz beschützen. »Zu diesem Zeitpunkt war es das. Aber ich habe nicht eine einzige Minute davon genießen können. Meine Brüder wollten saufen und Party machen, eben einen richtigen Männerurlaub. Aber ich war nicht bei der Sache. Jeden Abend, wenn sie die Pubs und Clubs unsicher gemacht haben, bin ich am Strand spazieren gegangen. Die Seeluft hat meinem Kopf gutgetan. Mir hat es richtig geholfen, eine Weile allein zu sein, weißt du?«

»Ich kann mir bestens vorstellen, wie es ist, allein zu sein«, erinnere ich ihn und verschränke jetzt auch die Arme vor der Brust. »Aber mir hat es nicht geholfen. Im Gegenteil – es hat alles nur noch schlimmer gemacht.«

»Holly, es tut mir wirklich leid.« Nates tiefe Stimme bricht weg. »Ich hatte wirklich keine Ahnung, was ich noch tun sollte, damit alles wieder in Ordnung kommt – außer, dir Raum zu lassen. Wir wollen unterschiedliche Dinge. Ich will das Baby unbedingt behalten, obwohl ich weiß, wie krank es sein wird, während du, na ja … du willst es nicht behalten.«

»Es geht nicht ums Wollen, Nate. Ich *kann* es nicht. Ich kann es einfach nicht. Ich kann es nicht behalten, wenn es bedeutet, dass ich zuschauen muss, wie es ohne jede Chance leidet. Das ist verdammt grausam.«

»Ich weiß. Ich habe kein Recht, dich zu bitten, die Schwangerschaft durchzustehen, wenn du auf diese Art und Weise empfindest. Aber es ist auch mein Baby, und ich kann meine Gefühle eben nicht ändern.«

»Und was heißt das jetzt für uns?« Ich schniefe, als zarte Tränen über meine Wangen laufen.

Nate schüttelt den Kopf. »Ich liebe dich, Holly. Unendlich. Ganz gleich, wie du dich entscheidest: Ich bin für dich da. Aber ich muss auch ehrlich sein. Ich kann das nicht alles einfach in mich hineinfressen. Das ist nicht meine Art. Ich muss dir zumindest sagen, dass ich inständig hoffe, dass unser Baby nicht nur deine wunderschönen Augen, sondern auch dein Lächeln hat. Ich muss dich wissen lassen, dass ich es nicht abwarten kann, Vater zu werden, wie kurz auch immer diese Zeit sein mag. Und … Ich muss darauf hoffen, dass du mich verstehen kannst.«

»Okay.« Ich schlucke, denn seine Worte treffen mich wie Pfeile mitten ins Herz. »Ich weiß deine Offenheit sehr zu schätzen.«

»Du weißt meine Offenheit sehr zu schätzen?«, wiederholt Nate und macht keinen Hehl daraus, wie sehr ihm meine

Wortwahl missfällt. »Du meine Güte, Holly! Das ist doch hier keine Vorstandssitzung, bei der du dich möglichst korrekt ausdrücken musst. Wir sprechen hier über unsere Zukunft! Über unser Baby, Herrgott noch mal! Kannst du nicht einfach sagen, was du fühlst?« Nate hält inne, und mir ist klar, dass seine versagende Stimme sein gebrochenes Herz spiegelt. »Meine Meinung kennst du, jetzt bist du an der Reihe. Verrat mir, was du denkst. Und hör bitte auf, mich auszuschließen.«

»Was zum Teufel willst du denn von mir hören, Nate? Bloße Worte werden da nichts ausrichten können«, entgegne ich.

»Versuch es, Holly. Versuch es einfach.«

Ich straffe die Schultern, bis ich ein Knacksen im Rücken höre. Dann atme ich durch die Nase ein und halte die Luft an, bis es fast meine Brust zerschmettert. Schließlich presse ich sie verbittert wieder hinaus, wobei unkontrolliert wütende Worte hinterherstürzen. »Weißt du, was ich will?« Ich tippe mir feste mit dem Finger auf die Brust. »Weißt du, was ich verdammt noch mal will?«

»Sag es mir, Holly«, ermuntert mich Nate leise. »Schließ mich nicht aus.«

»Ich will, dass das alles aufhört. Ich habe das Gefühl, als würde es mir das Herz brechen. Wirklich brechen. Hier tut es so was von weh!« Ich bohre meine Nägel in den knochigen Teil zwischen meinen Brüsten, die durch die Schwangerschaft geschwollen sind, als könnte ich exakt jenen Punkt zeigen, damit Nate den Schmerz sehen kann. »So will ich mich nicht mehr fühlen. Ich hasse es, was all diese Wut und Trauer mit mir anstellen. Ich hasse, was sie mit *uns* angestellt haben. Ich hätte dich niemals so wegstoßen dürfen. Schließlich ist es nicht dein Fehler, dass unser Baby krank ist, aber ich habe alles an dir ausgelassen.« Emotional erschöpft atme ich tief aus. »Ich habe es so satt, erst wütend, dann traurig, dann wieder wütend und dann wieder traurig zu sein und zu erwarten, dass du Schritt hältst«, gebe ich schließlich zu. »Mir tut es leid, Nate. Richtig leid.«

Nate nimmt meine Hand und hebt sie an seine Lippen. Sanft küsst er meinen Handrücken.

»Ich würde am liebsten die Zeit zurückdrehen«, erkläre ich. »Ich würde gern noch einmal in die Zeit zurückkehren, als Ben und ich noch Kinder waren. Als Nana jünger und gesund war. Dann würden wir jetzt spielen und einander im Garten jagen, bis uns die Knie wehtun. Dann würden wir Apfelkuchen essen, bis uns schlecht ist. Es ist vorbei, Nate. Alles ist vorbei. Ohne sie komme ich nicht klar. Ich schaffe es einfach nicht.«

Nate drückt mich an seine Brust und streicht mir sanft übers Haar. »Schschsch«, flüstert er. »Sch.«

»Alles wird sich ändern«, erkläre ich schluchzend. »Erst werde ich meine Großmutter verlieren, dann werde ich auch noch mein Baby verlieren. Und am Ende bleibt mir nichts mehr.«

»Du hast mich.« Nate beugt den Hals und drückt mir einen warmen Kuss auf die Stirn. »Holly, ich will dich nicht verlieren, aber ich weiß nicht einmal, ob ich es überhaupt verdient habe, dich zurückzubekommen.«

Ich wische mir mit der Hand unter der Nase entlang und schniefe erneut recht unattraktiv; irgendwie scheint das eine schlechte Angewohnheit zu werden. Nate ignoriert jedoch meine rotzige Geste und schließt mich fest in seine Arme.

»Was kann ich tun, Holly? Was kann ich tun, um es besser zu machen?«

»Du bist da, Nate. Allein dadurch machst du alles ein wenig leichter«, erwidere ich, ohne zu zögern. Ich taste unter der Decke umher, bis ich Nates freie Hand gefunden habe. Meine Finger schließen sich um die seinen und schieben sie auf meinen kleinen Babybauch. »Ich brauche dich. Ich habe dich immer schon gebraucht.«

18.

Holly

Ich werde plötzlich wach, setze mich mit einem Ruck auf und reibe mir die Augen – in einem blinden Dämmerzustand irgendwo zwischen Schlafen und Wachsein. Es dauert einen Augenblick, bis mir bewusst wird, dass das neonblaue Licht, das unser Schlafzimmer beleuchtet, nicht normal ist.

»Ein Rettungswagen«, rufe ich erschrocken. Nate bewegt sich und stöhnt verschlafen aus Protest dagegen, aufgeweckt zu werden.

Ich rase zum Fenster und hüpfe dort von einem Fuß auf den anderen, als die Kälte des alten Holzfußbodens über meine Füße an mir emporklettert. Ich schnappe mir die Vorhänge, reiße beide Seiten gleichzeitig auf und lasse dann den Blümchenstoff los. Ich schlage mir die Hände vor den Mund, die fest und schmerzend auf die Haut knallen. Meine Befürchtungen bestätigen sich: In der Einfahrt steht ein Rettungswagen mit geöffneten Türen, bereit zum Einsatz.

»O nein! Gott, bitte nicht!«, schreie ich und weiche vor dem Anblick draußen vor dem Fenster zurück.

Jetzt ist Nate endgültig wach, denn mit einem Mal spüre ich, wie sich seine nackte, warme Brust an meinen Rücken drückt und sich seine Arme um meine Schultern legen. Er gibt mir Halt, während wir beide dastehen und nach draußen starren.

Das Blaulicht leuchtet beharrlich auf, doch es ertönt keine Sirene.

Ich reiße mich aus Nates Umarmung los und stürze zum Flur, wo ich beinahe auf den Fliesen ausrutsche, als ich am Fuße der Treppe einem der Sanitäter in einer leuchtend grünen Uniform fast in die Arme laufe.

»Was ist passiert?«, schreie ich panisch. »Meine Großmutter – wo ist sie?«

Der Sanitäter schaut mich mit freundlichem Blick an, doch seine Miene verrät nichts.

»Holly«, ertönt plötzlich Nates Stimme hinter mir. »Hier, zieh das an. Es ist kalt.«

Ich kann mich nicht bewegen. Ich bin an Ort und Stelle wie erstarrt. Nate legt mir seine Lieblingskapuzenjacke über die Schultern, damit ich nicht nur in meinem weiten T-Shirt dastehe. Er hilft mir dabei, die Arme in die Ärmel zu schieben, als wäre ich ein kleines Kind, welches er nun anziehen muss.

»Meine Großmutter«, wiederhole ich. »Ist sie … ist sie …?«

»Wir bringen sie ins Saint Patrick's Hospital in der Stadt«, erklärt mir der Sanitäter, während er durch die offene Eingangstür in Richtung des offenen Rettungswagens verschwindet.

Ich beobachte ihn genau, während er davoneilt. Er ist ungefähr in meinem Alter, vielleicht ein wenig älter, denke ich. Er scheint ein Profi und eher ein Mann der leisen Töne zu sein – er sieht nicht so aus, als hätte er regelmäßig mit dem Tod zu tun. Und er sieht auch nicht aus wie jemand, der mitten in der Nacht zu älteren Leuten hinausgerufen wird, um ihnen dabei zuzusehen, wie sie von dieser Welt ins Jenseits hinübergleiten. Er wirkt vollkommen normal. So wie ich. Einen Moment lang würde ich ihn gerne aus seiner professionellen Rolle herausreißen, damit er mir sagt, dass auch er eine Großmutter hat, die er genauso sehr liebt, und dass, obwohl es sein Job ist, er diesen hasst, da besondere Großmütter für alle Ewigkeit leben sollten. Nichts sollte sie einem je wegnehmen. Nichts. Nicht einmal junge Rettungssanitäter in leuchtenden Uniformen, die nur ihren Job erledigen.

»Holly, deine Mam ist oben.« Nachdem Nate meine Aufmerksamkeit auf sich gelenkt hat, deutet er mit dem Kopf zum oberen Ende der Treppen hin, und ich folge seinem Blick.

Meine Eltern stehen beide auf dem Treppenabsatz vor Nanas Schlafzimmer. Meine Mutter umklammert mit einer Hand fest das Geländer, während sie mit der anderen Hand ihren flauschigen rosafarbenen Morgenmantel geschlossen hält. Sie steht gebeugt da, lässt den Kopf hängen und wirkt wie ein Häufchen Elend. Mein Vater steht hinter ihr und streicht ihr sanft kreisend über den Rücken, doch ihre Miene verrät mir, dass sie nicht einmal mitbekommt, dass er überhaupt da ist.

»Mam!«, rufe ich, wie ich es früher als kleines Mädchen immer getan habe, wenn ich gefallen bin und mir das Knie aufgeschlagen habe – und eine Umarmung meiner Mutter dann der einzige Trost war.

»Holly.« Meine Mutter hebt den Kopf und bemerkt mich. »Sie nehmen Nana ins Krankenhaus mit. Sie bringen sie jetzt runter.«

»Nein. Nein. Das können sie nicht tun.« Ich hole tief Luft. »Nana will das nicht. Das ist nicht das, was sie will.«

Nate schlingt seinen Arm um meine Taille; seine Hände umfassen meine Hüfte und geben mir Halt.

»Der Zustand deiner Großmutter hat sich verschlechtert.« Mein Vater hüstelt in dem Versuch, ruhig zu bleiben.

»Ich weiß, wie krank sie ist, Dad!«, belle ich ihn sehr unfair an. »Das wissen wir doch wohl alle!«

Alle starren zu Boden, niemand bestätigt, was ich gerade gesagt habe.

»So, jetzt Vorsicht. Vorsicht!« Marcys Stimme dringt aus Nanas Schlafzimmer und hallt die Treppe herunter, wo sie mir wie eine sanfte Umarmung begegnet.

Der junge Sanitäter kommt mit einer Sauerstoffflasche unter dem Arm wieder hereingeeilt. Er hastet an mir vorbei, nimmt immer zwei Stufen auf einmal und verschwindet dann in Nanas Schlafzimmer. Wenige Sekunden später taucht er wieder in der Zimmertür auf. Marcy ist auch da, ebenso ein älterer Sanitäter. Die Sanitäter tragen meine Großmutter aus ihrem warmen, sicheren Schlafzimmer heraus und passen auf, mit der Trage nicht gegen den Türrahmen zu laufen, als sie sie durch die Tür navigieren.

Meine Mutter stößt ein seltsames Geräusch aus – schrill wie ein Tier, das in eine Falle gerät –, als sie an ihr vorbeigehen, und verbirgt ihr Gesicht an der Brust meines Vaters, da sie den Anblick nicht erträgt. Die Verletzlichkeit meiner Mutter schreckt mich auf, und die Knie geben unter mir nach, doch Nate fängt mich auf, sodass ich in seine Arme anstatt auf den Boden falle.

Die Sanitäter laufen die Treppe scheinbar mühelos herunter. Die schwierige Aufgabe wirkt bei ihnen sogar fast schon banal. Marcy folgt ihnen auf dem Fuße. Auch meine Eltern schließen sich ihnen an, bleiben jedoch ein paar Stufen dahinter. Mein Vater hat immer noch seinen Arm um die zitternden Schultern meiner Mutter geschlungen, um ihr Halt zu geben. Um sie ohne Worte wissen zu lassen, dass er immer für sie da sein wird. Ließe er sie los, würde meine Mutter zweifellos zusammensacken und bis zum Fuße der Treppe hinunterstürzen.

Nana liegt vollkommen friedvoll auf der Falttrage, die ihren gebrechlichen Körper wie eine riesengroße aufblasbare Hand umschließt. Ihre Hände sind neben ihr festgeschnallt, und mir fällt auf, wie ihr babyrosafarbener Nagellack im Licht des tiefhängenden Kronleuchters im Flur funkelt. Nana hat die Augen geschlossen, und die Falten auf ihrer Stirn wirken weicher und viel weniger ausgeprägt als noch vor ein paar Stunden, als ich ihr einen Gutenachtkuss gegeben habe. Ich frage mich, welche Medikamente sie ihr oben verabreicht haben. Eindeutig etwas ziemlich Starkes. Allmählich beginne ich zu akzeptieren, dass Nana ohne massenweise Tabletten wohl schreckliche Schmerzen hätte.

»Mam, bitte«, flehe ich. »Tu das nicht. Reiß Nana nicht aus ihrem Zuhause heraus.« Wenn Nana jetzt geht, kommt sie nicht mehr zurück.

»Das reicht jetzt, Holly«, erklärt mein Vater streng.

»Hier entlang, Blair«, weist Marcy an, als sie meine Mutter in den hinteren Teil des Rettungswagens geleitet, wo sie neben Nana sitzen soll.

»Kommen Sie nicht mit?«, fragt meine Mutter.

»Drei sind einer zu viel.« Marcy schüttelt den Kopf. »Sie ist in guten Händen, Blair. Die Jungs hier wissen genau, was sie tun.« Marcy lächelt den älteren Sanitäter breit an, und ich merke, dass sie gute Freunde sind. Wahrscheinlich haben sie sich unter ähnlichen Bedingungen schon diverse Male getroffen. Sicherlich gehört es zu ihrem Job, aber Marcy hat eine Art an sich, uns das Gefühl zu geben, als sei meine Großmutter die wichtigste Patientin, um die sie sich je gekümmert hat. Vielleicht weil sie es tatsächlich ist. Nana *ist* etwas ganz Besonderes.

»Ich bin hier, Mammy. Ich bin bei dir«, höre ich meine Mutter sagen, bevor der ältere Sanitäter die Wagentüren schließt und sie losfahren.

Es folgt das vertraute Geräusch von Reifen, die die Einfahrt hinauffahren und laut über die Kieselsteine knirschen. Das Geräusch, das ich als Kind immer geliebt habe, kratzt wie ein rostiger Nagel an meinem Herzen, als wir wie zu Statuen erstarrt dastehen und dem Rettungswagen hinterherschauen.

»Danke, Marcy«, sagt mein Vater schließlich leise und durchbricht die Stille. Er und Marcy stehen Seite an Seite auf der Veranda vor dem Haus. »Sie waren wunderbar. Wir sind Ihnen sehr dankbar.«

Marcy dreht sich um und schüttelt meinem Vater die Hand. Ihre Hand bleibt lange genug in der meines Vaters, um ihn wissen zu lassen, dass ihre Sympathie für Großmutter das Berufliche weit übersteigt. Sie sind Freunde geworden.

»Ich melde mich«, flüstert sie.

»Natürlich«, nickt mein Vater, als sie sich voneinander lösen. »Natürlich.«

Die wackelige Eingangsstufe ächzt, als Marcy auf sie tritt. Sie ignoriert jedoch die Gefahr, dreht sich um und schaut mich an. Zwar lächelt sie, doch ihre Körpersprache ist unsicher und traurig und widerspricht all ihren Versuchen, sich fröhlich zu geben. »Passen Sie auf sich auf, Holly, ja?«

Ich schlucke. Worte kann ich keine finden, aber ich schaffe es so gerade, ihr zuzunicken, als sie ins Auto steigt. Mein Herz ist so bleischwer, dass es meinen ganzen Körper niederzudrücken scheint. Marcy verabschiedet sich gerade, wird mir klar. Auch sie glaubt nicht, dass Nana noch einmal nach Hause kommt.

»Holly, Liebes, geh wieder schlafen«, sagt mein Vater. Sein Blick klebt an Marcys blauer Heckklappe, als bei ihrer Abfahrt die Reifen einige Kieselsteinchen aufwirbeln und durch die Luft schleudern. »Es ist noch früh.« Er schüttelt den Kopf. »Ruh dich noch ein wenig aus, wenn du kannst.«

Mit einem leisen Klicken schließt er die Haustür und seufzt. Sein trauriger Blick ist nur schwer zu ertragen, und er hat Mühe, das tapfere, gefasste Familienoberhaupt zu mimen.

»Ich kann doch jetzt nicht mehr schlafen«, protestiere ich und reibe mir die blutunterlaufenen Augen.

»Ich ziehe mich schnell an und fahre dann zu deiner Mutter und Nana ins Krankenhaus«, erklärt mein Vater. »Sollte es Neuigkeiten geben, melde ich mich. Im Ernst, Holly: Du siehst erschöpft aus. Deine Mutter macht sich schon Sorgen um dich. Geh wieder ins Bett zurück.«

»Komm, Holly.« Nate packt mich fester an der Schulter und zieht mich von der Haustür weg. »Dein Dad hat Recht. Du brauchst Schlaf.«

Taub von der Kälte schlurfen meine nackten Füße über die Fliesen. Nachdem ich im Schlafzimmer das Licht angemacht habe, mache ich mich auf den Weg zu dem Stapel aus

Kissen und Decken, der sich auf dem Boden befindet und sich keineswegs mehr wie ein Bett anfühlt oder auch nur wie irgendetwas, in dem ich liegen, geschweige denn mich ausruhen möchte. Als ich so dastehe, ekelt es mich fast an, dass ich hier überhaupt geschlafen habe, anstatt oben auf dem Stuhl neben meiner Großmutter zu sitzen. Mein Kopf sackt nach vorn, erschöpft und zu schwer, als dass mein Hals ihn noch stützen könnte. Mein Vater hat Recht; ich bin müde. Unendlich müde. Aber ich will die Augen einfach nicht schließen. Ich könnte einschlafen, und ich habe schreckliche Angst davor, wie die Welt ausschauen wird, wenn ich wieder aufwache.

»Kaffee?«, fragt mich Nate, woraufhin ich mich zu ihm umdrehe. Er zieht sich gerade an und steckt mit einem Bein in seiner Jeans.

»Kaffee«, nicke ich.

Ich streife mir eine Yogahose über, die ein wenig zu groß ist und die meine Mutter mir geliehen hat, und laufe in die Küche hinüber. Nach wenigen Minuten höre ich, wie mein Vater die Treppe heruntergeeilt kommt, und erwische ihn so gerade noch, als er zur Haustür gelangt.

»Dad!«, rufe ich ihm hinterher.

Er dreht sich um und lächelt mich kurz strahlend an, als er die Warmhaltekanne in meinen Händen bemerkt.

»Nate meinte, du könntest vielleicht Kaffee für die Fahrt brauchen«, stelle ich fest und übergebe ihm die silberne Thermoskanne. »Sei vorsichtig«, warne ich ihn. »Der Griff ist ein wenig wackelig.«

Mein Vater nimmt den Kaffee dankbar entgegen, legt seinen freien Arm um meine Schultern, zieht mich an sich und umarmt mich fest. »Du bist ein gutes Mädchen. Ich hab dich lieb!«

Er lässt mich los, woraufhin ich mich aufrichte und versuche, ein Lächeln hinzubekommen.

»Mach dir nicht allzu viele Sorgen, okay?«, murmelt mein Vater und weiß dabei doch genau, wie unmöglich das ist. »Ich ruf dich an. Versprochen.«

Dann läuft er zur Haustür hinaus, der Motor wird schnell zum Leben erweckt, und schon ist er fort.

Ich schließe die Haustür und schleppe mich Richtung Küche. Im Haus ist es mucksmäuschenstill, nur die Heizungsrohre im Flur brummen leise. Meine Füße fühlen sich wie steinharte Betonklötze an und lassen sich nur mühsam bewegen. An der Küchentür wartet schon Nate auf mich. In jeder Hand hat er eine Tasse Kaffee, während an seinem kleinen Finger ein Autoschlüssel baumelt.

»Es gibt keine weiteren Thermoskannen mehr«, erklärt er. »Wir müssen den Kaffee also hier trinken, bevor wir gehen.«

»Wir gehen?«

»Wir nehmen lieber das Auto, oder?«, schlägt Nate vor.

»Zum Krankenhaus?«, frage ich und schließe dankbar die Hände um den warmen Becher, den Nate mir reicht. »Im Ernst? Es macht dir nichts aus hinzufahren? Es ist immerhin mitten in der Nacht.«

»Na ja, ich kann nicht behaupten, dass ich das jede Nacht machen möchte«, scherzt Nate vorsichtig, woraufhin ich mir ein Lächeln erlaube. »Aber ich weiß ja, dass du dich ohnehin nicht wieder schlafen legen, sondern nur dasitzen und dir Sorgen machen würdest. Dann kannst du dir die Sorgen auch im Krankenhaus machen.«

»Danke, Nate. Ich will einfach nur da sein, weißt du? Hier komme ich mir so hilflos vor.«

»Ich weiß, ich weiß«, erwidert Nate leise. »Aber mach dir nicht zu große Hoffnungen, Holly. Ich bezweifle, dass du im Krankenhaus viel tun kannst. Wahrscheinlich heißt es dort die meiste Zeit einfach nur warten. Aber ich verstehe vollkommen, dass du dort sein willst.«

»Eigentlich gibt es sehr wohl etwas, das ich tun kann. Etwas wirklich Wichtiges«, erwidere ich und starre in meinen Kaffeebecher. »Ich kann ihr vorlesen.«

»Das ist eine prima Idee«, nickt Nate. »Ich glaube, das wird ihr gefallen.«

Mir kommen die Tränen, als sich unsere Blicke treffen, doch ich fange mich, indem ich einen großen Schluck von dem noch etwas zu heißen Kaffee trinke. »Wir sollten Ben rufen. Es wäre schlimm für ihn, in einem leeren Haus aufzuwachen, ohne eine Ahnung zu haben, was passiert ist.«

»Du meine Güte, dein Bruder könnte wirklich einen ganzen Hurrikan verschlafen«, scherzt Nate und stellt seine Kaffeetasse auf dem Flurtisch ab. »Klar, dann rufe ich ihn mal. Du schnappst dir Annies Buch und suchst vielleicht ein paar Wechselsachen für deine Mam zusammen.«

»O Gott, stimmt!«, rufe ich, als mir klar wird, dass meine Mutter in ihrem Nachthemd und Morgenmantel mitgefahren ist.

»Und falls du dich umziehen möchtest …« Nates Blick schweift zum Gästezimmer, in dem wir geschlafen haben. »Ich habe dir von zu Hause ein paar frische Anziehsachen mitgebracht. Nur Jeans und einen Kapuzenpulli. Ich hoffe, das ist in Ordnung, da ich nicht wusste, was du brauchst oder was du mitgenommen hast. Schuhe habe ich natürlich vergessen …«

Instinktiv küsse ich Nate auf den Mund. Aus alter Gewohnheit. Schnell weiche ich zurück und werde rot, da ich mir unsicher bin, was ich getan habe oder was er glauben könnte, was es bedeutet. Dabei weiß ich ja nicht einmal selbst, was es bedeutet.

Nate rührt sich nicht. Spricht kein Wort. Doch sein Blick brennt sich mit der Intensität einer Supernova in mich ein.

»Danke«, murmele ich verlegen. »Ich bin froh, dass du da bist. Sehr froh.«

Ich eile zum Schlafzimmer, ohne mich noch einmal umzudrehen. Denn wenn ich mich umdrehen würde, würde ich in seine Arme laufen und ihn ohne Unterlass küssen wollen. Und das kann ich nicht. Nicht jetzt. Mit weiteren Komplikationen komme ich nicht klar; vermutlich würde mein Verstand explodieren. Ich fahre mir mit den Fingern über die Lippen, als könnte ich dort noch Spuren davon finden, wie Nate schmeckt. Ich war so von Trauer und diesem ganzen Wirrwarr in Beschlag genommen, dass ich gar nicht gemerkt habe, wie sehr ich etwas so Simples wie seine Berührung vermisst habe. Ich vermisse ihn wirklich – wie ein verschwundenes Puzzlestück, das endlich gefunden werden muss, um mich zu vervollständigen.

19.

Holly

Im Krankenhaus ist Ben der Erste, der meine Mutter entdeckt. Er deutet auf sie, wie sie allein in einem langen, menschenleeren Flur sitzt. Sie hat die Ellbogen auf die Knie gestützt und lässt den Kopf hängen, zudem hat sie die Hände vors Gesicht geschlagen. Sie wirkt kleiner und auch schmaler als sonst.

»Mam«, ruft Ben laut, und man kann seiner Stimme die Angst deutlich anhören.

Meine Mutter lässt die Hände sinken und schaut hoch. Ihre blutunterlaufenen Augen sind eingesunken und blicken uns durchdringend an – ich kann es kaum ertragen, sie anzusehen. Sie ist ganz aufgelöst und trauriger, als ich sie je erlebt habe, doch ich spüre auch einen Hauch von Erleichterung, als sie uns sieht. *Sie wusste, dass wir kommen würden.*

»Der Arzt ist gerade bei Nana«, flüstert sie. »Er ist schon lange bei ihr. Und auch eine Schwester. Ich soll draußen warten. Aber worauf? Was werden sie gleich sagen? Ich habe keine Ahnung, was sie mir gleich sagen werden.«

Meine Mutter spricht kurz und abgehackt. Als würde das Betonen der Silben eines Wortes ihr mehr Energie rauben, als sie überhaupt in ihrem Körper hat.

»Okay«, nicke ich und setze mich neben sie. »Wir warten zusammen.«

Ich lege ihr meine Hand aufs Knie, und sofort legt sie ihre obendrauf und drückt meine Hand sanft. Sie würde es niemals sagen, weil mein Vater mir ausdrücklich aufgetragen hat, nicht herzukommen, aber ich weiß, wie froh sie ist, dass wir jetzt da sind. Ich bin auch froh darüber. Nicht nur für Nana.

»Kann ich dir etwas besorgen? Einen Kaffee? Oder vielleicht ein Wasser?«, flüstere ich.

»Weißt du was?« Meine Mutter rutscht auf ihrem Sitz umher, wahrscheinlich weil es ihr nach dem langen Sitzen auf dem Metallstuhl zu unbequem geworden ist. »Wenn ich jetzt auch nur noch einen Kaffee trinke, krieg ich einen Herzkasper. Dein Dad ist auch schon Kaffee holen gegangen. Ich glaube, er brauchte irgendeine Aufgabe. Allerdings ist er schon eine ganze Weile weg. Vielleicht hat er sich verlaufen?«

»Möglich«, erwidere ich und habe Mühe, dass meine Stimme vor lauter Gefühlsüberschwang nicht wegbricht. »Ben? Nate? Würdet ihr mal losgehen und nach ihm suchen? Er hat so gut wie keinen Orientierungssinn, wisst ihr? Er endet sonst noch auf irgendeinem OP-Tisch.« Ich kichere in dem verzweifelten Versuch, die Atmosphäre aufzulockern.

Niemand lacht, doch Nate antwortet mit einem aufmunternden Lächeln. »Klar«, erwidert er. »Dann lasse ich dir und deiner Mam mal ein wenig Zeit zum Reden, damit du ihr …«

Ich starre ihn finster an, sodass sich Nate selbst unterbricht. Mir ist klar, dass ich seiner Meinung nach meiner Mutter von dem Baby erzählen soll. Doch jetzt ist der schlechteste aller möglichen Zeitpunkte.

»Mach dir keine Sorgen, Blair«, erklärt Nate und rudert zurück. »Wir werden George schon finden.«

»Danke«, schnieft Mam.

»Ben«, ruft Nate. »Ben. Hey, Ben!« Nate hat Mühe, Bens Aufmerksamkeit auf sich zu lenken.

Mein Bruder steht mit krummen Schultern da, die Hände in die Hüften gestemmt, und starrt aus dem bodentiefen Fenster in die Dunkelheit hinaus. Immer wieder seufzt er und schüttelt den Kopf. Zum ersten Mal überhaupt frage ich mich, ob ich vielleicht zu hart zu ihm gewesen bin, als ich ihn dafür verurteilt habe, Nana in den letzten Monaten nicht so oft besucht zu haben. Möglicherweise hat er es einfach nicht übers Herz gebracht, zusehen zu müssen, wie sie von dem lebhaften Familienoberhaupt zu der gebrechlichen alten Frau geworden ist, die bald von uns gehen wird. Am liebsten würde ich jetzt aufspringen und meinen älteren Bruder umarmen, aber ich habe Angst, dass meine Mutter vornüberkippt, sollte ich mich wegbewegen.

»Ben!«, ruft Nate nun lauter. »Dein Dad ist uns abhandengekommen. Los, hilf mir suchen, ja?«

Ben richtet sich auf, und ein wenig Farbe kehrt auf seine Wangen zurück. Ich glaube, er ist erleichtert, eine Aufgabe zu haben. Ben, Nate und ich wissen dabei sehr genau, dass mein Vater absolut in der Lage ist, sich allein im Krankenhaus zurechtzufinden. Und wir wissen auch, dass das jetzt überhaupt keine Rolle spielt.

»Hier, Holly«, sagt Ben. Er lässt Nanas Manuskript aus seiner Männerhandtasche gleiten, wegen der ich ihn so oft aufgezogen habe, und legt mir die Seiten auf den Schoß.

»Danke«, murmele ich und breite meine Finger auf der

ersten Seite aus, als würde ich darauf warten, dass der Nagellack trocknet.

Ich wiege mich im Takt zu Nates und Bens Absätzen, die über die hochglanzpolierten Flurfliesen klackern, als sie sich den langen Korridor entlangbewegen und schließlich um die Ecke verschwinden. Meine Mutter wiegt sich mit mir, während wir schweigend dasitzen. Über uns hängt eine Uhr; die unheimliche Stille hier verstärkt das Ticken des Sekundenzeigers nur noch. Ab und an fährt meine Hand erst über das Deckblatt von Nanas Manuskript, dann gleite ich mit den Fingern meinen Seidenschal hoch und wieder runter. Ich überlege, meine Mutter zu fragen, ob sie gern noch ein wenig weiterlesen würde, aber ich kenne ihre Antwort bereits, ohne sie fragen zu müssen. Würde sie lesen wollen, so hätte sie es schon längst getan. Ich frage mich wirklich, warum sie nicht lesen will. Für mich bedeuten Nanas Worte einen großen Trost. Den würde meine Mutter sicherlich auch darin finden, wenn sie sich erlauben würde, das Buch weiterzulesen.

»Wie geht es dir?«, fragt mich meine Mutter und durchbricht das Schweigen.

»Mir?« Ich tippe mir mit dem Zeigefinger an die Brust.

»Nein. Tut mir leid, Liebes. Ich rede mit einem der vielen Menschen hier.« Meine Mutter lacht und versucht sarkastisch, die Atmosphäre aufzulockern, doch ihre Stimme klingt eine halbe Oktave tiefer als gewohnt, und mich kann sie damit nicht täuschen.

»Mir geht es gut«, lüge ich. »Und dir?«

Mam schiebt ihre Knie in meine Richtung und schlägt die Beine übereinander. Der Rest ihres Körpers folgt, bis sie schließlich seitwärtsgerichtet in ihrem Stuhl sitzt. Sie mustert mich mit ernstem Blick; so, wie sie es früher gemacht hat, als ich noch ein Teenager war und sie mich bei etwas ertappt hatte, das ich wirklich besser hätte wissen müssen.

»Was ist?«, frage ich und richte mich auf.

»Ich meinte damit, *wie es dir wirklich geht*, Holly! Bist du immer noch krank?«

Ich schüttele den Kopf. »Mir geht es jetzt schon viel besser. Ich muss etwas Falsches gegessen haben.«

Skeptisch zieht meine Mutter die Augenbrauen hoch. »Im Ernst?«

Ich ziehe die Nase kraus, als mir klar wird, dass sie von dem Baby weiß, und atme mit widerwilliger Akzeptanz ein. »Ben ist echt ein Plappermaul«, stelle ich fest und bin wütend, dass mein Bruder ein Geheimnis nicht einmal vierundzwanzig Stunden lang für sich behalten kann.

»Ben hat mir gar nichts erzählt.« Enttäuschung darüber, dass ich etwas vor ihr verheimlicht habe, schwingt hörbar in ihrer Stimme mit. »Aber ich bin froh, dass du mit deinem Bruder darüber gesprochen hast.«

»Hat Nate dir dann davon erzählt?« Ich schüttele den Kopf.

»Also eigentlich …« Meine Mutter lächelt breit, und mir ist da schon klar, was sie sagen will. »Eigentlich hat Nana mir davon erzählt. Ich habe es aber eine ganze Weile selbst schon vermutet. Nana wohl auch. Sie bekam heute Abend zwar kaum Luft, aber sie hat es dennoch geschafft, mit ›Holly ist schwanger‹ herauszuplatzen, und das vollkommen klar und deutlich.«

»Marcy hat mir gesagt, dass Nana es weiß«, gebe ich zu. »Aber ich hatte vorher schon das Gefühl, dass sie etwas geahnt hat. Sie hat mich so komisch angeguckt. Dann hat sie breit gegrinst und wirkte ganz aufgeregt. Als sei das Baby unser kleines Geheimnis.«

»Ich weiß.« Meine Mutter nickt. »Als ich mit deinem Bruder und später dann mit dir schwanger war, hat sie mich auf die gleiche Art und Weise angeschaut. Deine Großmutter hat bei solchen Dingen einen sechsten Sinn. Lange bevor der Arzt es ihr bestätigt hat, wusste sie, dass sie mit mir schwanger war. Sie wusste es einfach.«

Ich atme tief aus, sodass die Seiten auf meinen Knien auffliegen und ich daran erinnert werde, dass sie auch noch da sind. Sie scheinen mich anzuflehen, weiter vorgelesen zu werden.

»Verrätst du mir denn jetzt, was los ist?«, flüstert meine Mutter.

Der Reißverschluss meiner Kapuzenjacke wird mir mit einem Schlag unbequem eng am Hals, und ich fummele daran herum, um ihn zu öffnen. Auf diese Frage war ich nicht vorbereitet, und ich bin nicht sicher, ob ich mich zusammenreißen kann, wenn ich ihr darauf eine Antwort gebe. Meine Mutter hat es gerade so schwer; meine Sorgen sind so ziemlich das Letzte, was sie gebrauchen kann.

»Wie weit bist du denn?«, fragt Mam.

»In der fünfzehnten Woche. Das Baby hat jetzt schon Finger und Zehen«, erkläre ich. »Und ich glaube, ich kann schon manchmal fühlen, wenn es mich tritt. Na ja, es ist eher ein Flattern im Bauch. Aber ich merke, dass es da ist.«

»Ist das der Grund dafür, warum du und Nate euch so komisch verhaltet? Wegen des Babys?«

»Wir verhalten uns nicht komisch«, widerspreche ich abwehrend.

»Ach Holly, jetzt tu doch nicht so! Man muss kein Genie sein, um zu merken, dass irgendetwas zwischen euch beiden im Augenblick nicht stimmt. Ich dachte, du bist verrückt nach ihm? Mit zweiundzwanzig warst du jedenfalls Hals über Kopf in ihn verliebt, und dein Vater und ich haben dich angefleht, nicht mit ihm zusammenzuziehen, aber du bist mit dem Kopf durch die Wand und wusstest es besser. Ich war so froh – das muss ich wirklich zugeben –, dass du uns über die Jahre hinweg bewiesen hast, wie falsch wir in Bezug auf ihn gelegen haben. Nate ist ein toller Mann, Holly. Und tolle Männer sind schwer zu finden.«

»Nate ist wirklich ein toller Mann«, muss ich zugeben.

»Was ist es dann?« Die Stirn meiner Mutter liegt wie ein ausgewrungenes Geschirrtuch in Falten. »Liegt es am Baby? Ist Nate noch nicht bereit, Vater zu werden?«

»Nein. O Gott, nein! Nate kann es gar nicht abwarten, endlich Vater zu werden«, antworte ich. »Es ist das Baby. Das Baby ist krank.«

Meine Mutter atmet plötzlich scharf durch die Nase ein und stößt die Luft abrupt wieder durch den Mund aus. Jede Wette, dass sie gerade darüber nachdenkt, an einer Zigarette zu ziehen. Doch seit Nanas Diagnose hat sie keine einzige mehr angerührt.

»Wie krank?«, fragt Mam nach einem kurzen Moment der Stille.

»Sehr«, erwidere ich und bin ganz überrascht, wie leicht mir dieses Eingeständnis über die Lippen kommt – als hätte ich letztlich akzeptiert, was ich nicht ändern kann. Vielleicht kann ich dann bald auch über mein krankes Baby sprechen. Insbesondere mit Nate. Ich habe es vor mir hergeschoben, allen Leuten von der Schwangerschaft zu berichten, da ich kein Mitleid haben will, ganz gleich, wie gut gemeint es ist.

Ich habe gemerkt, wie Nate mich im Krankenhaus angesehen hat, als man uns die schlechten Nachrichten überbracht hat. Seine Miene hat sich verdüstert, und ich konnte seine Verzweiflung sehen, alles wieder in Ordnung bringen zu wollen. Mir war klar, dass das nur der Anfang war. Eine Schwangerschaft dauert lange. Nate würde seine gesamte Energie und Kraft darauf konzentrieren, *mich* wieder in Ordnung zu bringen, und wenn ihm das nicht gelänge, würde er sich wie ein Versager fühlen. Das fände ich unerträglich. Schließlich ist es nicht Nates Schuld, dass unser Baby krank ist. Auch meine ist es nicht. Aber es ist meine Schuld, dass mein gebrochenes Herz Nate so schrecklich verletzt und wehtut.

»Holly, es ist nicht leicht, das erste Baby zu bekommen«, erwidert meine Mutter leise. »Es ist schon angsteinflößend genug, wenn das Baby gesund zur Welt kommt. Und wenn du weißt, dass das Baby krank ist, muss es wirklich schrecklich sein. Aber stoß nicht die eine Person weg, die du am nötigsten brauchst.«

»Ich brauche Nana«, sage ich und kann meine Gefühle nicht mehr zurückhalten. »Ich brauche sie, Mam. Ich brauche sie so sehr. Ich kann nicht gleichzeitig sowohl mein Baby als auch Nana verlieren.«

Ich wische mir mit dem Handrücken unter der Nase entlang. »Entschuldige. Tut mir leid.« Ich schniefe und versuche, mich zu beherrschen.

Meine Mutter rührt sich nicht. Ich bin nicht mal sicher, ob sie noch atmet.

»Ich weiß, wie sehr du deine Großmutter liebst, Holly. Das

tun wir alle.« Meine Mutter nimmt mir das Manuskript von den Knien und legt es sich auf den Schoß. Das ist das erste Mal, dass sie es anfasst, und ich entdecke Tränen in ihren Augenwinkeln. Dann legt sie mir beide Hände auf die Knie. »Holly, hör mal«, sagt sie ruhig – viel ruhiger, als sie sich fühlt, wie ich weiß. »Du musst mal eine Pause machen. Steh mal auf. Geh spazieren. Hol dir ein Glas Wasser oder sonst irgendwas.«

Ich versuche, unter Tränen zu lächeln. Ich bin nicht durstig und viel zu müde, um umherzulaufen, aber ich weiß, dass meine Mutter mir nur Hilfe und eine Stütze sein will.

»Vielleicht sollte ich mir einen Kaffee holen«, sage ich und wische mir unter den Augen entlang.

»Kaffee. Das ist eine gute Idee«, sagt meine Mutter. »Nimm dir Zeit für dich. Du wirst dich gleich viel besser fühlen, vertrau mir.«

Ich werfe einen Blick auf Nanas geschlossene Zimmertür und verlasse nur zögerlich den Krankenhausflur.

»Mam?«, frage ich.

»Hmmm.«

»Wünschst du dir, Nana hätte mehr erzählt, als sie noch jünger war?«

Meine Mutter lächelt, und trotz ihres traurigen Blicks leuchtet ihr Gesicht auf. »Als du klein warst, hat deine Großmutter dir immer Geschichten über den Bauernhof erzählt.«

»Ja«, nicke ich. »Über flauschige Küken und stinkende Schweinchen. Sie hat aber nie über …«

Meine Mutter unterbricht mich. »Holly, alles hat seine Zeit.«

»Ich weiß, und mir ist auch klar, dass der Zeitpunkt jetzt

nicht geeignet ist, um dieses Thema anzuschneiden, aber vielleicht ist Nana so wie ich – vielleicht war sie nie sonderlich gut darin, über ihre Probleme zu sprechen.«

»Holly, Liebes«, schüttelt meine Mutter den Kopf. »Nanas Erinnerungen sind kein Problem. Sie sind ein Schatz. Ihr Schatz.« Mams Blick fällt auf das Manuskript in ihren Händen.

»Aber warum jetzt? Warum nicht früher?«, hake ich nach.

»Ach Holly, verstehst du das denn nicht? Niemand will seine Erinnerungen als Problem sehen. Mach keine Fehler, die du hinterher bereuen wirst. Sprich mit Nate.« Ich höre, wie meine Mutter tränenerstickt Luft holt und sie sogleich wieder ausatmet. Mir wird klar, dass sie mit dem Manuskript in ihren Händen allein sein muss. Ich gehe weiter.

»Kaffee«, sage ich. »Ich bleib nicht lange weg. Wenn du mich brauchst: Ich habe ein Handy dabei.«

Mam lächelt, während ich langsam weitergehe.

20.

Annie

Sketch lässt den Wagen ausrollen, bis er nur wenige Meter von der Veranda unseres Hauses entfernt zum Stehen kommt. Dann fischt er eine Uhr aus der Innentasche seiner Jacke heraus. »Schau mal«, sagt er und deutet auf das Ziffernblatt. »Wir sind sogar eine Viertelstunde zu früh.«

»Vielen Dank für den schönen Tag.« Ich lächele, als mir der Gedanke an Sketchs Lippen auf meinem Mund durch den Kopf tanzt.

»Ich freue mich jetzt schon auf morgen«, erklärt Sketch mit einem frechen Zwinkern. »Hier«, fügt er hinzu und wühlt wieder in seiner Tasche herum. »Das ist für dich.«

Ich halte die Hand auf, und Sketch legt eine Münze hinein. Als ich sie sehe, keuche ich. »Zweieinhalb Shilling.« Ich schüttele den Kopf. »Wir hatten einen wunderschönen Tag.«

»Den hatten wir, oder?« Sketch lehnt sich fest in seinen Fahrersitz zurück. »Und was meinst du, was dein Vater dazu sagen wird?«

Ich atme scharf aus. So erniedrigend es auch sein mag, Sketchs Geld anzunehmen, so wird mein Vater erwarten, dass ich ihm sofort nach Betreten des Hauses den Lohn für meine heutige Arbeit aushändige.

»Ich hasse es«, gestehe ich. »Ich hasse es, dass du meinen Vater für eine Gelegenheit, mich zu küssen, bezahlen musst.«

»Sag so was nicht, Annie.« Sketch runzelt die Stirn. »Lass es nicht schmutzig oder billig klingen. Verdirb es nicht dadurch.«

»Der Tag heute war wunderbar, Sketch, aber ich kann das einfach nicht«, fahre ich fort. »Ich kann nicht mit dir picknicken und dann lachend und scherzend über die Felder laufen, um Geld von dir zu nehmen, als hätte ich den ganzen Tag lang hart gearbeitet. Das ist verlogen.«

»Was redest du da, Annie? Willst du mich nicht mehr sehen?«

»Doch, natürlich! Wenn ich könnte, würde ich mich am liebsten jeden Tag mit dir treffen. Aber wir würden mit einer Lüge leben.«

»Dann lass mich mit ihm reden.« Sketch versteift sich, und seine breiten Schultern scheinen sich plötzlich noch weiter zu spannen, als er sich zum Türöffner vorbeugt. »Von Mann zu Mann. Kein Unsinn mehr, keine Lügen mehr.«

»Bist du wahnsinnig?« Ich umklammere Sketchs Arm so fest, dass sich meine Fingernägel in das kühle schwarze Leder seiner Jacke bohren. »Er wird dich umbringen!«

»Dein Vater ist ein Tyrann. Schauen wir doch einfach mal, wie es ihm gefällt, sich mit jemanden anzulegen, der ihm gewachsen ist!«, schnaubt Sketch. »Ich habe keine Angst vor ihm, Annie.«

Ich lasse Sketchs Arm los und halte den Atem an.

»Aber ich.« Schließlich atme ich wieder aus. »Ich habe Angst vor ihm.«

Sketchs Finger lassen den Türöffner los. Er dreht sich auf seinem Sitz zu mir um und greift nach einer Strähne meines schwer zu bändigenden kastanienbraunen Haars, streicht sie mir aus dem Gesicht und schiebt sie mir hinters Ohr.

»Ich will nicht, dass du aussteigst und in dieses Haus gehst«, erklärt er. »Nicht, wenn darin ein Monster wohnt.«

»Das Monster ist mein Vater, Sketch. Das Haus ist mein Zuhause. Mir bleibt keine andere Wahl.«

»Aber Annie, so kannst du nicht leben. Du kannst nicht dein ganzes Leben lang immer wieder über die Schulter sehen.«

Meine Wangen färben sich rot. Ich will dieses Gespräch nicht führen. Insbesondere nicht, weil mein Vater praktisch jede Minute draußen vorbeilaufen könnte. Ich wäre besser sofort ausgestiegen, als wir angehalten haben. Aber wie ein Magnet werde ich von Sketch angezogen. Ich klammere mich an jede Sekunde, die wir zusammen verbringen können. Selbst jetzt noch, als ich schon die Hitze in meinem Nacken aufsteigen spüre, weil ich mich sorge, dass mein Vater jeden Moment auftauchen könnte, bekomme ich die simpelsten Dinge, wie die Wagentür zu öffnen und endlich auszusteigen, einfach nicht hin.

»Ich sehe die Angst, die immer wieder in deinen Augen aufblitzt, Annie«, entgegnet Sketch. »Du versuchst, es mit einem süßen Lächeln zu überspielen, aber ich sehe sie dennoch.«

Ich schüttele den Kopf.

»Ich habe sie heute gesehen«, fährt Sketch fort. »Auf der Obstplantage. Du hattest Angst. Das bricht mir das Herz.«

»Ich wusste nur nicht, wohin du mit mir wolltest«, erwidere ich mit einem Schulterzucken. »Du hast mich einfach überrumpelt.«

»Genau das ist der Sinn einer Überraschung, Annie«, antwortet Sketch. »Du weißt schon, das Unerwartete.«

»Es war eine tolle Überraschung.« Schnell lächele ich. »Dafür bin ich dir sehr dankbar.«

»Und was ist jetzt gerade, Annie?«, hakt Sketch nach. »Ich sehe doch, dass du jetzt auch Angst hast. Und seit wir hier sind, hast du die Haustür nicht mehr aus dem Blick gelassen.«

Sketch packt wieder den Türgriff. Er packt so fest zu, dass dieses Mal seine Knöchel weiß hervortreten und seine Hand zittert. »Das ist nicht richtig, Annie. Wegen deines Vaters solltest du dich nicht so fühlen.«

Mein Blick schießt zwischen Sketchs Hand und der Eingangstür hin und her, was dazu führt, dass mir schwindelig wird. Sketch dagegen wirkt, als wolle er jeden Moment aus dem Wagen springen, zum Haus hinaufmarschieren und meinem Vater die Faust mitten ins Gesicht rammen. Ein Teil von mir wünscht sich, er würde es tun; meinem Vater einmal einen Geschmack dessen geben, wie es sich anfühlt, wenn die Faust im Auge landet oder mit voller Wucht auf die Nase prallt. Gleichzeitig ist mir jedoch klar, dass ein solcher Ausbruch auf lange Sicht mehr Schaden als Nutzen haben würde. Tief in meinem Inneren weiß ich, dass auch Sketch das versteht.

Er schaut mir in die Augen. Hinter all seiner Wut und seinem Frust entdecke ich Mitleid. Schon damals hat er mich genau so angeschaut, als wir noch unschuldige Kinder waren.

Die Härchen an meinen Armen stehen mir zu Berge wie gehorsame Soldaten, als die Erinnerungen an unsere Kindheit wieder wachgerufen werden. Ich erinnere mich noch gut daran, wie Sketch dem launenhaften alten Schuldirektor gesagt hat, dass er sein Rechtschreibheft verloren habe. Hatte er aber nicht. *Ich* hatte meines verlegt. Sketch hat sein Heft heimlich in meine Schultasche geschoben. Statt mir hat *er* dann vom Direktor zwei Schläge mit dem Stock auf die flachen Handflächen bekommen. Auf dem Heimweg an jenem Tag habe ich Sketch angeboten, die Schmerzen an seinen Händen wegzuküssen, doch er hat einfach die Hände in den Taschen vergraben und erklärt, dass es nicht wehtue.

»Ich habe dich einmal im Stich gelassen, Annie«, erwidert Sketch leise und mit hängendem Kopf; seine Worte scheinen tief aus seinem Inneren zu kommen. »Diese Schuld verfolgt mich bis heute. Ich lasse dich nie wieder im Stich, das verspreche ich dir.«

»Sketch, das war vor langer Zeit«, flüstere ich. »Wir waren doch noch Kinder. Du musstest deinem Vater gehorchen. Du wärst nicht der Junge, den ich angehimmelt habe, wenn du das nicht getan hättest.«

Der Schulstoff war nie Sketchs Sache gewesen. Der Bauernhof war seine wahre Schule. Sein Vater konnte sehr stolz auf ihn sein.

»Ich habe versucht, dich wissen zu lassen, warum ich von der Schule abgegangen bin«, erklärt Sketch.

»Das musstest du mir gar nicht erklären«, antworte ich.

»Darf ich, Annie?«, bittet Sketch. »Schenk mir einen Augenblick, damit ich mein Gewissen erleichtern kann.«

Mein Blick wandert zum Haus hinüber. Ich überprüfe die

Schlafzimmervorhänge. Sie bewegen sich nicht. Ich mustere die Haustür. Selbst die Windböen rappeln heute nicht an den dünnen Holzlatten. Niemand beobachtet uns. Ich nicke und verspreche Sketch wortlos, dass ich ihm zuhöre – wenn er sich beeilt.

»Ich bin zu Fuß hergekommen«, erklärt Sketch. »An dem Tag, als mein Vater mir eröffnet hat, dass ich nicht mehr zur Schule gehen würde; ich bin einfach aufgestanden und losgegangen.« Er hält inne und atmet tief aus. »Das ist ein verdammt langer Marsch, Annie. Ich hatte anschließend Blasen so groß wie Fingerhüte.«

Mitfühlend nicke ich. Ich kenne diese Blasen. Ich habe sie früher andauernd bekommen, doch meine Füße waren irgendwann abgehärtet. Ich glaube, ich könnte inzwischen halb Irland durchqueren und lediglich einen eingerissenen Schuhabsatz davontragen.

»Zehn Minuten lang habe ich auf eurer Veranda gestanden, bevor ich endlich den Mut gesammelt hatte anzuklopfen.« Sketch wird rot.

»Du warst erst elf.« Ich lächele.

»Ein elfjähriges Hühnchen«, stöhnt Sketch, angewidert von sich selbst.

»Ein Hühnchen, direkt auf dem Hof meines Vaters gerupft.«

Ich muss kichern. Doch Sketchs Miene ist unbewegt. Mit einem Ruck richte ich mich auf und schließe den Mund.

»Annie, was ist los?«, fragt Sketch unversehens.

»Nichts«, antworte ich, doch ich zucke zusammen.

»Im Ernst?«, fragt er besorgt. »Ich sehe da schon wieder diese Angst in deinem Blick.« Sketch fährt sich mit dem

Handrücken über die Stirn. »Du meine Güte, du hast Angst vor mir, stimmt's?«

»Tut mir leid.« Ich schäme mich, da ich ihn ziemlich verletzt habe. »Alte Gewohnheit.«

Sketch schluckt und schüttelt den Kopf. Vermutlich will er meinen Vater wieder als Monster bezeichnen, doch dann presst er die Lippen fest zusammen und kratzt sich am Kopf. »Jedenfalls«, fährt er dann fort und zuckt mit den Schultern. Erleichtert atme ich auf, dass er seine Spannung abgebaut hat. »Wie ich schon gesagt habe, bin ich zu euch gegangen. Aber dein Vater, na ja – er war nicht sonderlich begeistert über meine Anwesenheit. Als ich mir endlich ein Herz gefasst und angeklopft habe, hat er mir befohlen, mich aus dem Staub zu machen. Er sagte, du seist nicht zu Hause. Dabei wusste ich, dass er log. Denn der Wind hat deine süße Stimme zu mir getragen. Ich glaube, du hast dich mit deiner Ma unterhalten. Du warst hinten im Garten, wahrscheinlich hast du Wäsche aufgehängt. Jedenfalls hat dein Vater mir mehr als klar gemacht, dass du weiter die Schule besuchst und ich … na ja, dass ich eben der Bauernjunge bin. Ich wusste, wo ich hingehörte, also ging ich.«

Ich fahre mit dem Finger an meinem Nasenrücken entlang und weiß nicht, was ich sagen soll.

»Ich habe dich ein paar Mal in der Stadt gesehen; erinnerst du dich?«, fragt Sketch.

»Ich weiß«, gebe ich zu.

»Ich habe versucht, dir hallo zu sagen, aber du hattest ständig deinen Kopf gesenkt oder deine Nase in ein Buch gesteckt, wenn du vorbeigegangen bist. Ich habe mir immer wieder gesagt, dass du weiter die Schule besuchst. Dass du eine Nummer zu groß für mich bist. So hat es weniger wehgetan. Irgendwann habe ich aufgegeben und dachte, du wärst ohne mich besser dran.«

»Hast du dich dann mit Bridget angefreundet?« Ich will gar nicht so spitz klingen.

»Du wirst sie mögen, Annie. Wenn du ihr eine Chance gibst.« Sketch lächelt. »Sie ist eine tolle Frau. Die Gummistiefel waren ihre Idee.«

»Du hast ihr von der Obstplantage erzählt?« Ich reiße die Augen weit auf. »Auch von dem Picknick?«

»Ich habe ihr von dir erzählt.« Sketch lächelt.

»Du hast ihr gesagt, dass ich nichts besitze und die Gummistiefel einer fremden Frau brauche?« Ich starre auf meinen Schoß. Auf den Mantel, den Sketch mir gegeben hat, und auf die Gummistiefel, die ich trage. Mir ist schön warm. Meine Füße schmerzen nicht vor Kälte, wie sie es sonst für gewöhnlich tun, und meine Knie klappern nicht. Ich fühle mich behaglich, weil ich in Almosen gehüllt bin.

»Annie, habe ich dich verärgert?«, fragt Sketch kleinlaut.

»Nein«, schüttele ich den Kopf. »Hast du nicht. Ich schäme mich nur.«

»Das wollte ich nicht. Zu keinem Zeitpunkt.« Sketch lässt den Kopf hängen. »Annie, du vergibst mir, oder?«

»Ich muss jetzt allmählich aus dem Wagen steigen, das weißt du, oder?« Ich werde unruhig.

Sketch schaut auf seine Uhr. »Wir haben noch fünf Minuten.«

Ich schüttele den Kopf. »Mein Vater hat garantiert gehört, wie das Auto in die Einfahrt gefahren ist. Ich strapaziere mein Glück schon sehr.«

»Okay.« Sketch nickt. »In Ordnung.«

Ich beuge mich zum Türgriff an meiner Seite vor, und die Tür öffnet sich so schläfrig, als würde sie mich anflehen, sie nicht zu stören. Sketch wiederholt das Ganze an seiner Wagenseite.

Im Licht der Scheinwerfer kommen wir zusammen.

»Ich hatte einen wunderschönen Tag«, wiederhole ich.

»Ich auch«, nickt Sketch.

Statuengleich stehen wir da, die Arme an die Seiten gepresst. Ich sehne mich danach, ihm nahe zu sein, doch keiner von uns ist töricht genug, diesen Fehler direkt vor meinem Zuhause zu begehen.

»Du kommst spät«, brüllt uns mein Vater entgegen, als er die Haustür aufreißt.

Sketchs Kiefer erstarrt; er dreht sich zu meinem Vater um. »Mr Fagan, eigentlich sind wir sogar fünf Minuten zu früh. Annie hat die Zeit sehr gut im Blick.«

Die Miene meines Vaters verzieht sich zu einem säuerlichen Grinsen, als würde er an einer Zitrone lutschen. »Leg dich nicht mit mir an, mein Junge. Wir hatten eine Abmachung. Halb fünf ist halb fünf. Ich habe dich vor fünfundzwanzig Minuten zurückerwartet.«

Am liebsten würde ich rausschreien, dass Pa lügt. Er hat nicht einmal bemerkt, dass wir schon zehn Minuten im Auto vor dem Haus gesessen haben. Pa weiß so gut wie ich, dass wir eigentlich sogar zu früh sind.

»Wir hatten uns auf fünf Uhr geeinigt«, korrigiert ihn Sketch.

Mit einer Geschwindigkeit, die seinem Alter trotzt, stürzt Pa aus der Tür auf die Veranda heraus. Sketch tritt einen

Schritt vor, weicht dabei zur Seite aus und stellt sich schützend vor mich.

»Nennst du mich etwa einen Lügner, Junge?«, knurrt Pa.

»Nein, Sir. Ich behaupte nur, dass meine Ohren fünf Uhr gehört haben. Das ist alles.«

»Nun, dann müssen deine Ohren mal ordentlich gewaschen werden«, schnaubt Pa. »Muss an all dem Kuhmist liegen, der da reingeflogen ist. Da kann man sich bestimmt nicht mehr selbst denken hören.«

Sketch neigt den Kopf zur Seite, und ich höre, wie er mit dem Kiefer mahlt.

»Was hast du da an, Kind?« Pa kneift die Augen zusammen und versucht, einen Blick auf mich zu erhaschen. »Tritt hinter dem Jungen hervor und lass mich dich anschauen.«

Mit angehaltenem Atem trete ich zur Seite.

»Woher hast du diesen Mantel?«, poltert Pa.

»Ich habe ihn ihr gegeben«, erwidert Sketch bestimmt und streift fast unmerklich meine Schulter, um mich zum Ruhigbleiben zu ermutigen, indem er mich daran erinnert, dass er da ist.

Leider funktioniert das nicht. Ich bin aufs Äußerste angespannt, weiß aber sein Bemühen zu schätzen.

»Ausziehen!«, ordnet Pa an. »Sofort! Zieh ihn aus!«

Ich mache mich auf den eiskalten Wind gefasst und ziehe langsam die Arme aus den Mantelärmeln.

Pas Blick gleitet von mir zu Sketch, als schlittere er über Butter. »Wir brauchen deine Almosen nicht, Jungchen.«

»Sketch. Mein Name ist Sketch, Sir. Ich bin kein Jungchen mehr. Ich bin zwanzig Jahre alt. Fast schon einundzwanzig.« Abwehrend verschränkt Sketch die Arme vor der Brust.

»Draußen ist es bitterkalt. Da dachte ich, Annie könnte eine zusätzliche Kleiderschicht brauchen.«

»Bis heute ist sie gut ohne Mantel ausgekommen.« Bevor er fortfährt, spitzt Pa die Lippen, als würde er Rauch ausatmen. *»Jungchen.«*

»Bei allem Respekt, Mr Fagan, aber es ist Oktober. Der Winter naht. Im letzten Jahr hatten wir um diese Zeit herum bereits Schnee. Annie braucht einen Mantel.«

»Harte Arbeit wird sie schon warm halten.« Pas Blick gleitet zu mir zurück. »Beeil dich, Annie. Zieh das verdammte Ding aus!«

»Ich hege keinerlei Zweifel, dass Annie hart arbeiten wird. Immerhin bezahle ich sie dafür. Aber sie nutzt mir nichts, wenn ihr die Kälte in die Knochen steigt und sie sich die Grippe oder Tuberkulose einfängt. Vom Sterbebett aus kann sie das Vieh nicht füttern.«

»Willst du dich mit mir anlegen, Jungchen?« Wie ein trotziger Fünfjähriger stampft Pa mit dem Fuß auf.

»Ich sag Ihnen nur, wie's ist, Sir. Von elf bis fünf von Montag bis Freitag ist Annie meine Angestellte. Das haben wir per Handschlag besiegelt, Sir, wenn Sie sich erinnern.«

Mein Vater richtet sich auf, als hätten ihm Sketchs Worte mitten ins Gesicht geschlagen, und ich wage es, kaum merklich zu grinsen. Mir wird klar, dass Sketch nie die Absicht hatte, meinen Vater körperlich zu schlagen. Doch Sketch ist fest entschlossen, meinem Vater auf andere Art und Weise eine Lektion zu erteilen. Sketch nutzt seine Worte, nicht seine Fäuste. Wieder einmal werde ich daran erinnert, dass Sketch Talbot so viel mehr als bloß ein Bauernjunge ist.

»Ich erinnere mich«, knurrt Pa. Seine Stirn färbt sich rot.

»Gut.« Sketch zieht die Nase kraus. »Dann verstehen Sie ja sicher, dass es durchaus vernünftig ist, dass bei der Arbeit eine korrekte Arbeitskleidung – nennen Sie sie Dienstkleidung, wenn Sie mögen – getragen werden muss.«

»So ein Theater um einen verdammten Mantel«, grummelt Pa und akzeptiert wütend seine Niederlage. »Na, dafür werde ich nichts bezahlen. Für dieses hässliche schwarze Ding brauchst du von mir keinen Penny erwarten.«

»Sicherlich nicht«, entgegnet Sketch. »Aber ich bin für gewinnbringende Geschäfte zuständig, Mr Fagan – wie Sie schon sehr richtig sagten, ist das hier keine Wohltätigkeitsorganisation. Sie werden zweifellos verstehen, dass ich heute Annies Lohn entsprechend kürzen musste.« Sketch dreht sich um, senkt den Blick auf die Gummistiefel an meinen Füßen und zwinkert mir zu, bevor er sich wieder zu Pa umdreht. »Betrachten Sie die Stiefel als Zugabe.«

Ich greife in meine Tasche und krame nach der halben Krone. Als ich meine Faust wieder hervorziehe, habe ich die Münze fest darin eingeschlossen. Lächelnd strecke ich den Arm aus und schüttele Sketch die Hand. Von Arbeitnehmerin zu Arbeitgeber. Von bester Freundin zu bestem Freund. Von Mädchen mit geheimer halber Krone in der Hand zum Jungen, der sie ihr gegeben hat.

Sketch schüttelt meine Hand, grinst wie eine Grinsekatze, weigert sich allerdings, die Münze anzunehmen. Seine Handinnenfläche presst das kühle silberne Metall wieder in meine Hand zurück. Sketch zieht seine Hand weg, und ich habe keine andere Wahl, als schnell die Finger um die Münze zu schließen, bevor sie hinunterfällt und mein Vater sie sieht.

Gelangweilt wendet mein Vater uns den Rücken zu und

kehrt wieder ins Haus zurück. Dabei lässt er die Tür genau so weit offen stehen, dass er mich beobachten kann. Pa schleppt sich zum Tisch im Flur, auf dem eine halbleere Flasche Portwein und ein dreckiges Glas auf ihn warten.

Mein Blick wandert von der Hand meines Vaters, als er sich einschenkt, zu Sketchs Augen. Ich suche darin verwirrt nach einem Grund, warum er sein Geld nicht zurücknehmen wollte. Das Thema haben wir doch abgehakt. Ich dachte, er respektiert mich.

»Mir ist klar, dass du dein Geld wirklich verdienen willst, Annie«, flüstert er. »Aber den Schweinestall auszumisten ist keine Arbeit für eine Lady.«

»Ich bin stärker, als ich aussehe«, halte ich sanft dagegen, wenngleich ich gleichzeitig leicht beleidigt bin.

»Lies mir vor, Annie. Zeig mir, wie ich mich in ein Buch fallenlassen kann«, erwidert Sketch. »Kannst du das tun?«

Sketch hatte in der Schule immer schon Probleme mit Wörtern, und ich erinnere mich, wie ich mich an meinem Pult stets sehr gekrümmt hingesetzt habe, damit er über meine Schulter schauen und von mir abschreiben konnte.

»Etwa wie ein Tutor?«

Sketch nickt. »Genau. Die halbe Krone heute ist dafür gedacht, dass du uns unser erstes Buch kaufst. Verstehst du, nicht für dich. Sondern für mich.«

»In Ordnung.« Ich lächele und lasse die Münze wieder in meine Tasche gleiten. »Ich werde dir vorlesen. Aber ich werde auch putzen und kochen. Immerhin muss es eine faire Regelung sein, und ich bin sicher, dass dein Vater zustimmen wird.«

»Was habt ihr zwei da zu flüstern?«, blafft Pa, der inzwischen mit einem vollen Glas Portwein auf die Veranda zurückgekehrt ist. »Es ist eine Minute nach fünf. Annie arbeitet jetzt auch nach deiner Uhr nicht mehr, Jungchen.«

»Wir haben den Zeitplan für morgen besprochen, Sir. Vor uns liegt ein arbeitsreicher Tag«, zwitschert Sketch – vollkommen selbstzufrieden, dass er gleichzeitig flunkert und doch auch die Wahrheit sagt.

»Es ist eine Minute nach fünf, Annie!« Pas Stimme klingt tief und rau wie der Wind, der die Seitenwand des Gartens erklimmt, um mich anzuheulen und zu versuchen, mir den Mantel aufzureißen. »Ich will das nicht noch einmal sagen müssen.«

Ich wende mich Sketch zu, und meine Lippen zucken, doch ich will keine Worte riskieren, die Pa noch weiter verärgern könnten.

»Bis morgen, Annie«, verabschiedet sich Sketch. »Vergiss deinen Mantel nicht.«

»Auf Wiedersehen«, antworte ich.

Ich eile die Verandastufen hinauf und schüttele mir die Gummistiefel von den Füßen, bevor ich die Tür erreiche. Pa stellt sich absichtlich in den Türrahmen. Meine Haut kribbelt, als ich mich an ihm vorbeiwinde; sein schwerer Atem lässt seinen runden Bauch an mich stoßen.

»Fang endlich mit dem Abendessen an. Kartoffeln sind in der Küche.« Pa knallt hinter uns die Tür so fest zu, dass sie in ihren Angeln wackelt.

Ich kneife die Augen zusammen, als ich mich umdrehe und ein fratzenhaftes, feixendes Grinsen auf seinen Lippen entdecke. Meine Augen saugen ihn auf, und der Geschmack ist bitter. Seine breiten Schultern und die überdurchschnittliche

Größe strahlen Stärke aus, und sein Alter fordert nur langsam seinen Tribut. Ich starre den Mann an, der mich gezeugt hat. Der Mann, der mich lieben sollte. Der Mann, der mir Angst macht.

»Wo ist Ma?«, wage ich zu fragen, fast schon voller Angst vor der Antwort.

»Sie ist schon zu Bett gegangen«, krächzt Pa und schnallt den Gürtel ein Loch weiter, bevor er sich auf den Weg zu seinem Sessel neben dem prasselnden Kaminfeuer macht. »Sie hat sich nicht wohlgefühlt.«

Ich beobachte, wie er sich setzt und es sich gemütlich macht. Mir ist klar, dass er ihr wehgetan hat, doch er zeigt keinerlei Reue. Ich muss gegen all meine Instinkte ankämpfen, nicht zu ihr hinaufzulaufen. Ich mustere den Korb mit den Holzscheiten, der neben dem Kamin steht. Er ist beinahe noch voll, und es befindet sich genügend Kohle in dem schmutzigen schwarzen Eimer auf der gegenüberliegenden Seite. Mein Vater hat das Brennholz sicherlich nicht selbst geholt. Ich weiß also, dass meine Mutter es erst kürzlich dort hingestellt haben muss.

»Wirf ein neues Holzscheit in den Kamin, Annie«, befiehlt Pa, als ihm auffällt, wohin ich starre.

Hohe Flammen lodern im Kamin auf. Selbst mit ein paar Schritten Entfernung versengt die Hitze mein Gesicht. Noch mehr Holz könnte den Kamin in Brand setzen. Doch ich nicke gehorsam und bücke mich, um das dünnste Holzscheit zu holen, das ich finden kann.

Da fällt mir plötzlich ein buntes Papier in der brennenden Kohle auf. Ich reiße die Augen weit auf, mir stockt der Atem. Die Flammen verschlingen Sketchs Bild von der Obstplantage. Ich muss mit ansehen, wie heiße bernsteinfarbene Flammenzungen sich durch die Apfelbäume fressen. Tränen treten mir in die Augen, der Anblick ist schrecklich, aber ich kann den Blick nicht abwenden und muss zuschauen, wie das wunderschöne Bild verbrennt. Ich warte, bis von der Leinwand nur noch ein Häuflein Asche übrig ist, und werfe das Holzscheit dann darauf. Danach stehe ich auf, wische meine Hände vorn am Mantel ab und streiche diesen glatt, so als könne ich den schrecklichen Schmerz aus meinem Herzen rausstreichen, den Pa mir so bösartig zugefügt hat. Ich schiebe meine Haare fest hinters Ohr und recke das Kinn in die Höhe. Ich lasse mir nichts anmerken, doch er hätte mich nicht schlimmer treffen können, wenn er mein Herz zusammen mit dem Gemälde ins Feuer geschmissen hätte.

»Ich schaue mal nach Ma«, stottere ich und konzentriere mich darauf, meinen Schmerz zu verbergen. »Ich bringe ihr einen Tee hinauf.«

Pa zieht einen seiner Schuhe aus, schleudert ihn quer durchs Zimmer und reißt dabei ein Bild von der Wand herunter. Der Rahmen hüpft ein paar Mal auf dem kalten Holzboden auf und ab, bevor er dann platt auf der Vorderseite landet. Das verräterische Splittern von zerbrochenem Glas ertönt.

»Kümmere dich ums Essen«, brüllt Pa in demselben schroffen Tonfall, mit dem er wenige Augenblicke zuvor mit Sketch und mir gesprochen hat, doch für den geschlossenen Innenraum ist es viel zu laut und beängstigend. »Und beseitige erst mal das Chaos hier, du unbeholfenes Gör!«

Mit zitternden Knien mache ich mich auf den Weg in die Küche, um den Besen zu holen.

»Annie!«, schreit mein Vater und sorgt dafür, dass ich auf der Stelle stehen bleibe. Aus Angst, er könnte den zweiten Schuh schmeißen, drehe ich mich nicht zu ihm um. »Den Mantel werde ich akzeptieren. Aber du wirst nicht noch einmal ein hässliches Geschenk von diesem Jungchen in dieses Haus bringen. Ganz zu schweigen von seiner Zuneigung. Habe ich mich klar ausgedrückt?«

»Klipp und klar«, schniefe ich und treibe meine Beine an, während ich inständig hoffe, es rechtzeitig in die Küche zu schaffen, bevor sie unter mir nachgeben.

21.

Annie

Ich wache am bislang kältesten Tag in diesem Herbst auf. Nachdem ich die Beine über die Bettkante geschwungen habe, beiße ich die Zähne zusammen und atme ein, während mich dieser kühle, bittere Oktobermorgen daran erinnert, dass der Winter im Anmarsch ist.

Vom Stuhl neben meinem Bett angele ich mir meinen Mantel, schlüpfe mit den Armen hinein und bin ungewöhnlich gespannt auf die vor uns liegende Jahreszeit, wenn das Eis sich wie eine wunderschöne funkelnde Decke über das Gras legen wird. Ich verlasse mein Zimmer und folge meinem gewohnten Weg, indem ich nur auf Holzdielen trete, die nicht ächzen und knarzen.

Unten im Flur laufe ich meiner Mutter über den Weg, und wir lächeln uns an. Ich freue mich, dass Ma ihre warme Strickjacke trägt. Da ich jetzt einen Mantel besitze, muss sie nicht mehr darauf bestehen, dass ich sie nehme. Die Jacke wird sie später wärmen, wenn sie nach draußen muss. Bevor ich gehe, werde ich auf jeden Fall noch den Korb mit den Holzscheiten auffüllen. Pa bekommt heute seinen Scheck über die Invalidenrente und wird den Nachmittag an der Bar der Blackwell Tavern hängen. Ma wird also nur gerade so viel Holz in den Kamin werfen, dass das Feuer nicht erlischt.

»Wie geht es dir heute?«, flüstere ich.

»Besser, Liebes«, lügt Ma.

Seit gestern Abend sind die Prellungen und Blutergüsse rund um Mas Auge deutlich zurückgegangen, und sie kann wieder einigermaßen blinzeln. Die dunkelsten Stellen hat sie mit Talkumpuder recht geschickt überdeckt. Jetzt sieht es so aus, als habe sie sich lediglich mit einem lilafarbenen Lidschatten ungeschickt angestellt und etwas übertrieben. Die Prellungen unter dem Auge, die bis zum Wangenknochen und die Nase hinunter verlaufen, sind ein wenig kniffliger zu überdecken, aber ich starre sie nicht an.

»Du siehst gut aus.« Ich lächele.

»Danke«, murmelt sie und zuckt zusammen, als sie für ihre maltrātierten Rippen ein wenig zu tief Luft holt.

Den Prellungen in ihrem Gesicht nach zu urteilen, gehe ich davon aus, dass ihre Brust eine einzige Fläche aus Blau und Schwarz ist. Ich würde sie gern zum Sessel am Kamin hinüberbringen und ihr eine Decke über die Beine legen, doch wir beide wissen nur allzu gut, dass sie sich dort erst hinsetzen kann, nachdem mein Vater gefrühstückt und sich auf den Weg zum Pub gemacht hat.

»Ich bereite uns ein wenig Rührei mit Toast zu«, schlage ich vor.

Ma schüttelt den Kopf. »Dein Vater hat die Milch wieder am Feuer stehen gelassen. Sie ist sauer.«

Ich lächele. »Ich habe ein wenig Milch in einer Tasse mit einer Untertasse als Deckel gestern Abend vor der Gartentür stehen lassen. Draußen ist es eiskalt. Wenn keine Tiere die

Untertasse hinuntergestoßen haben, sollte die Milch so gut wie frisch sein.«

»Cleveres Mädchen«, strahlt Ma. »Dein Vater braucht gleich ein ordentliches Frühstück als Grundlage für später, um den ganzen Whiskey aufzunehmen. Deine weise Voraussicht braucht eine Belohnung. In der Speisekammer stehen drei Eier. Zwei für Pa und eines für dich.«

»Eines für jeden von uns«, entgegne ich. »Du brauchst auch eines, Ma. Du musst etwas essen.«

Ma rümpft die Nase und verzieht dann das Gesicht, als die Bewegung sie an ihren empfindlichen Zustand erinnert. »Ein Ei wird deinen Vater nicht sättigen. Schon gut, Annie. Ich habe ohnehin keinen Hunger.«

Mas weite Strickjacke saß bei ihr auch schon einmal besser. Mittlerweile hängt sie von ihren Schultern herunter wie von der Rückenlehne eines Stuhles. Ihr dunkelblauer Faltenrock sitzt tiefer als sonst; sie ist so schmal geworden, dass ihr der Rockbund auf die Hüfte hinunterrutscht. Im vergangenen Jahr hat sie den Bund bereits zweimal enger genäht, was mir noch einmal deutlich vor Augen führt, dass das Kontrollgehabe meines Vaters in den letzten zwölf Monaten schlimmer denn je geworden ist. Bisher konnten wir wenigstens sonntags einen Braten genießen. Denn ein ganzes Hühnchen war selbst für meinen gefräßigen Vater zu viel. Doch in letzter Zeit hat er immer mehr Geld für Alkohol ausgegeben, und Ma kann im Tante-Emma-Laden nur bis zu einer bestimmten Summe anschreiben lassen. Ich kann mich nicht mal daran erinnern, wann ich das letzte Mal Fleisch gegessen habe. Mir läuft schon das Wasser im Mund zusammen, wenn ich nur daran denke.

»Ich habe etwas vergessen«, prustet es plötzlich aus mir heraus. »Ich bin bei den Talbots zum Frühstück eingeladen. Das soll wohl so eine Art Einweihung sein. Als Begrüßung in der Belegschaft. Da wäre es nicht gut, wenn ich dort mit vollem Magen auftauche.«

Meine Mutter lächelt schief. Natürlich glaubt sie mir kein Wort; das weiß ich, weil ihr Blick mich von oben bis unten mustert, sie mir aber nur zögerlich in die Augen schaut. Zwar vermutet sie zwischen Sketch und mir mehr als nur eine reine Arbeitsbeziehung, aber sie würde niemals nachfragen. Sie darf nicht mehr als Pa über irgendetwas Bescheid wissen. Denn sollte er Wind davon bekommen, dass sie ein Geheimnis vor ihm verbirgt, würde er ein Geständnis aus ihr herausprügeln, das wissen wir beide sehr genau.

Der Austausch eines kessen Lächelns ist alles, was uns bleibt, und ich hoffe inständig, dass mein Glück und meine Zufriedenheit hell genug strahlen, damit sie sie sieht.

»Du bleibst also nicht hungrig«, fragt Ma mit einem vielsagenden Nicken.

»Nein, heute nicht.«

Ich bin zuversichtlich, dass Sketch eine Scheibe Brot und etwas Marmelade für mich hat. Vielleicht einen Happen Schinken. Allein der Gedanke daran erfüllt mich mit Begeisterung.

»Du solltest deine Aufgaben hier besser schnell verrichten«, ermuntert mich Ma, »bevor dein Vater wach wird. Du willst ihm bestimmt keinen Grund liefern, irgendetwas zu beanstanden.«

Ma und ich arbeiten in einmütiger Zufriedenheit. Sie kocht, während ich den Kamin säubere und das Feuer neu anzünde. Der Duft von warmen, gebratenen Eiern lockt Pa aus dem Bett. Er prustet, als sei er nach einem arbeitsreichen Morgen völlig erschöpft, und lässt sich schwerfällig auf den Kaminsessel neben mir plumpsen.

»Richte diesem Jungchen aus, er soll sein Augenmerk auf sein Vieh und nicht auf meine Tochter richten«, warnt mich Pa.

Ich nicke und beobachte weiter das Feuer; der schmutzige graue Rauch, der unter der Kohle hervortrudelt, soll sich schneller in Flammen verwandeln. Am Hinterkopf verspüre ich mit einem Mal einen stechenden Schmerz, und ich reibe mir mit der Hand über den Kopf. Als ich herumwirbele, entdecke ich Pa, der eine zusammengerollte alte Zeitung in der Hand hält und selbstzufrieden grinst, dass er mir jegliche romantischen Gefühle aus dem Kopf geschlagen hat, als wären sie eine lästige Fliege.

»Ich warne dich, Annie. Irgendwelche komischen Geschichten, und ich werde es sofort wissen. Überall in der Stadt habe ich Augen und Ohren. Ich werde es erfahren.«

Ma lenkt Pa ab, als sie einen Teller mit heißem Rührei hereinbringt. Ich schüttele den Kopf, als mein Blick auf den großen gelben Rühreihügel auf dem Teller fällt, den sie ihm auf den Schoß stellt. Sie hat ihm alle drei Eier, die im Haus waren, gegeben und keines für sich behalten. Sie muss hungrig sein, aber sie ist fest entschlossen, Pas Magen zu füllen, bevor er in den Pub geht.

Dreimal klopft es an der Haustür, und ich atme angesichts des perfekten Timings erleichtert auf, da just in diesem Moment der Qualm sich zu Flammen entwickelt.

»Arbeite hart«, ruft mir Ma mit einem aufmunternden Lächeln hinterher, als ich die Haustür öffne und ihr zum Abschied zuwinke.

Pa schaut nicht einmal auf. Sein Mund ist voll mit Ei, und zweifellos wird sein Bauch voller Whiskey sein, wenn ich ihn später wiedersehe.

22.

Holly

Ich wache mit einem Krampf im Nacken auf und spüre, wie sich der metallene Krankenhausstuhl in meinen Rücken bohrt. Ich blinzele und muss mich erst einmal an das Licht gewöhnen, das durch die bodentiefen Fenster auf der gegenüberliegenden Seite hereinfällt. Der Wartebereich wirkt an diesem Morgen weniger trist, da die Sonne durch die hohen Bäume im Park des Krankenhauses hindurchscheint und seltsam geformte Schatten auf die Bodenfliesen wirft.

Meine Mutter gähnt und rührt sich neben mir. Als ich meinen Kopf von ihrer Schulter hebe, knackst mein Nacken.

»Guten Morgen, ihr Schlafmützen«, begrüßt uns Nate, als er um die Ecke gebogen kommt.

»Uh, du meine Güte«, brumme ich, richte mich gerade auf und lasse den Kopf im Nacken kreisen. »Wie spät ist es?«

»Fast sieben. Du hast etwa drei Stunden geschlafen, schätze ich.« Nate lächelt mich an.

»Ich fühle mich aber, als hätte ich nicht einmal drei Minuten geschlafen, geschweige denn drei Stunden.« Ich reibe mir die Augen. »Wo sind Ben und Dad?«

»Sie schlafen im Auto deines Vaters. Ich habe ihnen zwar angeboten, sie nach Hause zu fahren, aber Ben wollte nicht.«

Ich lächele und bin stolz auf meinen Bruder.

»Konntest du dich denn etwas ausruhen?«, frage ich, obwohl mir die dunklen Ringe unter Nates Augen schon meine Antwort liefern.

»Warum fahrt ihr beide nicht eine Weile nach Hause?«, schlägt meine Mutter vor und steht auf, um sich die Beine zu vertreten. »Holly, du siehst schrecklich aus.«

»Na schönen Dank auch«, schnaube ich.

»Du weißt, wie ich das meine.« Meine Mutter lächelt. »Du musst dich ausruhen. Sobald ich etwas von Nana höre, rufe ich dich an.«

»Kaffee«, murmele ich. »Ich brauche eigentlich nur einen Kaffee.«

»Ich besorge dir einen«, schlägt Nate vor.

»Nate, setz dich hin«, befiehlt meine Mutter, und ich vermute, dass sie die dunklen Ringe unter Nates Augen genauso sehr anstarrt wie ich. »Ich laufe schnell in die Kantine hinunter. Mittlerweile sollte sie geöffnet sein. Wenn ich euch schon nicht dazu bewegen kann, nach Hause zu fahren und euch auszuruhen, dann besorge ich uns wenigstens einen anständigen Kaffee. Ich kann diese Automatenplörre nicht mehr sehen; das Zeug ist reinster Teer. Außerdem muss ich mich ein wenig bewegen, ich bin steif wie ein Brett. Bin gleich wieder da.«

Nate beugt sich herunter und hebt Nanas Manuskript auf, das mir irgendwann heute Nacht vom Schoß auf den Boden gerutscht ist. Dann setzt er sich neben mich und lässt den Papierstapel auf seinen Schoß fallen.

»Habt ihr letzte Nacht noch lange gelesen?«, fragt er.

»Nicht viel«, erwidere ich. »Nana ist währenddessen immer wieder eingeschlafen, und Mam hatte Mühe, nicht zu weinen. Aber ein paar Kapitel haben wir geschafft.«

»Wann könnt ihr mit dem Oberarzt sprechen?«, erkundigt sich Nate.

Ich zucke mit den Schultern. »Keine Ahnung. Die Schwestern meinten, die Morgenvisite sei normalerweise um acht oder neun Uhr.«

Nate dreht das Handgelenk und schaut auf die Armbanduhr.

»Jetzt sag bitte nicht, dass ich in der Zwischenzeit nach Hause gehen soll.«

»Keine Sorge«, beruhigt mich Nate. »Ich wollte eigentlich nur vorschlagen, frühstücken zu gehen.«

»Danke, aber ich habe keinen Hunger.«

Nate fährt sich mit der Hand über das müde Gesicht und seufzt. Was er wohl denkt? Ich frage mich, ob er all das auch als so schwierig und schrecklich empfindet. Denn ich weiß, wie sehr er Nana mag. Er war immer sehr ehrlich und hat mir gestanden, wie neidisch er auf Ben und mich ist, weil wir ihr so nahestehen. Nates Großeltern waren schon tot, bevor er geboren wurde; seine Eltern sind vor fünf Jahren nach Südfrankreich gezogen und kommen nur an Weihnachten für eine Woche nach Hause. Diesen Familienzusammenhalt kennt er gar nicht. Zwar versteht er sich mit seinen beiden jüngeren Brüdern gut, aber nächsten Monat zieht einer von ihnen nach Kanada. Der andere ist ein Langzeitstudent, der nicht erwachsen werden will. Im Grunde hat Nate nicht viele Gemeinsamkeiten mit ihnen. Vermutlich fällt ihm beim Betrachten unserer Familie als Erstes auf, wie nahe wir einander sind, was bei ihm das Gefühl verstärkt, etwas verpasst zu haben. Das wird auch der Grund sein, warum er so völlig aus dem Häuschen war, als wir festgestellt haben, dass ich schwanger bin. Er war begeistert davon, eine Familie zu gründen. Seine eigene Familie.

Ich seufze schwer, woraufhin mir schwindelig wird. Ich schwanke nach vorn und rutsche fast von meinem Stuhl herunter, doch Nate streckt den Arm vor mir aus und hält mich sanft an meinem Platz.

»Alles in Ordnung?«, fragt er besorgt.

»Klar. Tut mir leid.« Ich schüttele den Kopf. »Ich habe nur über etwas nachgedacht.«

»Willst du darüber reden?«

»Eigentlich nicht.«

Nate greift nach meiner Hand, und ohne darüber nachzudenken, lasse ich meine Finger zwischen die seinen gleiten. Es ist ein Reflex; es ist wie ein Trost, sich in die Erinnerung an unser Zusammensein hineinfallen zu lassen. Es wird ruhig und still, als wir Seite an Seite dasitzen und unseren eigenen Gedanken nachgehen.

Rund um uns herum erwacht das Krankenhaus allmählich zum Leben. Frühstückstassen klappern, als sie in der Ferne auf wackligen Wagen über den Flur geschoben werden. Ärzte in OP-Kitteln hasten mit piependen Pagern an uns vorbei. Patienten in Morgenmänteln schlurfen auf Pantoffeln über den Korridor und nicken uns im Vorbeigehen zu. Krankenschwestern in makellosen Uniformen haken sich bei Patienten ein, die zu schwach sind und nicht allein gehen können. Und dann ist da noch Nana – die zu krank ist, um überhaupt laufen zu können. Mein Herz brennt vor Neid, als ich die anderen Patienten beobachte, die bald schon nach Hause gehen können, wenn es ihnen wieder besser geht. Ich wünschte, Nana würde auch dazugehören.

Ein adretter, sehr gepflegter Arzt in einem marineblauen Nadelstreifenanzug mit einem aufgeknöpften weißen Kittel darüber taucht vor Nate und mir auf und lächelt uns höflich an.

»Holly?«, fragt er und streckt mir seine Hand entgegen.

Schnell klemme ich mir Nanas Manuskript unter den Arm und stehe auf, um ihm die Hand zu schütteln. »Ja, ich bin Holly.« Ich lächele und frage mich, woher um alles in der Welt er meinen Namen kennt.

»Sie sind Annies Enkelin«, stellt er fest und schüttelt mir fest die Hand. »Angenehm. Ich bin James Matthews und einer der Ärzte im Behandlungsteam Ihrer Großmutter. Annie redet unaufhörlich von Ihnen. Von Ihnen und Ben natürlich.«

Ich lächele breit und erinnere mich, wie Marcy mir bei unserem Kennenlernen genau das Gleiche gesagt hat. Es freut mich, dass Nana von uns erzählt.

Der Arzt schaut über die Schulter zurück und sieht sich auf dem Flur um. »Ist Mrs Talbot da?«

»Sie ist kurz Kaffee holen«, erklärt Nate und erhebt sich nun ebenfalls.

»Ah, okay. Gut.« Er schiebt seinen Ärmel ein Stück weit hoch und wirft einen Blick auf die Uhr. »Ist sie noch lange fort? Ich möchte unbedingt heute Morgen noch mit ihr sprechen.«

»Gibt es weitere schlechte Nachrichten?« Meine Stimme überschlägt sich.

Der Arzt verlagert sein Gewicht von einem Bein aufs andere und vergräbt die Hände in seinen Taschen. Sein Blick jedoch – ganz der Profi – weicht dem meinen nicht aus. »Ihre Großmutter ist sehr, sehr krank, Holly. Sind Sie darüber informiert, wie schlecht es ihr derzeit geht?«

Mit großen Augen nicke ich.

»Wir wissen, wie ernst es ist«, erklärt Nate, und ich spüre seine Hand auf meinem Rücken, wo sie kleine, beruhigende Kreise zieht.

»Ich weiß, dass Nana keine Chemotherapie will«, erwidere ich und erkenne ihren Wunsch an, den ich jedoch selbst nicht vollends akzeptieren kann. »Aber was wäre mit einer weiteren Operation? Man hört doch immer wieder von Leuten, die mehrere Krebsoperationen über sich ergehen lassen. Letzte Woche war eine siebenundachtzigjährige Frau aus Florida in den Nachrichten, der man einen großen Tumor im Bauch wegoperiert hat. Könnten Sie nicht wenigstens versuchen, sie …« Ich verstumme.

Die Schultern des Arztes runden sich und sacken herunter; ich merke, dass meine Verzweiflung ihn traurig stimmt. Um seinen Job beneide ich ihn nicht. Es muss so ziemlich das Schwerste der Welt sein, einer Familie zu sagen, dass eine geliebte Person im Sterben liegt.

»Wir sollten besser auf Ihre Mutter warten«, findet der Arzt.

»Dr. Matthews«, begrüßt ihn meine Mutter, die jetzt hinter ihm auftaucht und einen grauen Papptäger hält. Darin befinden sich drei Pappbecher, aus denen heißer Kaffee dampft.

»Mrs Talbot.« Er nickt und tritt beiseite, damit meine Mutter neben mir stehen kann.

Der Arzt wartet, bis meine Mutter sich vorbeugt und erst Nate, dann mir einen Kaffeebecher in die Hand drückt. Anschließend stellt sie den Pappträger auf den Tisch hinter sich und richtet mit einem leichten Kopfnicken ihre ganze Aufmerksamkeit auf den Arzt.

Er muss viel zu tun haben, denke ich, aber er gibt uns das Gefühl, alle Zeit der Welt für uns zu haben. Und ich rechne es ihm hoch an, dass er meiner Mutter die Chance gibt, sich mit einer so banalen Ablenkung wie dem Kaffee zu beruhigen. Als er das Gespräch nicht mehr länger hinauszögern kann, holt er tief Luft; der Brustkorb hebt sich, sodass Arztkittel und Anzugjacke zur Seite rutschen und den Blick auf ein babyblaues Hemd freigeben.

»Ich habe mit dem diensthabenden Arzt der Nachtschicht gesprochen. Er hat akute Atemprobleme festgestellt, als der Rettungswagen Annie hereingebracht hat.«

Meine Mutter nickt. »Ihre Lippen wurden an den Mundwinkeln schon ganz blau. Es war beängstigend.«

»In ihrer Lunge sammelt sich Flüssigkeit«, erklärt der Arzt.

»Das klingt schrecklich!«, stottere ich. »Hat sie Schmerzen?«

»Es kann sie sehr quälen«, gibt der Arzt freimütig zu. »Wir verabreichen ihr ein Medikament, das ihr hilft, und sie atmet mittlerweile wieder viel entspannter. Sie hat keine Schmerzen, Holly, das kann ich Ihnen versichern.«

»Gibt es denn irgendeinen Eingriff, der den Druck reduzieren oder die Flüssigkeit entfernen könnte? Damit sie wieder normal atmen kann?«, frage ich.

»Annie ist sehr schwach, Holly«, gibt der Arzt zu bedenken. »Ein Eingriff zu diesem Zeitpunkt wäre nicht ratsam.«

»Man kann also rein gar nichts tun?« Nate schüttelt den Kopf.

Mein Blick ruht auf meiner Mutter. Sie ist blass und still. Ich glaube nicht, dass sie atmet.

»Am wichtigsten ist nun, dafür zu sorgen, dass Annie es so angenehm wie möglich hat«, erklärt der Arzt. »So lange es auch dauern mag.«

»Du meine Güte.« Mams Schultern sacken nach unten, und ich packe Nates Hand. Er sieht mich an, und wortlos warne ich ihn, sich darauf vorzubereiten, sie aufzufangen.

»Verstehe.« Meine Mutter schwankt. »Verstehe.«

»An unser Krankenhaus ist ein wunderbares Hospiz namens Carry Me Home angeschlossen. Ich kann gerne für Sie arrangieren, dass Annie heute im Laufe des Tages oder morgen dort hingebracht wird«, schlägt der Arzt vor.

»Nein.« Wütend schüttele ich den Kopf. »Wir schieben sie zum Sterben nicht in ein schmutziges, altes Zimmer ab. *Carry Me Home.*« Als ich nur den Namen des Hospizes laut ausspreche, muss ich schon würgen. »Was soll das überhaupt bedeuten? *Bring mich heim?*«

»Holly!«, blafft meine Mutter entsetzt. »Pssst!«

»Holly …« Besonnen nimmt der Arzt meine Hand. »Ich weiß, wie schwer das ist. Glauben Sie mir. Vor einigen Jahren habe ich meine Mutter an diese schreckliche Krankheit verloren. Wut wird nichts ändern. Mir ist das leider erst klar geworden, als es schon zu spät war. Sie haben aber immer noch Zeit. Füllen Sie sie mit Erinnerungen. Mit Gesprächen. Liedern. Scherzen. Tun Sie all das, was Ihre Familie ausmacht. Aber tun Sie es jetzt. Nutzen Sie die Zeit, die Ihrer Großmutter noch bleibt.«

»Wir lesen zusammen«, platzt es plötzlich aus mir heraus, unsicher, warum ich mich überhaupt zu dieser Erklärung verpflichtet fühle.

»Das ist wunderbar«, ruft er und schlägt die Hände mit einem lauten Knall zusammen, der über den ganzen Korridor hallt. »Annie ist also eine Leseratte?«

»Schon immer gewesen.« Meine Mutter lächelt.

»Carry Me Home verfügt über eine kleine Bibliothek«, fährt der Arzt fort. »Ich weiß zwar nicht, wie viel Auswahl es dort gibt, aber ...«

»Wir haben bereits ein Buch«, unterbreche ich ihn.

Der Arzt blickt auf den Papierstapel hinunter, den Nate auf dem Stuhl liegen gelassen hat. Zwar sehe ich Neugier in seinen haselnussbraunen Augen aufleuchten, doch er stellt keine weiteren Fragen.

»Ich versuche, für heute Nachmittag den Umzug zu organisieren«, erklärt er, »aber es ist durchaus möglich, dass wir erst auf ein Bett warten müssen. Sobald ich eine Zusage habe, melde ich mich bei Ihnen.«

»Vielen Dank, Dr. Matthews.« Meine Mutter atmet erleichtert aus. »Vielen Dank für alles.«

»Ich wünschte, ich könnte mehr tun«, erwidert er mitfühlend, bevor er sich dann umdreht und langsam fortgeht.

»Wir müssen erst auf ein Bett warten?«, schnaube ich, als der Arzt außer Hörweite ist. »Er meint wohl eher, wir müssen erst warten, bis ein anderer gestorben ist.«

»Holly! Hör auf damit!«, schimpft meine Mutter. »Davon will ich nichts hören! Das hilft niemandem. Auch dir nicht!«

»Holly, komm schon«, ermuntert mich Nate. »Deine Hormone gehen mit dir durch. Du bist nicht du selbst.«

»Meine Hormone sind verdammt noch mal nicht schuld, dass Nana stirbt, Nate! Du meine Güte, was ist denn mit euch allen los? Warum seid ihr so ruhig? Nana stirbt! Verdammt, sie stirbt! Wie könnt ihr da nur rumsitzen und darauf warten, dass sie von uns geht? Das ertrage ich einfach nicht!«

Meine Mutter stemmt die Hand in die Hüfte und neigt das Kinn in meine Richtung. Eine vertraute Haltung. Und obwohl sie jetzt schmaler und älter geworden ist, wirkt diese Pose immer noch so bestimmend wie zu der Zeit, als ich noch klein war.

»Sie hat noch mehrere Tage, Holly! Zumindest sagen sie das.« Der Tonfall meiner Mutter wird weicher. »Nana hat noch Zeit. Ich weiß, wie viel Angst du hast und wie wütend du bist. Das bin ich auch. Aber hast du nicht gehört, was der Arzt eben gesagt hat? Lass dich nicht von deiner Wut auffressen, sodass du die restliche Zeit nicht genießen kannst.«

»Wie können wir es genießen, wenn sie stirbt?« Ich zittere.

»Konzentrier dich nicht nur auf ihren Tod, Holly. Mach die Augen auf, dann siehst du, dass sie immer noch bei uns ist. Der Krebs wird sie uns wegnehmen – und es gibt nichts, was die Ärzte noch tun könnten. Aber lass nicht zu, dass der Krebs uns auch noch die letzten Momente mit Nana raubt. Diese Tage gehören nicht dem Krebs. Sondern unserer Familie. Wir müssen diese Momente würdigen und genießen. Sie für immer in unsere Herzen schließen. Denn obwohl der Krebs dir deine Großmutter nimmt, kann er niemals unsere Liebe zu ihr zerstören.«

»Aber das ist doch nicht fair, Mam«, schniefe ich. »Ich bin noch nicht bereit, mich von ihr zu verabschieden.«

»Niemand ist je bereit dafür, sich zu verabschieden, Holly.«

Still laufen meiner Mutter die Tränen über die Wangen, und instinktiv beuge ich mich zu ihr vor und schließe die Arme um sie. Sie lässt den Kopf auf meine Schulter sinken, und ich halte sie fest umarmt, als sie endlich ihren ganzen Schmerz herauslässt. Wütende, tränenerstickte Schluchzer schütteln sie. Und genau in diesem Moment kehren sich unsere Rollen um. Meine Mutter ist das hilflose Kind, das Angst vor dem Alleinsein hat, und ich bin die Erwachsene, die versucht, sie zu trösten. Aber auch mir fehlen die Worte. Ich kann nichts sagen, um irgendetwas zu ändern. Darum halte ich sie einfach fest. Ganz fest – als würde ich sie niemals mehr loslassen. Dabei spüre ich, wie ihre Brust sich mit den Schluchzern hebt und senkt, während sie sich an mich drängt, und weiß, dass eine solche Umarmung so viel mehr hilft, als es Worte vermögen.

Ich drücke meine Mutter oft. Wenn ich sonntags zum Mittagessen vorbeischaue, kommt sie immer in der Schürze zur Tür, einen Holzlöffel in der Hand, und dann umarmen wir uns kurz, bevor sie wieder in die Küche zurückläuft. Ich umarme sie, wenn ich sie und Dad einmal im Jahr zum Flughafen fahre, wenn sie in Urlaub fliegen, da mein Vater sich weigert, den Langzeit-Parkplatz zu nutzen, weil er zu viel Angst um sein Auto hat. Ich umarme meine Mutter immerzu. Aber so habe ich sie noch nie umarmt.

Innerhalb von Sekunden hat sich meine Mutter genauso schnell wieder gefangen, wie sie zusammengebrochen ist. Sie fährt mit der Hand in den Ärmel und zieht dort ein Taschentuch heraus. In dem Moment wird mir klar: Nur weil dies das erste Mal ist, dass meine Mutter in meinem Beisein zusammenbricht, heißt das nicht, dass sie nicht öfter schon geweint hat.

»Ein Hospiz.« Das Wort fühlt sich sperrig und unförmig in meinem Mund an, doch ich versuche, tapfer zu lächeln.

Mam braucht jetzt mein Lächeln.

»Die Zeit ist reif, Holly.« Mam schüttelt langsam den Kopf. »Wir alle wissen das. Und ich habe schon viel Gutes von Carry Me Home gehört. Nana wird es dort sehr angenehm haben.«

»Angenehm«, wiederhole ich. »Das klingt gut.«

»Komm«, sagt meine Mutter und legt mir den Arm um die Taille, um ihre Hüfte an die meine zu drücken. »Wir lesen ihr noch etwas vor. Das wird ihr gefallen.«

Meine Mutter ist schon immer schlank gewesen. Ich erinnere mich noch gut daran, dass ich im Alter von elf Jahren die gleiche Kleidergröße hatte wie sie; mittlerweile trage ich jedoch einige Nummern größer. Mit einem Mal aber wirkt meine Mutter noch viel schmaler als gewohnt. Als hätten die Worte des Arztes sie körperlich niedergeschmettert.

»Natürlich«, schniefe ich.

»Kommst du?«, fragt meine Mutter, als Nate sich wieder hinsetzen will.

Er schüttelt jedoch den Kopf und holt das Handy aus der Hosentasche seiner Jeans hervor. »Ich muss leider ein paar Mails beantworten. Entschuldigt mich bitte.«

Nate lügt. Das sehe ich ihm an, da er die Stirn so runzelt, dass sich die Augenbrauen über der Nase zu treffen scheinen – sein Gesichtsausdruck bei Notlügen. Das fällt mir jedes Mal bei der Arbeit auf, wenn er sich aus einem Mittagessen mit nervigen Kollegen herausreden will oder er eine verpasste Deadline auf eine Grippe schiebt.

Mit Blick auf das Handy in Nates zitternden Händen wird mir klar, dass seine Notlüge einen viel wichtigeren Grund hat als den Wunsch, meinen Punktestand bei Candy Crush zu überbieten. Er will es Mam und mir ermöglichen, Zeit allein mit Nana verbringen zu können.

23.

Annie

1959

Nach und nach sind die Freitage zu meinen Lieblingstagen geworden. Sketch holt mich wie immer um Punkt elf Uhr ab, doch anders als an den meisten anderen Tagen, wenn wir schnellstmöglich zum Hof fahren, machen wir uns dann auf den Weg in die Stadt und schauen nach, ob der Platz für den Bauernmarkt am folgenden Morgen bereit ist. Dabei laufen wir einmal um den gesamten Platz herum. Niemals jedoch Hand in Hand, falls wichtigtuerische, neugierige Stadtbewohner uns sehen sollten. Nichtsdestotrotz gehen wir Seite an Seite spazieren, und wir beide genießen es fast so sehr, als würden wir uns tatsächlich körperlich berühren. Ich habe keine Ahnung, was wir dort tun oder was genau wir dort überprüfen oder ob Sketch einfach nur insgeheim die Gelegenheit nutzt, um öffentlich mit mir zusammen zu sein.

Oft umrunden wir den Platz gleich zweimal, besonders wenn das Wetter schön ist. Dabei sprechen wir über alle möglichen Dinge. Manchmal lachen und kichern wir einfach zusammen, erinnern uns an vergangene Zeiten und diskutieren darüber, was die Zukunft uns wohl bringen mag. Jedes Mal jedoch setzt Sketch mir den Floh ins Ohr, zusammen auszureißen und dort hinzugehen, wo es warm und sonnig ist.

Heute ist ein Freitag wie jeder andere, nur mit dem Unterschied, dass wir uns Iced Buns, süße Brötchen mit Zuckerguss, vom Bäcker an der Ecke geholt haben. Ich beobachte, wie Sketchs Lippen sich über die cremige Vanillefüllung hermachen, und stelle mir vor, wie gut es sich später anfühlen wird, wenn er seine Lippen dann auf meine presst.

»Also, was sagst du dazu, Annie?«, fragt Sketch und verschlingt das letzte Stückchen seines Buns, bevor er ins Auto steigt und den Motor anlässt.

»Wozu?«, frage ich verschämt und weiß dabei genau, was er meint. Jeden Freitag zur gleichen Zeit stellt er mir nämlich diese Frage.

»Was sagst du dazu wegzulaufen?« Er lächelt.

Es klingt wie die Geschichte eines Liebesromans. Und ich kann mir mein begeistertes Grinsen kaum verkneifen, als ich mir vorstelle, wie Sketch, der Held der Geschichte, mein Herz im Sturm erobert, während wir zusammen dem Sonnenuntergang entgegenlaufen.

»Wir müssten nur ein Boot nehmen und wären fort«, stellt Sketch mit einem Fingerschnipsen fest, während wir die lange, kurvige Einfahrt zu dem riesengroßen Bauernhof hinauffahren. »Zuerst würden wir nach Wales segeln und dann nach Frankreich. Ich könnte meine Bilder verkaufen und damit unseren Lebensunterhalt verdienen. Die Franzosen haben einen sehr guten Kunstgeschmack«, erklärt er, als kenne er sich bestens aus. Dabei tanzt jedoch eine solche Leidenschaft in seinen Augen, dass ich ihm jedes Wort glaube.

»Wo sollen wir denn dann leben?« Ich kichere, als wir plötzlich mit einem Ruck neben einem einzelnen Apfelbaum anhalten, der an einer eigentümlichen Stelle wächst, wo die staubige Straße auf die Wiese trifft.

»Südfrankreich badet in Sonne«, fährt Sketch fort. »Für Künstler ist es das reinste Paradies. Tagsüber wandern wir, und wenn unsere Füße dann zu müde sind, um noch einen einzigen Schritt zu gehen, lassen wir uns auf den Strand fallen und schlafen nachts dort, bis die Meereswellen uns die Zehenspitzen küssen.«

»Das klingt wunderbar, oder?«, schwärme ich. »Bitte sag, dass wir das irgendwann machen. Dass wir irgendwann Baskenmützen tragen und Baguette essen werden.«

»Ja.« Sketch reißt die Augen auf. »Wir machen das! Wir ziehen das wirklich durch. Annie, ich meine das vollkommen ernst. Da draußen gibt es die große weite Welt, und ich für meinen Teil möchte sie gern mit eigenen Augen sehen. Ich will sie mit dir an meiner Seite erleben.«

»Irgendwann einmal«, beschwichtige ich ihn und wiederhole meine gewohnte Antwort. »Vielleicht irgendwann einmal.«

Inzwischen sind drei Monate seit meinem ersten Arbeitstag auf dem Hof der Talbots vergangen, und wir haben uns eine sehr angenehme Routine zu eigen gemacht. Die erste Hälfte des Tages koche und putze ich, während ich nachmittags am Ofen sitze und Sketch, der malt, laut vorlese. Manchmal erlaube ich mir die Vorstellung, dass der Hof mein Zuhause ist und ich eben nicht nur eine Angestellte bin. Ein paar Stunden lang lasse ich das Gefühl zu, hierherzugehören und nie mehr in das Haus meines Vaters zurückkehren zu müssen.

Doch natürlich wird es irgendwann Abend, und die Realität holt mich ein.

Nach Hause zurückzukehren fällt sehr schwer, doch es wird mir jedes Mal ein wenig leichter gemacht, wenn ich bei meiner Ankunft vor der Haustür das strahlende Lächeln meiner Mutter sehe. Zu sehen, dass ihr warm ist und sie wieder Gewicht zulegt, ist wunderbar. Die Essensreste, die ich fast täglich mitbringe, tun ihr gut. Sie hat immer noch Untergewicht, doch wenigstens zeichnen sich unter ihrer Bluse ihre Schlüsselbeine nicht mehr ab. Außerdem ist nicht nur ihre Haut glänzender, sondern auch ihre Wangen sind rosiger geworden. Sie ist wirklich wunderschön. Eigentlich habe ich das immer schon gewusst, aber sie gesund und strahlend zu erleben erinnert mich daran, wie sie aussah, als ich noch klein war.

Natürlich kommt auch meine Lohntüte gut bei Pa an. Zwangsläufig verbringt er seitdem weniger Zeit zu Hause und dafür mehr Zeit in der Blackwell Tavern. Tagsüber ist seine Abwesenheit eine willkommene Entlastung für Ma, doch wenn er dann nachts sturzbesoffen heimkehrt, ist es einfach nur schrecklich.

Der zusätzliche Alkohol machte anfänglich alles so viel schlimmer, dass ich während der ersten vierzehn Tage jeden Morgen bei Sketch gekündigt habe. Und jeden Abend habe ich ihm dann unter dem Einfluss eines Gutenachtkusses versprochen, doch noch einen einzigen weiteren Tag zu bleiben.

Am ersten Morgen der dritten Woche warf Sketch einen Blick auf die roten und lilafarbenen Blutergüsse, die sich als Abdruck von Pas Knöcheln über meine Wangenknochen zogen, und sprang aus dem Auto.

Pa hatte an jenem Tag einen schlimmen Unfall mit seinem Fahrrad. Das Vorderrad ist umgeschlagen, die Kette an mehreren Stellen gerissen. Insgesamt hat das Rad einen Totalschaden erlitten. Ich habe mich zwar nie bei Sketch erkundigt, ob er dafür verantwortlich ist, und er hat es auch nie zugegeben, aber eines steht fest: Die acht Kilometer vom Pub nach Hause dauern zu Fuß dreimal so lange wie auf dem Rad, und die frische Nachtluft wirkt wahre Wunder und sorgt dafür, dass Pa wieder nüchtern wird, bevor er zu Hause ankommt. Drei Monate Arbeit auf dem Hof der Talbots erwiesen sich als grauenhaft für Pas Leber, doch wunderbar für Mas Gesundheit und mein Herz.

Wie an jedem anderen Morgen öffnet Sketch die Haustür des Bauernhofs und weicht wie ein Gentleman beiseite, um mir beim Betreten des Hauses den Vortritt zu lassen. Und heute wie an jedem anderen Morgen springe ich über die Betonplatte, die sich vor der Tür befindet, und lande mit einem lauten Knall, als die Sohlen meiner Schuhe auf die Bodenfliesen im Flur prallen. Sie wackelt und knirscht, wenn man drauftritt, und ich bin absolut sicher, dass sie bald zerbrechen wird. Und heute wie an jedem anderen Morgen lacht Sketch über meine Anstrengungen und tritt absichtlich mitten auf die Betonplatte, nachdem ich darübergesprungen bin. Dann schließt er die Tür hinter uns. Anders als an jedem anderen Morgen lässt heute jedoch ein plötzlicher Windstoß meinen Rock hochfliegen und hebt den blauen Stoff so hoch in die Luft, dass man meinen Schlüpfer sehen kann. Sofort spüre ich Sketchs Blick auf meinen Pobacken, und ich brauche einen Hauch länger, als ich eigentlich sollte, um meinen Rock wieder an seinen rechtmäßigen Platz zu schieben, bevor ich mich dann auf den Weg in die Küche mache.

Das Innere des Talbot-Bauernhofes ist das genaue Gegenteil meines Zuhauses. Das Gebäude ist sehr groß, doch hier ist es schön warm und einladend, und die Menschen, die darin leben, lieben einander. Mr Talbot mag kein Mann der großen Worte sein, und er vergräbt seine Gefühle tiefer, als es die Jauchegrube hinterm Hof ist – doch man merkt es ihm deutlich an, wenn er seinen Sohn anschaut. Sicherlich würde Sketch lieber einen Pinsel in der Hand halten als eine Schaufel, doch das stolze Funkeln in Mr Talbots Augen ist nicht zu übersehen. Sketch hat eine gütige Seele, das weiß Mr Talbot. Und manchmal meine ich mir vorstellen zu können, was für eine Liebe zu Mrs Talbots Lebzeiten in diesen vier Wänden geherrscht haben muss. Zum Aufwachsen muss dies ein wunderbarer Ort gewesen sein.

Doch trotz der Wärme und des Charmes schien dem Haus ganz offensichtlich vor meinem Arbeitsbeginn hier der Einfluss einer Frau zu fehlen.

»Pa hat nach Mas Tod ihre ganzen Sachen in Kisten gepackt«, erklärte Sketch mir am ersten Tag, als ich ihn fragte, warum die meisten Schubladen in der Küche leer sind. Von Teelöffeln und Buttermessern einmal abgesehen gab es wirklich kaum etwas in der Küche – und die Spülküche sah noch trauriger aus.

»Als wir nach ihrer Beerdigung nach Hause gekommen sind, ist Pa wie ein Wirbelwind durchs Haus gefegt und hat all ihre Habseligkeiten weggepackt. Am nächsten Morgen war es, als hätte es sie hier niemals gegeben.« Sketch musste ein paar Tränen runterschlucken, bevor er auf den Dachboden ging, um dort einen schmalen Karton mit der Aufschrift *Blairs Küchenutensilien* zu holen.

Danach haben wir zwar nicht mehr über Mrs Talbots persönliche Sachen gesprochen, doch während der letzten drei Monate ist mir aufgefallen, dass überall im Haus immer mehr Kleinigkeiten aufgetaucht sind. Ich vermute, dass sie Mrs Talbot gehörten und Sketch sie nach und nach vom Dachboden holt und sie an ihren rechtmäßigen Platz zurücklegt. Die gelben und cremefarbenen Kissen, die vor einem Monat auf einmal auf den Küchenstühlen lagen, lassen den ganzen Raum erstrahlen. Manchmal stelle ich mir vor, wie Mrs Talbot am warmen Ofen gesessen und stolz die wunderschönen Blumenmuster auf jedes der sechs Kissen gestickt hat.

Ohne es zu merken, lächelt Sketch jedes Mal, wenn er an Dingen vorbeigeht, die seiner Mutter gehört haben. Der Kerzenständer auf der Mitte des Tischs lässt seine Augen vor Erinnerungen strahlen. Die Schürze, die ich oftmals trage, verwandelt ihn in einen aufgedrehten Schuljungen, der ungeduldig auf eine Scheibe frisch gebackenes Brot wartet.

Obwohl ich mittlerweile daran gewöhnt bin, dass immer mehr Dinge von Mrs Talbot auftauchen, verschlägt mir das große Porträtbild von ihr, das plötzlich im Flur hängt, den Atem.

»Ich habe eine halbe Ewigkeit lang versucht, die Erinnerungen an sie zu verdrängen«, gesteht Sketch und legt mir seine Hand auf den Rücken, während wir beide zu der wunderschönen Frau hinaufstarren, die in Aquarellfarben festgehalten ist. »Du weißt schon, damit es nicht so schlimm wehtut.«

Ich nicke und fühle mit ihm.

»Wir haben nie mehr über sie gesprochen«, fährt Sketch fort. »Nach ihrem Tod wollte Pa nicht einmal mehr ihren Namen sagen. Ich glaube, er wollte am liebsten vergessen, dass sie überhaupt existiert hat.«

»Das verstehe ich nicht«, erwidere ich. »Warum sollte man jemanden vergessen wollen, den man von ganzem Herzen geliebt hat?«

Sketch beantwortet meine Frage nicht. Er schlingt seinen Arm um meine Taille, und mit seiner Hand, die sich fest an meine Hüfte presst, zieht er mich an sich. Ich spüre seine Sehnsucht nach Nähe, sein verzweifeltes Bedürfnis, mich im Arm zu halten. Mein Oberkörper gibt nach, und wie ein Schwamm nehme ich sein Verlangen nach meiner Liebe auf. Meine Stirn ist auf einer Höhe mit seiner Schulter, sodass ich merke, wie sein tiefer Atem über meine Haare streicht. Seine Hand an meiner Hüfte packt fester zu, und ich drehe mich gerade so weit zu ihm um, dass ich mich an ihn schmiegen kann. Mein Ohr drückt sich an seine Brust, und ich höre sein Herz durch das frische weiße Baumwoll-T-Shirt schlagen. Ich liebe den Klang, der sich wie der Rhythmus einer im Takt geschlagenen Trommel anhört.

»Ich habe das Bild dort nicht hingehängt, Annie«, flüstert Sketch nach einer langen, angenehmen Stille.

»Aber du hast es gemalt, oder?«, frage ich und erkenne seine Pinselführung und Farbwahl wieder. Ich glaube ja, dass mir das Bild darum so gut gefällt – es erinnert mich an das Gemälde, das mein Vater ins Kaminfeuer geworfen hat.

»Ja.« Sketch lächelt. »Aber es ist nicht sehr gut. Ich habe es wenige Monate nach Mas Tod gemalt und wusste damals nicht so recht, was ich da tat.«

Ich lege den Kopf in den Nacken und recke den Hals, um es mir genauer anzusehen. Ich kann jedoch keinen Makel finden und frage mich, ob Sketch meint, dass er damals noch nicht gut malen konnte oder dass er nicht gewusst hat, wie er mit dem Tod seiner Mutter umgehen sollte. Ich hake jedoch nicht nach.

»Die Schattierungen sind vollkommen falsch. Sieh mal.« Sketch lässt mich los und deutet auf die leuchtend gelbe Farbe, in der Mrs Talbots Tellerrock gemalt ist. »Hier sollte der Gelbton heller und hier dunkler sein«, erklärt er mir.

Ich nicke, als hätte ich verstanden, doch von Kunst habe ich keine Ahnung. Ich glaube aber auch nicht, dass es eine Rolle spielt. Das Wichtige ist, dass ich es sehe. Dass jeder – egal wer –, der dieses Haus betritt, es sieht. Dabei ist es unwichtig, ob es ein Meisterwerk oder ein Amateurversuch ist. Denn dahinter verbirgt sich so viel mehr als ein schlichtes Bild. Es ist eine Liebeserklärung. Sketch hat seine Mutter von ganzem Herzen geliebt. Er hat seine Mutter geliebt, so wie ich meine Mutter liebe. Ihr Tod hat ihm das Herz gebrochen. Und es würde meiner Mutter das Herz brechen, würde ich sie je verlassen. Mir wird schwer ums Herz, als ich mich ganz allmählich frage, ob es schrecklich unfair ist, mich in Sketch zu verlieben. Nicht mir gegenüber, sondern ihm. Ich kann niemals mit ihm ausreißen. Nicht nach Frankreich. Und auch sonst nirgendwohin. Niemals kann ich ihm ganz und gar gehören.

»Worüber denkst du nach, Annie?«, fragt Sketch.

»Darüber, wie talentiert du bist«, erwidere ich. »Ich hoffe sehr, dass du eines Tages deine Bilder in Frankreich verkaufen wirst, Sketch. Das hoffe ich wirklich.«

»Willst du wissen, wer das Bild aufgehängt hat?« Sketch greift nach meiner Hand. Seine Finger schieben sich zwischen die meinen und verhaken sich.

»Natürlich«, nicke ich.

»Pa«, stellt Sketch stolz fest.

Ich lächele so breit, dass sich meine Wangen vor die Augen schieben.

Sketch fährt sehr ernst fort. »Tatsächlich hatte ich ganz vergessen, dass ich das Bild einmal gemalt habe, so lange habe ich es mir nicht mehr angesehen. Vor ein paar Jahren bin ich oft oben auf den Dachboden geklettert und habe zwischen den Kisten mit ihren Sachen gesessen.«

»Das ist so traurig«, flüstere ich.

Sketch nickt. »Ja, das war es. Aber dort habe ich mich ihr näher gefühlt. Allerdings bin ich während all der Zeit, die ich dort oben zugebracht und in den Kisten gestöbert habe, nicht ein einziges Mal auf dieses Bild gestoßen.«

»Oh«, sage ich fasziniert.

»Pa hat es offenbar woanders aufbewahrt …«

»Wahrscheinlich dort, wo er es jederzeit anschauen konnte, wenn er sie sehen wollte«, füge ich hinzu.

»Ja, so scheint es«, gibt Sketch zu. »Dabei habe ich immer gedacht, mein Pa hasst meine Bilder. Aber jetzt glaube ich viel eher, dass er lediglich die Tatsache gehasst hat, wie sehr er sie vermisst. Es war gar nicht Missbilligung, was ich jahrelang in seinem Blick gesehen habe. Es war Kummer.«

»Was glaubst du, warum er es jetzt aufgehängt hat?«, frage ich. »Nach all der langen Zeit?«

»Du bist der Grund«, antwortet Sketch überzeugt.

»Ich?« Ich mache große Augen.

»Er hat dich gern, Annie«, nickt Sketch. »Ich glaube, er findet, dass du mir guttust.«

Ich werde rot.

»Und er hat Recht. Du tust mir gut. Und Pa auch.«

Das sanfte Prickeln auf meinen Wangen verschärft sich zu einem intensiven Brennen.

»Du erinnerst ihn an sie«, stellt Sketch fest.

»Oh.«

»Das ist gut, Annie. Vertrau mir. Sie war fantastisch.«

Sketch neigt den Kopf zur Seite, um an mir vorbeizuschauen, und betrachtet das Bild. Seine Augen funkeln und glitzern, und ich frage mich insgeheim, welche fröhlichen Gedanken ihm durch den Kopf gehen.

»Ich habe Pa erzählt, dass dein Vater mein Bild verbrannt hat«, erklärt Sketch.

Mir fällt die Kinnlade herunter, und ich schlage mir mit einem klatschenden Geräusch die Hand vor den Mund.

»Keine Sorge.« Sketch tritt einen Schritt vor und drückt mich an seine Brust. »Pa ist nicht dumm. Er weiß, dass dein Vater, ähm, schwierig sein kann. Er wird weder dir noch deiner Ma Probleme bereiten.«

Ich weiß schon seit Längerem, dass Mr Talbot keineswegs billigt, was mein Vater für ein Mensch ist. Dafür mag ich ihn umso mehr.

»Als Pa damit fertig war, deinen Vater auf jede nur mögliche Art und Weise zu beschimpfen, die ich vor einer Dame nicht wiederholen kann, hat er mich gefragt, ob ich noch weitere Bilder gemalt habe«, erzählt Sketch.

»Und was hast du gesagt …?«

»Ich habe ihm meine Mappe gezeigt.«

»Das hast du getan?«, staune ich. »Wow. Das ist toll! Was hat er gesagt?«

»Nichts.« Sketch grinst. »Er hat sie sich einfach angeschaut.«

»O Sketch! Ich freue mich so für dich, dass du deinem Vater endlich deine Arbeiten gezeigt hast!«

»Pa hat sie sich alle angesehen.« Sketchs Augen glänzen vor Begeisterung. »Er hat nicht gesagt, dass sie ihm gefallen haben, aber hat auch nicht gesagt, dass sie ihm nicht gefallen haben.«

»Und das hier ist das Lieblingsbild deines Vaters?«

»Es scheint so. Es ist zumindest mein Lieblingsbild«, nickt Sketch.

Ich kneife die Augen zusammen. »Was ist mit der Pinselführung? Du hast doch gesagt, du bist damit nicht glücklich.«

»Das bin ich auch nicht.« Sketch lächelt. »Als ich das Bild gemalt habe, hatte ich noch so gut wie keine Technik, aber das spielt keine Rolle. Es geht nicht um die Farbe auf dem Bild. Wichtig ist nur, was ich beim Malen gefühlt habe. Und welche Gefühle es bei Pa auslöst.«

»Ich bin so stolz auf dich!«, stelle ich fest, beuge mich vor und küsse ihn auf die Wange.

»Du solltest mal sehen, wie er lächelt, wenn er ihr Gesicht betrachtet, Annie. Man könnte meinen, er betritt eine Welt, in der sie immer noch lebt.« Sketch seufzt.

»Verstehe ich.« Ich nicke. »Das Gleiche erlebe ich bei Büchern. Sie sind für mich eine Flucht aus dem echten Leben. Manchmal, als ich noch jünger und einsam oder verängstigt war, habe ich mich stundenlang unter meinem Bett versteckt und gelesen. Ich konnte mich so sehr in die Geschichten fallen lassen, dass ich fast vergessen habe, dass Pa den ganzen Nachmittag über getrunken hat.«

»Ich bin froh, dass du Bücher hattest.«

»Ich auch.«

»Vielleicht solltest du irgendwann einmal dein eigenes Buch schreiben«, schlägt Sketch vor.

Ich lache, und mein kehliges Gurgeln hallt durch den weitläufigen Flur und die ausladende Treppe hinauf.

»Ich meine das durchaus ernst«, fährt Sketch fort. »Ich bin froh, dass du dich in deinen Büchern vergraben konntest, besonders nachdem ich so plötzlich aus deinem Leben verschwunden bin. Vielleicht wird es irgendwann einmal jemandem so ähnlich gehen mit etwas, das du geschrieben hast. Wäre es nicht wunderbar, anderen mit deinen Worten zu helfen?«

Teile seines Schmerzes, den er nach dem Tod seiner Mutter verspürt hat, verstehe ich. Mein Vater ist noch sehr lebendig, aber ich trauere um eine liebevolle Beziehung, die schon lange vergangen ist. Sketch verliert sich im Malen; für mich ist es das Lesen. Und für meinen Pa ist es das feurige Teufelszeug Whiskey.

»Annie«, flüstert Sketch und lenkt meine Aufmerksamkeit wieder auf sich. »Du musst nicht mehr einsam oder verängstigt sein. Ich bin hier. Ich lasse dich nie mehr allein.«

Sketch fährt mit den Fingern unter meinem Kinn entlang und neigt meinen Kopf in den Nacken, bevor er seine warmen, festen Lippen auf meinen Mund drückt.

24.

Annie

Winter und Frühling rasen vorüber, bis der Sommer plötzlich da ist. Eines Tages ist der Wind einfach auf und davon, und es hat fast eine Woche lang nicht mehr geregnet. Die warmen Tage bringen lange Abende voller Sonnenschein und Glühwürmchen mit sich. Auf dem Hof gibt es viel zu tun: Letzte Woche ist das erste Heu gemäht worden, und die neugeborenen Lämmchen und die Kälber wachsen im Nu; mittlerweile sind sie schon fast acht Wochen alt. Demnach sind es auch schon acht Wochen, seit ich Sketchs Bitten, mit ihm zum Sommerball zu gehen, ausweiche. Die Zurückweisung in seinem Blick, wenn ich ihm eine Abfuhr erteile, bricht mir jedes Mal das Herz, aber wir beide wissen, warum ich mich weigere.

Heute habe ich vor, Sketch gegenüber alles wiedergutzumachen. Von meinem Lohn in diesem und im letzten Monat habe ich jeweils zwei Pence beiseitegelegt. Das bedeutete schon ein gewisses Risiko, doch Pa war entweder zu betrunken oder litt unter einem Brummschädel, sodass es ihm nicht auffiel. Ich habe Mehl, Zucker und frische Eier auf dem Markt gekauft. Zwar könnte ich auch einfach die Zutaten aus der Hofküche nutzen, aber mir ist es wichtig, dass es wirklich ein Geschenk von mir allein ist, wenn ich Sketch einen besonderen Geburtstagskuchen backe. Ma sagt, der heutige Tag sei ein Meilenstein. Am einundzwanzigsten Geburtstag wird ein Junge zum Mann.

»Es gibt nur eines, was ein Mann von einer Frau will, Annie«, warnt mich Ma, als wir am Morgen unsere gewohnten Hausarbeiten gemeinsam verrichten. »Du musst jetzt aufpassen. Dieser Sketch Talbot ist ein netter Junge, aber von heute an ist er erwachsen, und er wird auf gewisse Gedanken kommen.«

Ich werde rot. Ich bin so entgeistert, dass ich beinahe die Teekanne auf die Küchenfliesen fallen lasse. »Vielleicht wird Sketch heute zum Mann, aber er ist ein Gentleman. Ein wahrer Gentleman.«

Ma lächelt, doch die Sorge steht ihr immer noch in die müden Fältchen rund um ihre Augen geschrieben. Ich bezweifle, dass sie sich tatsächlich sorgt, Sketch könnte mich ausnutzen. Ihr ist schon klar, dass er nur vier Monate älter ist als ich. Und sobald Sketch zum Mann geworden ist, bedeutet dies auch, dass ich weniger als ein halbes Jahr davon entfernt bin, eine Frau zu werden. Frauen heiraten und gründen eine eigene Familie. Sie leben nicht mehr bei ihren Müttern. Ma hat Angst, dass sie mich verlieren könnte. Am liebsten möchte ich sie beruhigen; ihr versichern, dass ich immer da sein werde. Aber wenn ich ehrlich bin, muss ich zugeben, dass ihre Sorge nicht ganz unbegründet ist. Mit aller Macht wollte ich es unterdrücken, dass es mich aufzehrt, wie sehr ich Sketch liebe, doch es ist unmöglich. Ma muss sich keine Sorgen machen, dass Sketch mich ausnutzen könnte. Vielmehr sollte sie sich sorgen, dass ich selbst diejenige sein könnte, die ihn verführt. Denn das ist es, was ich will. Ich wünsche es mir so sehnlichst, dass ich nicht sicher bin, ob ich mich zurückhalten kann.

Als Sketch mich heute Morgen abholt, wirkt er allerdings kein bisschen älter. Sein dunkles, fast schwarzes Haar hat er glatt aus dem Gesicht gekämmt. Im Mundwinkel klemmt eine Zigarette, und seine kirschroten Lippen lächeln herrlich. Seine Lederjacke ist viel zu warm für dieses ungewöhnlich milde Wetter, doch nichtsdestotrotz liegt sie auf dem Rücksitz seines Autos, als könne er das Haus ohne sie einfach nicht verlassen.

Ich winke meiner Mutter zum Abschied zu, hopse die Stufen vor dem Haus hinunter und schlüpfe mit einem so breiten Grinsen in Sketchs Auto, dass ich genauso aufgeregt aussehen muss, wie ich mich fühle. Denn sobald wir die Ausfahrt verlassen haben und außer Sichtweite sind, wird Sketch anhalten, die Zigarette ausmachen und mich wie immer küssen, aber dieses Mal, wenn ich seinen Kuss erwidere, werde ich nicht an den arbeitsreichen Tag auf dem Hof denken. Stattdessen werde ich das Geschenk vor Augen haben, das ich ihm später geben will.

Geburtstag hin oder her, das Leben auf dem Hof geht seinen normalen Gang. Sketch hat auf den Feldern zu tun, sodass ich nun ein paar Stunden lang das Haus für mich allein habe. Als ich mir Mrs Talbots alte Schürze um die Taille binde und das Feuer im Ofen schüre, bin ich so aufgeregt wie ein Kind am Heiligabend. Die Speisekammer ist mit frischen Lebensmitteln direkt vom Hof aufgefüllt. Milch, Butter, leuchtend buntes Gemüse und Fleisch, so zart, dass es fast von allein vom Knochen fällt. Im Sommer ist die Auswahl der Lebensmittel um ein Vielfaches größer als im Winter, und die leuchtend orangefarbenen Möhren neben dem grünblättrigen Kohl wirken so lebendig und spannend wie eines von Sketchs Gemälden. Für eine Köchin ist das der Himmel auf Erden, und während der vergangenen Monate habe ich wahrlich wie eine Königin gespeist. Schnell hole ich die Eier, den Zucker und das Mehl, die ich in ein Geschirrtuch eingewickelt hinter ein paar leeren Milchflaschen versteckt habe, und mache mich an die Arbeit. Heute wird es das beste Essen aller Zeiten geben.

Sketch, Mr Talbot und ich setzen uns jeden Nachmittag um dieselbe Uhrzeit hin und machen uns über das Essen her, das ich an jenem Tag ausgewählt und gekocht habe. Zuerst war es mir ein wenig unangenehm, mit dem Hausherrn – dem Mann, der mein Gehalt zahlt – an einem Tisch zusammen zu essen, doch Mr Talbot hat mir versichert, wie sehr es ihn freue, wieder die Gesellschaft einer Frau im Haus zu haben. Ich musste mich erst daran gewöhnen, doch ich glaube ihm jedes Wort. Sketch und Mr Talbot behandeln mich wie ein Familienmitglied, und wenn ich nicht am Ende der Woche meine Lohntüte bekommen würde, könnte ich das auch tatsächlich glauben.

Die Nachmittage sind mit Abstand der beste Teil des Tages. Sketchs Arbeit auf dem Hof und den Feldern ist dann meist beendet; die Kühe sind gemolken, die Schweine gefüttert und die Hühner zurück in ihren Hühnerstall getrieben. Mr Talbot macht jeden Tag zwischen halb drei und vier ein Mittagsschläfchen am Kamin, während Sketch und ich die gleichen anderthalb Stunden auf den Obstplantagen verbringen.

Der heutige Tag bildet da keine Ausnahme. Nach dem Essen spüle ich ab und hänge die Töpfe der Größe nach geordnet wieder am Regal auf. Dann packe ich das übrig gebliebene Brot und die dicken Schinkenscheiben ein, um sie heute Abend für meine Mutter mitzunehmen. Ich werde alles wie gewohnt im Ärmel meines Mantels verstecken, damit mein Vater die Lebensmittel bei meiner Rückkehr nicht bemerkt und sie sich unter den Nagel reißt, bevor meine Mutter sie essen kann. Sketchs Geburtstagskuchen steht zum Abkühlen auf einem Kuchengitter neben der Spüle. Damit Sketch ihn nicht entdeckt und die Überraschung verdirbt, habe ich den Kuchen mit einem Geschirrtuch abgedeckt.

Sketch klopft von außen an die Tür der Vorratskammer, was mich immer erröten lässt. Irgendwie ist es seltsam, dass er in seinem eigenen Haus anklopft. Doch als ich mich einmal umgedreht habe und er vollkommen überraschend vor mir stand, habe ich vor Schreck einen Topf mit kochend heißem Wasser fallen gelassen. Gott sei Dank ist dabei keiner von uns beiden verbrannt worden, doch Sketch hatte danach ein so schlechtes Gewissen, mich so erschreckt zu haben, dass er seitdem vorher anklopft.

»Komm rein.« Ich lache und packe einen ofenfrischen Brotauflauf in Packpapier, um ihn gleich auf die Obstplantagen mitzunehmen.

»Der duftet köstlich«, schwärmt Sketch und schleudert seine matschigen Gummistiefel von den Füßen. Anschließend lehnt er sich mit der Schulter an den Türrahmen und beobachtet mich.

»Den hat dein Pa besonders gern«, erwidere ich und sichere das Paket mit einem Stück Schnur.

»Annie, du verwöhnst uns«, lacht Sketch und mustert das große Stück, das ich am Herd für Mr Talbot aufgespart habe, damit er es nach dem Aufwachen gleich essen kann.

Sketch kramt einen Löffel aus der obersten Schublade heraus und kratzt den karamellisierten Zucker von der Innenseite des Backblechs, das ich auf der Theke stehengelassen habe.

»Vorsicht, das ist immer noch sehr heiß!«, warne ich ihn, als er sich einen Löffel voll in den Mund stopfen will.

»Autsch, autsch, autsch«, lacht Sketch und wedelt mit der Hand vor dem offenen Mund auf und ab.

»Ich hab's dir doch gesagt, dass es noch heiß ist!«, kichere ich.

»Aber das war es wert«, widerspricht er lachend. »Köstlich!«

Sketch lässt den Löffel ins Spülbecken fallen, wo er mit einem lauten Klirren auf dem Boden des Beckens landet.

»Pssst!«, warne ich ihn. »Du weckst noch deinen Vater auf!«

Würde er durch unsere Schuld wach, wäre unser gemeinsamer Nachmittag ruiniert. Aber nur weil Mr Talbot dann darauf bestehen würde, dass wir uns hinsetzen und den Auflauf gemeinsam genießen, und nicht etwa weil er einen furchtbaren Wutanfall bekäme. Doch ich sehne mich danach, ein paar Stunden mit Sketch allein zu verbringen. Ich drehe mich um und presse meinen Rücken an die Arbeitsfläche, während ich den Zeigefinger über meine gespitzten Lippen lege und Sketch anflehe, doch leise zu sein.

Sketch wirft mir einen zuversichtlichen Blick zu, der dafür sorgt, dass mir der Atem tief in der Brust stockt. Er kommt auf mich zu und bleibt just so weit entfernt stehen, dass mich die Hitze seines Körpers noch erreicht und mich liebkost, ohne dass sein T-Shirt an meiner Schürze vorbeistreicht. Seine warmen zuckrigen Lippen stäuben sanfte Küsse auf meinen Hals, während mir ein prickelnder Schauer über den Rücken läuft.

»Lassen wir das doch hier, oder?« Sketch nimmt mir das Paket mit dem Brotauflauf aus der Hand und legt es auf die Theke zurück. »Außerdem müssen wir ja noch Platz lassen für den Geburtstagskuchen, den du dort unter dem Geschirrtuch versteckt hast.«

»Sketch!«, schimpfe ich und haue ihm spielerisch auf die Schulter.

»Komm schon«, erwidert Sketch und nimmt meine Hand. Unsere Finger schieben sich bequem ineinander. »Ich habe etwas für dich.«

»Du hast etwas für mich?«, wiederhole ich. Meine Füße sind wie angewurzelt. »Aber es ist doch *dein* Geburtstag!«

»Ich weiß, welcher Tag heute ist, Annie«, lacht Sketch.

Ich schmolle und sehe ihm in die Augen. Ma liegt falsch. Er ist immer noch ein Junge. Ein alberner Junge voller Begeisterung.

»Kommst du?«, fragt er und zupft an meiner Hand.

»Klar«, erwidere ich mit einem Nicken und lasse Sketchs Hand einen Moment lang los, um mir die Schürze im Rücken aufzuknoten.

Dann lege ich sie auf die Küchentheke, gleich neben den Kuchen, an dem ich den ganzen Morgen mit zitternden Fingern gearbeitet habe, und frage mich nervös, ob Sketch mir die gleiche Geburtstagsüberraschung präsentieren wird, die ich für ihn geplant habe.

25.

Holly

Als es an Nanas Krankenzimmertür klopft, wird meine Mutter wach. Sie richtet sich auf, reibt sich die Augen, und ich sehe ihr deutlich an, dass sie einen Moment braucht, um sich zu orientieren, wo sie gerade ist. Als ihr bewusst wird, wo sie sich befindet, huscht Trauer wie eine sanfte Woge über ihr Gesicht. Kurz nachdem ich angefangen hatte vorzulesen, war sie eingeschlafen. Ich wollte eigentlich auf sie warten, aber dann hat Nana die Augen geöffnet und meine Hand gedrückt, und da wusste ich, dass ich weiterlesen sollte.

Ich bin froh, dass eine Krankenschwester im Kittel den Kopf hereinstreckt, als sich die Tür mit einem Quietschen öffnet. Vom lauten Vorlesen ist mein Mund schon ganz trocken; gleich werde ich mir ein Wasser holen.

»Mrs Talbot«, grüßt die Krankenschwester.

»Ja.« Meine Mutter steht auf und fährt sich mit den Händen über die Oberschenkel, um die Falten ihrer Hose zu glätten. »Das bin ich.«

»Ich bin Deirdre«, stellt sich die Krankenschwester vor und öffnet die Tür noch ein Stückchen weiter, um einzutreten.

Strahlendes Licht dringt vom Flur ins Zimmer herein, und ich muss unwillkürlich blinzeln. Mir war nicht klar, wie düster es in Nanas Zimmer bis jetzt gewesen ist. Mit nur einem kleinen Fensterchen hoch droben wirkt es schon recht traurig.

»Hallo, Deirdre«, erwidert meine Mutter immer noch verschlafen.

»Ich werde Sie im Rettungswagen zum Hospiz begleiten«, erklärt Deirdre.

»Oh, natürlich«, erwidert meine Mutter überrumpelt. »Fahren wir jetzt los?«

»Heute Nachmittag.« Deirdre lächelt. »Aber ich wollte mich Ihnen vorher gern vorstellen und abklären, ob Sie noch Fragen haben.«

Meine Mutter lächelt und schüttelt gleichzeitig den Kopf. »Ich … ich … ich glaube nicht, dass wir noch Fragen haben.«

Ich habe ungefähr eine Million Fragen. Zuallererst, *wo ist Marcy?* Wir brauchen keine neue Krankenschwester! Wir brauchen Nanas Freundin. Aber ich sage nichts. Mir ist schon klar, dass Marcy ausschließlich zu Hause als Hilfe arbeitet, und über den Punkt sind wir lange hinaus. Doch Nana wird sie vermissen. Das weiß ich genau.

»Ich denke, wir haben alles bereits mit dem Arzt besprochen«, erkläre ich heiser, und es hört sich an, als gehöre meine Stimme einer anderen Person.

»Okay.« Deirdre lächelt. »Falls Ihnen noch etwas einfällt, finden Sie mich in der Schwesternstation.«

»Vielen Dank«, nickt meine Mutter, der die Tränen in den Augen stehen, sodass diese wie Kristalle in der Sonne glänzen.

Deirdre verlässt das Zimmer, schließt die Tür hinter sich

und lässt uns wieder in diese deprimierende Trübheit eintauchen.

»Du hättest sie fragen sollen, ob die im Hospiz einen anständigen Tee kochen«, krächzt Nana. »Die Plörre hier ist schrecklich.«

»Du hast gar keinen Tee getrunken, Mammy«, entgegnet meine Mutter, nimmt Nanas Hand und streichelt sie sanft, als sei sie ein Katzenjunges.

»Das ist ja das Schreckliche daran.« Meine Großmutter streckt die Zunge raus; in ihrer Brust ertönt ein Rasseln. »Sie bringen einem hier gar keinen.«

Ich stehe stocksteif da. Nanas heisere Sprechversuche brechen mir das Herz. Gleichzeitig jedoch ist es wunderbar, sie überhaupt reden zu hören. Dabei erinnert mich ihr Humor daran, dass sie immer noch die gleiche Nana von früher ist, nur eben in einem älteren Körper.

»Möchtest du Tee trinken, Nana?«, frage ich. »Dann laufe ich schnell in die Kantine hinunter, hole mir ein Wasser und bringe dir einen mit.«

Der Kopf meiner Großmutter nickt langsam auf und ab.

»Das ist ein klares Ja«, stellt Mam selbstbewusst fest. »Ohne Milch. Und kein Zucker, richtig, Mammy?«

»Richtig«, gurgelt Nana. »Kein … Zucker.«

»Okay. Kein Problem.« Ich hüpfe enthusiastisch. »Verstanden. Keine Milch, kein Zucker. Ich laufe, so schnell ich kann.«

Als ich meine eigenen Worte höre, schlage ich mir die Hand vor den Mund und schließe die Augen. *Warum habe ich das bloß gesagt?* Habe ich so sehr Angst, dass Nana nicht mehr da sein könnte, sobald ich den Raum länger als ein paar Minuten verlasse?

Schnell schaue ich zu meiner Mutter hinüber. In ihrem Blick blitzt die gleiche Nervosität auf wie bei mir.

»Also Tee«, nicke ich.

Ich reiße die Tür auf, die mit einem lauten Knall gegen die Wand donnert. Damit ein wenig Licht in dieses trübselige Zimmer dringt, lasse ich die Tür offen stehen.

»Ben«, rufe ich und stoße auf dem Flur mit meinem Bruder zusammen.

Schwarze Ringe haben sich unter seinen Augen gebildet, und das schlappe kastanienbraune Haar ist noch viel unordentlicher als gewohnt. Ich frage mich, wie lange er auf dem Flur vor der Tür auf und ab gelaufen ist.

»Los, geh rein zu ihr«, ermuntere ich ihn und werfe einen Blick über die Schulter zurück zur offenen Zimmertür.

Ben verzieht das Gesicht und versenkt die Hände in den Jeanstaschen.

»Später verlegen sie sie ins Hospiz«, platzt es aus mir heraus.

Ben verschluckt sich beim Einatmen und muss schrecklich husten.

»Tut mir leid«, entschuldige ich mich. »Ich wusste nicht, wie ich es anders hätte sagen sollen.«

»Das wird ihr nicht gefallen.« Ben erstarrt. »Sie muss nach Hause.«

Ich bin ganz seiner Meinung. Nana hat ihr Leben lang auf dem Land gearbeitet. Sie gehört sicher nicht zu den Frauen, die sich ins Krankenhausbett legen und dann langsam dahindämmern, während sie so mit Drogen vollgepumpt sind, dass sie nicht mal mehr mitbekommen, dass die eigene Familie da ist. Mein Blick schweift zum Tageslicht hin, das durch die großen Fenster neben uns hereinfällt. Ein alter, riesengroßer Kastanienbaum ragt stolz in der Mitte des Krankenhausgartens auf. Er erinnert mich an den schiefen Apfelbaum vor Nanas Haus. Mit einem Mal habe ich eine Idee.

»Ben«, sage ich streng, ziehe meinem Bruder die Hände aus den Taschen und schiebe sie ihm fest an die Seiten, damit er sich aufrichtet und mich anschaut. »Geh zu ihr hin. Ich weiß, dass du Angst hast. Die haben wir alle. Aber eine zweite Chance gibt es nicht. Wenn du die Zeit mit ihr jetzt nicht nutzt, wirst du es den Rest deines Lebens bereuen.«

Ben nickt gehorsam und zeigt offen seinen Schmerz.

»Ich muss schnell einen Tee holen. Für Nana«, erkläre ich. »Aber gleich brauche ich deine Hilfe bei einer anderen Sache, ja?«

Ben schaut mich an und sieht auf einmal aus wie früher, als wir noch klein waren. Er hat immer sofort gewusst, wenn ich etwas im Schilde führte – und mir dafür Ärger drohte, in den ich ihn dann auch noch mit hineinziehen würde.

»Holly«, ermahnt er mich streng, ganz der kluge ältere Bruder.

»Vertrau mir! Das ist eine hervorragende Idee! Geradezu genial!« Ich zucke vor Aufregung. »Ich muss los.«

26.

Holly

»Dreimal Tee zum Mitnehmen, bitte!«, bestelle ich, als ich in der Kantine endlich an der Spitze der langen Warteschlange angelangt bin.

Hier ist es schrecklich muffig. Drei Viertel der Wände bestehen aus bodentiefen Fenstern, von denen jedoch kein Einziges geöffnet ist. Kondenswasser läuft wie glitzernder Sirup an den Scheiben hinunter. Obwohl draußen ein kalter Wind weht, knallt die Sonne durch die Fenster. Mir ist viel zu heiß, aber ich kann den Mantel nicht ausziehen, da ich nicht gleichzeitig ihn und dann noch ein Tablett mit unseren Teebechern tragen kann.

Mein Blick schweift über den Sitzbereich. Die meisten Stühle sind belegt. Jeder Zweite hier trägt einen Morgenmantel und hat ein heißes Getränk vor sich stehen, während er oder sie sich mit einem Menschen am gleichen Tisch unterhält, der ganz normale Alltagskleidung trägt. Meine Gedanken wandern zum letzten Jahr zurück. Da haben Nana und ich an einem dieser runden Tische hier gesessen und uns unterhalten, vollkommen unbedarft. Nana hatte eine neue Hüfte eingesetzt bekommen. Damals war sie noch nicht krank, und ich hatte keine Ahnung, dass ich mich innerhalb von weniger als zwölf Monaten unter völlig anderen Bedingungen wieder in der gleichen stickigen Kantine befinden würde.

»Zucker?«, fragt mich das Mädchen an der Kasse und reißt mich aus meinen Tagträumen.

Ich schüttele den Kopf. »Nein, danke.«

Nachdem ich bezahlt habe, nehme ich den wackeligen Pappträger mit den Teebechern darin und versuche, mir einen Weg durch das Menschenmeer zwischen mir und dem Ausgang zu bahnen. Doch bevor ich das schaffe, überwältigen mich die drückende Hitze und der Mangel an frischer Luft, sodass mir schwarz vor Augen wird, als würde bei mir jemand ein Verdunkelungsrollo herunterlassen. Verzweifelt suche ich nach einem freien Sitzplatz, aber ich bin zu schwach, und es geht einfach zu schnell. Meine Augen schließen sich.

Als ich die Augen wieder öffne, liege ich flach mit dem Rücken auf dem klebrigen Kantinenboden. Neben mir befindet sich eine Pfütze aus teebrauner Flüssigkeit, außerdem ist der Ärmel meines Mantels klatschnass. Mehrere Köpfe starren auf mich herunter. Sie reden. Ob miteinander oder mit mir, kann ich nicht sagen. Alles ist ein einziges lautes Durcheinander. Ich höre den Klang, aber keine Worte. Nach und nach wird mir bewusst, dass jemand bei mir auf dem Boden sitzt und mich hält. Mein Kopf liegt auf dem Schoß der Person, und sie streicht mir übers Haar. Meine Augen gewöhnen sich allmählich ans Licht; ich erkenne die Jeans und die Schuhe. Nate.

Ich bin so erleichtert, dass er hier ist, dass ich trotz all der Gesichter, die auf mich herunterstarren, weinen muss. Ich weine, weil ich mich schäme, vor Publikum auf dem Boden gelandet zu sein. Ich weine, weil es mir das Herz bricht, mich bald von Nana verabschieden zu müssen. Und ich weine, weil mich der Mann, den ich auf der ganzen Welt am meisten liebe, gerade in seinen Armen hält und ich nichts anderes tun will, als mich zu ihm umzudrehen, ihn ebenso zu halten und ihm zu sagen, wie sehr ich mir wünschte, ich könnte unser Baby gesund machen.

»Entschuldigung! Entschuldigung!« Eine Frauenstimme tönt über den Kreis der Zuschauer hinweg. »Entschuldigung!«

Die Frau kniet sich neben mich, und ich lächele, sobald ich ihr Gesicht erkenne. »Marcy!«

»Das hier wird helfen«, sagt sie und führt ein Glas mit eiskaltem Wasser an meine trockenen Lippen.

Ich versuche, das Glas selbst zu halten, und schäme mich ein wenig, dass Marcy mir dabei helfen muss wie einem Kleinkind, aber meine Hände zittern, und in den Ohren rauscht es, und mir ist klar, dass ich das Glas wahrscheinlich fallen lassen würde, sollte ich es allein halten.

Ich trinke in kleinen Schlückchen und fühle mich innerhalb kürzester Zeit besser. Nate zupft an meinem Mantel und zieht ihn mir aus. Meine Körpertemperatur sinkt schnell wieder, sodass es mir nach und nach besser geht.

»Nanas Tee«, stelle ich fest und betrachte die Schweinerei neben mir.

»Wir können gleich neuen Tee holen, Holly. Keine Sorge«, erwidert Marcy. »Dann sehen wir mal zu, dass wir Sie hier vom Boden wegbekommen. Meinen Sie, Sie können stehen?«

Die Menschentraube um uns herum löst sich auf – offenbar in der zufriedenen Annahme, dass die Show vorbei ist. Nate steht auf und hilft gleichzeitig mir auf die Beine. Ich plumpse gegen ihn, sodass er schnell seinen Arm um meinen Rücken schiebt, um mich zu stützen. Er ist viel größer als ich, das macht die Bewegung ein wenig schwierig, doch wir schaffen es, so zum nächstgelegenen Stuhl zu schlurfen.

»Haben Sie sich den Kopf gestoßen?«, fragt Marcy, kniet sich neben mich und starrt mir in die Augen, als läge die Antwort auf alle Fragen des Universums in meinen Pupillen.

»Ich glaube nicht«, stöhne ich, »aber ich habe schreckliche Kopfschmerzen.«

»Das kommt wahrscheinlich vom Blutdruck«, erklärt Marcy.

»Sie ist schwanger«, verkündet Nate, in dessen Tonfall Sorge mitschwingt.

Marcy nickt wissend, sagt aber nichts.

»Ist das der Grund, warum sie ohnmächtig geworden ist?«, fragt Nate. »Oder liegt es am Stress? Du bist noch nie ohnmächtig geworden, Holly. Noch nie!«

»Wahrscheinlich«, antwortet Marcy fröhlich. »Ich würde mir keine Sorgen machen, Nathan. Während einer Schwangerschaft kommt es überraschend oft vor, dass eine Frau ohnmächtig wird.«

Ich bemühe mich, Nate beruhigend anzulächeln, bin aber so wackelig, dass ich Angst habe, vom Stuhl zu rutschen, wenn er seine Hand von meiner Schulter nimmt. Er durchschaut meine Fassade. Ich frage mich ernsthaft, ob mir meine Sorge auch so deutlich ins Gesicht geschrieben stand, wenn ich meine Mutter und meine Großmutter in letzter Zeit angesehen habe.

»Ich habe eine Bekannte oben auf der Geburtsstation«, fährt Marcy fort und tut, als würde sie die Sorgen nicht bemerken, die Nates gerunzelter Stirn anzusehen sind. »Ich rufe sie mal an und frage nach, ob wir Sie heute zu einem Ultraschall hochschicken können, Holly. Nur um ganz sicher zu sein, dass alles in Ordnung ist.«

Ein unbehagliches Schweigen breitet sich zwischen Nate und mir aus, doch keiner von uns beiden unternimmt etwas, um Marcy von diesem Anruf abzuhalten.

»Halten Sie sie gut fest, Nate«, weist Marcy ihn an und übergibt Nate das Glas Wasser. »Ich habe hier keinen Empfang. Ich gehe mal kurz in den Flur.«

»Danke«, flüstert Nate.

»Gern geschehen«, erwidert Marcy, fischt ihr Handy aus der Handtasche und wedelt damit über ihrem Kopf herum, um Empfang zu bekommen. »Ich besorge gleichzeitig auch Tee. Für Annie.«

»Danke«, seufze ich und entspanne mich endlich. »Vielen, vielen Dank!«

Ich danke Marcy nicht nur für den Anruf. Als sie über die Schulter zu mir zurückschaut und mir zuzwinkert, bin ich zufrieden, da sie genau weiß, was dieses schlichte Wörtchen alles meint.

27.

Holly

Innerhalb von zwanzig Minuten befinden sich Nate, Marcy und ich auf der Geburtsstation im dritten Stock. Die Stühle im Wartebereich sind gepolstert und bilden eine willkommene Abwechslung zu den schrecklich unbequemen Metallstühlen vor Nanas Krankenzimmer.

Das Handy in meiner Hand piept, woraufhin ich die eingegangene Nachricht von Ben lese. »Nana hat der Tee geschmeckt«, verkünde ich erfreut.

»Das ist prima«, stellt Nate fest.

»Oh, warte mal.« Meine gute Laune sinkt, als ich weiterlese. »Ben sagt, sie habe nur drei Teelöffel geschlürft.«

»Mehr schafft sie momentan auch nicht«, erklärt Marcy. »Aber ich wette, es hat ihr bestens geschmeckt.«

Ich drehe mein Handy um und zeige Marcy die lange Aneinanderreihung von lächelnden Emojis, die Ben in der darauffolgenden Nachricht geschickt hat.

Nate schaut mir über die Schulter. Seine steife Haltung wird lockerer, und er stupst mich mit dem Arm an. »Sieh mal. Die kommen unten auch ohne dich ganz gut klar. Also könntest du dich bitte mal fünf Minuten lang entspannen?«

Ich schließe die Augen, und mein Kinn fällt auf die Brust. Vielleicht sollten wir besser wieder nach unten gehen. Hier könnten wir wahrscheinlich noch stundenlang warten. *Das ist doch vollkommen verrückt!*

»Mam macht sich Sorgen«, erkläre ich, als wüsste Nate das nicht selbst. »Sie ist so gestresst, das gefällt mir gar nicht.«

»Ich habe ihr von Ihrem kleinen Schwächeanfall nichts gesagt«, unterbricht mich Marcy. »Ich habe nur Ben den Tee in die Hände gedrückt und Ihre Mutter wissen lassen, dass ich hier bin, sollte sie mich brauchen. Aber sie hat natürlich nach Ihnen gefragt.«

»Oh.« Ich erstarre. »Was haben Sie geantwortet?«

»Nur, dass Nate und Sie einen Spaziergang machen.«

»Und das hat sie Ihnen geglaubt?«, frage ich ungläubig.

»Natürlich.« Marcy lächelt. »Denn technisch gesehen ist es keine Lüge. Sie sind von der Kantine zum Aufzug gegangen.«

»Okay«, nicke ich. »Danke.«

»Holly Talbot?«, ruft mich eine Krankenschwester in einem grünen Kittel, die mit einer Patientenakte in der Hand im Wartezimmer auftaucht.

»Das bin ich!«, rufe ich und stehe auf.

Nate ist genauso schnell auf den Beinen wie ich und packt mich an den Ellbogen, falls ich hinfallen sollte. Aber das werde ich nicht. Denn mittlerweile bin ich ausgeruht, und mir ist auch deutlich weniger schwindelig – trotzdem ist es schön zu spüren, wie er mich hält, daher sage ich nichts.

»Hier entlang, bitte«, erklärt die Schwester, streckt den Arm aus und deutet den Flur entlang.

Marcy bleibt sitzen.

»Kommen Sie nicht mit?«, frage ich verwirrt.

»Schon gut, Holly«, antwortet Marcy, die meine Not spürt. »Sie brauchen mich nicht. Ich wäre ohnehin eine ganz miserable Hebamme. Alles wird gut.«

Nates Hand lässt meinen Ellbogen los und sucht ihren Weg zu meinem Rücken, wo sie mich sanft anschiebt.

»Nathan Bradshaw«, stellt sich Nate vor, macht einen Schritt nach vorn und schüttelt der Krankenschwester die Hand, als wir bei ihr ankommen. »Ich bin Hollys Verlobter.«

Mein Herz zwickt kurz, als Nate sich so vorstellt, doch ich schweige.

»Schön, Sie beide kennenzulernen«, erwidert die junge Schwester. Ihr Haar ist so streng nach hinten zusammengebunden, dass die Haut an ihrer Stirn ganz straff gespannt ist. »Marcy sagte, dass Sie eben unten ohnmächtig geworden sind, Holly?«

Ich werde rot. »Es war wirklich sehr heiß in der Kantine. Ich hätte besser meinen Mantel ausgezogen. Das war ganz schön blöd von mir. Und dann habe ich mich auch noch so beeilt …«

»Okay, dann wollen wir mal Ihren Blutdruck messen.« Die Krankenschwester unterbricht meine Erklärungsversuche und biegt in einen kleinen Raum am Ende des Korridors ab.

Nate und ich folgen ihr.

In die eine Ecke sind ein Schreibtisch und ein Stuhl gequetscht. Ein geöffneter Laptop im Ruhezustand steht auf dem Tisch, daneben befindet sich ein ganzer Stapel aus Krankenakten – eine auf der anderen. Ich frage mich, ob all diese Patienten heute darauf warten, untersucht zu werden. Auf der anderen Seite des Zimmers steht ein schmales, fahrbares Krankenbett an der Wand. Für uns drei gibt es in der Zimmermitte kaum Platz, ohne dass wir aneinander vorbeistreifen. Eigentlich dachte ich, in der Kantine sei es heiß und stickig gewesen, aber das war nichts im Vergleich zu diesem Raum hier. Er hat nicht einmal ein Fenster, und das Neonlicht lässt mich blinzeln. Das war keine gute Idee. *Was ist, wenn sie Nana ins Hospiz verlegen, während ich hier oben bin?*

Meine Handflächen schwitzen, und ich merke, wie mir die Wangen brennen, weil sich die Gesichtsröte von den Ohrenspitzen an immer weiter ausbreitet, bis sie sich an der Nasenwurzel von beiden Seiten trifft.

»Nehmen Sie bitte auf dem Bett Platz«, sagt die Schwester und klopft mit der Hand auf die Matratze.

Ich setze mich in die Mitte des Bettes und schwanke leicht. Nates Gesicht ist genauso rot, wie ich mir meines vorstelle. Er steht am Kopfende des Bettes und lehnt mit dem Rücken an der Wand. Zwar versucht er, der Krankenschwester nicht im Weg zu sein, doch das ist in einem derart winzigen Zimmer fast unmöglich. Mit meinem dicken Mantel, den er über die verschränkten Arme gelegt hat und an seine Brust presst, nimmt er sehr viel Platz ein.

»Entschuldigung bitte«, sagt die Krankenschwester und greift an ihm vorbei, um ein altmodisches Blutdruckmessgerät aus dem Regal zu holen.

Nate weicht ein Stück zur Seite, um ihr aus dem Weg zu gehen, doch er kann nicht wirklich irgendwohin. Seine Oberschenkel drücken gegen meine Knie und ziehen mich fast vom Bett. Ich merke deutlich, dass er gerade an jedem anderen Ort lieber wäre als hier. Mir geht es genauso. Das ist mir alles zu plötzlich, und ich wünschte, wir wären nicht hergekommen. Ich bin in Ohnmacht gefallen, weil ich total gestresst bin und mir zu heiß war. Das hat überhaupt nichts damit zu tun, dass ich schwanger bin. Sehnsüchtig schiele ich zur Tür hinüber und lasse den Blick anschließend zu dem Stapel mit den Krankenakten auf dem Schreibtisch wandern. Da wartet eine lange Liste von Patienten mit echten Terminen. Das hier war ein Fehler. Aber jetzt können wir nicht mehr zurück. Jetzt zu gehen wäre wirklich sehr unhöflich.

Die Krankenschwester hantiert schon wieder hinter Nate herum. »Holly, würden Sie bitte den Ärmel Ihres Pullovers hochkrempeln?«, fragt sie.

»Natürlich.«

Sie schnallt die schwarze Manschette um meinen Oberarm. Sie ist ziemlich kalt.

»Geht das so?«, fragt sie dann lächelnd. »Nicht zu fest?«

»Alles gut.« Ich erwidere ihr Lächeln. »Aber ich glaube, das war nur ein kleiner Schwindelanfall. Jetzt geht es mir wieder besser, ehrlich«, entgegne ich und bin nun noch mehr darauf bedacht, so schnell wie möglich hier wegzukommen. »Ich will nicht Ihre kostbare Zeit vergeuden.«

»Das ist überhaupt kein Problem«, erwidert die Schwester und pumpt so lange, bis die Manschette richtig kneift und ich befürchte, dass der Arm durch den Druck am Ellbogen abgetrennt werden könnte. »Marcy ist eine gute Freundin von mir. Wir tun uns gegenseitig immer Gefallen. Eigentlich habe ich gerade Pause, wir halten also niemanden auf.«

Sie nickt in Richtung des Aktenstapels; ich weiß ihre Bemühungen zu schätzen, mir das schlechte Gewissen zu nehmen. Und ich verstehe sehr gut, warum Marcy und sie Freundinnen sind.

»Hmmm«, brummt sie und starrt auf den Druckmesser in ihrer Hand.

»Hmmm?«, wiederholt Nate, der sofort nervös wird.

»Es ist das Baby, oder?«, frage ich. Meine Gefühle sprudeln an die Oberfläche, während ich mich dafür wappne, einer vollkommen Fremden zu sagen, dass mein Kind sterben wird.

Auf der Suche nach Bestätigung blicke ich zu Nate hinüber. Vielleicht wird er es sagen, damit ich es nicht tun muss, aber er ist genauso blass wie ich, und ich mache mir ernsthaft Sorgen, dass ich nicht die Einzige sein könnte, die in Ohnmacht fällt. *Mein Gott, in diesem Raum ist es unfassbar stickig!* Ich kann an nichts anderes mehr denken als daran, wie ich so schnell wie möglich hier rauskomme.

»Holly, hatten Sie in letzter Zeit Kopfschmerzen?«, fragt mich die Schwester.

Händeringend brauche ich Frischluft. »Ich glaube nicht«, antworte ich.

»Vielleicht Druck im Innenauge oder ein generelles Unwohlsein?«

»Nein, gar nicht«, schüttele ich den Kopf. »Meine Großmutter ist krank, da mache ich mir natürlich Sorgen. Und mein Baby …«

Ich halte inne, schaue zu Nate und warte darauf, dass er nun übernimmt, wo ich aufgehört habe, doch das tut er nicht. Er ist leichenblass und wirkt, als könne er keine zwei Worte zusammenbringen.

»Okay«, fährt die Schwester fort. »Okay.«

»Stimmt was nicht?«, fragt Nate und streckt sich zur vollen Größe. Das Bett bewegt sich kurz unter mir, als er sich davon löst. »Also mit Holly? Ist sie krank? Sie ist noch nie in Ohnmacht gefallen. Noch nie! Oder, Holly?«

Ich nicke. Dann schüttele ich schnell den Kopf, da ich unsicher bin, wie die richtige Antwort lautet.

»Ich habe bei Ihnen mit einem niedrigen Blutdruck gerechnet, Holly. Ein zu niedriger Blutdruck ist im ersten Schwangerschaftsdrittel oftmals ein Auslöser für Schwindelanfälle.«

»Ich bin mittlerweile fast in der sechzehnten Woche«, erkläre ich.

»Okay.« Die Krankenschwester nickt und holt eine Krankenakte von einem zweiten, kleineren Stapel von ihrem Schreibtisch. »Fünfzehnte, fast sechzehnte Woche«, sagt sie und notiert dies.

»Aber ihr Blutdruck ist nicht zu niedrig?«, fragt Nate und lenkt das Gespräch wieder auf seine Bedenken.

»Nein«, räumt die Schwester ein und schreibt meinen Namen oben auf die Patientenakte. »Holly, Ihr Blutdruck ist sogar ziemlich hoch. Wesentlich höher, als ich erwartet habe, und auch höher, als für das Stadium Ihrer Schwangerschaft gut wäre.«

»Aber ich habe derzeit wirklich viel Stress. Es ist so viel passiert«, erkläre ich, als sei mein hoher Blutdruck ein Versagen meinerseits und als müsse ich nun eine Erklärung dafür anbieten oder mich verteidigen.

Zur Bestätigung schaue ich zu Nate hinüber, doch er starrt so angespannt auf das Blutdruckmessgerät, dass er meinen Blick gar nicht bemerkt. Vielleicht spiegelt sich da auch so etwas wie Schuld in seinen Augen. Vermutlich denkt er gerade an Ibiza.

»Kein Grund zur Sorge«, antwortet die Krankenschwester. »Schon so schlichte Dinge wie Bettruhe können bei hohem Blutdruck Wunder wirken.«

Nate lächelt, und ich weiß jetzt schon, dass er darauf bestehen wird, dass ich mich hinlege, sobald wir hier weggehen.

Die Schwester geht zum Bettende und zieht einen fahrbaren Monitor zu sich herüber. Mit der sperrigen, unhandlichen eckigen Form, den langen Beinen und den wackeligen Rollen darunter sieht das Gerät aus, als sei es direkt dem Film *Zurück in die Zukunft* entsprungen. Jeden Augenblick rechne ich damit, dass Marty McFly in seinem DeLorean durch die Wand gestürzt kommt.

»Der Bildschirm bei diesem alten Schätzchen hier ist nicht mehr der beste«, gibt sie zu. Sie tätschelt die Oberseite des Apparats, als er komisch rattert. »Aber das war der beste, den ich so kurzfristig organisieren konnte. Dann wollen wir mal sehen, wie sich Ihr Kleines da drinnen so schlägt, nicht wahr?«

Ich verziehe das Gesicht, während sich ein Kloß in meinem Hals bildet – und obwohl ich mich räuspere und hüstele, um den Hals freizubekommen, drohe ich immer noch daran zu ersticken.

Nein. Nein. Das kann ich nicht. Aber als ich zu Nate hinüberblicke, sehe ich, dass er lächelt. Und ich weiß, was er denkt. Er will einen kurzen Blick erhaschen. Einen kurzen Blick auf unser Kind, das sich noch sicher in meinem Bauch befindet. Unser Kind, das sich windet und krümmt und noch keine Ahnung von der Zukunft hat. Doch mir ist klar, dass der Blick auf das, was hätte sein können, schmerzt. Es wird nicht lange dauern, bis die Krankenschwester feststellt, wie ernst es um unser kleines Würmchen bestellt ist, doch diese eine Minute bedeutet reinstes Glück. Nach allem, was in letzter Zeit passiert ist, sehne ich mich genauso sehr wie Nate nach einem solchen Moment.

»Können Sie sich bitte hinlegen, Holly?«, fragt mich die Schwester. »Und ziehen Sie bitte Ihr T-Shirt ein wenig hoch.«

Mechanisch gehe ich die Bewegungen durch. Erinnerungen an die letzten Ultraschallbilder laufen wie eine Diavorführung, die ich nicht abstellen kann, durch meinen Kopf. Ich erinnere mich an die Aufregung, die mir wie Blasen durch die Adern schoss, als wir darauf gewartet haben, unser Baby zum ersten Mal zu sehen. Als sie uns gesagt haben, wie schwerwiegend die Fehlbildungen des Babys sind, zerplatzten diese Blasen so plötzlich, dass ich schwören könnte, das Knallen in meinen Ohren gehört zu haben. Die Erinnerungen an jenen Tag überwältigen mich, und als sich plötzlich Nates Hand um die meine schließt, weiß ich, dass er die gleichen Gedanken hat. Ich drücke seine Hand, bis meine Knöchel weiß hervortreten und meine Hand zittert.

»Das wird jetzt ein wenig kalt, tut mir leid«, entschuldigt sich die Schwester, als sie mir Gel auf den Bauch schmiert.

Dann schaltet sie den Monitor an, der überraschend schnell hochfährt. Dann gleitet sie mit dem Schallkopf über mein kleines Bäuchlein, und sofort taucht unser Baby auf dem Bildschirm auf. Mit der freien Hand dreht sie den Monitor zu Nate und mir um.

Obwohl ich weiß, dass sich am Befund nichts ändern wird, obwohl ich weiß, dass unser Baby immer noch krank ist, bleibt mir kurz das Herz stehen.

»Wollen Sie wissen, was es wird?«, fragt sie aufgeregt.

»Können Sie das schon sagen?«, frage ich mit großen Augen.

»Oh, das lässt sich gut erkennen.« Sie lacht. »Es ist so gar nicht schüchtern.«

Ich drehe den Kopf und sehe über die Schulter hinweg zu Nate. Seine Augen funkeln vor Aufregung. Er will es wissen. Bei unserem letzten Ultraschall habe ich mir unser Baby nicht als Junge oder Mädchen vorgestellt. In meinen Gedanken war es immer nur krank. Mir wird schwer ums Herz, als mir klar wird, wie unfair das meinem Kind gegenüber war.

Nate grinst breit und nickt.

»Wir würden es gern wissen«, antworte ich für uns beide.

»Es ist ein Junge«, antwortet die Schwester, ohne zu zögern.

»Ein Junge«, wiederholt Nate. Seine Augen glänzen.

Ein Junge, denke ich schweigend. Ein kleiner Junge. Ich frage mich, wie er wohl aussehen mag. Ich versuche, mir Nates Augen mit meiner Nase vorzustellen.

Ich werde jäh aus meinen Tagträumen gerissen, als der Schallkopf auf meinem Bauch plötzlichen zum Stillstand kommt. Die Hand der Schwester ist wie erstarrt. Diese Reaktion kenne ich jedoch schon. Ihr Lächeln schwindet, und sie kneift die Augen zusammen, während sie sich auf den Monitor konzentriert.

»Nathan. Holly«, sagt sie sanft, als sie den Ultraschallkopf vom Bauch wegnimmt und mir ein großes Stück Küchenpapier reicht, mit dem ich das Gel vom Bauch wischen soll. »Ich schaue mal kurz, ob einer der Ärzte derzeit frei ist und sich das mal ansehen kann, okay?«

Sie stellt den Monitor ab.

»Schon in Ordnung«, erwidert Nathan. »Das ist nicht unser erster Ultraschall. Wir hatten schon einen vor ein paar Wochen in Dublin.«

»Oh.« Sie schluckt.

»Es tut mir leid, wir hätten Sie vorwarnen müssen«, fahre ich fort und kämpfe mit den Tränen. »Es ist nur so schwer …«

»Schon gut, machen Sie sich keine Gedanken«, antwortet die Schwester voller Mitgefühl.

»Man hat uns gesagt, dass unser Baby unter einem Gendefekt leidet. Das Edwards-Syndrom«, stelle ich fest und richte mich ein wenig auf, da ich Probleme habe, das widerspenstige Gel von meiner Haut abzuwischen. »Sein Herz ist betroffen, und er ist kleiner, als er sein sollte. Man hat uns gesagt, dass man nichts dagegen tun kann.«

»Haben Sie den Test gemacht?«, fragt die Schwester so leise, dass ich sie kaum hören kann.

»Ja«, nickt Nate. »Die Diagnose steht fest.«

»Haben Sie mit einem Berater gesprochen?«, erkundigt sich die Krankenschwester sanft. »Wir haben einen Berater hier im Haus. Er ist ganz wunderbar. Ich kann Ihnen aber auch einen Kontakt zu jemandem in Dublin herstellen, wenn das einfacher für Sie ist?«

Ich schüttele den Kopf. »Nein, vielen Dank. Ich möchte lieber nicht darüber sprechen.«

»Es hilft, darüber zu sprechen, Holly«, fährt sie fort. »Ich bin sicher, dass Sie viele Fragen und Ängste haben.«

»Ich hatte nur eine Frage. Kann man etwas dagegen tun? Ich habe meine Antwort bekommen. Es gibt nichts, was noch besprochen werden müsste. Nichts, was irgendein Berater sagen könnte, kann mein Baby retten. Nichts«, entgegne ich.

»Okay«, flüstert die Schwester. »Manche Menschen reden nicht gern.« Sie presst die Lippen aufeinander, und man kann deutlich merken, dass sie eigentlich noch mehr sagen würde. Ich halte den Atem an und warte darauf, dass sie mich umzustimmen versucht, damit ich doch mit jemandem rede. Wie die Krankenschwester in Dublin. Und der Arzt. Und Nate. Nate hat von allen am meisten versucht, mich dazu zu bekommen, mich zu öffnen. Aber ich habe mich nur ins Badezimmer eingeschlossen und geweint.

»Falls Sie Ihre Meinung ändern …«, fährt die Schwester fort.

»Mache ich nicht«, unterbreche ich sie. »Aber vielen Dank.«

Vor Enttäuschung färben sich meine Wangen ganz rot. Nate bemerkt dies sofort und reicht mir die halb volle Wasserflasche, die er in der Hand hält. Gierig trinke ich die Flasche leer, bevor ich sie ihm dann zurückgebe.

»Ist das der Grund für Hollys hohen Blutdruck?«, erkundigt sich Nate. So ernst habe ich ihn das letzte Mal gesehen, als ich ihm die beiden blauen Linien auf dem Schwangerschaftstest gezeigt habe. »Weil mit dem Baby etwas nicht stimmt?«

Die Krankenschwester schüttelt den Kopf. »Das bezweifele ich. Vom Gendefekt ist nur das Baby betroffen. Für Sie, Holly, sollte sich die Schwangerschaft normal anfühlen.«

»Ich bin zum ersten Mal schwanger«, erkläre ich. »Ich weiß gar nicht, wie es sich normalerweise anfühlt.«

»Holly war sehr aufgebracht, seit wir erfahren haben, dass das Baby krank ist. Dazu war ich auch nicht die große Stütze, die ich hätte sein sollen.« Nate wird unruhig. »Ich habe die Diagnose nicht so gut aufgenommen.«

»Wir reagieren alle unterschiedlich auf unerwartete Nachrichten, Nathan. Es ist gar nicht so leicht, Komplikationen zu verkraften«, erwidert die Krankenschwester verständnisvoll.

»Aber es könnte ein Grund für den hohen Blutdruck sein, oder?«, hakt Nate nach, der verzweifelt nach einer Antwort sucht, die er wahrscheinlich nicht bekommen wird. »Stress löst allerhand Probleme aus, nicht wahr?«

Von dem Moment an, als wir erfahren haben, dass unser Baby krank ist, wusste ich, dass Nate einen Sündenbock braucht, den er verantwortlich machen kann. Jetzt ist mir klar, dass er sich selbst die Schuld gibt.

»Stress ist nie gut«, schüttelt die Krankenschwester den Kopf. »Und auch wenn wir diese Möglichkeit nicht ganz ausschließen können, möchte ich gern sichergehen, dass keine andere Ursache für den Bluthochdruck vorliegt.«

Sie notiert etwas auf der ersten Seite der Krankenakte, die sie für mich angelegt hat. Dann lässt sie den Kuli in der Tasche ihres Kittels verschwinden und gleicht den plötzlichen Stimmungswechsel mit einem strahlenden Lächeln aus. »Holly, dann nehmen wir Sie jetzt mal besser auf.«

Ich reiße die Augen auf und rücke so weit auf dem Bett zurück, bis ich mit dem Rücken an die Wand stoße. »Sie wollen mich aufnehmen?«

»Nur zur Beobachtung«, beruhigt sie mich. »Voraussichtlich nur für vierundzwanzig Stunden.«

Ich schüttele den Kopf. »Ich kann nicht bleiben. Tut mir leid. Meine Großmutter wird heute in ein Hospiz verlegt. Ich gehe mit ihr.«

»Könnte nicht ein anderes Familienmitglied sie begleiten?« Die Krankenschwester neigt den Kopf zur Seite; ich glaube, sie versteht meine Zwickmühle sehr gut.

»Doch, natürlich. Meine Mutter ist jetzt unten bei ihr. Und mein Bruder und mein Vater. Aber ich muss auch hin. Sie braucht mich. In unserer Familie stehen wir uns alle sehr nahe, wissen Sie?«

»Holly.« Die Krankenschwester legt mir ihre Hände auf die Schultern und stützt mich. »Ich kann Sie zu nichts zwingen. Aber ich will ehrlich zu Ihnen sein: Ihr Blutdruck ist besorgniserregend hoch. Ich kann Sie nicht guten Gewissens hier rausgehen lassen, ohne Sie darüber zu informieren, dass Sie überwacht werden müssen.«

»Aber sie stirbt«, blaffe ich.

»Das tut mir sehr leid.« Die Krankenschwester senkt den Kopf, ihr eindringlicher Blick wird sanfter. »Natürlich liegt die Entscheidung ganz bei Ihnen, aber was würde Ihre Großmutter für Sie wollen?«

Innerlich stöhne ich. Natürlich würde Nana wollen, dass ich gesund werde, aber schließlich liege ich nicht gerade auf dem Sterbebett. Ich schiele zu Nate hinüber. Er ist blass; die Ringe unter seinen Augen sind so tief, dass er kränker aussieht als Nana oder ich.

»Holly, bitte!«, fleht er. »Ich mache mir ernsthaft Sorgen.«

Ich drehe mich zur Krankenschwester um und nicke.

»Schön.« Sie lächelt. »Ich bringe das hier kurz zur Aufnahme.« Sie wedelt mit der Krankenakte. »Und dann sorgen wir dafür, dass Sie schnell wieder auf dem Damm sind.«

Ich muss schlucken. Ich werde eine Weile bleiben. Lange genug, um Nate zu beruhigen, aber sicherlich nicht die ganze Nacht. Denn ich brauche diese Zeit, um neben Nana zu sitzen.

28.

Holly

Der Nachmittag bricht herein und mit ihm dunkle Regenwolken, die sich wie bei einem düsteren Ölgemälde schmierig über die Wintersonne legen. Ich liege auf einem unebenen Krankenhausbett und frage mich, wie die Zeit nur so langsam vergehen kann. Ich muss an Nana denken, die ein paar Stockwerke unter mir genauso daliegt. Jedes Mal wenn sie die Augen öffnet, sieht sie nichts anderes als die gleiche einstmals weiße Decke, die mit der Zeit cremig-gelblich geworden ist. Niemand sollte seine letzten Tage flach auf dem Rücken verbringen und dabei eine leere Leinwand anstarren müssen. Ich muss an Sketch denken. Nanas Worte haben mir das Gefühl gegeben, einen Mann zu kennen, der mir in Wahrheit nie begegnet ist. Ich wünschte, er wäre jetzt hier. Dann könnte er ein wunderschönes Bild auf die Decke malen, zu dem Nana dann hinaufschauen kann. Ein nächtlicher Sternenhimmel wäre perfekt. Nana liebt es, Sterne zu betrachten. Ich drehe den Kopf zum Fenster und seufze, als ich nichts als düstere Wolken erblicke. Ich hoffe, sie lösen sich heute Nacht auf.

Mein Handy piept und verkündet den Eingang einer Textnachricht, was mich aus meinen Tagträumen reißt. Ich habe meine Mutter angerufen, um ihr zu sagen, wo ich bin. Trotz meiner Versicherung, dass es mir gut geht, hat sie darauf bestanden, zu mir hochzukommen und nach mir zu sehen. Sie ist etwa eine Stunde geblieben, aber ich habe ihre Sorge und Unruhe deutlich gespürt. Sie war hin- und hergerissen, ob sie hier oben bei mir bleiben oder wieder nach unten zu Nana gehen sollte. Schließlich kam ich auf die Idee, so zu tun, als sei ich müde und müsste dringend schlafen. Mein Vater hat die Gelegenheit genutzt und sie davon überzeugen können, nach Hause zu gehen, zu duschen und etwas zu essen. Unter der Bedingung, dass Ben an Nanas Bett Wache hält, hat sie schließlich zugestimmt.

Seitdem schickt Ben mir regelmäßig Updates, die mich ein wenig aufmuntern sollen. Ich richte mich in eine unbequeme halb sitzende Position auf und taste den Nachttisch ab. Mein Ring klirrt gegen das Handydisplay, als ich es nehme und die neuste Nachricht überfliege.

Nana schläft.
Heiße Krankenschwester auf dem Flur unterwegs.
Vielleicht sollte ich einen Herzinfarkt simulieren?

Bens Nachrichten sind das Einzige, was mich davon abhält, mir vor Langeweile die Haut abzuzupfen.

Na, dann viel Glück bei der Mund-zu-Mund-Beatmung!

Ich suche nach einem Herzinfarkt-Emoji, doch wie nicht anders zu erwarten, gibt es leider keinen. Daher entscheide ich mich für den Smiley mit dem Kopfverband.

Sag Bescheid, wenn Nana wach wird. Küsschen!

Ich drücke auf »Senden« und lasse den Kopf wieder auf den Haufen aufgeschüttelter Kissen sinken. Die junge Frau im gegenüberliegenden Bett wirft mir einen zickigen Blick zu. Vermutlich weil ich vergessen habe, das Handy auf lautlos zu stellen, und es darum alle paar Sekunden piept.

»Manche von uns versuchen gerade zu schlafen«, knurrt sie schließlich.

Am liebsten hätte ich entgegnet, dass es helllichter Tag ist und einige von uns gar nicht da sein wollen. Stattdessen lächele ich sie entschuldigend an, stelle das Handy lautlos und lege es wieder auf den Nachttisch neben mir.

Ich bin zwar erst seit ein paar Stunden hier auf der Krankenstation, doch bereits jetzt fange ich an, den Verstand zu verlieren. Nate ist kurz zum nahegelegenen Einkaufszentrum gefahren, um mir einen Schlafanzug, eine Zahnbürste und ein paar andere Sachen für die Übernachtung zu holen, doch ich habe sie nicht einmal aus dem bunten Rucksack geholt, in dem sie sich befinden. Das Einzige, wozu ich mich bereiterklärt habe, war, die Schuhe auszuziehen, und das auch nur, weil Nate meinte, es wäre bequemer für mich, wenn ich die Beine aufs Bett hochlege und dann ausstrecke. Ansonsten habe ich meine Aufmerksamkeit ausschließlich auf das Handy und die Decke konzentriert. Nate habe ich noch nicht gebeichtet, dass ich gar nicht die ganze Nacht bleiben werde. Das sage ich ihm, wenn er aus der Kantine zurück ist. Dorthin habe ich ihn vor einer ganzen Weile geschickt, um etwas zu essen zu holen. Er hatte Hunger, aber ich habe auch ein wenig Raum für mich gebraucht. Er hat einen Wirbel um mich gemacht wie eine Glucke. Er meint es gut, und ich weiß, dass er sich unglaublich bemüht, seine Flucht nach Ibiza wiedergutzumachen. Aber wenn wir es schaffen sollten, die Schwierigkeiten unserer Beziehung zu überwinden, dann sicherlich nicht, weil er mein Krankenhauskissen zehnmal pro Minute aufgeschüttelt hat.

In diesem Zimmer befinden sich sechs Betten, von denen drei belegt sind. Es gehört zur Pränatal-Station, daher gibt es hier Gott sei Dank keine Neugeborenen, aber trotzdem ist ihr Schreien aus den benachbarten Zimmern zu hören.

»Herrgott, jetzt schreien sie schon wieder«, meckert die Frau im Bett gegenüber und verdreht die Augen.

»Babys machen das eben«, stellt eine junge Frau von der anderen Zimmerseite aus fest. »Hör nicht auf sie«, fährt sie fort und schaut mich direkt an. »Die glaubt tatsächlich, sie wird ein Kind auf die Welt bringen, das nicht schreien wird. Viel Glück damit, Liebes!«

Beide starren mich an und warten darauf, dass ich etwas antworte. Ich verschränke die Arme vor der Brust und schließe die Augen. »Wenigstens werdet ihr ein Baby haben. Ein gesundes Baby.«

Ich will gar nicht verbittert und eifersüchtig klingen, doch der Neid in meiner Stimme lässt sich nicht verbergen.

»Ist alles in Ordnung bei dir?«, fragt die eine und klingt nun viel sanfter und aufgeschlossener als noch einen Moment zuvor.

»Nein«, gebe ich zu, öffne die Augen und setze mich auf. »Nein, ist es nicht.«

»Ist dein Baby krank?«, fragt die andere Zimmergenossin und umrundet ihr Bettende, um zu mir zu kommen.

»Tut mir leid. Ich kann hier nicht bleiben.« Ich hüpfe vom Bett und gleite mit zitternden Füßen in meine Schuhe.

»Wo willst du denn hin?«, fragt die andere. »Wir haben doch nur einen kleinen Scherz über die schreienden Babys gemacht. Wir wollten dich nicht ärgern. Tut mir leid.«

Ich schnappe mir mein Handy vom Nachttisch und stecke es in meine Manteltasche. Anschließend schiebe ich die Arme in die Ärmel meines Mantels und schließe den Reißverschluss. Sofort wird mir zu heiß.

»Setz dich lieber hin«, drängt sie mich und steht jetzt neben mir. »Du siehst gar nicht gut aus. Die Schwester kommt bestimmt gleich. Und du solltest besser nirgendwohin gehen, bevor die Schwester dich nicht gesehen hat.«

Ich bücke mich, sammle den Rucksack auf, den Nate eben vorbeigebracht hat, und presse ihn mir an die Brust, als ich aufstehe.

»Bitte richtet der Krankenschwester meinen Dank aus, aber ich muss jetzt los«, erkläre ich und atme scharf auf.

»Drück auf die Klingel«, fordert sie die andere Frau auf. »Ruf die Schwester.«

Ich marschiere auf die geöffneten Doppeltüren der Station zu und halte kurz inne, als ich den hellen Korridor betrete. Hier sind überall Krankenschwestern, Ärzte und Patienten. Winzige Schweißtropfen sammeln sich am unteren Ende des Rückens; ich spüre, wie sie am Jeansbund haften. Gerade komme ich mir wie ein Kind vor, das versucht, den Unterricht zu schwänzen, ohne dass die Lehrer es sehen. Eine Krankenschwester streift an mir vorbei, ihre Schulter stößt an meine.

»Oh, Entschuldigung«, sagt sie und eilt weiter.

Ich werfe einen Blick über die Schulter zurück und beobachte, wie sie die Station betritt, die ich gerade verlassen habe. Ich lege an Tempo zu und gehe so schnell, wie ich nur kann, ohne dabei den Anschein zu erwecken, gleich zu einem Sprint überzugehen. Mir ist klar, dass die beiden im Krankenzimmer die Schwester über meine Flucht informieren werden. Ich weiß auch, dass sie – sollte sie nach mir suchen – mich nicht dazu zwingen kann zu bleiben. Doch ich bin erschöpft und überlastet; allein schon beim Gedanken an eine Konfrontation mit ihr würde ich am liebsten auf dem Boden zu einem kleinen Häufchen Elend zusammenfallen und wie ein Schlosshund heulen.

Ich gelange zu der einschüchternden Tür am Ende des Hauptkorridors. Ich drücke. Nichts passiert. Ich ziehe an der Klinke, doch die Tür bewegt sich keinen Zentimeter. An der Wand befindet sich ein Schalter, und ich atme scharf ein, als mir klar wird, dass ich ihn betätigen muss, um hier rauszukommen. Irgendjemand nuschelt etwas durch die Gegensprechanlage, und ich schaffe eine kurze Antwort. »Raus, bitte.«

Die Tür summt und öffnet sich. Ich eile mit gesenktem Kopf hindurch.

»Holly, da sind Sie ja.«

»Marcy!« Ertappt zucke ich zusammen.

»Ich wollte Sie gerade besuchen kommen. Ich habe gehört, Sie haben für Bed & Breakfast eingecheckt«, scherzt Marcy.

Nervös fahre ich mir mit der Hand übers Haar.

»Aber nehmen Sie sich vor dem Frühstücksspeck in Acht! Der soll hier wie eingeschlafene Füße schmecken.«

Ich ziehe am Schultergurt des Rucksacks und merke, dass

ich mich gar nicht daran erinnern kann, ihn geschultert zu haben.

»Ich … ich …« Ich werde rot. »Marcy, es tut mir leid. Ich weiß, dass Sie sich viel Mühe gegeben haben, Ihre Kollegen zu bitten, sich um mich zu kümmern. Aber ich kann einfach nicht bleiben.«

»Holly.« Marcy flüstert ganz sanft meinen Namen, als würde sie gleich ein Lied anstimmen. »Ich hatte nicht damit gerechnet, dass Sie eingewiesen werden. Ich kann mir vorstellen, wie schwer das für Sie ist, aber ich bin mir auch sicher, dass man Sie nur stationär aufnimmt, wenn es wirklich Grund zur Sorge gibt.«

»Ich weiß«, stottere ich. »Zu jedem anderen Zeitpunkt würde ich ja auch bleiben. Tatsächlich würde ich mich sogar über einen Tag freuen, an dem ich nicht arbeiten muss. Aber heute kann ich nicht bleiben, Marcy. Das verstehen Sie doch, oder?«

»Holly, Ihr Blutdruck …« Marcy bekräftigt noch einmal die Bedenken ihrer Kollegin.

Mit einem Ruck ziehe ich das Handy aus meiner Tasche und überprüfe die Wettervorhersage. »Klarer Nachthimmel«, verkünde ich.

Marcy starrt mich verwirrt an.

»Klarer Himmel, damit wir die Sterne sehen können«, erkläre ich.

Marcy drückt ihren Handrücken an meine Stirn. »Holly, ich glaube, Sie haben Fieber.«

»Habe ich nicht.« Ich schüttele den Kopf, als mir aufgeht, dass meine Worte für sie keinen Sinn ergeben. »Nana liebt die Sterne, wissen Sie? Als ich noch klein war, haben wir immer draußen im Garten gesessen und in den Nachthimmel hinaufgestarrt, um dort den hellsten Stern von allen zu finden. Nana hat immer gesagt, dass die Engel uns von den Sternen aus zuschauen.«

»Vielleicht tun sie das tatsächlich«, stimmt Marcy mir zu.

»Ich weiß es nicht«, schniefe ich. »Eigentlich spielt es nicht mal eine Rolle. Es ist einfach nur schön, sich das so vorzustellen.«

»Holly, können wir jetzt zu Ihrem Krankenbett zurückkehren?«, fragt Marcy ruhig. »Wenigstens so lange, bis der Arzt bei Ihnen gewesen ist?«

Marcy tritt einen Schritt vor und versucht, ihren Arm um den meinen zu legen, doch ich weiche zitternd zurück.

»Was ist denn, wenn heute die Nacht ist, in der Nana ihren eigenen Stern bekommt?«, wimmere ich.

»Ach, Holly.« Marcys Miene wird weicher.

Ich deute auf die Pränatal-Station. »Ich kann da nicht liegen und mich ausruhen, während gleichzeitig …« Ich ersticke fast an den Worten und muss tief und gleichmäßig einatmen, bevor ich den Satz beenden kann. »Während ich gleichzeitig … gleichzeitig weiß, dass ich die Zeit mit Nana verbringen könnte.«

»Okay.« Marcy nickt.

»Okay?« Ich halte den Atem an.

»Wir gehen gemeinsam wieder nach unten«, schlägt Marcy vor. »Aber lassen Sie uns das anständig machen. Wir erklären den Schwestern hier, dass Sie gehen, und vereinbaren einen ambulanten Termin für eine Kontrolluntersuchung. In Ordnung?«

Ich schlucke schwer. »Danke.«

29.

Holly

»Du meine Güte, Holly! Da bist du ja!«, ruft Nate, als er Marcy und mich vor Nanas Tür entdeckt. »Ich habe dich im ganzen verdammten Krankenhaus gesucht!«

Ich presse meine Finger zwischen die Augen, um den Druck in meinem Kopf ein wenig zu lindern. »Tut mir leid. Ich wollte dir schreiben, aber dann wurde ich abgelenkt.«

»Was haben die Ärzte gesagt?«, fragt Nate.

»Wir sind gerade erst hergekommen«, erwidere ich. »Ich habe noch keinen Arzt gesprochen. Aber Ben meint, Nana habe fast den ganzen Tag geschlafen. Das ist doch gut. Sie hat keine Schmerzen.«

»Das ist wirklich eine gute Nachricht«, lächelt Nate. »Aber ich meinte dich. Was hat der Arzt zu dir gesagt?«

»Oh.« Ich zucke zusammen; mir graut vor meiner Antwort. »Ich habe mit keinem Arzt gesprochen.«

»Wer hat dich denn dann entlassen?« Nate kneift die Augen zusammen.

»Ähmmm …«

»Holly! Jetzt sag bitte nicht, dass du einfach aufgestanden und gegangen bist.«

»Wir haben stattdessen einen ambulanten Untersuchungstermin vereinbart«, unterbricht ihn Marcy. »Für Montag. Das ist viel besser. Holly hätte auf der Station oben durch das Geschrei der vielen Neugeborenen ohnehin keine Ruhe gehabt.«

Nate fährt sich mit der Hand durchs Haar und beäugt mich skeptisch. »Und das ging für die Krankenschwester in Ordnung? Sie hat ja eben noch darauf bestanden, dass du bleiben sollst.«

»Jepp. Alles gut«, erwidere ich und habe Mühe, vernünftig und fröhlich zu klingen. »Am Montag bin ich zur Untersuchung wieder hier. Kein Grund, sich Sorgen zu machen.«

»Familie Talbot?«, ruft jemand hinter uns, und ich bin der unbekannten Stimme sehr dankbar dafür, dass sie die angespannte Stimmung durchbricht.

»Ja? Ich bin Holly«, antworte ich und drehe mich um. Vor mir steht ein Krankenpfleger mit einem Rollstuhl. »Ich bin Annies Enkelin. Meine Eltern sind im Augenblick nicht hier«, füge ich hinzu, als mir der verwirrte Blick des Pflegers sagt, dass Nate und ich nicht diejenigen sind, nach denen er gesucht hat.

»Den Rollstuhl lasse ich Ihnen hier.« Er stellt den Rollstuhl neben der Stuhlreihe vor Nanas Zimmer ab. »Der Krankentransport sollte in der nächsten halben Stunde hier eintreffen, um Ihre Großmutter ins Hospiz zu bringen.«

»Okay. Vielen Dank«, erwidere ich vollkommen ruhig, als würde die Endgültigkeit von Nanas Transport ins Hospiz mich nicht innerlich bei lebendigem Leibe auffressen.

»Dann hat man ein Bett für sie parat«, stellt Marcy fest, als der Krankenpfleger ohne ein weiteres Wort wieder geht. »Das sind doch gute Nachrichten.«

Ich starre zu der kaltweißen Decke über mir hinauf und versuche, meine Tränen wegzublinzeln. Da die Decke erst kürzlich gestrichen wurde, strahlt sie richtig. Sie ist längst nicht so düster und bedrückend wie die Decke oben auf der Entbindungsstation, doch auch hier gibt es kein Fenster, von dem aus man zu den Sternen blicken könnte.

Ich sehe auf die Uhr. Gleich ist es drei. Der Krankentransport wird wahrscheinlich nicht vor vier hier sein. Ganz gleich, was der Krankenpfleger gesagt hat – so was dauert immer länger als angekündigt. Laut Google dauert die Fahrt quer durch die Stadt bis zum *Carry Me Home*-Hospiz etwa eine Stunde. Im Abendverkehr sicher noch länger. Wenn Nana also dort ankommt, wird es sicherlich dunkel sein.

»Marcy«, sage ich plötzlich. »Glauben Sie, der Krankentransport könnte auf dem Weg zum Hospiz einen kleinen Umweg zur Stadt hinaus machen?«

Verwirrt sieht Marcy mich an, und auch Nate ist nicht weniger verwirrt.

»Das ist gar nicht nötig, Holly.« Marcy lächelt mich an. »Krankentransporte verlaufen völlig anders als Fahrten mit dem Rettungswagen. Selbst wenn viel Verkehr herrschen sollte, bezweifle ich, dass sie die Sirenen anstellen werden. Solche Fahrten machen sie andauernd. Oftmals auch im Feierabendverkehr, daran sind sie gewöhnt. Der Wagen ist gut genug ausgestattet, um Annie während der gesamten Fahrt bequem zu transportieren. Es gibt also keinen Grund zur Sorge.«

Ich schüttele den Kopf. »Das habe ich gar nicht gemeint. Ich …«

Nanas Zimmertür öffnet sich quietschend, und Ben streckt den Kopf durch den Türspalt. »Sie ist wach«, strahlt er.

»Das ist toll, Ben!«, rufe ich. »Nate, bleibst du ein paar Minuten bei ihr?«

»Kommst du nicht mit rein?«, fragt Ben merklich aufgewühlt.

»Ich bin in zwei Minuten bei euch, versprochen!«

Ben runzelt die Stirn, während Nate zur Tür schlurft.

»Ist das für dich in Ordnung?«, fragt Nate und drückt meinem Bruder höflich die Schulter.

»Ja. Klar.« Ben nickt. »Sie freut sich bestimmt, dich zu sehen.«

»Komm.«, sagt Nate zu Ben, dreht den Kopf und lächelt mich über die Schulter hinweg an. »Dann wollen wir ihr mal zwei Minuten lassen.«

»Holly, was hast du vor?« Ben verzieht das Gesicht, er kennt mich einfach zu gut.

»Hoffentlich etwas unglaublich Aufregendes.« Ich grinse zurück. »Gebt mir diese zwei Minuten bitte, ja?«

Ben seufzt frustriert, dreht sich auf dem Absatz herum und kehrt in Nanas Zimmer zurück. Leise schließt Nate die Tür hinter ihm und lässt Marcy und mich im Flur zurück.

»Alles in Ordnung, Holly?«, erkundigt sich Marcy. »Hat Ben Recht? Haben Sie noch etwas in der Hinterhand?«

»Ich hoffe doch.« Leicht schwindelig, wie mir ist, zucke ich mit den Schultern. »Nana war ihr ganzes Leben lang aktiv. Sie hat die Arbeit auf dem Hof geliebt, vor allem die Arbeit an der frischen Luft. Mich bringt der Gedanke um, dass sie ihre letzten Tage eingesperrt in einem muffigen Hospizzimmer verbringen wird.«

»Okay …« Marcy neigt den Kopf zur Seite. »Woran denken Sie?«

»Vielleicht können wir mit ihr zur Obstplantage fahren. Ein letztes Mal. Wir könnten Decken und ihre Medikamente mitnehmen. Wir müssen auch nicht lange bleiben. Nur lange genug, dass sie die Sterne noch einmal sehen kann. Was meinen Sie?«

»O Holly! Das ist eine wirklich schöne Idee, aber ich glaube nicht, dass das möglich ist.«

»Warum nicht?« Ich bin kurz davor, in Tränen auszubrechen.

»Es ist zu kalt, und die Abendluft ist sehr feucht. Das wäre alles andere als gut für sie«, erklärt Marcy.

»Aber sie stirbt doch ohnehin, Marcy. Das wissen wir doch alle«, schnaube ich und klinge verbittert, als ich die Wahrheit laut ausspreche. »Wir können sie in ein erbärmliches Zimmer einsperren und dort auf das Unvermeidliche warten, oder wir bringen sie an einen Ort, den sie geliebt hat, und zeigen ihr ein letztes Mal die Sterne.«

»Holly, so etwas hat es noch nie gegeben.« Marcy schüttelt den Kopf.

»Würden Sie nicht gern die Sterne sehen?«, frage ich sie. »Ich würde es jedenfalls.«

»Die Idee ist wirklich nett«, stellt Marcy fest. »Aber leider kaum zu bewerkstelligen.«

»Warum eigentlich nicht?« Eine tiefe Männerstimme schaltet sich in das Gespräch ein und lässt mich zusammenzucken.

Als ich mich umdrehe, steht ein attraktiver Mann in einem maßgeschneiderten Anzug direkt hinter uns.

»Entschuldigung?«, fragt Marcy, deren Rücken mit einem plötzlichen, deutlich hörbaren Knacksen steif wird.

»Warum ist das keine gute Idee?«, fährt der Mann fort.

Ich habe ihn nicht sofort erkannt. Er ist Nanas Arzt. Ohne den weißen Arztkittel und das Stethoskop um den Hals sieht er ganz anders aus. Er wirkt menschlicher, viel natürlicher und ganz sicher deutlich nahbarer. Um seine Augen herum haben sich tiefe Falten gebildet, und er sieht viel erschöpfter aus als zuvor. Ich frage mich, ob er einen anstrengenden Tag hatte. Jeden Tag auf der Onkologie zu arbeiten muss richtig hart sein. Warum wählt jemand eigentlich einen Beruf, bei dem man tagtäglich mit Tod konfrontiert wird?

»Dr. Matthews!« Marcy scharrt mit den Füßen, und ich spüre, dass es zwischen den beiden so dermaßen funkt, dass die Luft regelrecht knistert.

»Holly, das ist James Matthews. Er ist der Oberarzt, der für Ihre Großmutter zuständig ist«, stellt Marcy ihn höflich vor. »James, das ist Holly, von der ich dir erzählt habe.«

»Wir haben uns heute Morgen kurz kennengelernt«, erwidert Dr. Matthews. »Schön, Sie wiederzusehen, Holly!«

Ich würde Marcy gern fragen, warum sie Nanas Arzt von mir erzählt hat, aber die Frage wirkt so seltsam zusammenhanglos, dass ich lieber wieder auf Dr. Matthews' Frage zurückkommen würde. Ich drücke die Daumen, dass er sie noch einmal stellt.

»Erzählen Sie mir ein wenig mehr über diese Obstplantage«, bittet er.

Ich grinse so breit, dass meine Wangen sich bis zu den Augen hochschieben. »Zum Hof meiner Großmutter gehört eine alte Obstplantage«, erkläre ich. »Das ist ein ganz besonderer Ort für sie. Und ich dachte …« Ich halte inne, da ich spüre, wie Marcys besorgter Blick auf mir ruht. Ich weiß, dass sie für meine Großmutter nur das Beste will, aber ihre Abneigung gegen meine Idee verunsichert mich. Nana wehzutun ist das Letzte, was ich will. Mit einem Schlag kommt mir die Idee gar nicht mehr so brillant vor.

»Ja?«, ermuntert mich Dr. Matthews. »Was dachten Sie?«

»Ich dachte, wir könnten sie dort vielleicht hinbringen. Eine dumme Idee, ich weiß«, füge ich schnell hinzu. »Aber hier ist alles so trist und traurig. Nichts für ungut.« Ich werde rot.

Dr. Matthews lacht. Sein heiseres Glucksen erweckt den Anschein, dass er die Spontanität meines Vorschlags mag.

»Tut mir leid«, fahre ich fort. »Ich weiß, das ist verrückt.«

»Es ist *vollkommen* verrückt«, pflichtet er mir mit einem selbstbewussten Nicken bei und wird plötzlich ernst. »Aber das ist gleichzeitig die beste Idee, die ich seit langem gehört habe.«

»James!« Marcy wirft ihm einen finsteren Blick zu.

Dr. Matthews reißt die Augen ein wenig auf, starrt Marcy wie ein ungehorsamer Schuljunge an und hält ihrem Blick stand. Marcy lässt die Schultern sinken. Ihre Augen funkeln, und ihre Mundwinkel heben sich, je mehr sie sich mit der Idee anfreundet.

»Ihr Zustand kann sich dadurch nicht noch weiter verschlechtern, als er ohnehin schon ist, Holly«, versichert Dr. Matthews. »Und wenn es die Möglichkeit gibt, ja sogar nur den Hauch einer Möglichkeit, dass es Annie glücklich machen wird, dann finde ich – ganz gleich, wie verrückt das Vorhaben ist –, dass es eine tolle Idee ist. Und ich sage Ihnen: Tun Sie's!«

»Holly, bitte entschuldigen Sie meinen Ehemann«, geht Marcy dazwischen. »Er ist ein hoffnungsloser Romantiker.«

»Ihr Ehemann?«, grinse ich und verstehe plötzlich, warum die Chemie zwischen den beiden so stimmt.

»James findet, dass das Herz das Einzige ist, was zählt.«

»Na ja, immerhin bin ich Herz-Lungen-Spezialist«, scherzt er.

»Ach, jetzt hör schon auf, James«, runzelt Marcy spielerisch die Stirn. »Du kannst dich hier jetzt nicht mit deinem Titel rausreden. Du glaubst doch, dass Liebe alles überwindet. Und über die Jahre hinweg hast du mich davon überzeugt, dass du Recht hast.«

Mit einem Mal wird Dr. Matthews' Miene ernst. Er faltet die Hände und drückt sie an seine Brust. »Holly, nehmen Sie bitte einen Augenblick lang Platz.«

Ich werfe einen Blick auf Nanas Zimmertür. So langsam möchte ich dringend hinein, doch ich schenke dem höflichen Arzt meine Zeit und setze mich. Dr. Matthews nimmt neben mir Platz, während sich Marcy auf seiner anderen Seite niederlässt. Einen Moment lang sagt niemand einen Ton, und mein Herz klopft mir bis zum Hals, sodass ich fast Angst habe, man könne es hören.

Dr. Matthews schlägt die Beine übereinander, und es scheint, als sitze er trotz der steifen, harten Metallstühle gemütlich da. Doch seine souveräne Körpersprache ist mit einer unverkennbaren Eindringlichkeit gefärbt, und ich vermute, dass ihm meine Großmutter inzwischen so sehr ans Herz gewachsen ist wie Marcy.

»Ich habe im Alter von dreißig Jahren das erste Mal eine Herzoperation durchgeführt«, informiert mich Dr. Matthews. »Die Patientin war eine junge Frau; damals war sie etwa dreiundzwanzig Jahre alt. Sie hat sich mit Schmerzen in der Brust vorgestellt, und ihre Aorta war so verstopft, dass eine Operation schwierig wurde. Es gab einige Komplikationen, und es kam zu schwerwiegenden Blutungen.«

Ich halte den Atem an; natürlich weiß ich, worauf er mit der Geschichte hinauswill. Ich habe Freunde, die mich nach Nanas Diagnose mit ähnlichen Anekdoten trösten wollten. »Sie hat doch ein stolzes Alter erreicht«, meinten einige; als ob man mit Erreichen eines gewissen Alters bereits länger da ist, als man auf diesem Planeten willkommen ist. Aber ich verstehe einfach nicht, wie ein Mensch in Jahren bemessen werden kann. Das Alter ist doch nur eine Zahl. Sie definiert dich nicht, und sie diktiert auch ganz sicher nicht, wie viel die Leute in deinem Umfeld dich lieben.

Andere Freunde wiederum beneiden uns um unsere Beziehung, weil sie ihre eigenen Großeltern entweder im Kindesalter oder bereits vor ihrer Geburt verloren haben. »Wenigstens hattest du viel Zeit mit ihr«, sagen sie. Bei diesem Punkt fällt es schon schwerer, darüber zu streiten. Ich kann nicht leugnen, dass ich mich glücklich schätzen muss, eine so tolle Beziehung zu meiner Großmutter zu haben. Nicht jeder hat so viel Glück. Ich versuche dann zu erklären, dass keine Zeit je lang genug und niemand je bereit ist, sich zu verabschieden, aber meist verstehen sie mich nicht. Es spielt keine Rolle, ob man jemanden zehn Minuten, zehn Jahre oder einhundertzehn Jahre liebt; wenn diese Person einmal einen Teil deines Herzens in Beschlag genommen hat, bist du niemals mehr bereit, sie gehen zu lassen.

Ich warte darauf, dass Dr. Matthews den Vergleich zieht zwischen Nanas langem, glücklichem Leben und dem kurzen Leben von jemandem, der kaum angefangen hat zu leben.

Schweigend sitze ich da und beobachte, wie Dr. Matthews sich an der Stirn kratzt. Ihm ist anzusehen, dass er die Erinnerung an die junge Frau noch lebhaft vor Augen hat, als habe er sie erst gestern operiert.

»Ist sie gestorben?«, frage ich schließlich.

»Nein.« Er lächelt. »Sie hat es geschafft.«

»Oh.« Ich richte mich auf und habe mit einem Mal keinen blassen Schimmer, warum er diese Erinnerung mit mir teilt.

»Sie sitzt neben mir«, verkündet Dr. Matthews. »Nicht wahr?«

»James hat mir das Leben gerettet, Holly«, gesteht Marcy und nimmt seine Hand. »Er hat mir wortwörtlich das gebrochene Herz geheilt.«

»Wow«, staune ich sprachlos. »Das ist eine unglaubliche Geschichte.«

»Eigentlich, Holly …« Dr. Matthews schüttelt den Kopf. »Eigentlich habe nicht ich Marcy an jenem Tag gerettet; sie hat mich gerettet.«

Marcy kichert. »Das ist der Punkt, an dem mein Ehemann ganz rührselig und romantisch wird, Holly. Und zwar jedes Mal, wenn er diese Geschichte erzählt.«

»Ich befand mich mit meiner Karriere in einer ausweglosen Situation«, erklärt Dr. Matthews und fährt mit seinem Daumen die Sommersprossen auf Marcys Hand nach. »Ich war mir unsicher, ob die Medizin wirklich der richtige Weg für mich ist. Ich war unsicher, ob ich für den Rest meines Lebens tagtäglich auf Blut und Innereien gucken kann, während der Patient schlafend vor mir auf dem OP-Tisch liegt. Natürlich ist es ein tolles Gefühl, ein Leben zu retten. So als ob man bei einem Rennen als Erster über die Ziellinie fährt oder ein paar

Euro mit einem Rubbellos gewinnt – aber es war längst nicht so überwältigend und leidenschaftlich, wie es meiner Meinung nach sein sollte.«

»An jenem Morgen hatte James beschlossen, dass meine Operation die letzte ist, die er je ausführt«, fährt Marcy fort. »Er hatte seine Kündigung bereits geschrieben, und sie lag in seinem Spind. Sobald er das Skalpell weggelegt hätte, wollte er die Kündigung einreichen.«

»Was ist passiert? Warum haben Sie Ihre Meinung geändert?«, frage ich und mustere seine grauen Haare und die Falten, die die Zeit geduldig in seine Stirn gegraben hat.

»Marcys Vater lief mir kurz vorher im Korridor über den Weg. Es war eine Not-OP, und wir hatten uns zuvor noch nie gesehen, doch er sagte mir, dass er das Leben seiner Tochter in meine Hände lege, und flehte mich an, sie zu retten. Er sagte: *Wenn Sie das Herz meiner Tochter in der Hand halten, halten Sie gleichzeitig die Herzen all derer in der Hand, die sie lieben.*«

Meine Schultern beben, und schweigend laufen mir die Tränen über die Wangen.

»Ich habe meine Kündigung noch am gleichen Tag zerrissen und bin dann dem Weg gefolgt, der mich zur Onkologie und Ihrer Großmutter geführt hat«, fährt Dr. Matthews fort und legt seine Hand auf mein Knie. »Jedes Mal wenn ich bei jemandem den Puls messe oder mein Stethoskop in die Hand nehme, erinnere ich mich an die Worte von Marcys Vater. Wenn ich eine Brust öffne, sehe ich mit meinen Augen ein Herz, aber ich weiß, dass ich genauso verantwortlich bin für all die Herzen derer, die meine Patienten lieben.«

»Sie halten Annies Herz in der Hand, Holly«, stellt Marcy fest. »Und ganz gleich, was passiert, Sie dürfen es niemals loslassen.«

30.

Annie

Die Sonne scheint, und ich spüre die warmen Strahlen auf meinem Gesicht, als Sketch und ich im Gras liegen und in den Himmel hinaufschauen. Hin und wieder zieht eine einzelne Wolke vorbei.

»Die da drüben sieht wie ein Schaf aus«, stelle ich fest und deute zum Himmel.

Sketch lacht. »Die sehen alle wie Schafe aus.«

»Okay, okay«, kichere ich. »Aber was ist denn mit der da?« Ich fahre mit dem Finger quer über den Himmel und deute auf die nächste, etwas zerrupft wirkende Wolke, die langsam vorüberzieht. »Wie sieht diese Wolke wohl aus?«

»Ähm … wie ein Schaf.« Sketch verschränkt die Arme vor der Brust und nickt herausfordernd.

Ich rolle mich auf den Bauch und stütze mich mit den Ellbogen ab. »Und die da?«

»Schaf. Eindeutig.«

»Und die dort?« Ich bewege meinen Finger.

»Oh, die ist jetzt aber mal interessant.« Sketch neigt den Kopf zur Seite, hebt ihn und senkt ihn, untersucht theatralisch alle Seiten der Wolke. »Schaf!«

»Allmählich erkenne ich ein Muster.« Scherzhaft verdrehe ich die Augen.

»Erahnst du auch, dass ich dich viel lieber küssen möchte, als mit dir Tierwolken zu suchen?«, fragt Sketch. »Denn so ist es nämlich.«

Sketch dreht sich auf die Seite und schaut mich an. Er stützt sich auf den Ellbogen und presst die flache Hand an seine Wange. Nur wenige Zentimeter trennen uns, und ich kann die Wärme spüren, die von ihm ausgeht.

Der Kragen meines Kleides fühlt sich mit einem Mal viel zu eng an, und ich öffne den obersten Knopf. Sketchs Augen hängen an meinen Fingern. Ich nestele am nächsten Knopf herum. Sketchs Lippen öffnen sich, und ich wüsste zum Verrecken gern, was er gerade denkt. Der dritte und letzte Knopf sitzt genau über meinen Brüsten. Mit zitternden Fingern greife ich danach, doch bevor ich ihn zu fassen bekomme, spüre ich, wie sich Sketchs Hand um meine Finger legt und sie festhält.

»Bist du dir sicher?«, flüstert er.

Ich nicke.

Sketch beugt sich vor, und ich schließe die Augen, als ich den süßen Geschmack seiner Lippen schmecke, die sich auf die meinen drücken.

»Ich liebe dich, Annie«, sagt er und streift mit seinen Lippen über meine Wange. »Ich liebe dich, solange ich denken kann.«

»Ich liebe dich auch«, erwidere ich mit bebender Stimme.

Ein sanftes Prickeln läuft mir den Rücken hinunter, als Sketchs Kussmund sich weiter vor traut und meinen Hals liebkost.

»Ich möchte mit dir alt werden, Annie. Ich will, dass du bei mir bist, wenn ich sterbe.« Sketch schließt mich in seine starken Arme. Mein weicher Körper verschmilzt mit seiner Stärke und lässt keinen Zentimeter mehr zwischen uns. »Versprich, dass du mich lieben wirst, bis ich alt bin und Gott mich zu sich ruft.«

»Das will ich«, keuche ich und sehne mich danach, ihm noch näher zu sein.

Ich will nichts anderes, als dass wir unsere Kleidung ablegen, damit nichts mehr zwischen uns ist, nicht einmal mehr Stoff.

»Ich werde immer für dich da sein«, flüstert Sketch. »Jeden Schritt, den ich von hier und jetzt an gehe, will ich nur noch mit dir an meiner Seite gehen.«

Ich greife nach dem dritten Knopf. Selbstbewusst öffne ich ihn, und der weiche blaue Stoff meines Kleides klafft daraufhin auf. Sketch bewegt sich und schmiegt sich an meine Brust. Sein warmes Gesicht presst sich auf meine nackte Haut, und ich seufze glücklich. Ich schließe die Augen, und mein tiefer, zufriedener Atem tanzt über Sketchs Kopf hinweg.

»Sketch?«

»Hmmm.« Seine tiefe Stimme vibriert an meiner Brust.

»Schlaf mit mir.«

Sketch weicht zurück. Ich halte den Atem an. Das Herz klopft mir bis zum Hals, dass ich fast befürchte, es könnte mir aus dem Leib springen, in ihn hinein. Sketch richtet sich auf, setzt sich hin und beugt sich zu mir, um mich anzusehen. Ich kann von seiner Miene nichts ablesen. Seine Augen schauen mich voller Leidenschaft an, doch Sketch ist ein

Gentleman, und Gentlemen dürfen nicht von Sehnsucht getrieben handeln.

»Annie, ich will dich nicht ausnutzen«, erklärt er.

»Du hast gesagt, dass du mich liebst …«

»Das tue ich auch«, verspricht Sketch.

»Dann zeig es mir. Lass mich spüren, wie sehr du mich liebst.«

»Annie.« Sketch atmet aus; seine Brust hebt und senkt sich schnell.

»Zeig es mir, Sketch, bitte. Ich will dir gehören. Mein Herz gehört dir bereits. Jetzt will ich mich dir ganz hingeben.«

Plötzlich steht Sketch auf und kramt in seinem Rucksack. Dann holt er ein Messer hervor, das er benutzt, um seine Stifte zu spitzen. Mit der Hand streicht er über die Rinde unseres Lieblingsbaumes und ritzt unsere Initialen unter die seiner Eltern.

»Da«, sagt er zufrieden, als er das Messer sinken lässt und es mit der Klinge voraus nach unten ins hohe Gras fällt. »Für immer vereint. Das steht jetzt hier.«

Schmetterlinge stürmen durch meinen Bauch, als ich zu dem Mann aufschaue, den ich verehre, und er erwidert meinen Blick mit glühender Leidenschaft. Seine Lippen sind leicht geöffnet, seine Augen zusammengekniffen. Er kann durch meine Kleidung schauen. Durch meine Haut. Bis in meine Seele hinein. In meine Seele, die sich danach sehnt, eins mit der seinen zu werden. Sketch fährt sich mit zitternder Hand übers Haar und zerzaust seine normalerweise glattgekämmte Frisur. Mit wuscheligem Haar, das ihm in die Augen fällt, wirkt er jünger, doch ich kann sein ruhiges Äußeres durchschauen. Mich täuschen weder seine schwarze

Lederjacke und die Zigaretten, die in seiner Tasche stecken, noch das selbstsichere Lächeln eines hart arbeitenden Mannes. Ich erkenne den verängstigten Jungen, der so unendlich bereit ist zu wachsen, aber angesichts des nächsten Schritts nervös ist. Ich erkenne den Jungen, dessen Schicksal mit dem meinen verknüpft ist, seitdem wir beide noch zu jung waren, um es zu verstehen. Sketchs Herz ist jetzt wie ein offenes Buch für mich. Ich lese das erste Kapitel und sehe meinen Namen darüberstehen.

31.

Annie

Sketch und ich liegen nebeneinander auf dem Gras. Mein Haar ist schweißnass, und kleine Schweißtropfen rinnen meinen Rücken hinunter. Die einzigen Geräusche sind unser tiefer, erschöpfter Atem und das leise Gezwitscher einzelner Vögel, die in den nahegelegenen Bäumen sitzen. Sketchs Arme sind um meinen nackten Körper geschlungen und drücken mich zärtlich an sich. Mein Kopf ruht an seiner Brust, und ich presse mein Ohr an seine warme Haut, um seinem gleichmäßigen Herzschlag zu lauschen. Vor wenigen Augenblicken ist sein Herz noch gerast, doch jetzt schlägt es wieder ruhiger. Als eine sanfte Brise aufkommt und die Blätter an den Zweigen über uns rascheln, zittere ich ein wenig. Sketch legt seinen Arm fester um mich und zieht mich noch näher an sich heran. Er hält mich warm und sicher.

Ich ziehe mir die karierte Picknickdecke, die Sketch über uns ausgebreitet hat, fest um die Schultern.

»Keine Sorge, Annie.« Sketch küsst mich auf den Kopf. »Hier kann uns niemand sehen.«

»Ich weiß«, flüstere ich und genieße die Ruhe der weiten Obstplantage.

Nirgendwo auf der Welt könnte ich glücklicher sein als an diesem herrlichen Fleckchen hier.

»Habe ich dir wehgetan?«, fragt Sketch, dessen Hand sich in mein feuchtes Haar schiebt, um mir den Hinterkopf zu streicheln.

»Ein wenig«, gebe ich zu und spüre immer noch die Nachwirkungen des Brennens, als er in mich eingedrungen ist.

Sketchs Hand hält inne. »Das tut mir leid.«

Ein wenig unruhig richte ich mich auf und lege meine Hand an beide Seiten von Sketchs Brustkorb, damit ich ihm in die Augen sehen kann. »Das muss es nicht«, erwidere ich. »Das erste Mal tut es anscheinend oft weh. Ich habe darüber gelesen.«

»Annie, ich bin schockiert!« Sketch runzelt die Stirn und täuscht Missbilligung vor.

Ich habe Mühe, ernst zu bleiben, als er so erwachsen und herablassend tut, wie ich es von einem Mann erwartet habe.

»Je eher du mir richtig Lesen beibringst, desto besser«, fährt Sketch fort. »Ich glaube, ich muss mir mal ein paar deiner Bücher ausleihen.«

Ich muss lachen und lasse die Arme sinken, als ich den Kopf an seine Brust lehne. Seine Haut fühlt sich ganz klamm an meiner Wange an.

»Im Ernst, Annie«, flüstert er und klingt mit einem Mal sehr erwachsen. »Es tut mir leid, dass ich dir wehgetan habe.«

»Sag so was nicht.« Ich runzele die Stirn und bin traurig, dass er so denkt.

»Lass mich das kurz erklären«, bittet Sketch.

Ich nicke und höre ihm zu.

»Ich hasse es, dass ich dir wehgetan habe, Annie«, wiederholt Sketch, und ich merke, wie er an meinem Oberschenkel wieder steif wird. »Aber ich kann jetzt an nichts anderes denken, als es noch einmal zu tun.«

Mit einem Seufzer atme ich aus und arbeite mich seine Brust hinauf, wobei ich meine Aufregung, gleich seine Lippen zu erreichen, kaum zurückhalten kann. Ich küsse ihn fordernd und bestimmt und lasse ihn ohne Worte wissen, dass auch ich es trotz der Schmerzen wieder tun will.

»Ich auch.« Ich werde rot.

»Jetzt?«, fragt Sketch.

Ich presse meine Oberschenkel zusammen, und sofort spüre ich die innerlichen Verletzungen, die mich warnen, dass sie zum Heilen ein wenig Zeit brauchen. Ich schüttele den Kopf. Enttäuschung zeigt sich auf Sketchs Gesicht, doch er lächelt.

»Okay«, nickt er. »Aber nur damit du's weißt: Wahrscheinlich werde ich in jeder wachen Sekunde daran denken, wann wir es wiederholen.«

Ich schmolle. »Für mich ist kein Platz mehr in deinen Träumen?«

Sketch schließt mich in seine starken Arme und drückt mich fest, bis er mir fast die Luft raubt.

»Seit der Schulzeit habe ich jede Nacht von dir geträumt«, flüstert er. »Und jetzt weiß ich, dass Träume manchmal wahr werden können.«

Ich lasse mich mit meinem ganzen Gewicht auf Sketch sinken und bleibe still und ruhig liegen, während ich abwarte, ob ich ihm zu schwer bin. Sketch stößt ein zufriedenes Stöhnen aus und schmiegt seinen Kopf in meine Halsbeuge.

»Ich liebe dich, Annie«, flüstert er verschlafen. »Das war schon immer so und wird auch immer so sein.«

Ich küsse ihn auf den Kopf und schließe die Augen, als ich vor meinem geistigen Auge unser Liebesspiel noch einmal erlebe. Ich genieße jedes einzelne wunderbare Detail, wie ich es auch tue, wenn ich ein tolles Buch zu Ende gelesen habe. Meistens waren es Liebesgeschichten. Kein einziges Buch hat mich jedoch je darauf vorbereitet, wie es sich anfühlt, wenn ich auf meinem Helden liege und sich meine nackten Brüste an seine starke Brust drücken. Natürlich haben es die Worte auf den Seiten versucht, aber jedes Buch, das auch nur annähernd dieses Gefühl beschreiben konnte, habe ich als rein erfunden abgetan. Denn ich habe wirklich gedacht, dass sich nichts jemals so gut anfühlen könnte. So sicher. Doch während ich hier in Sketchs Armen liege, die Nacht den Tag beiseiteschiebt und die Sterne zum Vorschein kommen, erlaube ich mir die Vorstellung, dass Sketch vielleicht Recht hat. Vielleicht können Träume manchmal wirklich wahr werden.

32.

Annie

Die Zeit vergeht wie im Flug. Tage werden zu Wochen, Wochen zu Monaten, und ich verbringe mehr und mehr Zeit auf dem Hof der Talbots. Das große Bauernhaus fühlt sich allmählich immer mehr wie ein Zuhause an. Ich habe eine Routine eingeführt, und ohne es zu erzwingen, haben Sketch und sein Vater schließlich meinen Zeitplan respektiert. Ohne dass ich sie extra rufen muss, waschen sie sich pünktlich fürs Abendessen, und Sketch hilft mir sogar dabei, die Essensreste einzupacken, damit ich sie für meine Mutter mit nach Hause nehmen kann. Und natürlich entfliehen Sketch und ich fast jeden Nachmittag auf die Obstplantage. An den Tagen, an denen wir uns nicht lieben, lese ich, während Sketch malt. Manchmal haben wir sogar Zeit für beides.

Doch mit der vermehrten Zeit auf dem Hof muss ich auch in Kauf nehmen, immer weniger Zeit mit meiner Mutter zu verbringen, und ich mache mir unaufhörlich Sorgen um sie. Dank der Essensreste hat sie zwar zum ersten Mal seit Jahren ein gesundes Gewicht erreicht, doch mir fällt immer wieder auf, dass sie humpelt. Letzte Woche, als sie geniest hat, hatte sie starke Schmerzen in der Brust, während sie versucht hat, sich wieder gerade aufzurichten. Ich hege keinerlei Zweifel, dass ihr Oberkörper so schwarz und blau ist wie der Herbsthimmel auf Sketchs letztem Bild.

Mein Vater ist schlau. Deswegen hat es mich auch nicht sonderlich überrascht, als ich entdeckt habe, dass er Selbstgebackenes, das ich vom Hof mitgebracht habe, gegen Reparaturarbeiten an seinem Fahrrad eingetauscht hat. Es brauchte nur ein paar Brotpuddings und eine Handvoll Apfelkuchen, bis sein Rad wieder fahrtüchtig war. Mit einem Sattel unter dem Hintern kehrt er jetzt wieder vom Pub zurück, kurz nachdem er sein letztes Glas geleert hat. Und manchmal, wenn ich auf dem Hof lange und hart arbeiten muss, ist er sogar vor mir zu Hause.

Sketch versteht meine Sorgen und hat durchaus versucht, Lösungen zu finden. Er hat angeboten, für meine Mutter einen Arbeitsplatz auf dem Hof zu schaffen, aber ich weiß, dass die Finanzen der Talbots es nicht erlauben, ein weiteres Gehalt zu zahlen. Pa hat darauf bestanden, dass ich für alle Überstunden großzügig entlohnt werde. Außerdem würde mein Vater niemals erlauben, dass meine Mutter außer Haus arbeitet. Sketch hat sogar angeboten, nachts meinen Vater vom Pub abzuholen und so lange mit ihm durch die Gegend zu fahren, bis er wieder nüchtern genug ist, um nach Hause gebracht zu werden. Doch Sketchs Tage fangen um fünf Uhr morgens an. Daher konnte ich sein Angebot nicht annehmen, da Sketch schnell erschöpft und müde gewesen wäre.

Ich starre aus dem Küchenfenster hinaus auf die Blätter an den Bäumen – sie färben sich von ihrem sommerlichen Grün mittlerweile zu herbstlichem Gold und Braun –, als sich Sketchs Hand um meine Taille schlingt. Ich kreische und lache, während ich mich krümmend und windend vor seinen schmutzigen, farbverschmierten Fingern in Sicherheit bringen will.

»Geh dich waschen, du Schmutzfink«, scherze ich und deute auf das Spülbecken voller Seifenwasser.

Sketch umrundet mich und taucht seine Hände ins Spülbecken. »Mach sie auf«, ruft er, als das Wasser ihm bis zu den Ellbogen spritzt.

Schnell eile ich zu ihm, um ihm zu helfen, und greife nach den Knöpfen an seinen Ärmeln, die er fast bis zum Bizeps hochgekrempelt hat.

»Nicht das Hemd, Annie. Die Kiste!« Sketch deutet mit einem Kopfnicken zum Tisch hinter uns.

Als ich mich umdrehe, entdecke ich eine rechteckige Kiste, die mitten auf dem Tisch steht. Sie ist bunt wie ein Regenbogen, und mir ist sofort klar, dass Sketch eine der Holzkisten aus dem Hühnerstall von Hand bemalt hat. Sie ist wunderschön und duftet nach Rosen und frischem Leinen. Ich stelle mich auf die Zehenspitzen und schaue hinein. Mein Blick fällt auf einen leuchtend himmelblauen Baumwollstoff.

»Darf ich?«, frage ich und drehe mich zu Sketch um, bevor ich es wage, ihn zu berühren.

»Natürlich«, erwidert er und trocknet seine Hände an einem Handtuch ab. »Das ist für dich.«

Ich greife in die Kiste und hole den Stoff heraus, als würde ich ein Neugeborenes hochheben. Ein wundervolles Kleid kommt zum Vorschein; die Plisseefalten des Rocks entfalten sich und wedeln wie ein offenes Akkordeon.

»Das ist tatsächlich für mich?«, frage ich aufgeregt.

Sketchs Augen funkeln. »Ja, Annie. Gefällt es dir?«

»Ob es mir gefällt?« Ich halte mir das Kleid vor, als würde ich es tragen. »Ich liebe es. O und wie ich es liebe! Vielen Dank, Sketch. Danke!«

Ich drehe mich auf der Stelle und wiege meine Hüften hin und her. Der wunderschöne Tellerrock schwingt mit mir.

»Das ist das schönste Kleid, das ich je in meinem Leben gesehen habe. Wie kann ich dir jemals dafür danken?«, sprudelt es aus mir heraus, ohne dass ich den Blick von dem weichen Stoff abwende.

»Versprich mir einfach, dass du es zum nächsten Tanzabend anziehen wirst.«

Enttäuscht blicke ich ihn an.

»O Annie, bitte«, fleht Sketch. »Mittlerweile arbeitest du hier seit fast einem Jahr, und ich genieße die Zeit, die wir zusammen verbringen, aber ein Junge sollte sein Mädchen ab und an zu einem Tanzabend ausführen.«

»Aber Sketch, du weißt doch, dass ich das nicht tun kann.«

»Ich weiß, dass du das nicht willst.« Sketch krempelt die Ärmel seines Hemds herunter und starrt auf seine Finger, während diese die Knöpfe richten. Er vermeidet jeden Augenkontakt.

»Das ist unfair«, entgegne ich und lege das Kleid vorsichtig wieder in die Kiste zurück. »Mein Vater würde ausrasten, sollte er es erfahren. Das weißt du doch.«

»Der Tanzabend endet um halb elf.« Sketch nimmt meine Hand. »Wir sind schon länger auf der Obstplantage gewesen und haben den Sternenhimmel angeschaut.«

»Die Obstplantage ist aber auch sicher«, stammele ich. »Dort kann uns niemand sehen. Niemand kann meinem Vater davon berichten.«

»Es wird nichts geben, was man deinem Vater berichten könnte. Ich werde dich nicht küssen, ja nicht einmal deine Hand halten. Wir werden einfach zwei Freunde sein, die zu guter Musik tanzen. Was meinst du, Annie?«

»Ich meine: Was ist mit meiner Mutter? Pa trinkt mehr als je zuvor, und ich will sie so spät nicht allein mit ihm lassen.«

»Mach dir keine Sorgen.« Sketch lächelt. »Deine Ma wird eine der Anstandsdamen sein. Du bleibst die ganze Nacht über in ihrer Nähe.«

»Im Ernst?«, kreische ich und bin mit einem Schlag voller Begeisterung. »Wie hast du das geschafft?«

»Mrs Murphy, dieser launische alte Drachen, der den ganzen Abend veranstaltet, ist hingefallen und hat sich die Hüfte gebrochen«, erklärt Sketch. »Pa hat zufällig auf dem Markt mitbekommen, wie sich einige Frauen darüber unterhalten haben, dass der Tanzabend wohl abgesagt werden müsse, wenn nicht jemand gefunden wird, der für sie einspringt. Pa hat deine Mutter vorgeschlagen.«

Ich schüttele den Kopf; meine Aufregung war nur von kurzer Dauer. »Das war nett von ihm. Aber ich kann mir nicht vorstellen, dass mein Vater da zustimmen würde.«

»Schon geschehen«, freut sich Sketch diebisch. »Pa ist extra gestern zu euch gefahren und hat dafür seinen Mittagsschlaf geopfert. Er hat alles rund um Mrs Murphy erklärt und höflich gefragt, ob deine Mutter einspringen und helfen könne. Und ich glaube, dein Pa fühlte sich dazu verpflichtet. Jedenfalls haben sie die Sache per Handschlag besiegelt, und deine Ma hat nun eine neue Aufgabe. Es gibt zwar kein Geld dafür, aber es bedeutet einen Abend außer Haus, und dein Pa kann ihr in dieser Zeit keine Schwierigkeiten machen. Nicht wenn die ganze Stadt zuschaut. Also, was sagst du nun, Annie? Kommst du mit?«

Mit dem Kopf tauche ich in die Kiste ab und hole das Kleid wieder hervor. »Ich kann gar nicht tanzen«, gestehe ich und grinse so breit, als ich mich drehe, dass ich das Gefühl habe, meine Wangen könnten platzen.

»Das ist schon in Ordnung«, erwidert Sketch. »Bridget hat mir gezeigt, wie es geht. Ich könnte sie bitten, es dir ebenfalls beizubringen.«

Ich lasse die Arme sinken; der Saum des Kleides schleift über den Boden. »Ich weiß nicht.« Ich schüttele den Kopf. »Es wäre mir unangenehm. Sie mag mich nicht besonders.«

»Sei nicht albern«, entgegnet Sketch. »Sie ist diejenige, die das Kleid für dich ausgesucht hat.«

»Bridget hat es ausgesucht?« Ich raffe das Kleid zusammen und streiche über den weichen blauen Baumwollstoff. Mit einem Mal will ich das Kleid nicht mehr schön finden. Ich will die Farbe hassen oder den Stoff zu grob finden. Ich will, dass es zu groß ist oder unbequem. Aber leider ist das Einzige, was ich an diesem Kleid hassen kann, die Tatsache, dass es perfekt ist und ich selbst kein schöneres Kleid hätte aussuchen können.

»Warum Bridget? Warum hat sie es für mich ausgesucht?«, frage ich verwirrt.

Sketch schlägt sich die Hand vor die Brust und schüttelt den Kopf. »Mit Damenmode kenne ich mich nicht aus, Annie«, erklärt er. »Ich wollte das perfekte Kleid. Bridget hat mir ihre Hilfe angeboten, und ich habe sie angenommen. Das ist alles. Bist du verärgert?«

Ich schlucke den Kloß in meinem Hals hinunter, an dem

ich zu ersticken drohe. Ich will nicht eifersüchtig sein, aber ich bin es. Nach allem, was Sketch für mich getan hat, komme ich mir undankbar und schlecht vor, doch ich kann nichts dagegen tun.

»Nein«, lüge ich. »Ich werde das Kleid anziehen. Ich werde Walzer lernen und mit dir zum Tanzabend gehen.«

Ich schreie auf, als Sketch mich plötzlich hochhebt und herumwirbelt. »Du wirst mit Abstand das schönste Mädchen dort sein, Annie. Warte nur ab. Alle werden nur Augen für dich haben.«

Sketch setzt mich wieder ab und küsst mich auf den Mund. Ich erwidere seinen Kuss, während ich ein wenig zittere, und sage ihm nicht, dass alle Augen, die sich auf mich richten, genau das sind, wovor ich Angst habe.

33.

Holly

»Wer ist diese Bridget?«, fragt Ben und steht auf, die Hände in die Seiten gestemmt. »Das hört sich ja an, als wäre sie ein echtes Miststück. Ich glaube, ich mag sie jetzt schon nicht. Die führt doch irgendwas im Schilde! Vielleicht steht sie ja auf Sketch.«

Ich muss über die Entrüstung meines Bruders lachen, während dieser in Nanas Zimmer auf und ab läuft. Das Geschehen um Bridget und Sketch ist lange, lange her, doch Ben ist erzürnt, als wäre es gerade passiert.

»Die einzige Bridget, die ich kenne, ist Mrs Donnelly aus Athenry«, erwidere ich. »Aber Mrs Donnelly und Nana sind beste Freundinnen. Das sind sie, na ja, schon immer. Ich glaube nicht, dass das die gleiche Bridget ist.«

»Schon komisch, dass Nana *diese* Bridget nie erwähnt hat«, stellt Ben fest.

»Aber sie hat ja auch Sketch verschwiegen«, gebe ich zu bedenken.

»O ja«, seufzt Ben. »Nana, du stilles Wasser!« Er gluckst.

»Jeder hat eben seine Geheimnisse«, krächzt Nana und schlägt die Augen auf.

»Du bist wach!« Ich lächele, erhebe mich von meinem Stuhl und eile um das Bettende herum, um mich neben sie zu stellen und ihr die Hand zu halten.

»Mir wäre es auch schwergefallen weiterzuschlafen, während du und deine Mutter euch anschreit, dass die Fetzen fliegen«, flüstert Nana.

Ihre Bemerkung versetzt mir einen Stich, und ich weiß nicht, was ich sagen soll. Mam und ich hatten vor weniger als einer Stunde einen heftigen Streit, nachdem ich versucht hatte, mit ihr darüber zu sprechen, Nana zur Obstplantage zu bringen, doch sie hat die Idee sofort abgeschmettert, ohne mir überhaupt bis zum Ende zuzuhören.

»Dafür geht es ihr nicht gut genug«, hat Mam geblafft.

Als ich ihr erklärt habe, dass Dr. Matthews die Idee gar nicht so schlecht fand, schien sie das nur noch wütender zu machen.

»Holly, ich habe nein gesagt.« Meine Mutter hat dabei das gleiche Gesicht gemacht wie damals, als ich noch ein Teenager war und sie mich dabei ertappt hat, wenn ich etwas im Schilde führte. »Sie ist zu krank dafür. Und jetzt Schluss! Ich will nichts mehr von diesem Unsinn hören!«

Ohne ein weiteres Wort war Mam einfach gegangen, mit gesenktem Kopf und bebenden Schultern. Zuerst bin ich ihr gefolgt, doch dann habe ich innegehalten; wahrscheinlich wollte sie in Ruhe gelassen werden.

»Tut mir leid, Nana«, entschuldige ich mich und streichele ihr sanft über den Rücken ihrer gebrechlichen Hand. »Ich hoffe, wir haben dich nicht aufgebracht.«

»Da braucht es schon ein wenig mehr als nur ein paar laute Stimmen, um mich aufzubringen, Holly.« Nanas Lippen sehen beim Sprechen trocken und wund aus.

»Möchtest du etwas trinken?«, frage ich hilflos und suche verzweifelt nach Möglichkeiten, es ihr so angenehm wie möglich zu machen.

»Wasser«, murmelt Nana.

Nate ist schnell an meiner Seite und bringt mir eine Tasse mit lauwarmem Wasser. Keine Ahnung, woher er die hat oder wie lange er sie schon in den Händen hält, aber er scheint den ganzen Tag lang immer genau das zu haben, was ich brauche und wann ich es brauche. Und obwohl ich es ihm jetzt nicht sage, bin ich fest davon überzeugt, dass ich schon längst zusammengebrochen wäre, hätte ich ihn nicht hier an meiner Seite.

Ich schiebe eine Hand hinter Nanas Kopf und hebe ihn ein wenig an; gerade genug, um ihr den Plastikbecher an die Lippen zu setzen, ohne dabei etwas zu verschütten. Sie hat Mühe, die Lippen so weit zu spitzen, dass sie sich um den Plastikrand legen, und trotz bester Absichten tropft Wasser auf die saubere weiße Krankenhausdecke, die über Nanas Brust ausgebreitet ist. Ben ist sofort zur Stelle. Er streift sich den Ärmel seines Pullis über die Hand und tupft damit über die Bettdecke, um das überschüssige Wasser wegzuwischen.

Mein Brustkorb zieht sich zusammen, und es kommt mir vor, als würden mir die Rippen das Herz zerquetschen. Am liebsten würde ich mich in eine Ecke zurückziehen und mich zusammenrollen, bis diese schreckliche Angst vor dem Unvermeidlichen vorbeigeht. Doch mit großen Augen bleibe ich an Nanas Bett stehen und gebe vor, stark zu sein. Für Ben und Nate. Aber am meisten für Nana, obwohl ich genau weiß, dass von allen hier meine Großmutter diejenige ist, die am besten meine ruhige Fassade durchschauen kann. Für sie bin ich ein offenes Buch.

Nanas Kopf lasse ich wieder in den Kissenberg sinken und ziehe meine Hand zurück. Das gewohnte Rasseln in ihrer Brust kehrt zurück; mir ist klar, dass sie nur mühsam atmen kann. Bei diesem beängstigenden Geräusch, als Luft und Flüssigkeit um den Platz in ihrer Lunge kämpfen, zuckt Ben zusammen. Er zieht die Augenbrauen hoch und legt die Stirn in Falten.

»So ist es gut, Nana«, ermutige ich sie und streiche ihr in kreisförmigen Bewegungen über die Brust, wie Marcy es mir gezeigt hat. »Schön langsam und tief einatmen.«

Angespannt beobachtet mich Ben. Er selbst atmet instinktiv langsam, aber tief ein und aus, als wolle er Nana bestärken, das Gleiche zu tun. Innerhalb von Sekunden ist Nana wieder eingeschlafen. Raue Schnarcher begleiten ihren Schlaf und erinnern uns daran, dass ihre Atmung immer schwerfälliger wird. Insgeheim frage ich mich, ob ich eine der Schwestern oder den Arzt rufen sollte, aber ich habe keine Ahnung, was sie überhaupt noch tun könnten.

Ben, Nate und ich bleiben noch einige Minuten am Bett stehen. Keiner von uns sagt einen Ton, aber vermutlich gehen uns allen ähnliche Dinge durch den Kopf. Nana ist immerhin schon achtzig Jahre alt, auch wenn ihre wunderschönen vollen Lippen und das schulterlange graue Haar ihrem Alter trotzen. Ihr Gesicht ist wettergegerbt, und der Zahn der Zeit hat zwar an ihr genagt, doch gleich auf den ersten Blick ist erkennbar, wie schön Nana einmal gewesen ist. Wie schön sie immer noch ist. Ich mustere jedes einzelne Detail ihres Gesichts und versuche, es wie ein Foto in meiner Erinnerung zu speichern. Ich schließe die Augen und teste das Bild. Das wiederhole ich immer und immer wieder und vertraue die Details meiner Erinnerung an – aus Angst, dass ich auch nur ein einziges Fältchen vergessen könnte, wenn Nana einmal nicht mehr sein sollte.

Später bin ich mit Nana allein. Ben und Nate sind losgezogen, um etwas zu essen zu besorgen. Ich habe keinen Hunger, aber Nate sagt, dass er ein Nein nicht akzeptieren würde. Ich willige ein, eine Suppe zu essen, auch wenn ich weiß, dass ich sie höchstwahrscheinlich später wieder erbrechen werde.

Ich sitze im Sessel unter dem Fenster. Ein Stuhlbein ist kürzer als der Rest, daher wackelt alles, wenn ich mich darauf nach vorn und hinten beuge. Das wirkt erstaunlich beruhigend, sodass ich immer wieder in einen unruhigen Schlaf verfalle. Als die Tür knarzt, reiße ich die Augen auf und erblicke meine Mutter, die den Kopf zur Tür hereinstreckt.

»Wie geht es ihr?«, fragt Mam und schaut mit traurigem Blick zu Nana hinüber.

»Sie schläft jetzt, aber eben ist sie einmal wach geworden und hat etwas getrunken«, erkläre ich.

»Gut. Das ist prima.«

»Alles in Ordnung mit dir?«, frage ich und weiß doch genau, dass die Antwort meiner Mutter ganz anders lauten wird, als sie sich tatsächlich fühlt.

»Ja. Alles in Ordnung. Es hat gutgetan, eine Weile zu Hause zu sein. Ich habe geduscht, während dein Vater uns eine Kleinigkeit zu essen gekocht hat.«

Ich lächele.

»Wo ist dein Bruder?« Mams Stimme zittert, als sie das Krankenzimmer betritt und die Tür hinter sich loslässt.

Sie fällt mit einem sanften Knall ins Schloss, sodass wir beide zusammenzucken.

»In der Kantine«, erwidere ich. »Nate ist bei ihm.«

»Wie lange bist du hier schon allein?«, fragt Mam und geht zum Bettende hinüber. Je weiter sie geht, desto mehr bebt ihre Stimme.

»Noch nicht lange. Gibt es etwas Neues vom Krankentransport? Der sollte doch schon seit einer Ewigkeit hier sein.«

Meine Mutter schüttelt den Kopf und lässt sich auf den Stuhl neben Nanas Bett fallen. »Die kommen doch immer zu spät, nicht wahr?«

Enttäuscht zucke ich mit den Schultern. Ich hoffe immer noch, dass meine Mutter ihre Meinung ändern und zustimmen wird, einen Umweg über die Obstplantage zu machen. Aber mir ist klar: Je später es wird, desto kälter wird es auch – und desto unwahrscheinlicher wird dieser Umweg.

»Sollen wir ein weiteres Kapitel lesen?«, fragt Mam und nimmt Nanas Manuskript vom Nachttisch.

Ich nicke. »Du liest«, schlage ich vor. »Nana wird bestimmt gern deine Stimme hören wollen.«

Meine Mutter räuspert sich mit einem leisen Hüsteln und rutscht ganz auf die eine Seite des Stuhls. Mit der flachen Hand klopft sie auf die freie Sitzfläche und sieht mich sehnsüchtig an.

Ich stehe auf und durchquere das Zimmer. Meine Beine zittern und sind vom langen Sitzen ganz steif. Dann quetsche ich mich auf die schmale Fläche neben meiner Mutter. Auf dem Stuhl ist gar nicht genug Platz für zwei erwachsene Frauen, doch wir schmiegen uns nichtsdestotrotz aneinander, wie wir es gemacht haben, als ich noch klein war. Meine Mutter liest vor.

»Zehntes Kapitel. Der Tanzabend …«

34.

Annie

Den Ausdruck *Schmetterlinge im Bauch haben* kenne ich natürlich. Hin und wieder hatte ich auch schon den Eindruck, sie zu spüren. Heute jedoch flattern da keine Schmetterlinge in mir herum. Das sind Rinder, die mit den Hufen schlagen, als eine ganze Herde von einer Seite meines Körpers zur anderen hinüberstürmt und wieder zurück.

Vor wenigen Minuten noch haben meine Finger gezittert, als ich den weißen Bubikragen an dem Kleid, das Sketch mir gekauft hat, zugeknöpft habe. Selbst jetzt, als ich drinnen vor der Haustür stehe und warte, zittern meine Hände immer noch, und ich kann kaum glauben, dass es tatsächlich geschieht. Ich gehe zu einem Tanzabend. Die Rede ist von einem richtigen Tanzabend. Nicht von einem, über den ich in einem Buch gelesen habe und bei dem ich dann die Augen schließe und so tue, als sei ich dort. Dieser hier ist echt. Es geschieht wirklich – dank Sketch. Dort wird es Musik geben, Menschen und Glückseligkeit. So viel sogar, dass ich das Gefühl haben werde, im nächsten Moment vor Glück zu zerplatzen.

Die ganze Woche lang habe ich meine Tanzschritte geübt.

Bridget wirkte zwar, als würde sie mich am liebsten erwürgen, wenn ich ihr auf die Zehen getreten bin, hatte sich aber im Griff, sobald wir wieder von vorn anfingen. Zu Beginn war es offensichtlich, dass wir uns in Gegenwart der jeweils anderen unwohl fühlten. Insbesondere, wenn Sketch uns allein lassen musste, um sich um den Hof zu kümmern. Doch nachdem mein anfänglicher Mangel an Selbstvertrauen überwunden war, habe ich wirklich tanzen gelernt. Innerhalb weniger Tage konnten wir sogar miteinander lachen.

Bridget und ich werden niemals Freundinnen werden, so viel steht fest. Wir haben keine Gemeinsamkeiten. Ich lese gern, und sie liebt es, die Leute aufzuziehen, die ihre Nase immerzu in Bücher stecken. Ich bin ein Mensch der leisen Töne. Sie ist laut und wild. Ich habe langes, glattes kastanienbraunes Haar. Ihre kurzen blonden Locken tanzen um ihr Gesicht wie ein Heuhaufen auf der Ladefläche eines Anhängers. Allerdings sind wir beide bereit, unsere Liebe zu Sketch über unsere Abneigung gegen die jeweils andere zu stellen.

»Die willst du doch wohl nicht anziehen, oder?«, fragte Bridget gestern, deutete auf meine Schuhe und schnaubte missbilligend.

»Ich habe keine anderen«, konterte ich und stand erhobenen Hauptes da, obwohl ich mich innerlich sehr klein fühlte.

Bridget verdrehte die Augen. »O um Himmels willen, du kannst doch nicht diese uralten Dinger tragen. Damit bringst du uns alle in Verlegenheit!«

Ich hasste es, das zugeben zu müssen, aber Bridget hatte Recht. Das Loch in meinen Schuhen war noch einmal deutlich größer geworden. Die Kieselsteine rund um den Hof der Talbots hatten den Sohlen übel mitgespielt.

»Deine Füße haben die gleiche Größe wie meine«, erwiderte sie mit einem Seufzer. »Du kannst dir ein Paar von mir ausleihen. Ich habe braune mit einem Absatz. Die werden passen.«

»Danke«, nickte ich und schluckte meinen Stolz herunter. »Ich werde gut auf sie aufpassen und sie dir natürlich sofort nach dem Tanz zurückgeben.«

Bridget zuckte mit den Schultern. »So, und jetzt wieder zurück zum Thema. Eins … zwei … drei … Schritt … zwei … drei …«

Wir tanzten, bis uns die Füße schmerzten, und als Sketch mich gestern Abend nach Hause fuhr, hatten sich die Schritte bereits in mein Gedächtnis gebrannt.

Ich schaue auf Bridgets Schuhe an meinen Füßen hinunter. Sie sind warm und weich, und ich habe noch nie so bequeme und schöne Schuhe getragen. Mit geschlossenen Augen übe ich ein letztes Mal und zähle innerlich mit, während meine Füße den Rhythmus klopfen.

»Du siehst toll aus, Annie«, stellt meine Mutter fest und taucht neben mir auf.

Sie trägt dieselbe verschlissene Strickjacke und den langen Faltenrock wie immer, aber sie wirkt jünger und viel hübscher als sonst. Ich glaube, sie freut sich genauso sehr auf den Tanzabend wie ich.

»Ich hoffe, dieser Junge erwartet für dieses schöne Kleid keine Gegenleistung, Annie.« Meine Mutter gibt sich Mühe, besorgt zu klingen, doch ihr strahlendes Lächeln widerspricht ihrem Tonfall, und ich vermute, dass sie Sketch mittlerweile sehr gern hat. Sie ist weder blind noch dumm; natürlich sieht sie, wie glücklich er mich macht.

»Eigentlich«, erwidere ich, »hat er das.«

Das Lächeln meiner Mutter erlischt.

»Er hat mich gebeten, ihm seinen Lieblingsnachtisch zu backen. Und das habe ich auch getan.«

»O Annie.« Meine Mutter entspannt sich wieder. »Sieh dich bloß an, wie erwachsen du bist. Es kommt mir wie gestern vor, dass du als mein hübsches Baby auf meinem Schoß gesessen hast. Und jetzt stehst du da, bildschön in diesem Kleid, und gehst gleich zum Tanzabend.«

Mein Vater taucht in der Küchentür auf. Mit einer Schulter lehnt er an der Wand und hat ein Bein über das andere gekreuzt. Eine Whiskeyflasche klemmt unter seinem Arm, und er sieht aus, als würde er jeden Moment umkippen.

»Was höre ich da von einem Tanzabend?«, lallt er und dreht den Flaschendeckel auf.

»Du erinnerst dich bestimmt«, erwidert meine Mutter, die Mühe hat, ruhig zu bleiben, doch mir fällt das nervöse Zucken ihrer Hände auf. »Mr Talbot hat mit dir darüber gesprochen.«

»Dieser stinkende alte Bauer will, dass du zum Tanzen gehst.« Er deutet mit seinem langen, zitternden Finger auf meine Mutter. »Er hat nichts von unserer Annie gesagt«, blafft er und klingt mit einem Mal überraschend nüchtern.

Meiner Mutter entfährt ein trockenes Husten. »Nun, Mr Talbot mag es vielleicht schlecht ausgedrückt haben, aber ich weiß ziemlich sicher, dass er von uns beiden gesprochen hat. Von Annie und mir.«

»Du weißt das ziemlich sicher?«, knurrt mein Vater und richtet sich auf. »Du weißt so ziemlich *gar nichts*!«

Er setzt die Flasche an die Lippen, und noch von der entgegengesetzten Seite des Flurs höre ich, wie er den Whiskey in sich hineinkippt. Der Deckel rutscht ihm aus den Fingern, rollt über die Fliesen und bleibt erst kurz vor meinen Füßen liegen. Mit riesengroßen Schritten durchquert mein Vater den Flur. Die vertraute Röte steigt ihm ins Gesicht, auf Stirn und Wangen, wo sie sich dann an der Nasenspitze von beiden Seiten aus trifft. Er ist stinksauer, das kann ich mit Gewissheit sagen. Seine Augen sind auf den Flaschendeckel gerichtet, und ich frage mich, ob er wütend ist, weil ich mich nicht sofort gebückt habe, um den Deckel aufzuheben.

»Wo hast du die her?«, schreit er und deutet auf meine Füße. Sein heißer Atem, getränkt mit scharfem Alkohol, schlägt mir ins Gesicht.

»Ich … ich …« Mir fehlen die passenden Worte.

»Ich … ich … *Was?*«, äfft er mich nach. Seine Gesichtsfarbe gleicht nun einem Weinrot. »Hast du mein hart verdientes Geld dafür ausgegeben?«

Ich möchte am liebsten schreien. Ich möchte es ihm ins Gesicht schreien, dass es mein Geld ist. Geld, für das ich wirklich hart gearbeitet habe, indem ich gekocht und geputzt habe – aber natürlich tue ich das nicht. Er würde nur seine schlechte Laune an mir auslassen. Oder schlimmer noch, an meiner Mutter. Und sie freut sich so sehr auf den Tanzabend. Ich darf nichts tun, was ihr das verderben könnte.

»Eine Freundin hat sie mir geliehen«, erkläre ich. Vor Angst bekomme ich kaum Luft.

»Du hast keine Freunde«, schnauzt mein Vater mich an.

»Du hast Recht«, erwidere ich und weiche ganz langsam zurück. »Wir sind gar nicht richtig befreundet. Ihr Name ist Bridget. Wir waren zusammen in der Schule. Ich kenne sie gar nicht mehr. Zumindest nicht richtig. Aber sie meinte, ich müsse anständig aussehen.«

»Und was stimmt nicht mit den Schuhen, die ich bezahlt habe? Was ist mit den Schuhen, für die ich mein schwer verdientes Geld ausgegeben habe, damit du sie trägst? Sind diese Schuhe nicht gut genug für deine Freunde?«

Ich halte den Atem an. Ich zermartere mir das Hirn auf der Suche nach einer Antwort. Jede Antwort, die mir einfällt, wird falsch sein.

»Das sind Tanzschuhe«, mischt sich meine Mutter ein. »Annie kann in ihren guten Arbeitsschuhen nicht tanzen. Mit all dem Walzer und dem Quickstepp würde sie die Schuhe ruinieren.«

Der steife Hals meines Vaters lockert sich etwas, und ich erlaube mir auszuatmen.

»Zieh sie aus«, befiehlt er.

»Aber Pa!«

»Jetzt, Annie«, knurrt er. »Zieh auf der Stelle die Schuhe von diesem Mädchen aus, oder ich mache es!«

Ich schaue zu meiner Mutter hinüber. Das aufgeregte Funkeln, das mir in ihren Augen aufgefallen war, ist verschwunden, und stattdessen erblicke ich dort den gewohnten Trauerschleier.

»Tu, was dein Vater sagt. Sei ein braves Mädchen.« Ma spricht ruhig, doch ich spüre ihren Kummer. »Beeil dich.«

Ich bücke mich und löse erst beim einen, dann beim anderen Schuh die Schnallen. Dann streife ich sie ab, und mein

Vater reißt sie mir aus der Hand, bevor ich mich wieder aufgerichtet habe. Er schwingt sie über den Kopf und schleudert sie quer durchs Zimmer. An der gegenüberliegenden Wand prallen sie mit einem lauten Knall ab, und als ich zu Boden schaue, sehe ich, dass der Absatz des linken Schuhs komplett abgebrochen ist. Bridgets schöne Tanzschuhe liegen misshandelt und kaputt auf dem Boden, wie meine Seele.

»Johnny, bitte«, fleht meine Mutter und beugt sich vor, um meinem Vater über den Arm zu streichen. »Warte einen Augenblick, bis du dich wieder beruhigt hast.«

Seine Augen werden noch dunkler, als er die Hand meiner Mutter abschüttelt, als sei ihre Berührung schmutzig; als könne er es nicht ertragen, verunreinigt zu werden.

»Das da«, zischt er mit zusammengebissenen Zähnen. »Woher ist das?« Er packt mein Kleid und zerknüllt die Falten zwischen seinen Fingern, bis seine Knöchel weiß hervortreten und zittern.

»Sketch Talbot hat es mir gekauft«, stammele ich. »Er hat mich zum Tanzabend eingeladen. Ich konnte nicht ablehnen. Er ist mein Boss. Ich wollte meine Anstellung nicht verlieren.«

»Arbeitest du gut?« Mein Vater reißt grob an meinem Rock. Ich bleibe kerzengerade stehen, straffe die Schultern und zwinge meine nackten Füße fest auf den Boden. Es ist so gut wie unmöglich, stehen zu bleiben, während er immer und immer wieder an dem Rock reißt. Aber ich bin fest entschlossen, nicht zuzulassen, dass er mich zu Boden reißt.

»Ja. Ich arbeite hart«, erwidere ich. »Du kannst stolz auf mich sein.«

»Stolz?« Mein Vater schnaubt und lässt los. »Wie könnte ich je stolz auf so was wie dich sein?«

Ich schlucke schwer. Seine Bosheiten prallen an mir ab, als sei meine Haut aus Wachs. Die grausamen Worte haben keinerlei Wirkung. Ich will seinen Stolz gar nicht. Oder seine Liebe. Ich will nichts von ihm, nichts außer meiner Freiheit.

»Jeden Tag arbeite ich hart.« Ich versteife mich. »Und ich bringe gutes Geld mit nach Hause. Geld, das ich dir abliefere. Willst du dieses Einkommen wirklich verlieren?«

»Ich will eine Tochter, die weiß, wo sie hingehört. Du gehörst mir. Ich bin dein Vater. *Ich* bin dein Boss. Und nicht etwa dieses alberne Jungchen. Verstanden?«

Ich nicke. »Aber wir brauchen das Geld«, entgegne ich. Mein Blick sinkt auf die Whiskeyflasche, die er noch immer umklammert hält.

»Wir brauchen nichts, es sei denn, ich sage es.« Er nimmt die Flasche hoch, stürzt große Schlucke hinunter und leert sie bis auf den allerletzten Tropfen. Bernsteinfarbener Alkohol tropft ihm am Kinn hinunter. Als er sie zu Boden schmeißt, hüpft sie über die Fliesen, zersplittert aber überraschenderweise nicht. Dann fährt sich mein Vater mit dem Arm über die Lippen und wischt sich den Whiskey mit dem Ärmel ab. »Das Einzige, was ich jetzt brauche, ist mein Abendessen.«

Mein Vater hat gerade eine üppige Mahlzeit zu sich genommen. Der Duft des köstlichen Eintopfs hängt immer noch in der Luft. Ich weiß genau, dass er nicht hungrig ist; er will sich nur auf die einzige Art und Weise, die er kennt, Geltung verschaffen. Indem er eine Frau in die Schranken verweist.

»Ich koche dir schnell etwas«, schlägt meine Mutter vor. »Ich glaube, es ist noch etwas Eintopf übrig. Ich mache ihn dir eben auf dem Ofen warm.«

»Ich will keine Essensreste«, knurrt mein Vater, dessen Blick sich so intensiv in mein Kleid einbrennt, dass ich fast befürchte, Brandlöcher könnten zurückbleiben. »Annie sagt, sie sei eine gute Arbeiterin. Kochen und putzen auf diesem großen Hof; na, dann wollen wir mal sehen, ob sie das beweisen kann. Koch doch mal ein anständiges Mahl für deinen richtigen Boss.«

»Annie hat den Eintopf eben zubereitet, Johnny«, stellt meine Mutter fest. »War der nicht köstlich? Ist sie nicht eine gute Köchin?«

Pa hebt die offene Hand hoch in die Luft, woraufhin sich meine Mutter duckt und die Augen schließt. Er merkt, dass sie lügt. Seine Hand verharrt in der Luft, über ihrem Kopf. Er lächelt zufrieden. Ihr Angst einzujagen macht ihm Spaß. Er muss sie gar nicht mehr schlagen, um sich mächtig zu fühlen. Auch wenn er das natürlich trotzdem wieder tun wird. Wahrscheinlich später, wenn er noch mehr getrunken hat. Doch ihre Angst reicht im Augenblick aus, um ihn zu beschwichtigen. Mein Vater ist vieles, aber dumm gehört sicher nicht dazu. Vor dem Tanz würde er keine Hand an sie anlegen. Vaters Handabdruck auf Mutters Gesicht wäre sofort Stadtgespräch Nummer eins, und diese Genugtuung würde mein Vater den tratschenden Klatschmäulern nicht verschaffen.

Als wir Sketchs Auto in die Einfahrt rollen hören, veranlasst dies endlich meinen Vater, seine Hand sinken zu lassen. Erleichtert atme ich auf und schlüpfe mit den Füßen in meine ramponierten schwarzen Schuhe, die neben der Tür stehen. Ich zucke zusammen, als mich das kalte Leder daran erinnert, wie alt sie sind. Bridget wird zweifellos merken, dass ich ihre

Schuhe nicht trage. Keine Ahnung, wie ich ihr das erklären soll, aber im Augenblick ist meine einzige Sorge, zur Tür hinauszukommen.

Ich höre, wie Sketch die Fahrertür schließt, und weiß, dass er das Auto verlassen hat und nun zum Haus heraufkommt.

»Was glaubst du eigentlich, wo du hingehst?«, fragt Pa, als ich zum Türknauf greife, bereit, die Tür zu öffnen, sobald Sketch geklopft hat.

»Sketch Talbot hat uns freundlicherweise angeboten, uns mitzunehmen«, erklärt meine Mutter und hält eine gesunde Distanz zur Armspanne meines Vaters. »Zum Gehen ist es zu weit.«

Pa denkt einen Augenblick nach und überrascht dann sowohl Ma als auch mich. »Du hast Recht. Und es sieht auch nach Regen aus.«

»Das stimmt.« Meine Mutter zittert, sichtlich fassungslos nach seiner Antwort.

Sketch klopft an die Tür, und ich schaue auf der Suche nach Bestätigung zu meiner Mutter hinüber, bevor ich die Tür öffne. Sie lächelt, und mein Herz flattert vor Aufregung. Ich schließe die Augen und hole tief Luft. Ich möchte diesen Augenblick für immer in mein Gedächtnis schließen. Denn wenn ich die Tür gleich öffne, wird der Mann, den ich liebe, vor mir stehen – bereit, mich zu meinem ersten Tanz zu führen. Das ist der Stoff, aus dem Märchen gemacht sind.

Mein Vater wartet, bis Sketch ein weiteres Mal geklopft hat und meine Finger sich endgültig um den Türknauf gelegt haben, bevor er mich am Haar packt und wegzerrt. Meine Füße rutschen weg und können es nicht mit der Geschwindigkeit aufnehmen, mit der er mich wegschleift, sodass ich rückwärts aufs Steißbein falle. Der Schmerz schießt mir die Wirbelsäule hinauf, sodass ich aufschreie.

»Ich habe gesagt, dass ich Hunger habe«, brüllt Pa und ragt über mir auf.

Sketch klopft wieder. Dieses Mal lauter als zuvor.

»Raus hier.« Mein Vater starrt meine Mutter böse an. »Raus hier und sieh zu, dass dieser Junge mit dir verschwindet.«

»Aber Johnny«, fleht meine Mutter mit Tränen in den Augen. »Er ist doch wegen Annie hier!«

»Hältst du mich etwa für dumm?«, knurrt Pa, dessen Bauch immer runder wird vor Wut und Frustration. »Meinst du, ich weiß das nicht?«

»Hallo?«, ruft Sketch und klopft wieder.

»Raus. Jetzt!« Die Kieferknochen meines Vaters treten weiß hervor, und seine Worte sind durch die zusammengebissenen Zähne kaum zu hören.

Hilflos starrt meine Mutter mich an. Schweigend versuche ich ihr zu signalisieren, dass es okay ist. Dass ich okay bin. Je länger sie wartet und je lauter Sketch klopft, desto wütender wird Pa werden.

»Aber sieh sie dir doch an, Johnny«, fährt Ma fort, deren Stimme genauso sehr zittert wie ihr ganzer Körper. »Wie hübsch sie sich gemacht hat. Sie will zum Tanzabend gehen.«

»Und wieder hast du Recht, meine Liebe.« Pa gluckst, während ich meinen Kopf mit den Händen schütze, als ich das vertraute sadistische Lachen erkenne.

Pa geht in die Hocke. Ich versuche zurückzuweichen, doch die Eckkante des Flurtischchens gräbt sich wie ein Speer in meinen Rücken und verhindert, dass ich mich noch weiter zurückziehen kann. Pa stopft seine Hände in den Kragen meines Kleides und zieht. Ich schließe die Augen, weil ich befürchte, dass er in seiner Wut von dem Kleid ablässt und mir stattdessen die Haut vom Leib reißt. Der schöne blaue Baumwollstoff kracht, und ich höre, wie er sich dehnt. Das bequeme Kleid scheuert plötzlich an meinen Schultern, während mein Vater verzweifelt versucht, es mir vom Leib zu reißen. Doch das störrische Material weigert sich nachzugeben. Mein schönes blaues Kleid bietet meinem Vater Paroli, und ich bin bereit, es ebenso zu tun.

»Annie, bist du da?«, ruft Sketch, dessen Stimme gedämpft durch die Tür klingt.

Pa erhebt sich mit einer Geschwindigkeit, die seinem Alter trotzt, und steht schneller neben meiner Mutter, als ich mich vom Boden aufrichten kann.

»Ich sag's nicht noch einmal, Mary. Raus hier!«

Ma verrenkt sich fast den Hals, um an dem breiten Kreuz meines Vaters vorbeizuschauen. Als ich stehe, überspiele ich die höllischen Schmerzen im unteren Teil meines Rückens und nicke ihr zu.

»Geh, Ma. Geh. Bitte«, flehe ich.

Die Mundwinkel meiner Mutter heben sich, als sie ihre Sorge hinter einem hübschen Lächeln verbergen will. Ihre Hand zittert, als sie sich umdreht und nach dem Türknauf greift, doch nachdem sie ausgeatmet und die Schultern gestrafft hat, könnte man ihr fast abnehmen, dass sie die Ruhe in Person ist.

»Arthur!«, grüßt meine Mutter fröhlich, als sie die Tür aufreißt, als sei nichts gewesen, und – ohne einen Blick zurückzuwerfen – nach draußen tritt. »Wie schön, dich wiederzusehen!«

Schnell schließt sie die Tür hinter sich, und mir wird es schwer ums Herz angesichts der tiefsten Trauer, die ich je empfunden habe. Draußen wird gemurmelt, und ich meine, sie weggehen zu hören. Zweifellos wird Sketch Ma wegen meines Fehlens ausquetschen.

Mein Vater beherrscht den Flur. Er behält mich im Auge, während er ein Ohr an die Tür presst.

»Sie sind fort«, stellt er schließlich zufrieden fest, als Sketch den Motor startet und losfährt.

Ich schlucke meine Tränen hinunter. Ein Teil von mir hat erwartet, dass Sketch zurückkehrt und zur Tür hereingeplatzt kommt, um mich zu retten. Natürlich weiß ich tief in meinem Inneren, dass er das zu unser aller Bestem nicht tut. Ein schrecklicher Kampf wäre entbrannt, und jemand wäre am Ende verletzt worden. Vielleicht sogar schlimm verletzt. Obwohl ich weiß, dass Sketch das einzig Vernünftige getan hat, ist mein Körper durch das Gewicht der Trauer wie festgenagelt. Ich hatte mich so sehr auf den Tanzabend gefreut; mir diesen Traum in allerletzter Sekunde zu rauben ist bei Weitem das Grausamste, was mein Vater je getan hat.

»Räum das auf«, befiehlt Pa und deutet auf die leere Whiskeyflasche auf dem Boden. Er wedelt mit der Hand durch die Luft und schnipst dann in Richtung von Bridgets kaputten Schuhen. »Und schaff mir die aus den Augen.«

Er geht und lässt sich auf den Sessel neben dem Kamin fallen, um dann selbstzufrieden gemütlich die Füße hochzulegen.

35.

Annie

Ich arbeite die Liste der banalen Aufgaben ab, die mein Vater abgespult hat. Meine Finger schmerzen, nachdem ich eine Kiste voller Holzscheite hereingetragen habe, die zu groß für das Feuer und zu schwer für meinen Rücken waren. Meine Knie sind schwarz und schmutzig, nachdem ich auf dem Boden gekniet habe, um das Feuer mit den riesigen feuchten Holzscheiten anzuzünden. Mein Kreuz war ohnehin schon wund, nachdem ich draufgefallen war, aber seit dem Tritt meines Vaters, als das Feuer nicht gleich angehen wollte, ist der Schmerz fast unerträglich. Immerhin habe ich nicht geweint. Kein körperlicher Schmerz, der mir von ihm zugefügt wird, kann schlimmer sein, als zusehen zu müssen, wie Sketch und meine Mutter ohne mich zum Tanzabend aufgebrochen sind.

Erschöpft lasse ich mich aufs Bett fallen. Ich bin zu müde, um das Kleid aus- und mein zerrissenes Nachthemd anzuziehen. Darum beschließe ich, heute Nacht in meiner Kleidung zu schlafen. Ich starre zur Decke hoch, als das Mondlicht durch die dünnen Vorhänge fällt. Die Dunkelheit der Sommernacht hat alles Leben sowohl draußen als auch drinnen in meinem Zimmer in ein passendes Kreidegrau getaucht. Bäume wiegen sich in der sanften Brise und lassen Schatten in meinem Zimmer umherwandern; ich stelle mir vor, die dunklen Silhouetten sind Menschen. Leise summe ich vor mich hin, wiege mich im Takt der sich wogenden Äste und male mir aus, wie es wäre, in Sketchs Armen die Nacht durchzutanzen.

Ich befinde mich in dem wohligen Zustand zwischen Wachsein und Schlaf, als mich ein leises Kratzen an meiner Fensterscheibe hochfahren lässt. Ich stehe auf und sorge dafür, dass meine Füße kaum mit dem kalten Holzboden in Berührung kommen, als ich über selbigen hüpfe. Schnell schiebe ich die Vorhänge beiseite, presse die Nase an die Scheibe, starre hinaus und versuche, zwischen den Formen und Schatten, die sich draußen wiegen, etwas zu erkennen. Doch da ist nichts. Ich schlucke die bittere Pille der Enttäuschung und finde mich damit ab, dass Sketch nicht zurückkommt, um mich zu holen. Natürlich tut er das nicht. Das echte Leben ist eben nicht so, wie in den Büchern gezeigt, schelte ich mich, obwohl ich so unglaublich gern an diese Vorstellung geglaubt hätte.

Doch dann ertönt ein weiteres Kratzen am Fenster, und ich wirbele auf dem Absatz herum. Ein aufgeregter Schrei bleibt mir in der Kehle stecken, und obwohl ich mich freue, Sketch auf der anderen Seite des Glases zu erblicken, klopft mir das Herz vor Schreck und Überraschung immer noch bis zum Hals. Sketch weicht einen Schritt zurück und streckt die Arme aus. Ich glaube, er will, dass ich nach draußen komme, und mit einem Mal spüre ich, wie mich die Nervosität überkommt. Ich hebe den Zeigefinger und bedeute ihm zu warten. Schnell eile ich zur Schlafzimmertür und klemme die Rückenlehne eines Stuhls unter den Türknauf, um sie so provisorisch zu verriegeln. Dann schlüpfe ich in meine Schuhe.

Ich blinzele, während ich vorsichtig zum Fenster zurückkehre. Ich bin leichtfüßig unterwegs, mache winzige Schritte trotz der Eile. Ich bin äußerst gut darin, vollkommen lautlos über den Boden zu gleiten. Meine Hand zittert enorm, als ich nach dem Fenstergriff lange. Ich bin froh, dass es dunkel ist, damit Sketch meine hochroten Wangen nicht sieht.

Das Fenster ist stur und will sich nicht öffnen lassen. Die Angeln quietschen, als ich es aufdrücken will. Ich verfluche ihre mangelnde Mitarbeit, lasse das Fenster dann los und schüttele den Kopf.

»Es ist zu laut!«, flüstere ich.

Sketch starrt mich verwirrt an. Er kann mich durch die Scheibe hindurch nicht hören.

Ich deute auf die rostigen Angeln. Sketch nickt zuversichtlich und packt von seiner Seite aus den Fensterrahmen. Er zieht. Das Fenster fliegt mit einem kurzen, kreischenden Ächzen auf. Der Lärm hängt eine Sekunde lang in der Luft, und dann ist er fort, weggetragen von einer Brise. Sketch und ich bleiben stillschweigend stehen, und vermutlich hält auch er den Atem an. Draußen und drinnen im Haus bleibt alles ruhig. Mein Vater scheint sich nicht zu rühren, sternhagelvoll schläft er im Sessel neben dem Kamin seinen Rausch aus.

Sketch streckt seinen Arm durch das geöffnete Fenster herein, und ich packe seine von harter Arbeit gezeichnete Hand. Sie ist warm und sicher, und ich atme erleichtert auf, als ich mich hochziehe und auf das Fensterbrett hocke. Dann lässt Sketch mich los und legt beide Hände um meine Taille.

»Bereit?«, flüstert er.

Ich nicke.

»Eins … zwei … drei …«, sagt Sketch, hebt mich aus der Fensteröffnung und dreht sich mit mir.

Meine Füße baumeln kurz in der Luft, bevor ich wieder festen Boden unter den Füßen habe. Sketch schiebt seine Arme über meinen Rücken und drückt mich an seine Brust.

»Schon gut«, flüstert er. »Siehst du, das war gar nicht so schwer, oder?«

Ich werfe ihm ein strahlendes Lächeln zu und habe Mühe, meinen Schwindel zu verbergen. »Du bist zurückgekommen!«

»Eigentlich wollte ich gar nicht gehen«, gibt Sketch zu. »Aber ich wusste, wie wichtig es dir war, dass deine Mutter zum Tanzabend geht. Doch selbstverständlich ist mir auch klar, wie gern du selbst hin wolltest. Es tut mir unendlich leid!«

»Das muss es nicht«, entgegne ich. »Ich freue mich, dass du Ma mitgenommen hast. Ich habe mir so sehr für sie gewünscht, dass sie einen schönen Abend hat.«

»Deine Ma hat gesagt, dass du dich unwohl fühlst«, erklärt Sketch. »Ich habe mir Sorgen um dich gemacht.«

»Mir geht es gut.«

»Ich hätte bleiben sollen«, fährt Sketch fort. »Ich hätte nachsehen sollen, ob es dir wirklich gut geht.«

»Du hast das Richtige getan. Und das weißt du auch«, tröste ich ihn. »Pa wäre fuchsteufelswild geworden, wenn du nicht gegangen wärst.«

Sketch kneift die Augen zusammen, und trotz des fahlen Mondlichts kann ich hundert Fragen in seinem Blick erkennen. Uns ist beiden klar, dass ich mich nicht unwohl gefühlt habe. Aber wem hilft es, jetzt darüber zu reden?

»Wo ist er jetzt?«, fragt Sketch. Seine Stimme klingt plötzlich tiefer, als er den Kopf in Richtung Haustür dreht.

»Pa? Der schläft«, antworte ich.

»Ist er betrunken?«

»Ja. Wahrscheinlich sogar noch betrunkener als sonst. Er schläft seit ein oder zwei Stunden seinen Rausch aus.«

»Prima.« Sketch lächelt. »Dann wird er uns nicht suchen kommen.«

»Uns suchen kommen?«, frage ich. »Wohin gehen wir denn?«

»Wir gehen tanzen.«

Verwirrt schüttele ich den Kopf. »Aber der Tanzabend ist doch mittlerweile schon fast vorbei.«

»Er dauert noch etwa eine Stunde«, erklärt Sketch. »Wenn wir uns beeilen, dann schaffen wir noch den letzten Walzer.« Sketch presst seinen Zeigefinger auf meine Lippe. »Schschsch! Komm schon. Mein Auto wartet draußen vor dem Tor …«

»Ich … ich … ich kann nicht mitkommen, Sketch«, unterbreche ich ihn. »Ich möchte so gern, ich schwöre es dir, aber …« Ich schaue durch mein Schlafzimmerfenster zurück, wo mich drinnen die traurige Leere erwartet. »Was ist, wenn Pa aufwacht?«

Vor Enttäuschung werden Sketchs Arme schlaffer, und seine Hände an meiner Taille packen nicht mehr so fest zu. Aber weiter geht er nicht auf meine Reaktion ein. Er strafft die Schultern und reckt das Kinn. Dann schaut er sich im Garten um, als sähe er diesen zum ersten Mal. Das Mondlicht scheint durch die Lücken zwischen den hohen Eichen. Silbernes Licht küsst die Silhouetten der Bäume und Zaunspitzen. Im Dunklen habe ich noch nie Angst gehabt. Die Nächte haben mir immer Trost und die Möglichkeit bedeutet, mich zu verstecken. Dennoch habe ich die Nacht niemals als etwas anderes als einen Deckmantel gesehen; sie ist ein schwarzer Vorhang, der fällt und den Kummer des Tages mit sich nimmt. Heute ist es jedoch, als hätte Gott höchstpersönlich vom Himmel heruntergelangt und Glitzer über dieses Fleckchen Erde gestreut.

»Okay«, nickt Sketch und bricht das Schweigen, das sich ausgebreitet hat. »Dann tanzen wir eben jetzt und hier.«

Ich ersticke ein Kichern. Mir ist klar, wie ernst er es meint.

»Aber wir haben keine Musik«, protestiere ich.

»Das stimmt.« Wieder nickt er und küsst mich auf die Stirn. »Aber wir brauchen nur uns – mehr nicht.«

Sketch nimmt meine Hand. Seine Finger gleiten mühelos zwischen die meinen, als fänden sie heim. Dann hebt er unsere Hände seitlich in die Luft. Er ist bereit und will führen. Sein anderer Arm versteift sich am Ellbogen, seine Hand dirigiert an meinem Rücken. Als seine Finger jedoch meine Wirbelsäule entlangfahren, zucke ich zusammen, und Sketch lässt die Hand sinken. Seine Finger lösen sich von den meinen, und er weicht einen Schritt zurück. Mit zusammengekniffenen Augen mustert er mich von Kopf bis Fuß.

»Was hat er dir angetan?«, knurrt Sketch, und obwohl ich weiß, dass seine Wut sich nicht auf mich richtet, bekomme ich Angst.

»Nichts«, erwidere ich. »Es spielt keine Rolle. Ich will tanzen. Können wir nicht bitte einfach tanzen? Ich will nicht darüber reden.«

Ich bin schrecklich von mir selbst enttäuscht, als mir diese ruhigen, beherrschten Töne über die Lippen kommen. Ich klinge exakt wie meine Mutter, wenn sie versucht, meinen Vater zu besänftigen. Diese Frau will ich nicht sein. Eine Frau, die ihren Mann mit Samthandschuhen anpackt, aus Angst, dass er völlig außer Kontrolle gerät, wenn sie bloß das Falsche sagt. Ich ermahne mich, dass Sketch nicht mein Vater ist, und ich will ihm gegenüber ehrlich sein, doch es ist unglaublich schwer, lebenslange Gewohnheiten über Bord zu werfen. Wie zum Beispiel die Angewohnheit, die schmutzigen Geheimnisse meines abscheulichen Familienlebens hinter verschlossenen Türen zu halten.

»Er hat dir wieder wehgetan, nicht wahr?« Sketchs Stimme klingt tief und mit einem Mal sehr erwachsen.

»Er war betrunken«, erwidere ich, als sei dies eine Entschuldigung.

»Was hat er dir angetan?« Frust verzerrt sein hübsches Gesicht. »Sag es mir, Annie. Bitte!«

Ich schüttele den Kopf. »Nichts, was er nicht schon einmal getan hätte«, gebe ich zu.

»Ich bringe ihn um. Ich bringe ihn verdammt noch mal um!« Angriffslustig schiebt sich Sketch die Ärmel seines Hemds über die Ellbogen hoch.

»Hör auf. Ja?«, flehe ich ihn an.

»Dann wollen wir mal sehen, wie es ihm gefällt, wenn er derjenige ist, der geschlagen wird.« Aufrecht und steif vor Wut marschiert Sketch aufs Haus zu.

»Sketch! Bitte hör auf!«, rufe ich und vergesse ganz, dass meine laute Stimme meinen Vater aufwecken könnte.

»Er hat dir zum letzten Mal wehgetan, Annie. Zum allerletzten Mal.« Sketch marschiert weiter und nähert sich der Tür.

»Bitte!«, rufe ich lauter. »Du machst mir Angst!«

Sketch erstarrt. Er lässt den Kopf sinken und steht wie zur Salzsäule erstarrt da.

Ich fange an zu weinen. Bis Sketch zurück ist und vor mir steht, bin ich ein zitterndes Häufchen Elend. Sketchs Wut scheint von ihm abzufallen und wird von Mitgefühl und Sorge abgelöst.

»Ich liebe dich, Annie«, sagt er. »Die Vorstellung, dass dieses Monster dir wehtut, bringt mich um.«

»Ich weiß«, schniefe ich. »Aber er ist mein Vater. Ich lebe unter seinem Dach.«

»Das gibt ihm noch lange nicht das Recht, dich so zu behandeln«, entgegnet Sketch. »Du meine Güte, schau dich doch mal an. Du bist wunderschön, intelligent und witzig. Jeder Mann könnte sich glücklich schätzen, eine Tochter wie dich zu haben. Ich wäre es jedenfalls. Vielleicht haben wir irgendwann einmal ein kleines Mädchen ...« Sketch hält inne und nimmt mich in den Arm. »Das hoffe ich sehr. Ich werde den Duft ihrer Haare tief einatmen, und mein Herz wird beim Klang ihrer Stimme vor Freude hüpfen. Ich werde den Boden verehren, auf dem sie geht. Weil sie ein Teil von dir sein wird. Ein Geschenk.«

»Das klingt schön«, erwidere ich, während mein rasendes Herz langsam wieder zu einem normalen Rhythmus zurückkehrt. Vor meinem inneren Auge sehe ich Sketch und mich, wie wir über die Obstplantage gehen und jeder eine Hand eines kleinen Mädchens hält. Unser Mädchen. Unsere kleine Familie. Das wäre das perfekteste, schönste Märchen aller Zeiten.

»Du gehörst deinem Vater nicht, Annie«, erklärt Sketch und reißt mich aus meinem wohligen Tagtraum.

Sketchs romantische Vorstellung von Freiheit und Selbstwert ist bewundernswert, aber so ist das Leben einfach nicht. Ma gehört Pa. Ich gehöre Ma und Pa. So ist es eben.

»Menschen sind doch kein Eigentum, Annie«, fährt Sketch ruhig fort. »Niemand kann einen anderen Menschen besitzen, ganz gleich, wie aufgeblasen sein Ego ist.«

»Ich glaube, die meisten Ehemänner und Väter würden dir da widersprechen«, gebe ich zurück. In fast jeder Familie, die ich in der Stadt kenne, ist der Mann das Oberhaupt – Frau und Kinder müssen tun, was man ihnen sagt. Natürlich schlagen die meisten Ehemänner ihre Frauen nicht, so wie mein Pa es tut, aber Männer und Frauen sind in Athenry ganz sicher nicht gleichberechtigt.

»Viele Männer würden mir nicht zustimmen«, gibt Sketch zu. »Aber die meisten, die hier leben, sind Dinosaurier aus der Vergangenheit. Ihre Dickköpfigkeit und vorsintflutliche Einstellung bedeuten, dass sie etwas verpassen. In der kurzen Zeit, die meinem Vater und meiner Mutter miteinander vergönnt war, habe ich beobachtet, wie sehr sie einander vergöttert haben. Sie waren gleich. Klar, mein Pa hat auf dem Feld gearbeitet, und meine Ma hat sich um den Haushalt gekümmert, aber das waren nur die Rollen, die sie angenommen haben. Pa war groß und stark; er kann mit bloßen Händen ein Kalb zur Welt bringen oder unzählige Heuballen hochheben. Niemand konnte besser Schweinebraten mit Kartoffelbrei zubereiten als meine Ma. Mein Vater hat ihr jedes Mal gesagt, was für eine wunderbare Köchin sie ist. Ma hat Pas Stärke und harte Arbeit gelobt. Keiner von ihnen hat den jeweils anderen als selbstverständlich angesehen. Das war so schön! Ich will keine Frau, die hinter mir herputzt oder mir ausschließlich Sachen sagt, von denen sie denkt, dass ich sie hören will. Ich will eine beste Freundin. Eine Partnerin. Eine, die mich herausfordert, wenn ich falschliege, und mit mir lacht, wenn ich Recht habe. Ich will dich, Annie. Nein …!« Eine Falte bildet sich auf Sketchs Stirn. »… ich brauche dich.«

Ich lächele. »Du hast mich schon längst.«

Sketch vergräbt die Hand in seiner Hosentasche und holt eine kleine graue Schachtel hervor. »Ich meine das ernst, Annie: Ich brauche dich wirklich.«

Ich schlage mir die Hände vors Gesicht und bedecke Mund und Nase. Sketch kniet vor mir nieder und öffnet die Schachtel. Eine ganze Traube von Diamanten funkelt im Mondlicht.

»Er gehörte meiner Mutter«, erklärt Sketch.

Ungläubig blinzele ich, während mir Tränen wie Regentropfen übers Gesicht laufen – doch dieses Mal sind es Freudentränen.

»Ich hatte eigentlich vor, dich nach dem Tanzabend zu fragen, aber …« Sketch zuckt mit den Schultern.

»Frag mich jetzt!«, stottere ich, erschrocken über mich selbst. »Frag mich jetzt!«

Ich lasse die Hände von meinem Gesicht sinken und locker an meinen Seiten hängen, während ich mich so gerade hinstelle wie möglich. Schließlich soll nichts meine Antwort trüben.

»Annie Fagan, willst du mir die Ehre erweisen und meine Frau werden?«

»Ja. O mein Gott! Ja! Ja, ich will!«

Sketch springt sofort auf. Trotz meines Bemühens, mich gerade aufzurichten, überragt er mich noch um gut zwei Köpfe. Er nimmt den Ring aus der Schachtel, wobei mir auffällt, dass seine Hände zittern. Wenn er angesichts meiner Antwort nervös war, hat er es sehr gut verbergen können. Dann nimmt er meine Hand und schiebt mir den Ring über den Finger. Er ist zwar ein wenig groß für mich, doch er fühlt sich toll an.

»Ich liebe ihn!«, schwärme ich begeistert. »Und ich liebe dich!«

Sketch schließt mich in die Arme und wirbelt mich umher. Ich werfe den Kopf in den Nacken und genieße das schwindelige Gefühl.

»Alles wird perfekt, Annie. Warte nur ab!«, stellt Sketch fest, als er mich wieder absetzt.

Ich glaube ihm. Denn das ist es bereits jetzt.

Sketch und ich verbringen die nächste Dreiviertelstunde damit, zu nichts anderem als der Musik in unseren Köpfen zu tanzen. Wir halten inne und küssen uns. Dann tanzen wir wieder. Dies ist bei Weitem die schönste Nacht meines ganzen Lebens. Aber wie immer neigt sich auch diese irgendwann dem Ende entgegen.

»Ich muss los«, sagt Sketch. »Deine Mutter wartet bestimmt schon.«

»O mein Gott! Ma!« Besorgt fahre ich mir mit der Hand übers Haar.

Was wird wohl aus meiner Mutter, wenn Sketch und ich

verheiratet sind? Ohne dass ich einen Teil der Last trage, wird Pa seine ganze Wut an ihr allein auslassen. Ich bin so vom Glück beseelt gewesen, dass ich ganz vergessen habe, welche Auswirkung all das auf meine Mutter haben wird. Wie kann ich bloß so selbstsüchtig sein? So dumm? Es gibt kein Happy End. Nicht für ein Mädchen wie mich.

Ich lasse den Ring von meinem Finger gleiten und gebe ihn Sketch zurück. Er starrt mich verdutzt an, und es bricht mir das Herz, wie sehr ich ihn jetzt verletzen werde.

»Es tut mir leid.« Ich bekomme kaum Luft. »Aber ich kann dich nicht heiraten.«

Sketch fällt die Kinnlade herunter, und ich könnte schwören, dass mein Herzschlag kurz ausgesetzt hat.

»Ich … ich … ich verstehe das nicht!«, stottert er.

»Bitte, Sketch. Geh einfach. Das ist alles so schwer. Ich kann das nicht länger aushalten«, weine ich. »Bitte geh. Du musst jetzt gehen.« Sketch öffnet die Schachtel, nimmt den Ring und legt ihn hinein. Dann schließt er sie mit einem wütenden Knacken und lässt mich zusammenzucken. Unzählige Fragen stehen Sketch ins Gesicht geschrieben. Aber er ist zu sehr Gentleman, als dass er auch nur eine Einzige davon stellt. Außerdem muss er nicht fragen. Er kennt mich in- und auswendig.

Sketch wirkt mit einem Schlag ganz verloren, wie ein Welpe, der zu weit von zu Hause weggelaufen ist. Ich möchte mich zu ihm beugen, ihn berühren und ihn trösten, doch es wäre unfair, ihm falsche Hoffnungen zu machen. Ich balle die Hände zu Fäusten und stemme sie mir in die Seiten. Sketch schaut mir in die Augen, schüttelt den Kopf und schiebt die Schachtel in seine Hosentasche.

»Ich liebe dich, Annie Fagan«, sagt er und scharrt mit den Füßen auf der Stelle. »Das habe ich immer, und das werde ich immer. Vergiss das nie.«

Ich beobachte, wie Sketch sich langsam umdreht und geht. Nicht einen einzigen Blick wirft er zurück. Ich hätte es ihm gern erklärt. Aber er würde dann nur wieder versuchen, eine Lösung zu finden – für ein Problem, das wir nicht lösen können, und mein Herz schmerzt schon mehr, als ich es aushalten kann.

36.

Holly

»Die beiden hätten unbedingt mal in Ruhe miteinander reden sollen«, stellt Ben fest und steht auf, um in Nanas Krankenhauszimmer auf und ab zu laufen.

»Ben, du liebe Zeit! Ein bisschen mehr Respekt, bitte!«, starre ich ihn finster an und merke mir die Manuskriptseite, bei der wir aufgehört haben. Dann rutsche ich ein wenig zur Seite, um für den Papierstapel, den ich neben mir ablegen will, Platz zu machen. »Das war in den Fünfzigerjahren«, biete ich leise als Erklärung an. »Da ist man nicht rumgelaufen und hat sein Herz auf der Zunge getragen, wie man das heute so macht.«

»Im Ernst?«, schnaubt Ben. »Findest du, dass die Leute heutzutage offener und ehrlicher sind?«

Ich nicke entschieden. »Klar. Natürlich. Es gibt weitaus weniger, vor dem man sich fürchten muss.«

»Zum Beispiel?« Ben zuckt mit den Schultern.

»Vieles. Früher war es viel wichtiger, woher du kommst, welches Geschlecht du hast und so weiter. Gib es doch zu, Ben.« Ich verdrehe die Augen. Nach einer Geschichtsstunde ist mir jetzt nicht zumute.

»Das habe ich gar nicht gemeint, Holly. Ich habe vom ganz normalen Alltag gesprochen und wie die Menschen miteinander umgehen. Ich finde nicht, dass sich da viel verändert hat. Die Leute setzen immer noch wirklich tolle Beziehungen in den Sand, weil sie zu viel Angst davor haben zu sagen, was sie wirklich denken und fühlen. Nate ist ein toller Kerl, Holly.«

Ich massiere mir mit zwei Fingern die Stirn und schließe die Augen. Mein Bruder besitzt das Talent, mir wie kein anderer unter die Haut zu gehen, was mich rasend macht. Sogar noch mehr, weil ich durchaus verstehe, was er damit sagen will. *Verdammt, ich hasse es, wenn er so reif und vernünftig ist!*

Als ich die Augen wieder aufmache, fällt mein Blick auf Nate, der am anderen Ende des Raumes schläft – oder zumindest so tut. Er hat sich auf einem Eckstuhl, der viel zu klein dafür ist, zusammengerollt. Mir fällt auf, dass seine Augenlider zucken, als sein Name fällt.

»Ben«, knurre ich und warne meinen Bruder, nicht weiterzureden. Nicht vor Nana.

Ben ignoriert mich und fährt fort. »Ich meine das ernst! Ihr beide seid bis vor ein paar Monaten noch bis über beide Ohren verliebt gewesen!« Ben zeigt auf Nate und fährt dann mit dem Finger durch die Luft, um dann auf mich zu deuten. »Holly, du hast von nichts anderem als Brautjungfernkleidern und Junggesellinnenabschieden gesprochen.« Ben verdreht die Augen. »Mit dem ganzen Hochzeitskram hast du mich fast in den Wahnsinn getrieben. Und jetzt schaut euch zwei einmal an. Ihr sitzt nicht mal nebeneinander. Willst du immer noch behaupten, dass sich die Zeiten geändert haben? So ein Quatsch!«

Nate schlägt die Augen auf und setzt sich auf. Ich spüre

seine Verärgerung, aber er fordert Ben nicht auf, still zu sein. Ich wünschte, er würde es tun. Ben hört nicht auf mich, aber wenn Nate ihm sagen würde, sich zurückzuhalten, würde er sich wahrscheinlich daran halten.

»Es ist kompliziert«, murmelt Nate verschlafen. »Das haben wir dir aber doch erklärt.«

»Nein. Nicht richtig. Ihr habt nur gesagt, dass euer Baby krank ist«, platzt Ben heraus. »Und es tut mir leid, schrecklich leid, dass ihr das durchmachen müsst. Es ist unvorstellbar. Aber es ist eine Ausrede für eine Trennung, keine Erklärung. Du meine Güte, wenn es so hart auf hart kommt, dann braucht man doch die Menschen, die man liebt, mehr denn je! Oder etwa nicht?«

Ich schaue zu Nate hinüber, der mich bereits ansieht. Bens Standpauke ergibt erstaunlich viel Sinn.

»Du bist genau wie Nana«, wirft Ben mir vor. »Sie hat jeden von sich gestoßen, nur weil ihr Vater ein Mistkerl war, selbst dann noch, als sie Sketch hätte heiraten und mit ihm glücklich bis an ihr Lebensende sein können.«

»Ganz genau«, pflichtet ihm Nana leise bei.

Plötzlich wird es still im Krankenzimmer, und trotz der Intensität, mit der unser Gespräch geführt wurde, drehen wir uns alle wortlos zu Nana um.

»Geht es dir gut, Nana?«, frage ich und stürze zu ihr. »Soll ich dir etwas geben? Willst du etwas Wasser trinken?«

Nana schluckt, und ich sehe, wie viel Mühe sie hat, den Kloß den Hals hinunterzubekommen.

»Soll ich eine Schwester rufen?«, fragt Ben und greift nach der Klingel über Nanas Bett. »Ich kann sie sofort rufen, wenn du sie brauchst. Hast du Schmerzen?«

Nana zuckt zusammen, und ich halte den Atem an. Sie spricht nicht, daher habe ich keine Ahnung, wie ich ihr helfen kann. Ich fühle mich innerlich so leer.

»Möchtest du uns etwas sagen, Annie?« Nate lächelt sie an. Er ist so viel gefasster als Ben und ich.

Nana nickt.

»Sie möchte etwas sagen«, stelle ich fest, als bräuchten Ben und Nate eine Klarstellung.

»Ja, Holly.« Ben grinst. »Das haben wir schon verstanden.«

Nate neigt sich von der anderen Seite des Bettes her zu mir herüber und schüttelt die Kissen hinter Nana auf, wobei er ihren Kopf ein wenig hebt, wodurch sie offenbar sofort leichter Luft bekommt. Ich lächele und streiche mir über den Bauch, als mir klar wird, wie stolz ich darauf bin, dass Nates Baby in mir heranwächst.

»Danke«, flüstert Nana.

»Wir hören dir zu, Annie«, versichert Nate ihr lächelnd. »Lass dir die Zeit, die du brauchst.«

Nana atmet tief durch den Mund ein. Ihr Brustkorb hebt sich, und sie muss auf einmal so schlimm husten, dass ihr ganzer zerbrechlicher Körper sich krümmt. Eilig will ich ihr helfen.

»Schschsch, Nana«, flüstere ich und habe Mühe, nicht in Tränen auszubrechen, als ich mich zu ihr hinüberbeuge und mir das Hirn zermartere auf der Suche nach etwas, das ihre Not lindern könnte. »Versuch besser nicht zu reden.«

Innerhalb von Sekunden ist Ben an meiner Seite, schiebt seinen Arm um meine Taille und zieht mich nach hinten.

»Holly, lass sie«, fleht er. »Sie will uns etwas sagen. Lass sie.«

»Sie ist zu schwach«, halte ich dagegen und versuche, mich aus dem festen Griff meines Bruders zu lösen.

»Lass sie«, erwidert Ben langsam und entschieden. »Lass sie sagen, was sie sagen will. Offensichtlich ist es ihr ja wichtig.«

Ich entspanne mich und höre auf, mich zu wehren. »Okay.«

Nanas Mundwinkel verziehen sich zu einem schiefen Lächeln, und ihr Kopf neigt sich, bis sie Ben erblickt.

»Guter Junge«, krächzt sie, als sei Ben gerade mal fünf Jahre alt.

Ben grinst mit einer selbstgefälligen Zufriedenheit, die tatsächlich ein wenig an einen Fünfjährigen erinnert. Ich schüttele den Kopf und verdrehe die Augen, während ich mich insgeheim über Nanas Lob für meinen Bruder freue.

»Sei nicht albern, Holly«, schimpft Nana. Ihre Stimme ist lauter und längst nicht so brüchig wie in den vergangenen Tagen. Sie schimpft mit mir wie früher, als ich noch klein war, schwelge ich verträumt in Erinnerungen. »Nathan liebt dich«, fügt sie nachdrücklich hinzu. »Bestraf ihn nicht für etwas, woran er keine Schuld trägt.«

Das tue ich gar nicht, denke ich und schüttele den Kopf. Zumindest wollte ich das nicht. Natürlich ist es nicht Nates Schuld, dass unser Baby krank ist. *Niemand ist schuld daran.*

»Nana, das ist kompliziert.« Die Floskel, die ich schon so oft bemüht habe, kommt mir wie automatisch über die Lippen.

»Das ist es nicht.« Nana hustet, dann verdreht sie die Augen, bevor ihre Lider wieder zufallen. »Es ist nur kompliziert, wenn du es zulässt.«

Nate eilt herbei, um ihr zu helfen. Souverän schiebt er seine

Hand hinter sie und klopft ihr fest auf den Rücken. Wie zwei Dummköpfe schauen Ben und ich ihm dabei zu.

Zwar ist Nana blass wie die Wand, doch sie leckt sich langsam mit der Zunge über die Lippen und fährt dann entschlossen fort.

»Holly, es geht nicht darum, wie lange du jemanden liebst. Sondern darum, wie sehr. Fünf Minuten, fünf Jahre …« Mit einem Knistern holt Nana tief Luft, während alle den Atem anhalten und warten. »Wenn ein Leben auch nur einen Tag dauert, dann mach diesen Tag zum besten deines Lebens.«

Nana schließt die Augen, und die Geräusche, wie sie unregelmäßig und abgehackt Luft holt und wieder ausstößt, füllen den Raum. Wir alle sitzen schweigend da und warten darauf, dass sie fortfährt.

»Heirate den Jungen. Verschwende keine Zeit. Zeit ist kostbar. Sie reicht nie aus.«

Nana schließt die Augen wieder, doch dieses Mal bleiben sie auch geschlossen. Sie hat gesagt, was sie sagen wollte, und zufrieden wird ihr Lächeln breiter, als sie einmal mehr einschläft.

Nates und meine Blicke treffen sich, und als er mich anlächelt, muss ich seufzen, weil ich weiß, dass meine Großmutter Recht hat. Eigentlich sollte ich diesen Kerl heiraten. *Aber wenn es doch nur so einfach wäre.*

»Was glaubt ihr, was sie damit sagen will?«, fragt Ben. »Meint ihr, sie will damit sagen, dass ihr zwei Idioten seid, weil ihr die Hochzeit abgesagt habt? Denn das sehe *ich* so. Und ich glaube, dass auch sie das exakt so empfindet.« Ben grinst süffisant, und zwar so breit, dass ich ihn am liebsten fragen würde, ob ihm nicht der Kiefer schmerzt.

»Tja. So einfach ist das nicht«, entgegne ich mit einem Schnauben.

»Jede Wette, dass Nana das auch Sketch gesagt hat«, gibt Ben zu bedenken und zieht die offensichtliche Parallele. »Und so, wie es klingt, bereut sie es sehr.«

Bens Lächeln verblasst, und eine Ernsthaftigkeit, die ich so bei ihm gar nicht kenne, schleicht sich in seinen Blick. »Seht mal«, fährt er fort. »Sollte der schlimmste Fall eintreten und das Kleine es nicht schaffen – meint ihr nicht, dass ihr euch dann mehr denn je gegenseitig braucht?«

Nate lässt mich nicht aus den Augen. Die Hitze seines Blicks brennt sich geradezu in mich ein.

»Ach verdammt, Ben«, knurre ich.

»Gib's schon zu, Holly!«, erwidert Ben. »Deine Argumente sind mies, und ich habe Recht.«

Nana lacht. Es ist ein leises, verhaltenes Kichern, doch sie hört zu.

37.

Holly

Mit einem Quietschen öffnet sich Nanas Krankenzimmertür, und meine Mutter steckt den Kopf herein.

»Es wird Zeit.« Sie schluckt schwer. »Der Krankentransport wartet unten.«

Es war schon still im Raum, bevor Mam gesprochen hat, doch jetzt breitet sich plötzlich eine neue Art von Stille aus. Sie ist unheimlich und überwältigend. Sie bleibt zu lange bestehen und erdrückt uns alle mit ihrer Schwere.

»Nana, wir bringen dich jetzt in dein neues Zimmer«, erkläre ich und ergreife die Initiative, während ich Nana das dichte graue Haar aus der Stirn streiche.

Meine Mutter weicht nicht von der Tür; mein Vater steht hinter ihr. Ich kann ihn nicht ganz sehen, da die offene Tür die Sicht auf ihn verdeckt, aber ich stelle mir vor, dass er bestimmt Mams Hand hält oder seinen Arm um ihre Taille gelegt hat. Um sie wortlos zu unterstützen. Auf seine beste Art und Weise.

»Jeden Moment wird die Krankenschwester kommen. Sie wird Nana von all diesen Kabeln und Schläuchen befreien und dafür sorgen, dass es ihr gut geht«, stellt Mam fest und bringt es nicht übers Herz, zu der ganzen medizinischen Ausrüstung hinüberzuschauen, an der Nana hängt, als sei sie eine Marionette.

»Okay«, nicke ich. »Und dann fahren wir alle zum Hospiz?«

»Holly …« Mein Vater hält inne und räuspert sich. »Nur eine Person darf im Rettungswagen mit Nana mitfahren.«

Ich nicke. Ich weiß, dass diese Person zu Recht meine Mutter sein wird.

»In der Stadt ist jetzt richtig viel Verkehr, sodass die Besuchszeit wahrscheinlich vorbei ist, wenn Nana im Hospiz angekommen ist und man sie in ihr Zimmer verlegt hat«, fährt mein Vater fort, während sein Blick zu Boden wandert.

Ben erstarrt. Ich kann seine Verzweiflung quer durchs Zimmer spüren. Nate greift nach meiner Hand, und ohne nachzudenken, klammere ich mich an ihm fest und zerquetsche fast seine Finger.

»Wir können sie heute nicht mehr sehen?« Ich schüttele den Kopf.

»Nein, heute nicht mehr«, erwidert Dad. »Ihr wart doch den ganzen Tag lang hier. Nana wäre stolz auf euch. Jetzt ist es an der Zeit, heimzugehen und sich ein wenig auszuruhen.«

»Ich bin nicht müde«, widerspricht Ben. Er versucht zu lächeln, kann den erschöpften Blick in seinen Augen jedoch nicht überspielen.

»Kinder, geht nach Hause«, befiehlt Dad sanft. »Eure Großmutter würde es so wollen, und das wisst ihr auch. Eure Mam ist dann bei ihr. Gebt ihr Zeit.«

Ben diskutiert noch ein wenig mit Dad. Stimmen werden laut. Hauptsächlich Bens, aber irgendwie schaffe ich es, sie auszublenden. Meine Finger lösen sich langsam aus Nates Hand, und er lässt mich los. Er versteht, dass ich beide Hände frei haben muss, um Nanas Gesicht zu streicheln. Ich brauche beide Hände, um ihre warme, faltige Haut zu berühren. Ich brauche beide Hände, um ihre Hände zu halten und ihr zu sagen, dass ich sie liebhabe. Ich brauche beide Hände, um Erinnerungen zu schaffen.

»Holly!«, ruft mich Mam. Ihre Stimme setzt sich über meine Verzweiflung und Bens gefühlsgeladene Auseinandersetzung mit Dad hinweg. »Können wir uns kurz unterhalten?« Sie deutet mit dem Kopf nach hinten über die Schulter hinweg in Richtung Tür.

Ich beuge mich vor, küsse Nana auf die Stirn und halte dabei lange genug inne, um in ihrem Duft zu schwelgen: Babypuder und Lavendelparfum, wie immer.

»Klar.« Ich reiße mich von Nana los und setze ein Lächeln auf, das meine Mutter dringend braucht.

Ich trete auf den Flur hinaus, und Mam schließt hinter mir die Tür. Jetzt ist Nana plötzlich weg, und ich atme langsam durch die Nase ein und durch den Mund wieder aus, um die Fassung zu bewahren.

»Tut mir leid wegen vorhin«, entschuldigt sich Mam. »Es ist nur … ich …« Sie schlägt sich die Hand vors Gesicht und spreizt die Finger. »Ich bin momentan vollkommen überfordert, Holly. Dabei muss ich für Nana stark sein. Obwohl ich fast zusammenbreche. Es tut mir leid. Es tut mir wirklich leid.«

»Mensch, Mam«, entgegne ich und fühle mich sofort schuldig, weil ich wütend gewesen bin, als meine Mutter den Besuch auf der Obstplantage nicht gut gefunden hat. »Du musst dich doch nicht entschuldigen. Ich hab's ja verstanden. Ehrlich. Immerhin ist Nana deine Mutter.« Ich nehme ihre Hände. »Nichts ist so stark wie die Bindung zwischen einer Mutter und ihrem Kind, nicht wahr?«

»Das stimmt, Holly.« Der Blick meiner Mutter fällt auf meinen Bauch, als sie ihre Hände wegzieht. »Die kann man mit nichts anderem vergleichen.«

Ich kaue auf der Unterlippe. Ich will nicht noch ein weiteres Gespräch über mich, Nate und das Baby führen. Eigentlich will ich gar kein Gespräch mehr führen, aber meine Mutter muss reden. Zwar hat sie ihre Hände verschränkt, doch die Finger scheinen sich in unterschiedliche Richtungen bewegen zu wollen.

»Ich habe noch einmal mit dem Arzt gesprochen«, verkündet Mam.

»Ah, und?«

»Er fand die Idee mit dem Besuch auf der Obstplantage gar nicht so schlecht.«

»O mein Gott, Mam! Im Ernst?« Mir wird fast schwindelig. »Können wir hinfahren? Im Ernst? Können wir mit Nana dorthin?«

»Ich bin nicht sicher, ob ihr das helfen wird«, gibt Mam zu. »Ihre Lunge ist in einem schlechten Zustand, Holly. Und die Nachtluft ist ziemlich feucht.«

»Ich weiß«, erwidere ich.

»Ich bin aber auch nicht sicher, ob ihr das nicht doch helfen wird«, gibt Mam zu. »Sie braucht das, Holly, oder? Ihre Lunge ist schwach, das weiß ich. Verdammt, die Ärzte haben es mir oft genug eingebläut: *Sorgen Sie dafür, dass sie es warm hat … Sorgen Sie dafür, dass sie sich nicht erkältet … Sorgen Sie dafür, dass sie bequem liegt*, haben sie gesagt, als sei das nicht alles selbstverständlich. Aber keiner hat etwas davon gesagt, dass ich dafür sorgen soll, dass sie glücklich ist.« Mam fährt mit dem Finger unter dem Auge entlang und wischt sich ein paar Tränchen weg. »Sie wollen sie nur am Leben erhalten. Aber was ist das Leben wert, wenn man nicht glücklich ist?«

Ich atme tief ein. Mir fehlen die Worte.

»Die Obstplantage wird sie glücklich machen, oder?« Zum ersten Mal seit einer Ewigkeit lächelt Mam.

Ich nicke. »Ja. Ich denke schon.«

»Ich hab's deinem Vater noch nicht gesagt«, antwortet Mam und weicht meinem Blick aus. »Er hält die Idee für vollkommen verrückt. Dein Vater liebt Nana, aber ich bezweifle, dass er sie auf die gleiche Art und Weise versteht wie wir.«

»Wahrscheinlich hat er Recht«, unterbreche ich sie mitten im Satz. »Ich meine, ich verstehe das. Technisch, vernünftigerweise, medizinisch, blablabla. Mit einer alten Dame in die kalte Nacht hinauszufahren, damit sie Gras und Bäume sieht, na ja, zugegeben, das scheint nicht viel Sinn zu ergeben, oder? Womöglich ist es nicht die beste Idee, was den Tropf, die Zugänge und die ganze Medizin anbelangt. Wenn du mich vor ein paar Wochen gefragt hättest, was ich davon halte, hätte ich dich wahrscheinlich auch ausgelacht. Aber das war vorher. Bevor ich Nanas Buch gelesen habe. Bevor ich von Sketch und der Obstplantage und ihrer gemeinsamen Zeit erfahren habe. Das Leben endet irgendwann. Die Liebe bleibt für immer, nicht wahr?«

»Das stimmt.« Meine Mutter strafft die Schultern. »Die Liebe überwindet alles.«

»Jetzt übertreibst du aber ein wenig, Mam«, scherze ich. »Du klingst schon wie eine Grußkarte. *Die Liebe überwindet alles. Hier, nehmen Sie ein Katzenbaby.*«

Meine Mutter öffnet die Lippen, und ich denke auch, dass sie versucht zu lachen, aber das Einzige, was ihr über die Lippen kommt, ist ein raues Krächzen.

»Tut mir leid«, murmele ich. »Ich wollte nur witzig sein.«

Meine Mutter antwortet nicht.

»Jedenfalls sind Kätzchen süß«, fahre ich fort, »aber ich bin definitiv eher der Hundetyp.«

»Holly.« Meine Mutter grinst mich an und weiß offenbar meine Versuche, die Situation ein wenig aufzulockern, zu schätzen. Doch in ihrem Blick liegt nichts als Trauer. »Was tun wir nun?«

Ich zucke mit den Schultern. »Ganz ehrlich?«

Mam nickt.

»Ich habe keine Ahnung«, erwidere ich und kann meine Sorge nicht verbergen, dass es eine Schnapsidee sein könnte. »Aber der einzige Mensch mit einem Plan ist wohl Nana.«

38.

Annie

Ich liege auf meinem Bett und starre nach oben, doch die Decke über meinem Kopf nehme ich gar nicht wahr. Ich sehe nur Sketchs Miene vor mir und den Schmerz, der ihm ins Gesicht geschrieben stand, als ich ihm das Herz gebrochen habe. Immer wieder gehe ich in Gedanken diesen Abend durch, und jedes Mal wenn ich zur letzten Szene gelange, verpasse ich ihr ein anderes Ende.

Die Schuhe meiner Mutter knirschen die Auffahrt herauf und lenken meine Aufmerksamkeit aufs Fenster. Ich eile hinüber, um hinauszuschauen. Sie sieht mich nicht, als sie die Einfahrt allein heraufläuft, ein glückliches Federn in ihrem Schritt. Sketch hat sie den ganzen Weg zur Tür herauf nicht begleitet. Er ist ein Gentleman und nimmt es mit der Etikette sehr genau; meine Mutter einfach nur in der Einfahrt abzusetzen ist zwar unerwartet, aber auch nicht überraschend. Von jetzt an wird Sketch wahrscheinlich unser Haus meiden. Mich meiden. Jedenfalls ist das bestimmt das Beste. Das Rumpeln des Automotors hätte meinen Vater wecken können, und das Letzte, was sowohl meine Mutter als auch ich heute Nacht brauchen können, ist mein wacher Vater.

Ich höre nicht, dass sich die Haustür öffnet, und stelle fest, dass meine Mutter eine noch größere Expertin ist als ich, auf leisen Sohlen durchs Haus zu schleichen.

Als an meiner Schlafzimmertür gerüttelt wird, setze ich mich nervös auf. Schnell springe ich aus dem Bett, ziehe den Stuhl unter dem Türknauf weg und hüpfe, so schnell ich kann, zur Seite, falls auf der andren Seite doch mein Vater und nicht meine Mutter stehen sollte. Quietschend öffnet sich die Tür, und ich atme erleichtert auf, als ich den richtigen Elternteil vor mir sehe.

»Ich wollte noch kurz nach dir sehen, bevor ich ins Bett gehe«, sagt meine Mutter. »Pa ist neben dem Kamin eingeschlafen. Ich habe ein weiteres Holzscheit hineingelegt. Das Feuer sollte die ganze Nacht über brennen, sodass er nicht von der Kälte aufgeweckt wird.«

»Gute Idee«, lobe ich.

»Wie war er?«, fragt Ma, als hätte ich ein Kleinkind beaufsichtigt.

»Alles gut«, lüge ich und achte darauf, nur leise zu flüstern. »Kurz nachdem du weggegangen bist, ist er eingeschlafen.«

Zögerlich nickt meine Mutter. Ich merke, dass sie mir nicht glaubt. Aber wir beide haben über die Jahre hinweg gelernt, dass es manchmal ein wenig weniger wehtut, die Notlügen zu glauben.

»Hast du ein wenig schlafen können?«, fragt Ma.

Ich erwäge, ihr zu sagen, dass Sketch da war. Ich würde ihr gern erzählen, wie wundervoll es war, mit ihm zu tanzen, und wie besonders ich mich gefühlt habe. Ich würde ihr gern erklären, wie mir das Herz vor Glück fast zerplatzt wäre, als er um meine Hand angehalten hat. Aber ich kann nicht. Ich kann ihr nichts davon sagen. Es würde ihr das Herz brechen zu wissen, dass sie der Grund für meine Zurückweisung ist, und sicherlich würde sie darauf bestehen, dass ich meine Meinung ändere.

»Wie war der Tanzabend?«

»O Annie, er war wundervoll. Er hat mich daran erinnert, wie es war, als ich in deinem Alter war. Unbekümmert, wie junge Mädchen es sein sollten.«

Tränen brennen mir in den Augenwinkeln. Ich bin ein junges Mädchen, aber ich erinnere mich nicht einmal mehr daran, wie es ist, unbekümmert zu sein.

»Weißt du eigentlich, dass sich die Tanzabende seit meiner eigenen Jugend nicht viel verändert haben? Zuerst war ich ein wenig eingerostet, aber ich habe nicht lange gebraucht, bis ich mich wieder an alle Schritte erinnert habe.« Meine Mutter schiebt mit den Füßen über den Boden. »Morgen werde ich überall Blasen haben. Aber Annie, ach, das war es einfach wert! So wert.«

Ma lässt die Tür los und kommt in mein Zimmer. Sie tanzt und wiegt sich auf der Stelle, während sie eine Melodie summt, die ich nicht kenne. So leichtfüßig und begeistert habe ich sie noch nie erlebt. Es ist wunderbar.

»Ich freue mich so, dass du einen schönen Abend hattest, Ma«, stelle ich fest. »Unendlich!«

Ma hält inne und kommt auf Zehenspitzen zu mir getapst. Sie nimmt mich in den Arm und drückt mich ganz fest.

»Weißt du was?«, flüstert sie. »Ich verabscheue deinen Vater für vieles. Und das zu Recht. Aber weißt du, was mir der Tanzabend klargemacht hat?«

»Was denn?«

»Wenn ich mein Leben noch einmal leben müsste, Annie, würde ich ihn immer noch heiraten.«

Voller Missbilligung schüttele ich den Kopf und ärgere mich über ihre törichten Worte. »Warum? Warum solltest du das wollen?«

»Weil er mir dich geschenkt hat.«

Sofort bin ich besänftigt und erwidere die Umarmung meiner Mutter.

»Mir tut es so leid, dass du nicht zum Tanzabend kommen konntest, Annie«, sagt Ma. »Aber ich bin heilfroh, dass der Tanz zu dir gekommen ist.«

Ich lächele.

»Komm, setzen wir uns«, sagt Ma, während wir uns aus unserer Umarmung lösen. Sie lässt sich auf meine Bettkante plumpsen und die Beine wie ein aufgeregter Teenager nach vorn und hinten baumeln. »Ich muss zugeben, dass ich zuerst so meine Zweifel hatte«, stellt sie fest, als ich mich neben sie setze. »Aber Arthur Talbot ist nicht wie dein Vater, Annie. Nicht alle Männer sind so, das habe ich jetzt begriffen. Arthur ist einer von den guten.«

Ich lächele. Wie schön, dass meine Mutter endlich auch einmal jemanden vom anderen Geschlecht lobt, insbesondere Sketch.

»Ich will alles hören«, zwitschert meine Mutter. »War es romantisch? Ist er auf die Knie gegangen? O ich wette, das hat er gemacht!«

Meine Mutter sprudelt vor Begeisterung über.

»Ma«, flüstere ich und bemühe mich, so entschieden wie möglich zu klingen, ohne laut zu werden. »Ich kann Sketch nicht heiraten.«

Plötzlich macht sich eine erdrückende Stille im Raum breit. Meine Mutter räuspert sich mit einem leisen Hüsteln und lässt den Kopf sinken. Sie spricht ihre Enttäuschung nicht aus. Das muss sie aber auch gar nicht. Ma sagt immer viel mehr ohne Worte als mit ihnen.

»Es tut mir leid, Ma«, fahre ich fort. Und das stimmt auch. Es tut mir leid. Mir tut es unglaublich leid, dass ich Sketch das Herz gebrochen habe. Und mir. Und wahrscheinlich auch meiner Mutter.

»Du musst dich für nichts entschuldigen«, sagt meine Mutter schließlich nach einer langen, schmerzlichen Stille. »Es ist einzig und allein deine Entscheidung, Annie.«

Ich schlucke meine Tränen hinunter.

»Ich hoffe nur, du hast sie aus den richtigen Gründen getroffen«, flüstert Ma. Ihr durchdringender Blick ruht auf mir.

»Das habe ich.«

»Gut. Das ist gut, Annie.« Ma steht auf. »Dann lasse ich dich jetzt lieber schlafen.«

»Okay«, nicke ich. »Gute Nacht.«

»Gute Nacht, Annie.« Meine Mutter schließt die Schlafzimmertür hinter sich.

Dunkelheit und Stille hängen bleischwer im Raum. Ich drehe mich auf den Bauch und weine in mein Kissen.

39.

Annie

»Annie. Annie, wach auf!«

Ich schlage die Augen auf und erblicke meine Mutter, die sich über mein Bett beugt. In meinem Zimmer ist es hell, also ist die Morgendämmerung schon hereingebrochen, aber ich bin so müde, als hätte ich nur wenige Sekunden geschlafen. Meine Augenlider sind bleischwer und schließen sich wieder.

»Annie, schnell! Komm schon!« Meine Mutter rüttelt an meiner Schulter. »Du musst wach werden!«

»Ich bin wach! Ich bin schon wach!«, stottere ich und reibe mir die Augen, während ich mich aufsetze.

»Prima. Du bist schon angezogen«, stellt Ma fest.

Ich streiche mit den Händen mein Kleid glatt, das ich gestern Abend einfach anbehalten habe.

»Ich ziehe mich schnell um, bevor ich mit der Hausarbeit anfange«, erkläre ich und habe schon die Liste all der Dinge vor Augen, die ich heute erledigen muss.

»Keine Hausarbeit heute, Annie«, entgegnet Ma und grinst so breit, dass ich sogar ihr Zahnfleisch aufblitzen sehe. »Dein Kleid ist wunderschön. So wie du. Komm schon, beeil dich. Wir haben nicht viel Zeit.«

»Nicht viel Zeit wofür?« Verschlafen fahre ich mir durchs Gesicht.

»Das wirst du schon sehen. Aber wir müssen uns beeilen. Wir müssen das Haus verlassen haben, bevor dein Vater aufwacht.«

»Wie spät ist es?« Ich stehe auf und schaue nach draußen. Nachdem ich gestern Nacht durchs Fenster in mein Zimmer zurückgeklettert bin, habe ich ganz vergessen, die Vorhänge wieder zu schließen.

»Es ist noch früh. Sehr früh«, erklärt Ma. »Wir haben einen anstrengenden Tag vor uns. Wir müssen früh loslegen.«

Der Blick meiner schläfrigen Augen schärft sich allmählich, und ich mustere den Garten. Es ist vollkommen windstill. Auf den Zweigen hocken die Vögel und singen. Die frühe Morgensonne taucht den Garten in goldene und honigfarbene Töne. Die Welt draußen vor meinem Fenster ist so einladend wie eines von Sketchs Bildern.

Meine Mutter nimmt meine Hand und legt einen Kamm hinein.

»Für dein Haar«, sagt sie.

Ich ziehe die Zacken durch mein Haar und kämme ein paar widerspenstige, verfilzte Knoten an meinem Hinterkopf aus.

Meine Mutter nimmt ein Tuch, das sie über die Schulter geworfen hat, und bückt sich, um damit meine Schuhe zu polieren. Sie schüttelt den Kopf, als sie das Tuch über die rauen Löcher zieht.

»Stimmt etwas nicht?«, frage ich schließlich und schiebe die Beine über die Bettkante.

Als meine nackten Sohlen mit dem kalten Boden in Berührung kommen, zucke ich zusammen und würde am liebsten wieder ins Bett zurückklettern, um weiterzuschlafen.

Meine Mutter steht auf und stopft das Tuch in die große Tasche in ihrem Faltenrock.

»Vergiss deinen Mantel nicht«, warnt mich Ma. »Nimm ihn auf jeden Fall mit. Du wirst ihn noch brauchen.«

Wieder schaue ich aus dem Fenster. Der Himmel ist wolkenlos, und die Sonne strahlt geradezu, insbesondere wenn man bedenkt, wie früh es noch ist. Es wird ein wunderschöner Tag. Ich bin nicht sicher, wohin wir gehen oder warum ich einen Mantel brauchen werde, aber ich bin fast zu nervös, um nachzufragen.

»Wo ist Pa?«, frage ich schließlich. Die wachsende Eile meiner Mutter macht mich nervös, und meine Gedanken rasen und stellen sich die schlimmsten Dinge vor.

Was, wenn er in der Nacht aufgewacht ist und sie angegriffen hat? Vielleicht hat sie ihn mit dem Schürhaken erschlagen? Ist das der Grund dafür, warum wir weglaufen? *Ist etwas Schreckliches passiert?*

Ich schüttele den Kopf, packe meinen Mantel, der am Bettende liegt, und bereite mich darauf vor, gleich rennen zu müssen.

»Ich bin so weit.« Ich zittere.

»Lass mich dich anschauen«, sagt Ma mit verquollenen Augen, und jetzt fange ich an, das Schlimmste zu befürchten.

Sie klingt so distanziert. Das bin ich bei ihr gar nicht gewohnt. Ich frage mich, ob sie vorhat, mich zu verlassen.

Ma reckt den Hals, und ihr Blick schweift zum wackeligen Bücherregal über meinem Bett.

»Möchtest du deine Bücher mitnehmen, Annie?«, fragt sie. »Ich weiß ja, wie sehr du sie liebst.«

Ich mustere die zwei alten ledergebundenen Bücher auf dem Regal. Ein Buch hat fast auf jeder Seite Eselsohren, beim anderen fehlt der Rückendeckel. Das spielt jedoch keine Rolle; ich liebe die Geschichten, die darin erzählt werden.

»Ich muss sie nicht mitnehmen«, erkläre ich ihr. »Ich kenne sie Wort für Wort auswendig.«

»Du hast sie so oft gelesen.« Ma lächelt. »Da musst du sie wahrscheinlich auswendig kennen.«

»Wir kommen nicht zurück, nicht wahr?«, frage ich mit einer schmerzlichen Eindringlichkeit, die all den schrecklichen Schlägen trotzt, denen ich in diesem Haus ausgesetzt gewesen bin.

»Nein, Annie. Wir kommen nicht zurück.«

Ich presse die Lippen fest aufeinander und verberge meine Angst vor dem Unbekannten, so gut ich kann, doch mir zittern die Hände, und ich weiß, dass es auch meiner Mutter auffällt.

»Es wird schon gut gehen, Annie«, ermutigt mich Ma. »Und jetzt mach schnell. Bitte.«

Ma und ich eilen zur Schlafzimmertür hinaus. Wir schleichen den Flur entlang und geben uns die gleiche Mühe, die Holzdielen nicht ächzen zu lassen. Lautes, zufriedenes Schnarchen ertönt aus dem Sessel vor dem Kamin, wo Pa vollkommen sorglos schläft. Er ist dort immer noch in der gleichen Position zusammengerollt wie gestern Abend, und ich weiß genau, dass er sich nicht gerührt hat. Er hat Ma kein Haar gekrümmt, und noch wichtiger: Sie hat sich nicht revanchiert und ihm keinen Grund gegeben, wütend zu sein.

Aber jetzt verstehe ich noch viel weniger, warum wir weglaufen. *Warum ausgerechnet jetzt, nach all den Jahren?*

Ma und ich öffnen die Haustür, und ohne ein Wort zu sagen, schauen wir uns ein letztes Mal in dem Haus um, in dem ich aufgewachsen bin. Ich erinnere mich an das Gute und das Schlechte. Ein wachsendes Gefühl der Wehmut breitet sich in meiner Magengrube aus, und mir wird allmählich klar, dass ich trotz allem, was passiert ist, diesen Ort auf gewisse Art und Weise vermissen werde. Wir schließen die Tür, eilen die Eingangsstufen hinunter und werden immer schneller, als wir die Einfahrt entlanglaufen. Keine von uns wirft einen Blick zurück. Als ich draußen vor dem Tor Sketchs Auto warten sehe, ergibt plötzlich alles einen Sinn.

40.

Holly

»Der Verkehr ist der reinste Wahnsinn«, beschwert sich mein Vater, der das Lenkrad so fest umklammert hält, dass seine Knöchel weiß hervortreten. »Wir werden diesen blöden Garten in frühestens zwanzig Minuten erreichen.«

Vom Rücksitz des Mercedes meines Vaters aus schaue ich nach draußen. Mein Blick fällt auf Stoßstange an Stoßstange, so weit das Auge reicht. »Es ist eine Obstplantage«, murmele ich leise.

»Es ist der reinste Wahnsinn, nichts anderes«, blafft mein Vater, der mich natürlich gehört hat.

»Das ist der normale Feierabendverkehr, sonst nichts«, wirft meine Mutter ein. »Alle befinden sich nach der Arbeit auf dem Heimweg. Wir müssen das einfach nur aussitzen.«

»Na ja, dann fahren all diese Landeier in die falsche Richtung«, knurrt Dad. »Jemand sollte ihnen mal sagen, dass ihr Zuhause sich in entgegengesetzter Richtung befindet.«

»Nicht jeder kommt aus Dublin, George«, brummt meine Mutter. »Auch hier in Galway wohnen sehr viele Leute.«

Mein Vater ist in Dublin geboren und auch dort aufgewachsen. Oft vergisst er, dass es neben seiner Lieblingsstadt auch noch andere Orte gibt.

Meine Mutter geht über die Schimpfereien meines Vaters geflissentlich hinweg und zieht sanft an ihrem Anschnallgurt. Sie vergrößert ihn so weit, dass sie sich auf dem Beifahrersitz fast komplett umdrehen kann. »Wir sind bald da, Mammy«, sagt sie und lächelt Nana an.

»Danke«, murmelt Nana. »Ich danke euch allen.«

Ich reiße mich vom Blick aus dem Fenster los und betrachte die verschiedenen Leute im Auto. Mein Vater fährt und flucht immer wieder wegen der Fahrer vor ihm. Trotz seines Frusts summt er jedoch »Die Moritat von Mackie Messer« mit, das der CD-Player in Endlosschleife spielt. Meine Mutter sitzt auf dem Beifahrersitz. Sie zappelt unaufhörlich und dreht sich alle paar Minuten um, um nach meiner Großmutter zu schauen. Nana sitzt eingequetscht zwischen Marcy und mir auf dem Rücksitz des Sportwagens, den mein Vater sich im Zuge seiner Midlife-Crisis gekauft hat und der definitiv nicht gebaut worden ist, um dort drei Erwachsene auf der Rückbank unterzubringen. Nana hat ihre schlanken Finger in meine gehakt, hält mich fest umklammert und fleht mich an, sie nicht loszulassen. Es ist furchtbar unbequem, auf der einen Seite drückt die Autotür gegen meinen Ellbogen, während ich mit gespreizten Beinen dasitzen muss, um für Nanas Sauerstoffflasche Platz zu machen, die auf dem Boden zwischen meinen Füßen steht. Doch ich traue mich nicht, mich zu bewegen, da ich Nana nicht stören will, die mit ihrem Kopf auf meiner Schulter lehnt.

Der Verkehr rollt im Schneckentempo vorwärts. Die Spannung im Auto ist greifbar, da wir kaum einen Meter weiterkommen. Allen ist mehr als deutlich bewusst, wie die Zeit verstreicht, während wir hier in einem wahren Meer von Autos ertrinken.

»Sind sie noch hinter uns?«, flüstere ich Marcy zu, nachdem ich mich kurz vorgebeugt habe.

Marcy dreht sich um und wirft einen Blick aus der Heckscheibe. Dann lächelt sie und winkt. »Klar. Sie sind direkt da.«

Ben und Nate folgen uns in Nates Auto, und da beide keine Ahnung haben, wie sie die Obstplantage von dieser Seite der Stadt aus erreichen sollen, habe ich Angst, sie im dichten Verkehr zu verlieren. Für uns alle – am meisten jedoch für mich – ist es ein Schock gewesen, dass wir Nana eigenhändig zur Obstplantage fahren müssen. Der Krankentransport könne bei einem so unorthodoxen Wunsch nicht helfen, hat uns das Krankenhaus erklärt. Ich schließe die Augen. So gerne würde ich an meine Kindheitserinnerungen mit Nana zurückdenken, aber mein Kopf hängt irgendwie an dem Gespräch fest, das wir kurz vor unserer Abfahrt im Krankenhaus geführt haben, und spielt dieses immer wieder durch.

»Der Krankentransport ist kein Taxi«, hat Marcy erklärt, als wir Nanas Sachen eingepackt haben. »Leider können sie nur einen Fahrservice zwischen dem Krankenhaus und dem Hospiz leisten. Sämtliche Umwege oder Zwischenstopps verletzen die Vorschriften. Ich kann zwar in vielen Angelegenheiten meine Beziehungen spielen lassen, doch das geht zu weit. Wir würden uns über die Vorschriften hinwegsetzen. Und deshalb könnten die Sanitäter ernsthafte Schwierigkeiten bekommen. Tut mir leid.«

»Ich verstehe«, hat meine Mutter erwidert, deren Trauer ihre Stimme tiefer und heiserer als normal klingen ließ.

Zuerst habe ich befürchtet, dass meine Mutter es sich anders überlegen könnte. Ich dachte wirklich, sie empfände es als zu gefährlich und würde uns sagen, dass das Risiko einfach zu groß sei. Und dann hätte ich auch nicht mehr dagegengehalten, da auch bei mir ein ungutes Gefühl im Bauch bleibt. Doch mein Herz sagt etwas ganz anderes. Glücklicherweise sind meine Mutter und ich uns da sehr ähnlich und darum einig.

»George kann fahren«, erwiderte meine Mutter zuversichtlich.

»Okay, prima«, nickte Marcy lächelnd. »Dann sage ich den Sanitätern Bescheid, dass wir den Krankenwagen nicht brauchen.«

»Sie kommen doch mit uns, Marcy, oder?«, fragte ich ängstlich.

»Natürlich«, antwortete Marcy, ohne zu zögern. »Ich werde die ganze Zeit dabei sein.«

Marcy hielt Wort. Sie war da, als wir Nana von ihrem bequemen Krankenhausbett in den Rollstuhl bugsiert haben. Sie war da, als wir Probleme hatten, Nana auf den Rücksitz von Dads Auto zu heben, ohne ihr wehzutun. Und sie ist auch jetzt da und hält Nanas Hand, als sei sie ein Teil unserer Familie geworden. Es schmerzt mich jetzt schon, dass wir auch Marcy verlieren werden, wenn Nana einmal stirbt.

Blaues Licht flackert hinter uns auf, und ich zucke zusammen, als plötzlich eine sehr laute Sirene ertönt. Ein Rettungswagen jagt über den Standstreifen und rast am Verkehr vorbei. Ein Polizeiwagen folgt unmittelbar dahinter, dann ein weiterer Rettungswagen.

»Wahrscheinlich ist ein Unfall passiert«, erklärt mein Vater. »Das wird der Grund für den Stau sein. Blair, schau mal im Internet nach, ob es Nachrichten rund um einen Unfall im Stadtkern von Galway gibt.«

Die Finger meiner Mutter wandern über den Handybildschirm. »Bei den Nachrichten finde ich nichts.« Sie schüttelt den Kopf. »Oh, warte mal. Da ist was auf Twitter. Ach, du meine Güte!« Sie verzieht das Gesicht. »Es gab tatsächlich einen Unfall. Einen ziemlich schlimmen sogar, wie es scheint. *Ein Lkw und zwei Autos am Hafen kollidiert.*«, liest sie laut vor. »Hier steht, der Rückstau erstreckt sich auf beiden Seiten der Stadt über mehrere Kilometer.«

»O Gott. Wie schrecklich. Ich hoffe, es ist niemand schwer verletzt worden«, erwidere ich.

Ein dritter Rettungswagen jagt an uns vorbei, woraufhin alle im Auto ganz still und nachdenklich werden. Alle gehen ihren eigenen Gedanken nach. Ich stelle mir die Leute vor, die in den Unfall verwickelt sind, und wie viel Angst sie haben müssen – wenn sie denn überhaupt überlebt haben. Und wenn nicht, frage ich mich, wie ihre Familien wohl damit klarkommen. Wie grausam der Tod sein kann, stelle ich fest. Dabei geht mir durch den Kopf, wie viel Zeit wir haben, uns auf Nanas Tod vorzubereiten. Und wie viel Zeit ich hatte zu verarbeiten, dass es dem Baby in meinem Bauch nicht gut geht. Für diese armen Menschen, deren Angehörige in den Unfall verwickelt sind, gab es keine Vorwarnung. Als sie losgefahren sind, hatten ihre Liebsten keinen blassen Schimmer, dass sie sie womöglich nie wiedersehen. Meine freie Hand legt sich instinktiv auf meinen Bauch, als ich dort ein leichtes Flattern verspüre, weil sich mein Baby bewegt. Im Augenblick haben wir noch Zeit.

Nanas Finger winden sich, als sie langsam ihre Hand aus meiner zurückzieht. Mit zitternden Fingern deutet sie aus dem Fenster.

»Ich glaube, sie will, dass wir dem Rettungswagen folgen«, stelle ich fest.

»Wir können nicht auf dem Standstreifen all die anderen Autos überholen«, entgegnet mein Vater frustriert. »Da wird die Polizei uns ganz schnell anhalten.«

»Da ist eine Abkürzung«, krächzt Nana, die kaum Luft bekommt.

Ich versuche, Nanas Fingerspitze mit den Augen zu folgen. Ich sehe aber keine Straßen, die von der Hauptstraße abgehen.

»Vor uns vielleicht?«

Nanas Augen schließen sich, ihre zitternde Hand plumpst ihr auf den Schoß. Ihre Kinnlade sinkt nach unten, als sie lang und keuchend ausatmet. Schnell nehme ich die Hand von meinem Bauch und streichele ihr den knochigen Handrücken. Sie ist erschöpft. Selbst wenn es in der Nähe eine Abkürzung geben sollte, bin ich nicht sicher, ob Nana so lange bei Bewusstsein bleiben kann, um uns den Weg zu zeigen. Ihr Gesicht wird immer blasser, ihre Gliedmaßen schwerer. Ich habe Angst, dass uns die Zeit davonrennt. *Verdammter Stau!*

»Ich kenne die Abkürzung«, stellt meine Mutter mit einer fast kindischen Begeisterung fest. »Zumindest glaube ich das. Ich bin diesen Weg schon seit Jahren nicht mehr gefahren, zumindest nicht, seitdem die Hauptstraße gebaut wurde. Aber ich glaube, ich weiß noch, wo wir lang müssen.«

»Alles ist besser, als hier im Stau festzusitzen«, antworte ich. »Dad?«

»Komm schon, George«, ermuntert ihn meine Mutter. »Lass uns abbiegen.«

Mein Vater dreht das Lenkrad, lässt den Motor aufheulen und fährt auf den Standstreifen auf. Viele Köpfe drehen sich zu uns um, als wütende Fahrer aus den Fenstern schauen, während wir an ihnen vorbeirasen. Manche von ihnen hupen sogar aus Protest. Und jedes Mal wenn ein lautes Gehupe erklingt, heben sich Nanas Lippen zu einem rebellischen Grinsen.

»Da sind wir.« Mam tippt mit dem Fingernagel an die Scheibe. »Da ist die Abkürzung. Genau dort. Hinter dem Baum. Du musst bremsen, George. Sonst fährst du daran vorbei!«

Eine kaum erkennbare Lücke taucht in der Hecke auf, die akkurat entlang des Grünstreifens wächst. Wir biegen in die Lücke ein und landen auf einer holprigen Seitenstraße. Sie ist sehr schmal und mit Schlaglöchern übersät. Mein Vater verflucht den unebenen Boden, als sein Wagen ächzt und gegen die unsanfte Behandlung protestiert. Ich fasse mir an den Bauch und versuche, mein Baby im Inneren ruhig zu halten, während wir im Wageninneren wie Popcorn in einem heißen Topf umherhüpfen. Ich habe Angst um Nanas zerbrechlichen Körper, der geschüttelt und hin- und hergeworfen wird, während wir weiterrollen, doch ihr Lächeln ist breiter und strahlender, als es in den vergangenen Wochen je war.

»Hier links abbiegen«, weist meine Mutter meinen Vater an.

Wir machen eine Linkskurve auf eine noch viel schmalere Straße.

»Bist du sicher, dass das der richtige Weg ist?« Dad schüttelt den Kopf.

»Ich hoffe es«, seufzt meine Mutter.

Mein Vater sagt keinen Ton mehr, doch ich bemerke, wie er seine Hand auf Mams Knie legt und es sanft drückt, während wir weiterfahren.

»Ben und Nate sind immer noch hinter uns«, verkündet Marcy.

»Gut«, erwidern Mam und ich unisono.

»Ich erkenne den Baum wieder.« Mam deutet auf eine alte Eiche, deren Stamm so arg in zwei Teile gespalten ist, dass die eine Seite des Baumes sich wie ein Bogen über die Straße spannt, während die andere Seite hoch und gerade gen Himmel gewachsen ist. »Als ich ein Kind war, gab es einmal ein richtig schlimmes Unwetter. Ich war zwar erst sechs oder sieben, aber ich erinnere mich noch gut daran, dass der Baum von einem Blitz getroffen wurde. Darum ist der Stamm so beschädigt, seht ihr?«

»Der Baum sieht schön aus«, finde ich.

»Schon möglich«, erwidert Mam. »So habe ich ihn nie gesehen. Als ich klein war, war er für mich vor allem ein Orientierungspunkt. Wenn ich mit meinen Freunden die Felder erkundet habe, wusste ich immer, wo ich bin, wenn ich die schiefe Eiche gesehen habe. Und sie steht immer noch hier, nach all den Jahren, und sorgt dafür, dass wir uns nicht verirren.«

»Ist es noch weit?«, frage ich.

»Wir müssen noch ein paar Mal abbiegen. Der Weg wird

schmaler, sodass wir langsamer fahren müssen«, erklärt meine Mutter.

»Noch enger als das hier?«, erkundigt sich mein Dad widerwillig. »Du meine Güte, Blair. Meine Alufelgen werden hinüber sein!«

»George, bitte!«, ermahnt ihn meine Mam, woraufhin mein Vater verstummt.

Ich will meine Handtasche vom Fußboden aufheben, doch der Schulterriemen ist unter Nanas Sauerstoffflasche eingeklemmt. Wenn ich zu sehr ziehe, könnte die Flasche umkippen.

Ich ziehe und wackele, habe aber kein Glück.

»Alles in Ordnung?« Nanas sanfte Stimme rasselt.

»Mir geht es gut, Nana.« Ich lächele sie herzlich an. »Ich versuche nur gerade, dein Buch aus meiner Tasche zu fischen. Ich dachte, du möchtest vielleicht noch mehr von deiner Geschichte hören.«

Nana schüttelt den Kopf, ihre Augen öffnen sich mit einem Zucken. »Warte«, schafft sie so gerade.

Meine regen Hände werden sofort still. »Okay, Nana«, nicke ich. »Dann warten wir noch.«

Ich schaue zu Marcy hinüber in der Hoffnung, dass sie mir zur Beruhigung versichern kann, dass Nana noch genug Zeit hat zu warten, aber sie ist abgelenkt; sie schaut aus dem Fenster und betrachtet die unberührte Landschaft im fahlen Mondlicht. Ich spreche sie nicht mehr an, um sie nicht zu stören. Außerdem kann nichts, was sie sagt, das Unvermeidliche verhindern. Seitdem ich das Büro verlassen und mich ins Auto gesetzt habe, um zu Nana zu fahren, habe ich ausschließlich gewartet. Darauf, dass mein Bruder mir sagt, dass ich nicht zu spät bin. Ich habe gewartet, während Marcy sich zu Hause um Nana gekümmert hat. Während die Ärzte im Krankenhaus mit meinen Eltern gesprochen haben. Und in all der Zeit ging es dabei in Wahrheit nur um den richtigen Zeitpunkt, um mich von ihr zu verabschieden. Ich habe darauf gewartet, die zwei Worte zu sagen, die ich niemals sagen will.

»Hier ist es. Wir sind da!«, sagt Mam und deutet aus dem Fenster. »Seht, dort ist das Gatter.«

Wie ein Stromschlag jagt ein plötzlicher Energieschub durch meinen Körper. Meine Finger kribbeln vor Aufregung.

»Wir haben es geschafft!«, platze ich heraus und bin überrascht, die Worte zu hören, die ich eigentlich nur gedacht habe, die aber jetzt mit geradezu euphorischer Begeisterung aus mir heraussprudeln.

»Hier endet der Weg«, erklärt meine Mam. »Siehst du irgendwas, wo wir anhalten können, George? Von hier an müssen wir zu Fuß weiter.«

Ich schaue aus dem Fenster und lasse meinen Blick schweifen. Der Weg ist kaum so breit wie das Auto. Es gibt absolut keine Möglichkeit, nach links oder rechts auszuweichen, geschweige denn, einen Platz zum Parken zu finden. Wo hat wohl Sketch seinen flaschengrünen Morris geparkt, wenn er mit Nana hergekommen ist? Ich suche die Hecke an beiden Wegesrändern ab. Sie ist wild, struppig und vollkommen verwildert. Vernachlässigte Hecken wachsen in sechzig Jahren wahrscheinlich sehr.

»Um Himmels willen, Blair. Wir können doch nicht von hier aus zu Fuß gehen«, stammelt Dad. »Annie wird erfrieren.«

»Ich habe Decken mitgebracht«, entgegne ich.

Mam dreht sich auf ihrem Sitz zu mir um und starrt mich an.

»Was denn?«, protestiere ich. »Ich habe sie nur ausgeliehen. Das Krankenhaus bekommt sie später zurück.«

Meine Mutter schüttelt zwar den Kopf, lächelt aber, und ich entdecke ein dankbares Funkeln in ihren Augen.

»Holly, spring mal raus und mach das Gatter auf«, befiehlt mir Dad. »Ich glaube, es ist breit genug.«

»Du hast doch wohl nicht vor, da reinzufahren?«, kreischt Mam. »Der Weg endet hier, George. Danach kommt nur noch Gras. Du wirst dir dein Auto ruinieren. Und was ist mit deinen Alufelgen? Du liebst dieses Auto doch mehr als mich.«

Mein Vater ist geradezu besessen von seinem glänzenden Mercedes. Vor einem halben Jahr hat er seinen Gartenbaubetrieb verkauft und genießt seitdem den Vorruhestand. Meiner Mutter hat er ihr erstes Paar Louboutins geschenkt, in denen sie nicht laufen kann, da sie Stöckelschuhe nicht gewohnt ist, und sich selbst hat er dieses völlig überteuerte Auto gekauft. Der Rest des Geldes wird für vernünftige Sachen ausgegeben. Ein paar Riesen haben Ben und ich für die Kaution unseres jeweils ersten Hauses bekommen, und obwohl niemand etwas gesagt hat, denke ich doch, dass davon auch Nanas Arztrechnungen bezahlt werden.

»Es ist nur ein Auto.« Dad dreht sich um und schaut Nana mit glänzenden Augen und einem breiten Lächeln an. »Festhalten, Annie!«

Ich passe auf, dass Nana bequem und von Marcy gestützt sitzt, bevor ich die Wagentür öffne und rausspringe. Die

Kälte draußen erschreckt mich, und mir klappern die Zähne. Ich ärgere mich, dass ich Nanas Haus heute Morgen so eilig verlassen und vergessen habe, mir Mütze und Handschuhe mitzunehmen. Darum schlinge ich schnell die Arme um mich und reibe mit den Händen auf und ab, um mich warm zu halten, während ich auf das Tor zumarschiere. Die Schuhe meiner Mutter, in die ich heute Morgen an der Tür einfach hineingeschlüpft bin, sind eine Nummer zu groß für mich. Sie bleiben im Matsch stecken und fallen mir fast vom Fuß, aber ich krümme die Zehen, um sie festzuhalten, als ich nach dem rostigen Riegel greife.

»Er klemmt«, rufe ich zum Auto hin, unsicher, ob sie mich hören können.

Ich streife den Ärmel meines Mantels über die Hand, um besser zupacken zu können, und ziehe kräftig daran. Der Riegel rutscht mit einem Ruck zurück und klemmt mir die Finger ein, doch ich ignoriere den Schmerz und drücke das Tor auf. Nervosität schießt wie ein Feuerwerk in meine Brust, als das Gatter laut quietschend aufschwingt.

»Ich hab's!«, rufe ich und winke mit den Armen. »Ich hab's geschafft!«

Eine scharfe Brise pustet mir um die Ohren und bläst mir das Haar ins Gesicht. Ich hebe die Hand, packe die Strähnen und schiebe sie auf eine Seite. Dann sind auf einmal Nate und Ben neben mir. Nate nimmt seine Mütze ab und zieht sie mir über den Kopf. Dankbar stopfe ich mein Haar unter die Mütze.

»Ich sehe absolut nichts da draußen«, stellt Ben fest und schaltet an seinem Handy die Taschenlampe an.

»Gute Idee«, befindet Nate und folgt seinem Beispiel.

Auch ich tue das Gleiche und wünschte mir, ich hätte früher daran gedacht. Mit ein wenig Licht hätte ich das Tor leichter aufbekommen.

»Ach, das kann doch wohl nicht wahr sein!«, schimpft Ben und schüttelt sein Handy. »Mein Akku ist fast leer.«

»Schon gut«, besänftige ich ihn. »Bleib dicht bei uns. Das klappt schon.«

Ben nickt und lächelt, und wir alle weichen zurück, als das Auto meines Vaters an uns vorbeifährt und dabei wie auf einem Trampolin auf und ab hüpft, als er durch das Tor und auf das unebene Gras fährt.

»Komm schon. Wir folgen ihnen«, schlägt Nate vor.

»Willst du dein Auto einfach dort stehen lassen?«, frage ich und starre Nates Auto an, das an der Stelle geparkt ist, wo der Weg plötzlich aufhört und auf langes, schmutziges Gras trifft.

»Jepp.« Nate nickt. »Wir sollten besser nicht riskieren, dass beide Autos stecken bleiben, Holly. Du weißt schon … falls …«

Falls wir überstürzt mit Nana aufbrechen müssen.

»Außerdem kann keine Rede davon sein, dass wir hier den Verkehr aufhalten, oder?«, fragt Ben und stapft durch das hohe Gras, als wate er ins Meer hinaus. »Kommt schon, ihr beiden. Lasst uns gehen!«

Ich beleuchte die wilde Landschaft. Wucherndes Gestrüpp auf den Feldern, das sich bestimmt über mehrere Kilometer fortsetzt. Stechpalmen bilden einen schönen Farbklecks, und ich kann durchaus verstehen, warum Sketch so gern hier draußen gemalt hat. Dieser traumhafte Anblick muss einfach in einem Bild festgehalten werden. Hätte ich Zeit, würde ich ein Foto für Instagram schießen, aber Dads Auto entfernt sich langsam, und Bens Miene ist vor lauter Unruhe schon genauso rot wie die Stechpalmen.

»Ich meine es ernst«, knurrt Ben. »Beeilt euch!«

Nate nimmt meine Hand in die seine, und so laufen wir drei dann hinter Dads Auto her. Das Adrenalin pumpt Energie in unsere müden Körper. Ein paar Mal verliere ich fast einen Schuh, doch ich wackele mit dem Fuß, bis er wieder sitzt, und laufe weiter.

Bald schon kommen im Licht der Autoscheinwerfer Apfelbäume in Sicht. Der Winter hat die Zweige von Früchten und Blättern befreit, dennoch sind sie wunderschön, wie sie dort hoch aufragen, willkürlich auf der Wiese verstreut wie Soldaten der Natur, die uns willkommen heißen.

Dad hält an, als ein paar Bäume zu nah zusammenstehen, um daran vorbeifahren zu können. Ben rennt zum Auto, während ich in die entgegengesetzte Richtung laufe und mit der Hand über die Rinde des ersten Baumes fahre.

Ohne dass ich ihn um Hilfe bitten muss, eilt Nate zum nächsten Baum und umrundet ihn, während er gleichzeitig die knotige alte Borke nach hineingeritzten Initialen untersucht. Mehrere Bäume suchen wir ab, doch alle ohne Erfolg. Erschöpft bleibe ich schließlich stehen und schaue mich um. Die Plantage ist voller Bäume. Es müssen hunderte Obstbäume sein. Es könnte also gut und gern mehrere Stunden kosten, den einen besonderen Baum zu finden. Mir wir schwer ums Herz.

»Holly! Holly!«, ruft meine Mutter, deren Stimme der Wind zu uns trägt.

Ich unterbreche meine Baumsuche und haste zum Wagen zurück.

»Hol die Decken, schnell«, weist mich meine Mutter an, als ich am Wagen angelangt bin.

Ich tue, wie mir befohlen, doch zunächst zittern meine Hände vor Kälte und Adrenalin. Ich presse eine riesengroße Fleecedecke an meine Brust und beobachte, wie mein Vater Nana aus dem Auto hebt, als sei sie ein kleines Mädchen. Sie zuckt zusammen, als er sie in den wartenden Rollstuhl setzt, und mir ist klar, dass sie Schmerzen hat, auch wenn sie das niemals sagen würde, damit wir uns nicht sorgen.

Mein Vater steckt die Sauerstoffflasche in eine Tasche auf der Rückseite des Rollstuhls, als sei Nana eine Sporttaucherin, die sich auf ein Abenteuer vorbereitet – und ich wünschte, das würde sie wirklich.

»Helfen die Medikamente nicht mehr?«, flüstere ich Marcy zu, als ich die Decke um Nana lege und aufpasse, nicht zu sehr auf ihre schmerzenden Knochen zu drücken.

»Doch, so gut sie können«, flüstert Marcy. »Wenn sie etwas Stärkeres nehmen würde, wäre sie nicht mehr wach genug, um die Sterne zu sehen, und das wollen wir ja auch nicht.«

Ich schaue zum Himmel hinauf. Dicke Wolken hängen am Himmel und machen auch keine Anstalten aufzureißen.

»Machen Sie sich keine Sorgen, Holly«, fährt Marcy fort, die anscheinend meine Gedanken lesen kann. »Die Sterne laufen uns nicht weg. Vielleicht pustet ja gleich der Wind für uns eine Lücke in die Wolkendecke.«

»Ja, vielleicht«, seufze ich.

»Dort entlang«, sagt Nana und lenkt mit ihren kaum hörbaren Worten alle Aufmerksamkeit auf sich.

»Um wo hinzukommen, Annie?«, fragt mein Vater und starrt in die Finsternis vor uns.

»Zu ihrem Baum«, erkläre ich ihm. »Es ist ein ganz besonderer Baum.«

»Ein besonderer Baum«, wiederholt mein Vater, und mir wird klar, dass er keine Ahnung von Nanas Buch hat.

»Ich erkläre dir alles später; wir müssen jetzt nur diesen Baum finden«, erwidere ich.

»Okay«, nickt er und zieht die Nase kraus. »Wir sind jetzt schon so weit, dann können wir auch noch ein wenig weitergehen und diesen besonderen Baum finden.«

Er nimmt meine Mutter an die Hand, und ich beobachte, wie er sie ansieht – als würde er noch hunderte Obstplantagen ablaufen, wenn er damit ihren Schmerz lindern könnte. Es ist der gleiche Blick, mit dem auch Nate mich in letzter Zeit oft angeschaut hat. Hilflos, als wünschte er, es gäbe etwas, irgendetwas, mit dem er alles leichter machen könnte.

»Weißt du, wo wir hinmüssen, Holly?«, fragt Dad.

»Nein«, gebe ich zu. »Aber Nana.«

»Ich kenne diesen Ort hier wie meine Hosentasche«, murmelt Nana. »Ich könnte es niemals vergessen.«

»Okay«, erwidert mein Vater, packt die Griffe des Rollstuhls und pflügt durch das widerspenstige Gras. »Kommt schon, Leute«, ruft er und lächelt unsicher. »Wir müssen einen Baum finden.«

41.

Holly

Nana führt uns über die Obstplantage, als sei sie hier jeden Tag zu Besuch. In diesem Teil der Obstwiese ist das Gras lang, und die Bäume sehen deutlich älter und ausgelaugter aus. Ihre Zweige neigen sich wie Arme zu Boden, die von der Last der Äpfel, die sie mehr als ein halbes Jahrhundert getragen haben, erschöpft sind. Ich frage mich insgeheim, wie oft Nana über die Jahre hinweg hier an diesem Ort gesessen hat. Es ist aufregend, endlich hier zu sein, dass sie diesen Ort mit uns teilt, aber ich frage mich auch, warum sie uns noch nie hergeführt hat. Bei all den Familienpicknicken, die wir in unserer Kindheit und Jugend veranstaltet haben, hat sie nicht ein einziges Mal diesen Ort vorgeschlagen. Wenn er etwas so Besonderes für sie ist, begreife ich nicht, warum sie uns nicht schon früher davon erzählt hat.

»Da ist er!«, ruft Ben, läuft vor und berührt einen der ältesten Bäume.

Er fährt mit der Hand über die Rinde und beleuchtet mit dem schwindenden Licht seines Handys die Stelle mit den eingeritzten Initialen. »A und S«, liest er laut. »Hier steht auch ein Datum. 3. September 1959. Du meine Güte, Nana. Wow!«

Ich habe meinen Bruder nie für einen Romantiker gehalten, aber angesichts der Initialen ist er völlig aus dem Häuschen.

»Ist der 3. September ein besonderes Datum, Nana?«, frage ich.

Meine Großmutter nickt langsam. »Sehr besonders«, erwidert sie mit einem herzlichen Lächeln.

»Möchtest du uns davon erzählen?«, ermuntere ich sie.

Alle warten mit angehaltenem Atem auf ihre Antwort, doch Nana schweigt; stattdessen hebt sie das Gesicht zum Himmel und seufzt. Der Mond verschwindet hinter einer dicken Wolke, und mir bricht es fast das Herz, als ich ihre Enttäuschung höre.

»Tut mir leid, Nana«, sage ich. »Ich weiß, wie gern du die Sterne sehen wolltest.«

»Schon gut, Holly«, krächzt Nana. »Jedes Mal wenn ich die Augen schließe, sehe ich sie vor mir.«

»Hier«, sagt Nate mit brüchiger Stimme. Er schaltet an seinem Handy die Taschenlampenfunktion aus und reicht es mir. »Ich habe eben eine Astrologie-App heruntergeladen.«

Ich starre auf das Display. Es ist vollkommen schwarz, mit Ausnahme von einzelnen weißen Punkten, die über das Display verteilt sind.

»Das ist eine App, mit der man Sternenkonstellationen lernen kann. Die ist natürlich nicht so gut wie die echten Sterne, Annie«, gibt Nate zu. »Aber ich dachte …« Nate fährt sich verlegen mit der Hand durchs Haar. »Na ja, ich dachte, damit könntest du immer noch den Stern finden, nach dem du suchst.«

»Danke, Nathan«, murmelt Nana.

Ich bin so dankbar, dass er hier ist, dass mir heiße, salzige Tränen über die Wangen laufen, als ich zu ihm schaue. Er erwidert mein Lächeln, und ich weiß mit absoluter Gewissheit, dass es keinen anderen Ort gibt, an dem er jetzt lieber wäre. Ich gehe neben Nana in die Hocke und lege ihr Nates Handy vorsichtig auf den Schoß.

»Kannst du es sehen?«, frage ich.

»Ja«, nickt Nana lächelnd.

»Als ich noch klein war, hast du mir immer gesagt: *Wenn es regnet, halte Ausschau nach einem Regenbogen. Wenn es dunkel ist, nach den Sternen*«, sagt Mam, der ihr Kummer deutlich anzuhören ist. »Ich werde danach Ausschau halten. Immer. Das verspreche ich dir.« Meine Mutter schnieft und versucht, ihre dicken Tränen zu verbergen, bis mein Vater sie in den Arm nimmt und sie auf die Stirn küsst.

»Wir sind heute hergekommen, um diesen einen, ganz besonderen Baum zu finden.« Meine Augen suchen die eingeritzte Borke ab. »Aber hat Nate Recht? Suchst du auch nach einem besonderen Stern?«

»Er ist ein schlauer Bursche.« Nana fährt mit ihren schmalen, zitternden Fingern über das glatte Handydisplay. »Es ist der hier. Dieser Stern.«

»Warum ist er so besonders, Nana?«, fragt Ben.

»Wegen ihm.« Nana lächelt, und in ihren Augen flackern Erinnerungen auf.

»Sketch?«, hake ich nach.

»Holly …« Nana bekommt kaum meinen Namen über die

Lippen. »Könntest du vorlesen? Jetzt kommt der spannende Teil.«

Ich schniefe und nicke. »Klar, Nana. Natürlich.«

Meine Mutter greift zur Ablage unter dem Rollstuhlsitz und holt ein paar Decken sowie Nanas Manuskript hervor. Sie breitet die Decken auf dem Boden neben Nana aus und reicht mir den Papierstapel, als wir uns alle setzen. Nate legt seinen Arm um meine Schultern und richtet das Licht seines Handys auf die Seiten. Ich rutsche so nah an ihn heran wie möglich, als ich mich im Schneidersitz auf der weichen Decke niederlasse. Unser Baby schickt mir ein Flattern im Bauch, als wolle es mich wissen lassen, dass es auch Nanas Geschichte weiterhören will. Ich räuspere mich mit einem leisen Hüsteln und fange an.

42.

Annie

»Guten Morgen, meine Schöne«, begrüßt mich Sketch, als ich mit zitternden Händen die Autotür öffne. Er trägt einen dunkelgrauen Anzug mit einem frischen weißen Hemd, das mit ihm um die Wette strahlt. »Ich hoffe, du hast gut geschlafen.«

»Was ist hier los?«, frage ich. »Das kommt alles so plötzlich. Und ist so seltsam. Ich bin nicht mal sicher, ob ich überhaupt wach bin.«

»Du träumst nicht, Annie. Mach dir keine Sorgen«, entgegnet Sketch mit einem Lächeln. »Steig ein!«

Ich blicke zu meiner Mutter, die hinter mir steht. »Geh schon, mein Mädchen!«

»Kommst du nicht mit?« Ich zögere und muss an meinen Vater denken, der im Haus schläft.

Ma lächelt. »Ich treffe euch dort.«

»Wo triffst du uns? Wie kommst du dorthin? Zu Fuß? Kann mir mal jemand verraten, was hier los ist?«, frage ich entschlossen, obwohl ich ein wenig Angst habe und unsicher bin, sodass ich mit einem Fuß im Auto und mit dem anderen auf dem Boden davor stehen bleibe.

»Annie, geh den nächsten Schritt«, sagt Ma. »Du hast es verdient.«

Ich blicke ins Auto, wo Sketch selbstsicher hinter dem Lenkrad sitzt. Eine Hand ruht auf dem Lenkrad, die andere streckt er mir entgegen. Ich schaue über die Schulter zurück; Mas und meine Blicke treffen sich. Sie trägt ihre Strickjacke und hat wie immer die eine Seite über die andere geschlagen, doch sie steht aufrechter und mutiger, als ich es von ihr gewohnt bin. Sie sieht tatsächlich glücklich aus.

»Ich gehe nirgendwohin, bis ich nicht weiß, dass es dir gut geht«, stelle ich fest.

»Ich verspreche, dass es mir gut gehen wird«, erwidert Ma. »Und ich breche niemals ein Versprechen, Annie.«

Ich mag vielleicht keine Ahnung haben, was los ist oder woher Ma wusste, dass Sketch heute Morgen vor dem Tor auf uns wartet, aber eines weiß ich mit Sicherheit: Sketch würde sie niemals in Gefahr bringen. Und Ma niemals im Leben ein Versprechen brechen.

»Ich komme nach«, versichert mir Ma. »Meine Mitfahrgelegenheit ist gleich da.«

Ich will gerade fragen, wen sie meint, doch dann wird mir bewusst, dass auch das vergebens wäre. Keiner von beiden würde mir antworten und die Überraschung verderben – was auch immer das sein wird. Eigentlich mag ich keine Überraschungen, weil sie normalerweise darin enden, dass mir eine Faust ins Gesicht schlägt. Aber heute ist das anders. Mit einem Mal bin ich so unglaublich aufgeregt wegen dem, was mich erwartet, dass mir endlich klar wird, wie sich eine Überraschung eigentlich anfühlen sollte.

»Tust du mir bitte einen Gefallen und fährst mit der Hand

in die Türablage?«, bittet mich Sketch, als ich mich ins Auto setze.

Nervös schüttele ich den Kopf, tue aber, worum er mich bittet.

»Hast du's?« Sketch grinst mich an.

Meine Finger schließen sich um eine Seidenkrawatte. Ich ziehe die Hand zurück und nehme die Krawatte mit.

»Richtig.«

»Aber das ist eine Krawatte«, stelle ich fest.

»Ja, na ja, das ist sie normalerweise. Aber heute ist sie eine Augenbinde.«

Ich ziehe die Schultern hoch und den Kopf ein. »O nein, nein, nein! Ganz egal, wo wir hinfahren, aber ich möchte es mit meinen eigenen Augen sehen.«

»Vertraust du mir?«, fragt Sketch.

Diese Frage hat er mir am ersten Tag schon einmal gestellt, als ich mich zu ihm ins Auto gesetzt habe, und ich wollte ihm eigentlich nie wieder einen Grund geben, sie ein weiteres Mal zu stellen.

»Ja. Blind«, erwidere ich.

»Dann zieh bitte diese Augenbinde an.«

Mein Kopf sagt nein, doch mein Herz ist bereits mit einem neugierigen Ja einen Schritt weiter.

»Na gut«, stammele ich.

Sketch bindet mir die Krawatte um die Augen und prüft, ob ich auch tatsächlich nichts sehen kann.

»Nicht schummeln!«, warnt er mich, als ich höre, wie er den Motor stotternd anlässt und wir losfahren.

Sketch und ich sitzen schweigend da. Das einzige Geräusch stammt von den Rädern, die über die holprige Straße rollen.

Jede Unebenheit im Boden, jede Kurve lockt mich zu raten, wo wir hinfahren könnten oder in welche Richtung es gehen könnte.

Schneller als erwartet hält der Wagen an.

»Wir sind da«, verkündet Sketch, der seine Aufregung kaum verbergen kann.

»Wo ist *da*?«, kichere ich und hebe die Hand, um die Augenbinde zu lösen.

»Nein, nein, nein!«, ruft Sketch, nimmt meine Hände und legt sie mir wieder in den Schoß zurück. »Noch nicht. Wir müssen noch ein wenig weiter.«

Ich höre, wie sich Sketchs Tür öffnet und wieder schließt, und ich halte den Atem an, während ich im Auto allein und in totaler Finsternis dasitze. Als ich höre, wie sich jetzt auch meine Wagentür öffnet, atme ich schnell aus und spüre dann die frische Luft an meinem Gesicht.

»Pass auf, wo du hintrittst«, sagt Sketch, nimmt meine Hand und führt mich aus dem Auto heraus. »Hier ist es ein wenig matschig. Pass also auf.«

Ich habe keine Ahnung, wo ich stehen soll, und meine Knie zittern ein wenig.

»Ich hab dich«, versichert mir Sketch. »Komm schon. Es ist nicht weit. Ich lass dich auch nicht los.«

Ich spüre langes Gras, das mich an den Knöcheln kitzelt. Über mir zwitschern Vögel, der Duft von frisch geschnittenem Gras steigt mir in die Nase.

»Ich weiß, wo wir sind«, gebe ich zu.

»Aha?«

»Auf der Obstplantage«, erkläre ich mit einem triumphierenden Lächeln. »Stimmt's, oder habe ich Recht?«

»Ja«, lacht Sketch. »Aber du kannst die Augenbinde immer noch nicht abnehmen.«

»Aber ich habe es erraten.«

»Ja, das hast du. Sehr gut!« Ich vernehme die Aufregung und Begeisterung in Sketchs Stimme; sie ist so ansteckend, dass mir fast schwindelig wird. »Aber du hast nur erraten, wo wir sind«, fährt Sketch fort. »Du hast noch nicht erraten, *warum* wir hier sind.«

»Und warum sind wir hier?«

»Komm schon!«, fordert mich Sketch auf und packt meine Hand fester. »Lass uns laufen!«

»Ich kann aber doch nichts sehen!«, protestiere ich, als hätte Sketch vergessen, dass ich immer noch die Augenbinde trage. »Ich falle bestimmt hin.« Ich zupfe an seiner Hand und ziehe ihn zurück.

»Ich werde dich niemals fallen lassen.«

Ich nicke. Sketch und ich laufen los. Es fühlt sich sehr komisch an, dass meine Beine sich so schnell bewegen, ohne dass sie sich auf die Augen und ihre Führung verlassen können. Aber ich falle nicht. Ich stolpere ein paar Mal, wenn sich mein Fuß in einem längeren Gras verfängt oder ich auf dem unebenen, matschigen Untergrund fast ausrutsche, doch jedes Mal spüre ich, wie Sketch mich fester packt und mir Halt gibt. Als wir schließlich langsamer werden, sind wir beide außer Atem.

»Jetzt, Annie«, keucht Sketch und lässt meine Hand los. »Jetzt kannst du die Augenbinde abnehmen.«

Vor nervöser Vorfreude zittern meine Hände, als ich zur Augenbinde greife und meine Finger um die Seidenkrawatte schließe. Nachdem ich einmal tief Luft geholt habe, ziehe ich sie über den Kopf weg. Ich muss blinzeln und brauche erst einen Augenblick, um mich an die Helligkeit des schönen Morgens zu gewöhnen. Sketch steht vor mir und sieht schöner aus als je zuvor. Er hat sich das rabenschwarze Haar glatt aus dem Gesicht gekämmt. Seine großen türkisfarbenen Augen schauen mich so glühend und leidenschaftlich an, dass ich Mühe habe, mich zurückzuhalten und nicht zu ihm zu laufen und ihm in die Arme zu springen.

Kleine schmiedeeiserne Laternen hängen in den Ästen mehrerer Bäume; manche sehr tief, manche hoch oben, und sie alle wiegen sich in der sanften Sommerbrise. In jeder Laterne befindet sich eine einzelne cremefarbene Kerze, die mit unerschütterlicher Entschlossenheit auch trotz der leichten Brise brennt. Ich zähle die ersten zwanzig Laternen, danach gebe ich auf; es sind einfach zu viele. Die bernsteinfarbenen Flammen flackern wunderschön wie das Licht von hunderten gefangenen Sternen.

»Letzte Nacht ist deine Mutter zu uns auf den Hof gekommen«, erklärt Sketch und nimmt meine Hand. »Sie ist die ganze lange Strecke in der Dunkelheit zu Fuß gelaufen und hätte mit ihrem resoluten Klopfen fast unsere Haustür zerstört.«

Ich schüttele den Kopf. »Die kurvenreiche Straße ist schon am Tag gefährlich genug. Nicht auszudenken, wie schlimm sie in rabenschwarzer Nacht ist!«

»Annie, lass mal deine Sorgen einen Augenblick lang außer Acht, bitte, und hör mir zu«, bittet Sketch.

Ich nicke.

»Deine Mutter stand vor unserer Tür und hat vor Kälte und Erschöpfung gezittert. Sie hat mir gesagt, dass ich den schlimmsten Fehler meines Lebens begehen würde, sollte ich dich gehen lassen. Sie sagte, dass sie dich mehr als ihr Leben liebt und dass sie es mir nie verzeihen würde, sollte ich dich nicht zur Frau nehmen.«

»Ich habe nie daran gezweifelt, dass meine Mutter mich liebt«, erwidere ich. »Das ist ja genau der Grund, warum ich sie nicht allein zurücklassen kann. Bitte versteh mich doch, Sketch. Ich liebe dich von ganzem Herzen, aber ich bin alles, was meine Mutter noch hat. So selbstsüchtig kann ich nicht sein.«

Sketch holt tief Luft. »Sie hat mir davon erzählt, wie es war, als du noch ein kleines Mädchen warst. Sie hat von den ersten Jahren als Familie berichtet, wie glücklich und gesund du warst, bevor dein Vater seinen Unfall hatte und mit dem Trinken angefangen hat. Und dann hat sie mir von dem ersten Mal erzählt, als er euch geschlagen hat. Und wie leid es ihr tut, dass sie dich nicht genommen und mit dir weggelaufen ist.«

»Über die vielen Jahre hinweg habe ich oftmals darüber nachgedacht wegzulaufen«, gestehe ich. »Aber ich habe es nie übers Herz gebracht, Ma im Stich zu lassen. Und ich wusste, dass sie niemals mitkommen würde. Ich habe versucht, mir einzureden, dass sie ihre Gründe haben wird zu bleiben, aber verstanden habe ich sie nie.«

»Sie wusste nicht, wohin, Annie«, fährt Sketch fort. »Wo sollte eine Frau mit einem kleinen Mädchen hingehen, insbesondere ohne Geld? Irgendjemand hätte sie eingesammelt, bevor sie überhaupt die nächste Stadt erreicht hätte, und sie nach Hause gebracht.«

»Sie hätte ja zumindest versuchen können, es zu erklären.«

Zum ersten Mal wird mir meine Verbitterung darüber bewusst, dass sie nie auf die Idee gekommen ist, dass *ich* eine Erklärung verdient hätte. »Sie hätte sagen können, dass er uns schlägt. Sie hätte unsere Blutergüsse und Wunden zeigen können. Sie hätte ihnen sagen können, dass sie nicht nach Hause will. Sie hätte sie um Hilfe bitten können.«

Sketch schüttelt den Kopf. »Selbst wenn die Leute ihr geglaubt hätten, wäre ihr nicht geholfen worden. Das weißt du genauso gut wie deine Mutter. Du hast mir doch selbst beigebracht, wie die Bevölkerung von Athenry die Augen vor dem verschließt, was sie nicht sehen will; und die Menschen wollen kein Monster sehen, das seine Familie nicht verdient hat.«

»Die Leute sollten sich schämen«, schimpfe ich.

»Ja«, nickt Sketch. »Das sollten sie. Aber das tun sie nicht. Natürlich fällt ihnen ein blaues Auge oder ein Humpeln auf, aber niemand ist mutig genug, sich zwischen einen Mann und seine Familie zu stellen.« Sketch hält inne, als sei der nächste Satz schmerzhaft für ihn. »Und ich glaube nicht, dass sich daran je etwas ändern wird.«

»Doch, das glaube ich«, entgegne ich. »Ich glaube daran, dass sich das ändern wird. Aber nur wenn die Menschen lernen, mutig zu sein und sich für das einzusetzen, was richtig ist. Ich glaube, dass Männer und Frauen eines Tages gleichberechtigt sein werden. Eine Frau wird arbeiten und eine gute Mutter sein können, aber nur wenn sie das will. Und ich glaube, dass Männer die Meinung einer Frau respektieren werden. Ich glaube ja, dass Irland sogar eine Frau als Präsidentin haben könnte.«

»Annie, ich mag deinen Optimismus sehr«, sagt Sketch

und nimmt meine Hand. »Selbst nach allem, was du durchgemacht hast, hegst du immer noch Hoffnung für die Zukunft. Bleib immer so, Annie Fagan.«

Ich spreize die Finger, woraufhin sich Sketchs Finger mühelos zwischen die meinen schieben.

»Na ja, etwas könntest du doch noch ändern«, stellt er fest und hebt meine Hand an seine Lippen, um sie sanft zu küssen. »Ändere deinen Namen. Werde Mrs Annie Talbot.«

Voller Trauer seufze ich.

»Und bevor du irgendetwas sagst«, fährt er fort und zieht sehr attraktiv die Augenbrauen hoch. »Um deine Mutter wird sich gekümmert. Sie wird eine Arbeit auf dem Hof meines Vaters bekommen.«

»Meine Arbeit?«, frage ich.

»Ja. Pa wird jemanden brauchen, der sich um ihn kümmert, während wir durch Europa reisen, wie wir es einmal besprochen haben.«

»Sketch, das war doch bloß ein Traum!«, stottere ich. »Fantastereien. Ich hätte niemals erwartet, dass das wirklich geschieht.«

»Aber es kann geschehen, Annie. Wenn wir es wirklich wollen. Ich weiß, wie sehr du dich um deine Ma sorgst, aber Pa wird gut auf sie aufpassen. Versprochen! Wir werden auch nicht für immer fort sein, nur ein paar Monate lang. Ich werde meine Bilder verkaufen, und du kannst lesen und schreiben, wenn du magst. Wir können echte Künstler sein. Ich habe genug Geld gespart, um mindestens sechs Monate lang über die Runden zu kommen.«

»Pa wird sie suchen kommen.« Ich schlucke und habe alle Mühe, mich nicht von Sketchs Begeisterung anstecken zu lassen. »Er wird sie nach Hause schleifen, wahrscheinlich sogar an den Haaren. Er wird sie dafür büßen lassen, allein nur zu denken, sie könnte ihn verlassen. Es wäre schrecklich. Das kann ich nicht riskieren.«

»Das würde er nicht tun«, sagt Sketch voller törichter Überzeugung.

Ich schüttele den Kopf. »Du kennst ihn nicht so gut wie ich.«

»O glaube mir …« Sketch kneift die Augen zu. »Ich weiß genau, wozu er fähig ist. Das ist der Grund, warum ich euch beide da so schnell wie möglich rausholen will.«

»Sketch, das klingt wunderbar, aber ich glaube einfach nicht daran, dass Träume so einfach wahr werden.«

»So einfach ist das auch nicht, Annie.« Sketch wird unnachgiebig. »Ich werde nicht so tun, als sei es leicht. Träume erfüllen sich nicht, nur weil man mal eben mit den Fingern schnipst. Man muss schon mehr dafür tun. Und ich bin fest davon überzeugt, dass wir zwei Menschen sind, die dem Ganzen eine Chance geben sollten. Ich glaube an uns. Du auch?«

»Aber hier geht es nicht nur um uns.«

Sketch schüttelt den Kopf, doch seine Augen lächeln. »Dein Vater hat einen Fehler gemacht.«

Ich schnaube. »Er macht viele Fehler.«

Sketch grinst. Er ist absolut zuversichtlich, und ich würde ihm gern alles glauben, was er sagt.

»Vor zwei Wochen etwa war dein Vater in eine Kneipenschlägerei verwickelt. Den Berichten nach zu urteilen, in eine sehr heftige Schlägerei sogar. Er hat um sich getreten und geschlagen.«

»Er hatte vor ein paar Wochen schreckliche Kopfschmerzen«, erinnere ich mich, doch ich bin wenig überrascht. »In jener Nacht war seine Laune besonders schlimm. Ich dachte aber, er hätte einfach nur etwas mehr getrunken als sonst.«

»Die Schlägerei hat im Pub begonnen und hat sich dann auf der Straße fortgesetzt. Die halbe Stadt hat das mitbekommen. Die Leute reden heute immer noch davon, wie stark dein Vater war. Sie zerreißen sich das Maul darüber, wie er einen der Bauernsöhne vom anderen Ende der Stadt vermöbelt hat.«

»Das ist schrecklich«, gebe ich zu. »Ich hoffe, dem Jungen geht es gut. Aber ich verstehe noch nicht ganz, wie das Ma helfen soll?«

»Ein Mann mit einer Rückenverletzung – die so schlimm ist, dass er nicht arbeiten gehen kann – hat ganz bestimmt nicht die Kraft, einen jungen Bauern ins Krankenhaus zu befördern, oder?«, stellt Sketch fest.

»Ähm … also … wahrscheinlich nicht.«

»Aber dein Vater hatte die Kraft.« Sketch presst die Lippen fest zusammen, und ich kann seinen Missmut in den Fältchen rund um seine Augen erkennen. »Er hat gar keinen kaputten Rücken, Annie. Jedenfalls jetzt nicht mehr. Heute ist er nur noch ein Säufer. Der Staat zahlt aber keine Invalidenrente an faule Säufer. Ich habe deinem Vater eine Nachricht dagelassen, in der steht, dass ich höchstpersönlich zur Polizei gehen und dort alles erzählen werde, was ich weiß, wenn er sich dir oder deiner Mutter noch einmal nähern sollte. Jeder Bauer in der Stadt wird mich dabei unterstützen.«

»Er wird außer sich sein vor Wut.« Ich zittere allein schon bei dem Gedanken daran.

»Wahrscheinlich. Aber er ist kein Idiot, Annie. Er wird begreifen, dass ich nicht scherze. Solange er nicht jeden Penny verlieren will, muss er sich von dir und deiner Ma fernhalten. Für alle Zeiten.«

»Sketch, ich habe Angst«, gebe ich zu.

»Du hast selbst gesagt, dass die Menschen mutig sein und etwas ändern müssen, Annie. Wir können diese Menschen sein. Bitte sei mutig genug und glaub an mich. Lass mich der Mann sein, der deine Meinung respektiert. Lass mich den Rest meines Lebens mit dir verbringen, als Gleichgestellter, als dein Freund, als dein Ehemann. Lass mich dir sogar helfen, wenn du Präsidentin werden möchtest.«

Ich kichere. »Präsidentin? Das wäre vielleicht ein wenig zu viel des Guten.«

»Annie, bitte!«

»Wann? Wie sollten wir das überhaupt anstellen? Mein Vater würde einer Hochzeit niemals zustimmen!«

»Dein Vater würde davon gar nichts erfahren.«

Ich rümpfe die Nase und lasse meinen Blick über die romantische Kulisse der Laternen, die in den blühenden Bäumen baumeln, schweifen. »Was wird hier gespielt?«, frage ich.

»Dein Vater wird davon nichts erfahren, weil wir heute mit der Fähre nach Wales reisen werden. Als Ehemann und Ehefrau.« Sketch kann mit seiner Aufregung nicht mehr hinterm Berg halten. »Annie, sei so mutig, noch diesen einen letzten Schritt zu machen. Seit unserer Kindheit bist du meine beste Freundin und Seelenverwandte. Nichts würde mich glücklicher machen, als den Rest meines Lebens mit dir zu verbringen, mit dir als meiner Ehefrau.«

Ich trete einen Schritt vor und überrasche Sketch, als ich meine Lippen auf seinen Mund presse. Seine starken Arme schlingen sich um meinen Rücken, und er zieht mich nah an sich.

»Ich liebe dich«, flüstert er leise.

»Ist das deine Art und Weise, ja zu sagen?« Der Wind trägt Mas Stimme zu mir herüber und lässt mich aufschrecken. Ich löse mich von Sketch und drehe mich um; wenige Schritte von uns entfernt stehen Ma und Mr Talbot.

»Annie, du hast dir dein ganzes Leben lang Sorgen um mich gemacht«, sagt Ma. »Ich kann nicht zulassen, dass das so weitergeht. Es wird Zeit für dich, deine Flügel auszubreiten. Es wird Zeit, erwachsen zu werden.«

»Ich bin erwachsen, Ma«, entgegne ich.

»Ja. Ja, das bist du«, nickt Ma. »Und ich bin so stolz auf dich!«

»Und das hier soll 'ne Party sein?«, ertönt eine schrille Stimme, die ich sofort wiedererkenne.

Ich neige den Kopf ein wenig zur Seite, um über Mas Schulter zu sehen, und wie vermutet entdecke ich Bridget. Sie hat die Hände in die Seiten gestemmt und kommt auf uns zumarschiert.

»Danke, dass du gekommen bist, Bridget«, sagt Sketch, als sie sich endlich einen Weg durch das hohe Gras gebahnt hat und neben ihm steht.

Er lächelt und küsst sie flüchtig auf die Wange.

»Bridgets Bruder ist Pastor, Annie«, erklärt Sketch und dreht sich zu mir um. »Es ist legal und bindend, wenn wir den Segen des Herrn haben.«

Der Mann, der von Kopf bis Fuß in Schwarz gekleidet ist und in Bridgets Schatten zu stehen scheint, ist mir vorher gar nicht aufgefallen. Er stellt sich nicht vor, legt mir aber im

Vorbeigehen die Hand auf die Schulter und lächelt mich an. Dann beäugt er die Bäume und läuft wortlos weiter, um sich unter meinen Lieblingsbaum zu stellen.

»Schön gemacht, Sketch«, sagt der Pastor schließlich mit einem herzlichen Lächeln, und mir wird klar, dass die beiden einander sehr gut kennen.

»Ihn musst du nicht loben«, blafft Bridget und deutet auf die Zweige über ihrem Bruder. »Ich war diejenige, die hier noch vor dem Morgengrauen draußen war und die Kerzen und Laternen in den Zweigen verteilt hat.«

»Und dafür bin ich dir sehr dankbar!«, lächelt Sketch.

»Du hast das gemacht?«, frage ich Bridget erstaunt.

Sie trägt ein silbern und grau gepunktetes Kleid mit einem knöchellangen Satinmantel, der perfekt dazu passt. Sie ist von Kopf bis Fuß ganz der elegante Hochzeitsgast. Mein zusammengewürfeltes Outfit besteht aus meinem blauen Kleid, dem Mantel von Sketchs Mutter und meinen alten Schuhen, das absolute Gegenteil von ihrer stilvollen Eleganz. Bridget muss bemerkt haben, dass ich nicht die Schuhe trage, die sie mir gegeben hat, aber sie fragt nicht danach, Gott sei Dank.

Stattdessen wirft sie sich die perfekten Locken über die Schulter. »Sketch hat mich um Hilfe gebeten. Wie hätte ich da nein sagen können?«

»Danke.« Ich lächele und weiß nicht, was ich darauf sonst noch erwidern soll.

»Obwohl ich ihn schon verflucht habe, als er heute Morgen um drei Uhr an mein Schlafzimmerfenster geklopft hat.« Bridget stupst Sketch sanft mit der Schulter an, woraufhin er sie dankbar anlächelt.

Die Chemie zwischen den beiden stimmt einfach. Das

kann man nicht leugnen. Während ich die beiden beobachte, bin ich zum ersten Mal nicht eifersüchtig und frage mich, ob Bridget und ich vielleicht irgendwann auch einmal so etwas wie Freundinnen sein werden. Ich streiche das Kleid glatt, das sie für mich ausgesucht hat, und merke, dass mir das sehr gefallen würde.

»Das hast du alles für Sketch gemacht?« Ich kämpfe mit den Tränen, so bin ich von ihrer Liebenswürdigkeit und Kreativität beeindruckt.

Sketch schüttelt den Kopf. »Das hat sie für dich gemacht, Annie«, entgegnet er. »Wir alle wollen, dass du glücklich bist.«

»Wenn, dann hat sie das für uns gemacht«, korrigiere ich ihn. »Damit wir glücklich sein können. Wir beide zusammen.«

»So«, sagt Bridget, richtet sich kerzengerade auf und ist dabei fast so groß wie Sketch. »Wird jetzt hier geheiratet oder nicht? Wenn ihr beide jetzt nicht mal ein bisschen Gas gebt, verpasst ihr noch das Schiff!«

Ich schlucke schwer und habe einen Kloß im Hals. Bridget muss ziemlich traurig sein, dass Sketch auf Reisen gehen will, und sie wird ihn bestimmt schrecklich vermissen, das ist mir klar. Aber sie versteckt ihre Gefühle sehr gut. Ma ist dagegen wie ein offenes Buch. Sie lächelt strahlend, doch ihre schönen Augen glänzen, und sie muss immer wieder Tränen wegblinzeln.

Der Pastor wedelt mit einem cremefarbenen Papier über dem Kopf und erklärt uns, dass er zwei Trauzeugen braucht, die die Urkunde unterschreiben. Ma und Mr Talbot übernehmen diese Aufgabe gern. Ich bin völlig überwältigt, dass das hier tatsächlich passiert. Als Sketch nach meiner Hand greift und mich zu dem Mann führt, habe ich Probleme, ihn als irgendetwas anderes zu sehen als Bridgets Bruder, der ausschließlich Schwarz trägt. Mir kommt es irgendwie surreal vor, dass nur durch die Kraft einiger Worte und Unterschriften auf einem Blatt Papier Sketch und ich Ehemann und Ehefrau sein werden. Aber genau das wird gleich passieren.

»Ich werde dich bis ans Ende meiner Tage lieben«, sagt Sketch, und alle, insbesondere ich, hängen an seinen Lippen. »Ich habe dich geliebt, seit ich dich zum ersten Mal gesehen habe, und ich freue mich jetzt schon darauf, wenn wir achtundachtzig werden und ich dich immer noch liebe. Annie Talbot, du machst mich zu einem besseren Menschen.«

Ma schnieft und verdrückt ein paar Tränen, und Mr Talbot räuspert sich mit einem stolzen, gefühlsgeladenen Hüsteln.

»Annie, ich weiß, du hattest keine Zeit, dein Ehegelübde vorzubereiten, aber gibt es noch etwas, das du sagen möchtest?«, fragt mich der Pastor.

»Für immer und alle Zeiten«, stottere ich, und die Worte kommen mir so schnell über die Lippen, dass sie fast zu einem einzigen, langen, sinnlosen Wort werden. »Ich werde dich für immer und alle Zeiten lieben«, erkläre ich ein wenig langsamer.

Sketch lacht. »Kurz und süß. Und ich dachte immer, du wärst hier die Wortgewandte von uns beiden.«

»Für immer und alle Zeiten ist weder kurz noch süß«, korrigiere ich ihn. »Das ist lang und mächtig. Ich liebe dich, Arthur Talbot.«

»Ich liebe dich auch.« Sketch strahlt vor Stolz. »Ich liebe dich, Annie Talbot.«

Alle klatschen laut, als er meinen neuen Nachnamen ausspricht, der sich so natürlich anfühlt, als sei ich mein ganzes Leben in der falschen Haut herumgelaufen und mir wäre jetzt erst die richtige Größe angepasst worden.

»Hipp, hipp, hurra!«, stößt Bridget ein Freudengeschrei aus. »Ein dreifaches Hoch auf die Braut und den Bräutigam!«

»Hipp, hipp, hurra!«, rufen alle. »Hipp, hipp, hurra!«

Ma eilt zu mir und schlingt ihre Arme so fest um mich, dass ich kaum noch Luft bekomme. »Jetzt bist du erwachsen, Annie!« Sie schnieft. »Ich könnte nicht stolzer auf dich sein!«

Mr Talbot klopft Sketch fest auf den Rücken. »Gut gemacht, mein Junge. Gut gemacht.«

Sketch kann angesichts der formalen Glückwünsche seines Vaters nur den Kopf schütteln, und zu meiner großen Überraschung packt er Mr Talbot und nimmt den alten Mann in den Arm. »Danke, Pa!«

Mr Talbot ist sichtlich verwundert, fängt sich jedoch schnell wieder und erwidert die Umarmung seines Sohnes. »Ist es zu früh, um über Enkelkinder zu sprechen?«, scherzt er.

»Pa!« Sketch wird rot.

»Ich möchte nur ungern stören, aber die Urkunde muss unterschrieben werden, damit alles offiziell ist.« Der Pastor klopft auf seine Hemdtasche und verdreht dann die Augen. »Es hat nicht zufällig jemand einen Füller mitgebracht?«

Ich halte den Atem an, als eine Woge der Enttäuschung in mir aufbrandet, als alle den Kopf schütteln. Alle außer Bridget, die selbstbewusst die Hüfte herausstreckt und den Kopf zur Seite neigt.

»Was würdet ihr bloß ohne mich tun?«, brüstet sie sich und muss dabei aber schon selbst lachen.

»Vielen Dank«, flüstere ich ihr zu, als sie an mir vorbeistreift, um ihrem Bruder den Füller zu geben.

Sketch unterschreibt zuerst und hält dazu die Urkunde an den nächsten Baumstamm. Für jemanden, der so gut mit einem Pinsel in der Hand umgehen kann, wirkt Sketch relativ unbeholfen, als er mit der blauen Tinte die Buchstaben seines Namens schreibt. Vermutlich hat er seit dem Schulende nicht mehr oft auf Papier geschrieben – wenn überhaupt. Ich bin die Nächste. Ich nehme den Füller von Sketch entgegen; als sein Finger dabei meinen berührt, jagt ein Prickeln meine Hand entlang. Vor Ungläubigkeit und Aufregung zittere ich wie ein Blatt am Baum und schreibe die Worte Annie Fagan zum letzten Mal. Dann unterschreiben Ma und Mr Talbot die Heiratsurkunde. Zu guter Letzt kritzelt der Pastor etwas auf die unterste Linie, und so einfach ist es dann offiziell. Ich bin jetzt tatsächlich Mrs Talbot.

»Nun«, sagt der Pastor und wird mit einem Mal ganz ernst, »ich möchte niemanden hetzen, aber ich muss um neun Uhr in der Stadt die Messe leiten und daher dringend zurückgefahren werden.«

»Kein Problem«, erwidert Sketch lächelnd. »Annie und ich müssen uns auch langsam auf den Weg machen, wenn wir noch rechtzeitig die Fähre bekommen wollen. Bevor es losgeht, können wir dich noch in der Stadt absetzen.«

Mein Brustkorb wird plötzlich ganz eng, und ich schaue zu Ma hinüber. Das geht alles so schnell! Mir dreht sich alles im Kopf.

Ich lasse den Blick über die Kerzen in den Laternen schweifen, die zu kurzen Stumpen heruntergebrannt sind. »Wäre es in Ordnung, wenn ich hier warte?«

Sketch macht ein langes Gesicht; ich kann seine Enttäuschung praktisch spüren. »Allein?«, fragt er.

Ich nicke. Eigentlich will ich gar nicht so schnell schon wieder von meinem frisch angetrauten Ehemann getrennt sein, doch dank der Laternen, die von den matten Zweigen herunterhängen, die ich inzwischen wie gute, alte Freunde von mir mag, bin ich auf eine Idee gekommen. Sketch Talbot ist nicht der Einzige, der eine Überraschung aushecken kann. Ich kann mein breites Grinsen kaum verbergen, das allein nur beim Gedanken daran über mein ganzes Gesicht erstrahlt.

»Ich würde einfach gern eine Weile zwischen den Bäumen spazieren und mir alles anschauen«, antworte ich. »Haben wir die Zeit dafür?«

Sketch dreht das Handgelenk, und sein Blick wandert von mir zu seiner Uhr. »Ja, die haben wir.« Er lächelt zurück. »Die Fähre legt erst um zehn Uhr ab. Aber möchtest du dich nicht von den Leuten in der Stadt verabschieden?«

Ich schüttele den Kopf. »Jeder, von dem ich mich verabschieden möchte, ist hier.«

Freunde habe ich keine in der Stadt. Anders als Sketch, den alle kennen. Ich verstehe, dass er sich verabschieden will, aber mir geht es hier besser.

»Okay, wenn du dir sicher bist.« Sketch nickt. »Aber nur damit du's weißt: Das ist das letzte Mal, dass ich von dir getrennt bin … bis … sagen wir, bis zum Lebensende.«

»Damit kann ich leben.«

Sketchs Lachen klingt gedämpft, als er mir einen Kuss auf die Schläfe drückt.

»Danke«, flüstere ich. »Bis gleich.«

»Am besten machen wir uns jetzt auch auf den Weg«, stellt Mr Talbot klar und blickt zu meiner Mutter hinüber. »Ich habe einen Stall voller dummer Hühner, die einen Mordslärm zusammengackern werden, wenn ich sie nicht gleich rauslasse.«

Ma nickt. Ich entdecke ein aufgeregtes Funkeln in ihren Augen beim Gedanken an ihre neue Aufgabe auf dem Hof.

»Annie, kommst du hier alleine zurecht?«, fragt Ma.

»Bestens, Ma. Der heutige Tag ist ein Traum, ein wunderbarer, wundervoller Traum. Vielen Dank!«

Ma springt vor und schlingt mir ihre Arme um den Hals. »Auf Wiedersehen, Annie, Liebes. Ich bin so stolz auf dich! So unglaublich stolz!«

»Wir müssen nicht auf Wiedersehen sagen«, erkläre ich, während ich äußerlich zittere und innerlich vor Aufregung fast platze. »Es ist ein *Bis bald*!«

Ma löst ihre Arme von meinem Hals und tritt einen Schritt zurück, um mich mit einem Lächeln in den Augen von Kopf bis Fuß zu mustern.

»Wir sehen uns bald wieder, Ma«, fahre ich fort. »Ich habe dann so viel zu berichten. Ich kann es kaum abwarten, dir alles über Frankreich zu erzählen!« Ich nicke und lächele ermutigend. »Jetzt ist *meine* Zeit gekommen. Aber auch *deine*. Genieß es, auf dem Hof zu sein. Genieß es so sehr, wie ich es genossen habe. Ich habe dich lieb!«

»Ich dich auch, Liebes!« Ma wirft mir eine Kusshand zu, und ich hebe den Arm, um den Kuss zu fangen und die geschlossene Hand nah an mein Herz zu legen.

Mr Talbot hakt sich bei Ma ein und geleitet sie sanft fort. Ganz langsam setzt sie einen Fuß vor den anderen, während sie die ganze Zeit über die Schulter hinweg zurückschaut und mich strahlend anlächelt. Der traurige Glanz in ihren Augen vermischt sich mit einem aufgeregten Funkeln, und als sie mir schließlich zunickt und den Kopf wegdreht, weiß ich, dass sie uns beide mit gutem Gewissen gehen lassen kann.

43.

Annie

Hoch über mir fliegen Vögel, die fröhlich zwitschern; die frühe, helle Morgensonne steht noch tief am blauen wolkenlosen Himmel und wärmt mein Gesicht. Ich denke an all die Nachmittage zurück, die Sketch und ich im vergangenen Jahr hier auf dieser Obstplantage verbracht haben, an all die vielen Erinnerungen, die hier entstanden sind. Die jüngste ist die allerschönste und verdient es, besonders gewürdigt zu werden.

Ich mustere die Laterne über mir. Sie baumelt gefährlich nah an der Zweigspitze, und es sollte nicht viel brauchen, um sie von dort herunterfallen zu lassen. Ich breite die Arme aus, umarme den Baum und schüttele ihn mit aller Kraft. Doch meine schmale Figur kann es mit dem mächtigen Stamm nicht aufnehmen, sodass sich der Zweig keinen Millimeter bewegt. Ich versuche hochzuspringen und die Laterne mit meinen Fingerspitzen vom Ast herunterzuholen, doch ich komme nicht nah genug heran. Zum Schluss raffe ich mein Kleid, klettere wie ein Kind an einem lauschigen Sommerabend den Baum hinauf und werfe die Laterne zielstrebig zu Boden.

Wieder herunterzuklettern gestaltet sich schon schwieriger, doch es war die Sache wert, als ich mich hinhocke und das zerbrochene Glas und das Wachs, das sich im Gras ausgebreitet hat, unter die Lupe nehme. Ich passe auf, mich nicht zu schneiden, und wähle die schärfste Glasscherbe aus. Ich muss daran denken, wie Sketch mich das erste Mal hierher mitgenommen und mir die Initialen seiner Eltern gezeigt hat, die an ihrem Hochzeitstag in den Baumstamm geritzt wurden. Niemals hätte ich es für möglich gehalten, weniger als ein Jahr später hier an der gleichen Stelle zu stehen und Sketchs Ehefrau zu sein.

Ich bin ganz zittrig vor Aufregung und frage mich, ob Sketch und ich eines Tages unsere Kinder herbringen werden und ihnen unsere Initialen zeigen. Ich tätschele den Stamm des alten Baumes, wie man vielleicht ein geliebtes Haustier streichelt, und fahre mit der Fingerspitze über die Buchstaben. Dann konzentriere ich mich auf die Stelle unter unseren Initialen und ziehe die Scherbe durch die dicke braune Rinde. Die Glasscherbe gleitet nicht so leicht hindurch wie gedacht, und ich schneide mich ein paar Mal daran. Ich zucke zusammen, als ein roter Blutstropfen an meinen Fingern herunterläuft, doch endlich kann ich die Glasscherbe fallen lassen und an meinem Finger saugen, während ich einen Schritt zurückweiche und mein Werk bewundere.

A + S

3. Sept. 1959

»Perfekt«, seufze ich. Ich beschließe, Sketch nichts von meinem Werk zu verraten. Ich warte ab, bis wir aus Europa wieder zurück sind, und führe ihn dann hierher, um ihn zu überraschen. Vielleicht können wir dann jedes Jahr an unserem Hochzeitstag wieder herkommen und das Datum des neuen Jahres einritzen.

Ich zittere, als dunkle Regenwolken sich am Himmel zusammenziehen und die Sonne verdecken. Ich habe keine Armbanduhr, aber mir kommt es vor, als sei ich schon viel länger als eine Stunde inmitten der Apfelbäume. Um mich warm zu halten, schlinge ich die Arme um meinen Oberkörper und reibe die Hände auf und ab. Allmählich mache ich mir Sorgen, dass wir die Fähre verpassen könnten. Oder noch schlimmer, dass mein Vater mittlerweile aufgewacht ist und mich suchen kommt. Zwar weiß er nicht, wo die Obstplantage ist, doch ich werde das Gefühl nicht los, dass er jeden Moment hinter mir auftaucht. Vielleicht war es doch keine so gute Idee, allein auf der Obstplantage zu bleiben.

»Wo bist du, Sketch?«, rufe ich, und meine Stimme hallt von den Bäumen wider. »Wo bist du?«

Ein winziger Regentropfen fällt mir auf den Kopf. Dann noch einer. Und noch einer. Ich suche unter den Bäumen Schutz und warte dort, als ein heftiger Regenschauer einsetzt. Schnell schließe ich die Augen und träume von Frankreich. Dabei muss ich eingeschlafen sein, denn als ich die Augen wieder aufmache, beugt sich Bridget über mich und schüttelt mich feste an den Schultern.

»Wach auf, Annie!«, ruft sie. »Um Himmels willen, wach auf!«

Bridgets schickes gepunktetes Kleid ist schmutzig und zerrissen. Ein dunkler rotbrauner Fleck ist über die ganze Vorderseite geschmiert. Ihre für gewöhnlich perfekten Locken sind durcheinander, einzelne Strähnen hängen ihr wirr ins Gesicht, die Wangen sind aufgedunsen und die Augen rot vom Weinen.

Ich bin schon auf den Beinen, bevor ich ganz wach bin.

»Was ist los?«, frage ich. »Ist etwas passiert?« Ich entdecke in Bridgets Augen die gleiche Angst, die mir jahrelang von meiner Mutter her vertraut ist. »Es ist mein Vater, oder? Hat er Ma gefunden? O Gott, das ist alles meine Schuld. Wie konnte ich nur so selbstsüchtig sein?«

Bridget ist leichenblass und zittert so stark, dass ich schon befürchte, dass sie gleich hinfällt. »Beeil dich, Annie, ja?«

Mein Blick wandert erneut über Bridgets Kleid. Die Erkenntnis, dass der Fleck auf dem Stoff Blut ist, trifft mich wie ein Holzhammer auf den Hinterkopf. *Himmel, was hat Pa getan?*

»Wo ist Sketch? Geht es Ma gut?«, schreie ich und laufe los, obwohl ich nicht mal sicher bin, ob ich überhaupt in die richtige Richtung renne.

»Auf der Hauptstraße«, keucht sie. »Es gab einen Unfall. Einen schrecklichen Unfall. Du musst dich beeilen, Annie!«

»Pa!« Ich zittere und stelle mir seine Wut vor, als er mich nicht finden konnte. »Hat er Ma verletzt?«

Salzige Tränen laufen Bridgets Wangen hinunter. »Nein, Annie.« Bridget schüttelt den Kopf. »Es ist Sketch. Er braucht dich!«

Ich flehe meine Knie an, schneller zu laufen, doch sie zittern und arbeiten gegen mich. Ich schleudere meine kaputten alten Schuhe weg und renne schneller. Bridget läuft neben mir und hält mit meinem panischen Tempo Schritt. Sie nimmt meine Hand in die ihre, sodass wir gemeinsam laufen.

Immer wieder geraten wir auf dem unebenen Boden ins Straucheln, doch wir fangen einander auf und lassen nicht zu, dass die jeweils andere hinfällt.

In Rekordzeit lassen wir den kurvigen Weg hinter uns, der zur Hauptstraße führt. Ich schaue auf meine Füße hinunter. Sie sind blutig und aufgerissen von den scharfkantigen Steinen, die auf der Straße liegen, aber ich spüre keinen Schmerz. Mein ganzer Körper ist taub vor Angst.

Als wir die Kreuzung erreichen, halte ich wie vom Schlag getroffen inne. Ich kann keinen Fuß mehr vor den anderen setzen. Bin wie erstarrt. Ich kann es nicht fassen, was ich sehe. Ich will es nicht glauben. Sketchs Auto liegt auf dem Wagendach im Straßengraben, die Räder ragen in die Luft wie bei einem Käfer, der auf dem Rücken liegt. Ich sehe die Bremsspur, auf der die Reifen um Halt auf der Straße gekämpft haben.

Mein Rachen brennt, und ich höre, wie eine Frau verzweifelt um Hilfe schreit. Ich brauche einen Augenblick, bis ich merke, dass ich das bin.

Ich verstehe das nicht. Sketch kennt diese Straße wie seine Westentasche.

Bridget kratzt sich mit den Fingern den Hals hinunter, und es sieht aus, als würde sie sich die Haut abreißen. »Dein Vater stand auf einmal wie ein Verrückter auf der Straße. Sketch hat noch versucht zu bremsen. Er ist hart in die Eisen gegangen, aber es hatte angefangen zu regnen. Die Straße war nass. Wir sind gerutscht.« Bridget starrt auf das Wrack, das von Sketchs Auto noch übrig ist. Ihre Panik ist greifbar, als die Erlebnisse von eben vor ihrem geistigen Auge noch einmal lebendig werden.

Ich schaue auf den Goldring mit dem Diamanten hinunter, der an meinem Finger steckt und den ich erst seit so kurzer Zeit trage. Jeglicher Gedanke an Frankreich rinnt mir wie Sand durch die gespreizten Finger.

»Wo ist Sketch?«, schreie ich. »Wo ist er?« Ich reiße den Kopf hin und her und suche die menschenleere Straße ab.

Bridget antwortet nicht.

Warum ist Bridget gekommen, um mich zu holen, und nicht Sketch? Was hat mein Vater ihm angetan?

»Wo ist Pa?« Zitternd suche ich das wild wuchernde Gestrüpp am Straßenrand ab.

»Er ist weg, Annie. Dein Vater ist weggerannt – aus Angst, glaube ich.«

»Pa hat niemals Angst vor irgendwas«, erkläre ich. Ein ungutes, ganz banges Gefühl beschleicht mich, als ich die Worte hinauszwinge, die mir nicht über die Lippen kommen wollen. »Willst du mir nicht sagen, wo Sketch ist?«, frage ich und traue mich mit winzigen Babyschritten in Richtung Auto.

»Deine Ma ist Hilfe holen. Mr Talbot auch. Sie sind zusammen in die Stadt gelaufen«, erklärt Bridget. »Sie werden rechtzeitig zurück sein, das weiß ich. Alles wird gut. Es wird doch wieder gut, oder, Annie? Es muss einfach wieder gut werden.« Ihre Worte überschlagen sich fast vor lauter Grauen, sodass ich schon befürchte, sie könnte sich übergeben.

»Rechtzeitig wofür?« Ich fange an, unkontrolliert zu zittern. Meine Zähne klappern und machen ein schreckliches Geräusch. Plötzlich ist mir eiskalt; viel kälter, als mir auf dem Weg in die Stadt im Winter ohne Mantel jemals gewesen ist.

Bridget schüttelt den Kopf. Ihr Schweigen pocht an mein Herz wie ein Specht, der an einem alten Baumstamm hämmert. Ich frage nicht noch einmal, wo Sketch ist. Das brauche ich nicht mehr. Mein banges Herz weiß es bereits.

Bridgets kaltschweißige Finger schließen sich um meine Hand, und sie führt mich hin. Zuerst zögern meine Beine, als seien sie aus Beton, doch als wir uns dem Auto nähern, laufe ich los.

Ich spüre meine Füße nicht, als ich über die Straße stürme, aber ich eile immer weiter. Bridgets Bruder ist auf einmal da; er läuft hinter dem Auto auf und ab. Getrocknetes Blut klebt wie eine Krone an seinem Kopf; er zittert und ist verletzt. Doch immerhin: Er steht und kann laufen. Von Sketch dagegen ist weit und breit nichts zu sehen. Ich kann ihn nirgendwo entdecken.

Bridget deutet mit einem zitternden Finger auf den Grünstreifen. Ich habe Angst hinzuschauen, doch meine Augen haben den Bereich an Bridgets Fingerspitze abgesucht, bevor ich Zeit habe, darüber nachzudenken. Auf dem Gras neben der offenen Fahrertür liegt Sketch flach auf dem Rücken. Rund um ihn herum erkenne ich Glasscherben, die im Tageslicht wie tausende kleine Sterne funkeln. Sketch hat die Augen geschlossen, und seine Hände sind auf der Brust gefaltet, als würde er gerade ein Nachmittagsschläfchen machen und wäre nicht Opfer eines schrecklichen Albtraums.

»Geh!«, ermutigt mich Bridget, bevor sie meine Hand loslässt. »Geh schnell hin, Annie.«

Ich halte den Atem an und laufe zu Sketch. Gerade will ich die Arme ausstrecken, um ihn zu berühren, als mich jemand von hinten am Haarschopf packt und mich zu Boden wirft. Zuerst prallen meine Knie auf die kiesbedeckte Straße, unmittelbar gefolgt von meiner Hüfte und der Schulter. Ich schaue zu Pa hinauf, der hoch und breitschultrig über mir aufragt. Er schwankt von einem Bein aufs andere, während er den Hals einer Whiskeyflasche zwischen seinen Daumen und den langen, schlanken Zeigefinger geklemmt hat.

»Pa, bitte.« Ich zittere und drehe mich zu Sketch um, der beängstigend still daliegt. »Sketch ist verletzt.«

Mein Vater wirft den Kopf in den Nacken und schnaubt. Seine Schultern werden ganz rund und schütteln sich, und mir wird schlecht, als mir aufgeht, dass er lacht. Ich habe Mühe, wieder auf die Beine zu kommen, da ich zwischen meinem Vater und der Stoßstange des Autos eingeklemmt bin.

Verzweifelt will ich nach Bridget schreien, doch Pas Hand ist an meinem Hals und drückt mir die Kehle zu.

»Wo ist deine Ma?«, knurrt Pa. Sein warmer betrunkener Atem brennt mir in den Augen.

Ich will weglaufen, doch Pas Kraft hält mich an Ort und Stelle fest. Ich keuche nach Luft, woraufhin Pa loslässt. Ein riesengroßer Atemzug Luft jagt in meine Lunge und lässt diese sich wie ein Akkordeon öffnen. »Ich weiß es nicht«, krächze ich. Die Worte brennen mir im Hals.

»Ernsthaft?« Pa zieht die Augenbrauen übertrieben hoch, als er sich auf offener Straße umschaut. »Wie interessant, Annie, mein Mädchen!« Er schnaubt. Die Mundwinkel zucken und heben sich zu einem sadistischen Grinsen. »Du hast es also tatsächlich geschafft, an ein und demselben Tag sowohl deine Mutter als auch den Verstand zu verlieren.«

Mein Blick schweift wieder zu Sketch. Er hat sich immer noch nicht bewegt, doch plötzlich wird er von einem Husten geschüttelt, der seine ganze Brust erzittern lässt. Beim Anblick seines Körpers, der sich endlich bewegt, laufen mir Tränen über die Wangen.

»Ich geb dir gleich einen Grund zum Weinen!«

Das deutliche Zuschnappen von Pas Zähnen, als er den Mund schließt, lenkt meine Aufmerksamkeit wieder auf sein Gesicht – es wird puterrot vor Wut. Normalerweise jagt mir das eine Riesenangst ein. Aber nicht jetzt, nicht heute. Das Einzige, was mir Angst macht, ist Sketch, der blass und reglos auf dem Boden liegt.

»Ich mag es nicht, wenn man mich anlügt, Annie«, knurrt Pa. »Das mag ich überhaupt nicht.«

Ich öffne den Mund, um etwas zu sagen, schließe ihn dann aber wieder. Meine Finger laden sich mit Spannung auf, sodass ich meinen Vater schließlich mit beiden Händen und so fest ich kann, wegschubse. Er gerät ein wenig ins Schwanken, und sein Gesichtsausdruck verrät mir, dass ich ihn überrascht habe, doch er fällt nicht hin. Dann explodiert die Hitze in meinem Gesicht, als sein Ellbogen an meine Schläfe kracht und mich mit Schmerz und Benommenheit blendet. Ich fange mich wieder und drehe mich zu Sketch um. Seine Brust hebt und senkt sich.

Pa legt sich die Whiskeyflasche in seinen starken Arm und wiegt sie wie ein Baby, als er mit zitternden Fingern den Deckel abschraubt. Nachdem er den Mund unnötig weit geöffnet hat, legt er den Kopf in den Nacken und presst den Flaschenrand an seine Lippen. Das gluckernde Geräusch schabt an meinen Ohren wie Mas Drahtbürste auf den Küchenfliesen. Feuriger Alkohol tröpfelt an seinem Kinn hinunter und hinterlässt einen widerlichen nassen Fleck auf dem Kragen seines gräulich weißen Hemds.

Nachdem er die leere Flasche auf das Gras vor sich geworfen hat, rückt Pa einen Schritt vor, sodass mein Rücken an den nach oben gebogenen Stoßdämpfer von Sketchs Auto gepresst wird, bis die Metallbolzen und -muttern mir tief in die Wirbelsäule schneiden. Mein Gewicht lässt das schwankende Auto hinter mir wie ein Ruderboot auf bewegter See schaukeln. Ich habe Angst, ich könnte darunterrutschen, aber ich kann nicht weg. Pa steht so nah vor mir, dass der Stoff seiner Kleidung mich berührt, während sein betrunkener Körper Hitze wie ein Ofen ausstrahlt.

»Bitte, Pa!«, stammele ich. »Bitte lass zu, dass ich mich um Sketch kümmere. Bitte. Ihm geht es nicht gut. Das musst doch sogar du sehen können.«

Pa hebt die Hand hoch über seinen Kopf, und ich schließe die Augen und warte ab. Ich bin so taub, dass ich bezweifle, irgendeinen Schmerz zu fühlen.

Dieses Mal landet der Schlag auf meiner Wange und seitlich der Nase. Mir zittern die Knie, und ich würde am liebsten zu Boden sinken, aber diese Genugtuung möchte ich ihm nicht lassen. Als ich die Augen wieder öffne, erblicke ich ein grausiges Lächeln, das sein bösartiges Gesicht verzerrt.

»Was hast du denn gedacht, was passieren würde, Annie?«, brüllt Pa. Speicheltropfen spritzen ihm von den geschwollenen Lippen. »Hast du etwa gedacht, der Bauernsohn wäre ein verdammter Held? Wollte er dich retten kommen wie in deinen albernden Büchern?« Pa dreht sich weg, spuckt und verfehlt dabei Sketch, der immer noch auf dem Boden liegt, nur um Haaresbreite. »Das war ja ein schöner Held. Der kleine Mistkerl dachte, er könnte mich erpressen. Das wird ihm eine Lehre sein.«

Ich bücke mich und schnappe mir die leere Whiskeyflasche, die Pa vor wenigen Augenblicken weggeworfen hat. Dann hebe ich die Hände hoch über meinen Kopf und warte darauf, dass mein Vater sich wieder zu mir umdreht.

»Das soll *dir* eine Lehre sein!«, schreie ich schließlich, schließe die Augen und lasse meine Hände mit unbarmherziger Wucht heruntersausen.

Ein durchdringendes Knacken signalisiert mir, die Augen wieder aufzuschlagen. Mein Vater liegt neben meinen Knöcheln auf dem Boden; Blut strömt aus seinem Kopf.

Meine Hände baumeln zu meinen Seiten, doch die Whiskeyflasche halte ich immer noch fest in der Hand. Meine Augen sind vor Tränen ganz trüb, und ich kann es kaum fassen, als ich sehe, dass meine Mutter plötzlich vor mir steht. Sie zittert wie Espenlaub, aber es ist nicht so sehr ihre traurige Miene, die mich irritiert, sondern der große, scharfkantige Stein, den ihre Finger nur mühsam umfassen können. Ein warmer, schwüler Luftstoß von links zieht meine Aufmerksamkeit auf sich. Bridget hat so kraftvoll ausgeatmet, dass ich mich wundere, dass sie immer noch steht. Ihre Hände, mit denen sie eine Scherbe der zerbrochenen Windschutzscheibe gegen ihre Brust presst, zittern. Ma, Bridget und ich starren auf Pas leblosen Körper hinunter, auf den Mann, der für so viele Verletzungen und so viel Schmerz verantwortlich ist.

»Auf drei«, sagt Ma. »Eins … zwei … drei …«

Wir alle öffnen unsere Hände, und die Flasche, der Stein und die Glasscherbe fallen zu Boden. Sie liegen rund um unsere Fußknöchel verteilt und schweigen sich aus über die Tat, die von einem von ihnen begangen wurde.

»Annie«, flüstert Ma, als sie den Kopf dreht und über ihre Schulter hinweg zu Sketch hinüberschaut.

Ich husche die paar Schritte zu meinem Ehemann hinüber und lasse mich neben ihm auf die Knie fallen.

»Ich bin hier«, flüstere ich, als ich mich über ihn beuge. Ich habe Angst, ihn zu berühren. »Ich bin hier, Sketch.«

Sketch hat eine kleine Schnittwunde an der rechten Wange. Sie ist tief und sieht übel aus, aber sonst ist nirgendwo Blut zu sehen. So schlecht sieht es gar nicht aus. *Warum steht er dann nicht auf?*

Ich packe den Saum meines Kleides und zerre ihn mit den Fäusten kräftig in entgegengesetzte Richtungen. Ich reiße einen langen Streifen Baumwollstoff ab und falte ihn in der Mitte, um daraus ein behelfsmäßiges Tuch zu formen. Damit tupfe ich dann Sketchs Wange ab; es saugt das Blut auf, sodass aus dem schönen Blau innerhalb kürzester Zeit ein Dunkelrot wird. Sketchs Augen öffnen sich mit einem Flattern.

»Da bist du ja«, schluchze ich. »Du hast mir ganz schön Angst eingejagt!«

»Tut mir leid.« Er hustet.

»Das schaffst auch nur du, dich in solch einer Situation zu entschuldigen.«

»Ich … ich …« Sketch hustet wieder, bis Blut in seinen Mundwinkeln zu sehen ist.

Ich habe keine Ahnung, woher es kommt. Mir bricht es das Herz, als mir klar wird, dass es nicht das Blut außerhalb von Sketchs Körper ist, um das ich mir Sorgen machen sollte.

»Alles wird gut. Alles wird gut«, sage ich und bekomme die Worte nicht schnell genug über die Lippen, um ihn zu beruhigen. »Nicht reden. Wir müssen jetzt nicht reden.«

Ich tupfe weiter seine Wange ab und sauge mit dem Tuch sein Blut auf, auch wenn ich weiß, dass es nicht hilft. Ich kann nichts anderes tun. Meine Hand zittert, und ich finde es schrecklich, dass Sketch meine Angst wahrscheinlich spüren kann. Es ist nicht der richtige Zeitpunkt, sich diesen Gefühlen hinzugeben. Für ihn muss ich jetzt stark sein. So wie er immer für mich stark war. Aber es ist schwer. Verdammt schwer.

»Nicht weinen, Annie«, flüstert Sketch, während er sich abmüht, den Arm zu heben und mir mit seiner Fingerspitze eine einzelne Träne unter dem Auge wegzuwischen. Diese winzige Bewegung scheint ihn mehr Kraft zu kosten, als er besitzt; sein Gesicht wird noch blasser. »Ich habe dir einmal gesagt, dass ich dich mein ganzes Leben lang lieben werde. Das war gelogen«, stellt er fest. »Ich werde dich nicht nur lieben, solange ich lebe; ich werde dich lieben, solange die Sterne am Nachthimmel funkeln. Solange es Wasser im Meer gibt und solange die Erinnerung an mich einen Platz in deinem Herzen findet.«

»Hör auf damit!«, schimpfe ich. »Sag so was nicht! Du wirst wieder gesund. Hilfe ist unterwegs. Alles wird wieder gut. Das ist nur eine kleine Schnittwunde. Eine ganz kleine.«

Sketch atmet zögerlich durch den Mund ein, und ich höre ein Rasseln in ihm, als sich die Luft einen Weg durch die gebrochenen Rippen bahnt, um zur Lunge zu gelangen.

»Ich liebe dich. Ich liebe dich so sehr!«, wimmere ich. »Du kannst mich jetzt nicht verlassen. Du musst bei mir bleiben. Wir sind jetzt verheiratet. Für immer vereint, oder?«

»Ich glaube nicht, dass ich eine andere Wahl habe, Annie.«

»O Sketch, bitte!«, stottere ich, als mein Körper plötzlich unkontrolliert zittert, obwohl ich mich verzweifelt bemühe stillzuhalten.

»Wenn deine schönen Augen das Letzte sind, was ich anschaue, dann kann ich diese Welt mit einem Lächeln verlassen. Du sollst wissen, dass es für mich in Ordnung ist.« Sketch hustet heftig, und mir fällt Blut auf, das über seine Zähne geschmiert ist. Jedes Wort scheint ihm Leben aus dem Körper zu saugen. Verzweifelt versuche ich, meine Angst zu verbergen, doch ich weiß auch, dass Sketch meine Fassade durchschaut, als sei ich aus Glas.

»Schschscht«, flüstere ich. »Nicht reden. Du musst deine Kraft aufsparen. Die brauchst du jetzt.«

»Annie …« Sketch holt entschlossen Luft. »Du hast mich in einem Jahr mehr geliebt, als es sich ein Mann für sein ganzes Leben wünschen könnte. Du hast mir mein Leben geschenkt, Annie; erst du hast mich vervollständigt. Aber ich muss dich jetzt verlassen. Es tut mir leid.«

»Nein. Nein! Nein!«, schreie ich und ziehe seinen schlaffen Körper in meine Arme. »Ich kann dich nicht verlieren. Nicht noch einmal. Das schaffe ich nicht.«

»Vermiss mich, Annie. Aber lass mich gehen.« Sketch versucht in seine Tasche zu greifen, aber sein Arm scheint zu schwer zu sein, sodass er es nicht schafft.

»Was ist?«, frage ich. »Was ist in deiner Tasche?«

»Die Fähre«, hustet Sketch.

Ich schiebe meine Hand in seine Tasche, wobei ich gut aufpasse, keinen Druck auf sein Bein auszuüben, falls ihm das wehtun sollte. Zwei Tickets kommen zum Vorschein.

»Es ist noch nicht zu spät, Annie«, keucht Sketch. »Du

kannst es immer noch aufs Schiff schaffen. Schau dir Frankreich an. Und die Welt … die echte Welt.«

Ich schüttele den Kopf. »Nein, das kann ich nicht. Nicht ohne dich.«

»Ich werde genau hier sein.« Sketch hebt matt den Arm. Der Schmerz steht ihm deutlich ins Gesicht geschrieben, als er die Hand flach auf meine Brust presst. »Auf jedem deiner Schritte werde ich dich begleiten. Wenn ich in deinem Herzen bin, bin ich immer bei dir.«

Ich lasse den Kopf sinken, bis mein Rücken ganz rund ist, und wiege mich vor und zurück. Ich halte den Mann, den ich liebe, an meine Brust gedrückt, um ihn zu bestärken, noch ein wenig länger durchzuhalten. Dann fängt es wieder zu regnen an. Erst nur ein paar Tropfen, doch innerhalb weniger Sekunden bilden sich um uns herum auf der Straße große Pfützen.

»Sieh mal«, flüstere ich und lege den Kopf in den Nacken, um gen Himmel zu sehen. »Sogar der Himmel vergießt Tränen für uns, Sketch.«

»Manchmal regnet es eben.« Sketch atmet langsam aus, und sein Körper wird mit einem Mal ein wenig schwerer in meinen Armen. »Wenn es regnet, dann denk an mich.«

»Und was ist bei klarem Himmel, Sketch? Wenn es keine Wolken gibt? Kann ich dann nicht an dich denken?«

»Wenn es regnet, halte Ausschau nach einem Regenbogen. Wenn es dunkel ist, nach den Sternen. Ich werde zu dir schauen.«

Sketch schließt die Augen, und ein sanfter, warmer Atemzug haucht über seine Lippen und erreicht mich.

»Ich liebe dich, Sketch«, sage ich und spreche, so schnell ich kann. »Ich liebe dich unendlich.«

»Ich werde in den Sternen auf dich warten, Annie.«

»In den Sternen«, verspreche ich.

Sketch lächelt, und ich beobachte, wie eine innere Ruhe seinen schmerzverzerrten Ausdruck wegschwemmt. Ich beuge mich vor und drücke meine Lippen, so sanft ich kann, an seine Stirn und küsse ihn. Plötzlich herrscht eine trostlose Stille, wo eben noch Sketchs mühsames Atmen gewesen ist, und ich traue mich nicht zu blinzeln, während ich seinen Brustkorb beobachte. Er hebt und senkt sich nicht mehr.

»Wach auf«, weine ich und wiege ihn sanft. »Bitte. Bitte wach auf!«

Mein Blick gleitet über Sketchs Gesicht. Über seine blassen Sommersprossen, die sich wie Zimt über seine Nase verteilen. Über seine vollen Lippen und die geschlossenen Augen. Der Regen küsst sein Gesicht und wäscht das Blut von der Wunde auf seiner Wange. Er lächelt wunderschön, und seine Hand ist um die meine geschlossen; er liebt mich immer noch. Es wäre ein Leichtes zu glauben, er schlafe nur.

»Nein. Bitte, lieber Gott, nein!«, schreie ich, den Mund zwar geöffnet, aber nicht weit genug, um den Schmerz entkommen zu lassen. Er scheint mich zu erdrücken und gibt mir das Gefühl, ebenfalls sterben zu müssen. Ich wünsche es mir so sehr.

Mit einem Mal ist Bridget an meiner Seite. Sie ist im Gesicht so grau wie die Wolken über uns und zittert am ganzen Körper.

»Ist er … Ist er …?«, krächzt sie.

Ich nicke. Ich habe es gespürt, als er mich verlassen hat – wie eine wunderschöne Feder, die vom Wind fortgetragen wurde.

Bridget lässt sich zu Boden fallen und schlingt den Arm um Sketchs Körper. Ihr schönes blondes Haar ist blutverschmiert, und mir ist vorher gar nicht bewusst gewesen, dass auch sie verletzt ist, aber ich weiß nicht, wo. Der einzige Schmerz, den sie zulässt, ist der Schmerz in ihrem Herzen, als sie um Sketch weint und schreit. *Auch sie hat ihn geliebt.*

Mr Talbot taucht in der Ferne auf, zusammen mit ein paar Leuten, die ich vom samstäglichen Bauernmarkt kenne. Ich weiche zurück und schaue zu, wie sie verzweifelt versuchen, den Mann, den ich liebe, wiederzubeleben.

Schließlich bemerkt jemand die Leiche meines Vaters und eilt zu ihm, um ihm in der Annahme, er sei auch beim Unfall verletzt worden, zu helfen. Ungläubig beobachte ich das Blutbad um mich herum. Ich habe beide Männer in meinem Leben verloren. Der eine ein Monster. Der andere ein Held.

Benommen, wie ich bin, spüre ich dennoch die Hand meiner Mutter auf meiner Schulter. Ich fahre mir mit dem Handrücken über die Augen, doch die Tränen kommen schneller, als ich sie wegwischen kann. »Sketch hat alles gegeben, um uns zu retten«, weine ich.

»Und das hat er, Annie. Er hat dich gerettet.« Meine Mutter schaut auf die Stelle am Boden, wo mein Vater hingefallen ist. Der weinrote Zorn, der normalerweise seinen Wangen anzusehen gewesen ist, wenn er getrunken hatte, ist fort. Sein Gesicht ist nun ganz grau und verwaschen wie der Betonboden neben ihm. »Du bist frei wie ein Vogel, Annie.«

»Was ist denn diese Freiheit schon wert, wenn ich sie nicht mit Sketch teilen kann?«, schluchze ich laut.

»Sketch wird von jetzt an immer dein Ehemann sein, Annie.« Meine Mutter lächelt unter Tränen. »Dein Held.

Schließ die Erinnerung an ihn in dein Herz, dann wirst du ihn immer bei dir haben.«

Mas Blick fällt auf die Fährentickets in meiner Hand. Sie schließt die Hand um die meine und nickt.

»Kümmere dich gut um Mr Talbot«, flüstere ich. »Sketch würde nicht wollen, dass sein Vater einsam ist.«

Meine Mutter zieht mich an sich und schlingt ihre Arme fest um mich. Dann küsst sie mich auf die Stirn, dreht sich um, ohne ein weiteres Wort zu sagen, und geht weg.

Um mich herum herrscht ein reges Treiben. Leute schreien, ziehen an Sketchs Körper und bearbeiten ihn, um ihm wieder Leben einzuhauchen. Mein Herz rast, während ich ihre beherzten Versuche belächele. Die Versuche der Gemeinschaft, in der ich großgeworden bin. Am einzigen Ort, den ich je als Zuhause kennengelernt habe. Jetzt jedoch wird es Zeit für etwas Neues. Für eine Weile zumindest.

»Hallo, Sketch«, flüstere ich und lege mir die Hand auf den Brustkorb, um mein Herz an meiner Hand schlagen zu spüren. Mit der anderen Hand halte ich die Fährentickets fest umklammert. »Lass uns zusammen aufs Schiff gehen.«

Ich setze einen zitternden Fuß vor den anderen und laufe los. Ich werfe keinen Blick mehr zurück auf die verzweifelte Lage hinter mir, da ich weiß, dass Sketch nicht auf der Straße liegt. Er geht neben mir; ich kann ihn nur nicht mit den Augen sehen, aber ich fühle ihn mit meinem Herzen.

44.

Holly

»Nana. Nana, sieh mal!«, dränge ich. »Die Wolkendecke ist aufgerissen!« Ich deute nach oben. »Endlich können wir die Sterne sehen, auf die du gewartet hast. Sind sie nicht wunderschön?«

Meine Großmutter antwortet nicht. Ihr Kopf ist gen Himmel geneigt, ein zufriedenes Lächeln lässt ihr blasses Gesicht erstrahlen.

Meine Mutter kniet vor Nanas Rollstuhl im Gras. Ihr Kopf lehnt vorsichtig an Nanas Knien, und ihre Hände baumeln an den Seiten hinunter, als seien sie schwer und gehörten nicht zu ihr. Ihre Schultern beben. Mein Vater steht neben ihr und beugt sich beschützend über sie. Seine Hand streicht sanft über ihr schulterlanges graumeliertes Haar. Ich habe meinen Vater noch nie weinen sehen, doch jetzt laufen ihm Tränen über die rosigen Wangen.

Ich greife nach Nanas Hand. Sogar ihre Haut ist noch dünner, als ich mich erinnern kann, und sie ist kalt wie die Granitarbeitsfläche in ihrer Hofküche. Es erschreckt mich, aber ich lasse ihre Hand nicht los.

»Sie hat auf ihn gewartet.« Ich schlucke und schaue zu dem

einen Stern hinauf, der heller leuchtet als die anderen. »Sie hat darauf gewartet, dass Sketch sie holt.«

»Ist sie tot?«, schnieft Ben. »Ist sie wirklich tot?«

»Sketch hat sie geholt«, erwidere ich. »Er hat ihr versprochen, in den Sternen auf sie zu warten. Und das hat er getan. Das hat er wirklich. Jetzt sind sie wieder vereint.«

Ben schüttelt den Kopf. »Nein. Sie kann noch nicht tot sein. Noch nicht. Die Ärzte haben doch gesagt, dass wir noch einige Tage im Hospiz haben. Sie haben gesagt, dass uns noch Zeit bleibt, uns zu verabschieden. Ich habe mich nicht von ihr verabschiedet. Ich habe mich überhaupt nicht verabschiedet! Nana, komm zurück! Bitte, komm zurück!«

Marcy steht auf und geht zur Rückseite von Nanas Rollstuhl, wo sie die Sauerstoffflasche abstellt. Bens Blick folgt ihr; sein Kummer ist fast greifbar.

»Ich glaube, deine Großmutter hatte andere Pläne, Ben«, flüstert Marcy. »Dieser Plan ist fast sechzig Jahre alt. Sketch und Annie sind nun endlich hier auf der Obstplantage vereint. Ich glaube, Annie wusste, dass das Hospiz nichts für sie ist. Die Obstplantage war von vornherein dazu bestimmt, ihr letzter Halt zu sein.«

Ben mustert Marcy gedankenverloren, und ich kann gar nicht genau sagen, ob es sein Kummer oder Akzeptanz ist, was ihm ins Gesicht geschrieben steht, doch etwas mir Unbekanntes leuchtet in seinen Augen.

»Gibt es noch mehr, Holly?«, fragt Ben, dessen Blick auf das Manuskript in meinem Schoß fällt. »Gibt es noch ein Kapitel? Wer hat denn jetzt Nanas Pa getötet? War es Nana? Oder ihre Ma? Oder diese Bridget? Ist Nana wirklich nach

Frankreich gegangen? Hat sie die Fähre noch rechtzeitig erreicht? Das muss ich wissen. Das müssen wir alle doch noch erfahren, oder?«

Ich schüttele den Kopf. »Ich weiß es nicht. Das war die letzte Seite. Nanas Geschichte ist beendet.«

Mam hebt den Kopf. Dann fährt sie mit der Hand in ihre Manteltasche und holt ein gefaltetes Stück Papier hervor, auf dem mein Name steht. Mit zitternder Hand hält sie mir die gefaltete Seite hin. Darauf ist die gleiche Handschrift wie beim Manuskript zu erkennen, dessen letzte Seiten ich eben vorgelesen habe.

»Das ist von Nana«, erklärt Mam. »Sie hat es mir vor ein paar Wochen gegeben. Sie meinte, es sei für dich, aber dass ich es dir erst geben soll, wenn der geeignete Zeitpunkt gekommen ist – wenn du es wirklich verstehen kannst.«

Ich mustere das cremefarbene rechteckige Papier, das in Mams Händen ebenfalls zittert.

»Hast du es schon gelesen?« Mir schnürt es die Kehle zu.

»Nein, natürlich nicht. Es ist doch für dich.«

Ich fahre mir mit der Hand durchs Haar. Meine Finger bleiben hinten in ein paar Knoten auf der Rückseite hängen, sodass die Strähnen an meinen Schläfen ziehen. Ich kann meinen Blick nicht von dem kleinen gefalteten Papierrechteck in den Fingern meiner Mutter abwenden. *Auf so einer kleinen Seite kann doch eigentlich nicht viel stehen,* denke ich. *Warum hat Mam es mir nicht früher gegeben, als ich noch mit Nana darüber hätte sprechen können?* Jetzt ist es zu spät. Ich schlucke schwer und versuche gegen den Schmerz anzukämpfen, der durch meine Adern pumpt. Er ist überwältigend und zieht mich nach unten, bis ich gebückt und gebeugt bin wie eine alte Dame; ein lautes, tiefes Stöhnen zwingt meinen Mund weit auf.

»Wenn du nicht weißt, was darauf steht, woher willst du denn dann wissen, wann die Zeit reif ist?«, blaffe ich unfairerweise.

»Ich kenne deine Großmutter«, schluchzt meine Mutter. »Jetzt ist der geeignete Zeitpunkt.«

»Lies es, Holly«, ermuntert mich Nate. »Annie muss etwas Wichtiges zu sagen gehabt haben.«

Ich halte meiner Mutter die offene Hand hin, und sie legt das kleingefaltete Papier auf den Handteller. Meine Finger umschließen es instinktiv. Ich mache kurz die Augen zu und hole tief Luft. Nanas Stimme ertönt in meinem Ohr und hilft mir, mutig zu sein.

Lies es einfach, Holly.

Ich höre die Worte so glasklar, als würde Nana sie mir jetzt gerade ins Ohr flüstern. Ich öffne die Augen. Nate nickt, Ben grinst mir unter Tränen zu. Nana lächelt friedlich, und ich lasse mir Marcys Worte noch einmal durch den Kopf gehen. Nana hatte die ganze Zeit über einen Plan. Diesen Brief unter freiem Sternenhimmel zu lesen, wenn wir alle zum letzten Mal beisammen sind, gehört mit dazu und ist genau das, was Nana wollte.

Mit der flachen Hand streichele ich über Nanas Knie, während sie in ihrem Rollstuhl neben mir sitzt.

»Du hast es immer am besten gewusst, Nana«, stelle ich fest.

Da ich im Schneidersitz sitze, strecke ich die Beine und erhebe mich dann mühsam. Nate springt schnell auf; er ist auf den Beinen, bevor ich überhaupt vom Boden hochgekommen bin, nimmt meine Hand und hilft mir auf.

»Lass dir die Zeit, die du brauchst, Holly«, sagt er, stellt sich hinter mich und drückt sanft meine Schulter.

Plötzlich beuge ich mich vor, schlinge meine Arme um Nanas Hals und küsse sie. Tränen laufen mir über die Wangen und tropfen ihr wie salziger Regen aufs Gesicht. Sie ist kalt und regt sich nicht, aber ich habe das Gefühl, dass sie mir nahe ist. Ich weiß, dass sie immer noch da ist. Sie schaut uns zu und wartet darauf, dass ich ihren Brief lese.

»Ich habe dich lieb, Nana«, seufze ich. »Ich habe dich so, so lieb!«

Ich weiche einen Schritt zurück und drehe mich zu meiner gerührten Familie um. Als ich meine Mutter ansehe, treffen sich unsere Blicke; sie nickt mir zu und versucht zu lächeln.

Ich falte die Seite auseinander und hole tief Luft.

»Meine liebe Holly«, fange ich an, halte dann jedoch inne, als meine Stimme krächzt und sich überschlägt.

Nate nimmt meine freie Hand, und die Wärme seiner Haut wandert an meiner Hand empor und beruhigt mich. Ich setze noch einmal an.

Meine liebe Holly,

herzlichen Glückwunsch, Liebes. Ein Baby ist ein wunderbares Geschenk. Ich weiß, dass du eine tolle Mutter sein wirst. Und ich weiß auch, wie furchtbar die Vorstellung ist, jemanden verlieren zu können, den man so sehr liebt, bevor er überhaupt auf der

Welt ist. Aber jeder Tag ist ein Geschenk. Wenn dir auch nur ein Tag vergönnt ist, dann nutze diese vierundzwanzig Stunden, um genügend Erinnerungen zu schaffen, dass sie ein ganzes Leben halten.

Sketch und ich hatten nicht viel Zeit als verheiratetes Ehepaar. Aber diese Augenblicke des Glücks würde ich niemals eintauschen wollen für ein ganzes Leben mit einem anderen Menschen. Nur weil Sketch so früh von uns gegangen ist, ändert das gar nichts an der Tatsache, dass ich seine Ehefrau bin. Genau wie du immer die Mutter deines Babys sein wirst. Und selbst wenn du dein Baby nicht im Arm halten solltest, so wird es doch immer in deinem Herzen sein.

Öffne dein Herz, Holly. Sei dankbar für die Zeit, die du mit jemandem hast, statt wegen der Zeit, die dir geraubt wurde, zu verbittern. Liebe, lebe und schau dir die Sterne an. Denn sie schauen auf dich zurück.

All meine Liebe für immer und alle Tage,

Nana

»Nana wusste es«, stelle ich fest. »Sie wusste die ganze Zeit, dass das Baby krank ist. Aber woher?« Ich schüttele den Kopf. »Ich verstehe das nicht.«

Nate schluckt hörbar. »Ich habe es ihr erzählt, Holly.«

Ich hole tief Luft, weil ich noch nicht weiß, wie ich über dieses Geständnis denken soll.

»Ich war verzweifelt, Holly. Ich wollte dich nicht verlieren. Ich *konnte* es einfach nicht. Annie war da der Mensch, an den ich mich auf der Suche nach einem Rat gewendet habe«, gesteht Nate.

»Was hat sie gesagt?«, frage ich und muss an die Blumen auf der Fensterbank in Nanas Schlafzimmer und die kryptische Nachricht von Nate denken.

»Sie hat mir gesagt, ich würde meine Antwort in den Sternen finden«, antwortet Nate.

45.

Holly

Ein Jahr später

Die Fahrt von Dublin nach Galway ist mir so vertraut wie eine alte Geschichte, die ich nach langer Zeit noch einmal höre. Ich sitze auf dem Beifahrersitz in Nates Auto, während er sich einen Weg durch den verwirrenden Flughafenparkplatz nach draußen bahnt. Unser Flug von Dubai hierher hatte eine Stunde Verspätung, und mir ist mehr als bewusst, dass wir daher zu spät kommen werden. Außerdem bin ich müde und hungrig, und als Nate beim Verlassen des Parkplatzes falsch abbiegt, stöhne ich innerlich.

»Ups«, entschuldigt sich Nate und versucht einen U-Turn auf der vielbefahrenen Straße. »Ich dachte, ich müsste im Kreisverkehr die erste Ausfahrt nehmen.«

»Es ist die zweite Ausfahrt«, sage ich. »Immer die zweite.«

»Ich weiß. Tut mir leid«, murmelt Nate verlegen.

Ich runzele dir Stirn. »Nein, mir tut's leid. Ich bin einfach nur müde und mache mir Sorgen.«

Nate nimmt eine Hand vom Lenkrad und drückt sanft mein Knie.

»Ich weiß«, sagt er lächelnd. »Aber das wird gut gehen. Heute wird alles gut gehen.«

»Ich hoffe es.«

Nate manövriert uns schnell wieder in die richtige Richtung, und ich entspanne mich, als er beschleunigt und sich in den schnellen Verkehrsstrom einfädelt. Nates Sportauto sorgt immer wieder dafür, dass Leute sich nach dem Wagen umdrehen. Es ist das genaue Gegenteil von meiner kleinen roten Rostlaube. Und obwohl mein Auto schon so alt ist und auch verschiedene Probleme hat, ist es im vergangenen Jahr zuverlässig gefahren und hat immer weitergemacht – auch wenn ich selbst schon fast aufgegeben hätte. Das Jahr war für mich so schwierig, dass etwas so Profanes wie ein kaputtes Auto mir wahrscheinlich den Rest gegeben hätte. Aber es hat durchgehalten – genau wie ich. Mir ist allerdings klar, dass es nur eine Frage der Zeit ist, bis es vollständig den Geist aufgibt. Und da wir nicht mehr für die Hochzeit sparen müssen, meinte Nate, wir sollten das Geld einfach für ein neues Auto nutzen. Gleich am kommenden Wochenende will er sich welche anschauen gehen. Allerdings weiß ich nicht, ob es Nate wirklich so wichtig ist, dass ich ein schönes nigelnagelneues Auto habe, oder ob er wusste, dass ihm dieser Vorschlag den besten Flitterwochensex aller Zeiten bescheren würde. Falls das so sein sollte, hat es funktioniert.

Als wir auf die Autobahn auffahren und den Flughafen hinter uns lassen, schließe ich die Augen und denke kurz darüber nach, ein kleines Nickerchen zu machen. Nate ist im Flieger immer mal wieder eingeschlafen, ich jedoch nicht. Der achtstündige Flug war holprig und unbequem. Nach der Landung war ich einfach nur froh, wieder auf heimatlichem

Boden zu stehen, auch wenn die Flitterwochen wirklich schön waren. Obwohl wir erst vor fünfzig Minuten in Dublin angekommen sind und ich wirklich erschöpft bin, fühlte es sich gut und richtig an, an unserer Wohnung in Dublin vorbei- und nach Athenry weiterzufahren. Ich dachte eigentlich, Nate hätte zu Hause kurz duschen und sich umziehen wollen, bevor wir uns weiter auf den Weg machen. Als er jedoch nichts gesagt hat und statt nach links gleich nach rechts auf die M50 aufgefahren ist, war mir klar, dass er sich nicht einfach verfahren hat. Nate ist es genauso wichtig wie mir, schnell nach Galway zu kommen.

»Meinst du, auf der Straße wird viel Verkehr sein?«, frage ich verlegen.

»Sieht ganz gut aus«, erwidert Nate und fährt auf die Überholspur. »Schlaf ein wenig, Holly, wenn du kannst.«

»Ich liebe dich«, flüstere ich.

»Ich liebe dich mehr«, grinst Nate. »Und jetzt Augen zu! Ich wecke dich in Galway.«

Ich schiebe den Sitz nach hinten und entspanne mich. Für unseren Geschmack können wir gar nicht schnell genug in Galway sein, denn ich kann es kaum abwarten, meine Familie endlich wiederzusehen. Einerseits sind die vier Wochen im Ausland gleich nach der Hochzeit wie im Flug vergangen, andererseits haben sie sich gleichzeitig wie eine Ewigkeit angefühlt. In den Wochen und Monaten vor unserer Hochzeit war mit einem Mal so viel passiert, dass es mir manchmal vorkommt, als hätte ich das alles nur geträumt. Doch wenn ich die Augen schließe und mich konzentriere, sehe ich mich immer noch auf der Obstplantage stehen, während ich Nanas Hand halte und zu den Sternen hinaufschaue.

Meine Eltern sind kurz nach Nanas Tod in ihren alten Hof gezogen. Da mein Vater im Ruhestand ist und ohnehin nach einer Beschäftigung gesucht hat, schien die Renovierung des alten Hauses eine gute Gelegenheit zu sein, die Nana für ihn aufgespart hatte. Meine Mutter habe ich noch nie so fröhlich gesehen, weil sie wieder in das Haus zurückkehren konnte, in dem sie aufgewachsen ist. Sie backt jeden Tag und ist geradezu besessen davon, jeden Samstagmorgen zu Fuß in die Stadt zum Bauernmarkt zu gehen. Wir haben ihr alle erklärt, dass die Bauern die Supermärkte im Ort beliefern und dass sie die gleichen Sachen an jedem Wochentag kaufen könne, doch das interessiert sie nicht. Sie meint, es sei Tradition, und lässt sich nicht dreinreden.

Nate und ich fahren schon seit einer Stunde, in der ich immer wieder einschlummere.

»Alles in Ordnung?«, frage ich, als ich endlich richtig wach bin.

»Klar.« Nate deutet auf die Straße. »Ich wünschte nur, dieser Typ vor uns würde endlich mal in seiner Spur bleiben!«

Ich lächele, schaue zur Windschutzscheibe hinaus und starre den Fahrer an, den Nate meint. »Ich meinte nicht, ob beim Fahren alles okay ist. Ich meinte eher so generell.«

Nate seufzt. »Mir geht es gut, Holly. Ich weiß, dass das kein einfaches Jahr war. Eher das schlimmste überhaupt. Aber wenn es mir schlecht geht, dann rufe ich mir in Erinnerung, dass ich dich um diese Zeit herum letztes Jahr noch nicht meine Ehefrau nennen konnte, jetzt dagegen schon. Trotz all der Schmerzen und trotz all des Kummers wird das immer das Jahr sein, das mir dich beschert hat. Das ist das Positive, worauf ich mich konzentriere, wenn ich stark sein muss.«

Ich lächele, denn ich muss an genau das Gleiche denken, wenn ich das Gesamtbild aus den Augen verliere.

»Wie geht es *dir* denn?«, fragt Nate und schaut einen Moment lang von der Straße auf und zu mir herüber.

»Mir geht's gut«, sage ich. »Ich kann es immer noch nicht glauben, dass das alles schon ein Jahr her ist.«

»Ich weiß«, nickt Nate. »Manchmal kommt es mir vor, als sei alles erst gestern passiert, und manchmal fühlt es sich an, als sei eine halbe Ewigkeit vergangen.«

»Ganz genau«, antworte ich und schließe die Augen, um von der Vergangenheit zu träumen.

Ich muss wieder eingeschlafen sein, denn als ich das nächste Mal aus dem Fenster schaue, biegen wir gerade von der Hauptstraße auf den kleinen Seitenweg ab, der zur Obstplantage führt.

Mir ist vorher nicht aufgefallen, dass Ben hinter uns fährt, doch auch sein Auto verlässt nun die Hauptstraße und biegt auf den Seitenweg ab. Er parkt schließlich auf dem Grasstreifen.

»Bist du bereit?«, fragt Nate und stellt den Motor ab.

Ich drehe mich um und schaue zur Heckscheibe hinaus zu Bens Auto. Gedankenverloren sitzt er da, die Hände immer noch am Lenkrad. Die langhaarige Brünette auf dem Beifahrersitz beugt sich zu ihm hinüber und küsst ihn auf die Wange.

Ich habe schon viel von Bens neuer Freundin gehört – am meisten von meiner aufgeregten Mutter –, aber heute werde ich sie persönlich kennenlernen. Ben hat mich letzte Woche angerufen, aber in der Wüste war der Empfang ganz schlecht, sodass ich nur verstanden habe, dass Sabrina heute dabei ist. Ben weiß genau, wie viel mir dieser Tag bedeutet; daher hat er gefragt, ob es okay ist, dass uns eine Person begleitet, die ich nicht kenne. Normalerweise wäre es mir nicht so recht, aber ich habe meinen Bruder noch nie zuvor den Begriff »Freundin« benutzen gehört. Ich freue mich sehr für ihn.

Ben und Sabrina sind erst seit drei Monaten zusammen, und Sabrina konnte nicht zur Hochzeit kommen, da es ihrer Mutter nicht gut geht und sie ihre Pflege und Betreuung übernommen hat. Ben war unheimlich enttäuscht, dass sie nicht dabei war, hat sich aber große Mühe gegeben, das vor Sabrina und mir nicht zu zeigen. Es ist tatsächlich das erste Mal, dass er sich meines Wissens nach in ein Mädchen verliebt hat, daher verstehe ich die Aufregung meiner Mutter rund um diese Beziehung sehr gut.

Sabrina ist hübsch, und während ich sie beobachte, wie sie meinen ergriffenen Bruder tröstet, ist sie mir schon sympathisch. Zögerlich wende ich den Blick ab, da ich das Gefühl habe, die beiden in einem sehr privaten Moment erwischt zu haben.

Das Auto meiner Eltern ist nicht da, aber das rostige alte Tor zur Obstplantage steht offen und quietscht, als es sich im Wind bewegt. Ich vermute, meine Eltern sind vom Hof aus zu Fuß hergekommen. Es ist ein sehr mühsamer, gefährlicher Spaziergang über kurvige Nebenstraßen, auf denen die Autos stets mit überhöhtem Tempo in die Kurven fahren. Dennoch weiß ich, dass meine Mutter der alten Zeiten willen darauf bestanden haben wird, zu Fuß zu gehen. Insgeheim hofft sie wahrscheinlich sogar noch auf Regen.

Nate lehnt sich nach hinten und sammelt unsere Mäntel, Mützen und Schals von der Rückbank ein. Er muss sie in letzter Minute ins Auto geworfen haben, bevor wir letzten

Monat zum Flughafen gefahren sind. Ich bin richtig froh darüber, dass er die Weitsicht besessen hat, sich Gedanken um das Wetter bei unserer Rückkehr zu machen. Denn der Wintertag außerhalb von Nates komfortablem Auto ist ein echter Klimaschock im Gegensatz zur Hitze in Dubai. Mein Jeansrock und das ärmellose T-Shirt, in denen ich heimgeflogen bin, haben im irischen Januarwetter keine Chance.

Ich kuschele mich in den schweren schwarzen Mantel, den ich das letzte Mal zu Nanas Beerdigung getragen habe, und atme tief ein. *Nicht zu fassen, dass das schon wieder ein Jahr her ist,* denke ich. *Ein ganzes Jahr.* Meine Finger zittern, als ich den Mantel zuknöpfe.

Nate steigt als Erster aus, umrundet das Auto und kommt zu meiner Seite. Sobald er dir Tür öffnet, bläst mir ein eiskalter Wind scharf ins Gesicht. Nate hält mir die Hand hin; ich ergreife sie und steige aus dem Wagen.

»Ich liebe dich«, sagt er und zieht mich an sich heran, um mich zu umarmen.

»Ich weiß.« Ich lächele und schmiege mich fest an ihn. »Ich liebe dich auch. Uns geht es gut, oder? Und das wird es auch immer.«

Nate seufzt, und ich spüre seinen warmen Atem über meinen Kopf tanzen. »Uns wird es *immer* gut gehen, Holly. Wir haben schließlich uns.«

Ben und Sabrina folgen uns und steigen aus Bens Auto. Sabrina ist größer, als sie im Sitzen aussah, und ihr unechter Fellmantel passt hervorragend zu den hellbraunen kniehohen Stiefeln. Als sie auf meine Füße hinunterschaut, muss sie über meine für den Winter vollkommen unangemessenen Flip-Flops lachen.

»Hattet ihr schöne Flitterwochen?«, fragt sie.

»Es war herrlich«, erwidere ich. »Wir konnten vollkommen abschalten und alles mal für eine Weile vergessen.«

Ben scharrt mit den Füßen und murmelt sich durch eine verlegene Vorstellungsrunde, doch Sabrina und ich sind von albernem Schuhwerk abgelenkt, und ich werde das Gefühl nicht los, dass wir gute Freundinnen werden können.

»Welche Schuhgröße hast du?«, fragt sie und deutet auf meine Füße.

»Größe sechs. Warum?«

»Ich habe Größe sieben«, erwidert sie. »Im Kofferraum sind noch ein Paar Ugg-Boots von mir – möchtest du dir die vielleicht ausleihen? Sie sind vielleicht ein wenig groß, dafür hättest du aber wenigstens warme Füße.«

»Ja. O Gott, gerne!«, lache ich und starre auf meine Zehen, die trotz der goldenen Sonnenbräune gerade blau werden.

Sabrina beugt sich in Bens Auto, fischt aus dem Kofferraum die bequemen warmen Stiefel und reicht sie mir. Dabei streift ihre Hand meine, und sie hält einen Moment inne, um mich voller Mitgefühl und Güte anzuschauen.

»Es tut mir sehr leid, was mit eurem kleinen Jungen passiert ist«, flüstert sie.

»Danke.« Ich schlucke und bin sofort von Gefühlen überwältigt.

»Ben hat mir alles über ihn erzählt und mir unzählige Fotos gezeigt. Er war wunderschön.«

»Danke«, wiederhole ich, mittlerweile etwas gefasster. »Das war er.«

»Bist du so weit, Holly?«, fragt Nate und nickt in Richtung des schaukelnden Tors.

Ich streife die Flip-Flops ab und schlüpfe in Sabrinas Ugg-Boots. Meine albernen Sommerschlappen werfe ich auf Bens Rückbank und hoffe, später daran zu denken, sie auch wieder mitzunehmen.

»Lasst uns gehen«, sage ich und lächele, als ich dabei zusehe, wie das verrostete Gatter im Wind schaukelt. »Lasst uns auf die Sterne warten.«

46.

Holly

Es überrascht mich nicht, dass meine Eltern bereits unter Nanas besonderem Baum auf uns warten.

»Wie waren eure Flitterwochen?«, fragt mein Vater und schlingt seine Arme für eine monstermäßige Bärenumarmung um mich, die mich fast ersticken lässt.

»Sieh mal, wie braun du geworden bist«, stellt meine Mutter fest. »Ich kann es kaum abwarten, alles über Dubai zu erfahren.«

»Du meine Güte, Blair, jetzt bring sie doch nicht in Verlegenheit! Die beiden Frischvermählten möchten die ganzen schmutzigen Details bestimmt lieber für sich behalten.«

Ich muss lachen. Hauptsächlich weil Nates Nase und Wangen dunkelrot werden und ich weiß, dass er an die unzähligen Male denkt, die wir uns im Urlaub geliebt haben.

»Ich fange schon mal mit dem Graben an, ja?«, sagt Nate und eilt zu einer Schaufel, die an einem der Bäume lehnt.

»Gute Idee!«, nicke ich.

»Ich helfe dir«, fügt Dad hinzu.

Es gibt jedoch nur eine einzige Schaufel. Nate gräbt, während Ben und mein Vater links und rechts von ihm stehen und ihn beobachten. Als Teamarbeit kann man das wohl kaum bezeichnen. Nate macht Witze darüber, dass er es ohne ihre Hilfe niemals schaffen würde.

»Holly, Liebes«, sagt meine Mutter, packt mich am Ellbogen und nimmt mich sanft beiseite.

Meine Mutter beugt sich über eine geblümte Decke, die auf dem Gras ausgebreitet ist, und nimmt eine kleine weiße Kiste, die ich zur sicheren Aufbewahrung bei ihr und Dad gelassen habe, während Nate und ich in Dubai waren.

»Die wirst du brauchen, Liebes«, stellt Mam fest, richtet sich wieder auf und reicht mir die Kiste.

Instinktiv drücke ich sie an meine Brust und hole ein paar Mal tief Luft. Es folgt ein kurzer Moment ohne Worte, in dem Mam und ich einander mit einem sanften Lächeln und einem Nicken alles sagen, was gesagt werden muss.

»So, wir sind so weit«, verkündet Ben plötzlich, als Nate ein kleines rundliches Loch in die Erde neben Nanas Baum gegraben hat. Er setzt die Schaufel ab, dreht sich zu mir um und schaut mich mit traurigem Blick an.

»Bist du bereit?« Nates Blick sinkt auf die hübsche Kiste, die ich zärtlich an mich drücke.

»So bereit ich nur sein kann«, erwidere ich. Ich spüre die unterstützende Hand meiner Mutter im Kreuz, die mich bestärkt. Ich ziehe meine Lippen zwischen die Zähne und nicke. Ben und mein Vater weichen beiseite und machen Platz, damit ich neben meinem Ehemann stehen kann. Ich trete ein paar Schritte vor und lehne mich mit der Schulter an Nates Arm. Nate drückt mir einen Kuss auf die Stirn.

Mein Blick wandert hinunter zu dem rechteckigen Behältnis, das ich in den Händen halte. Es ist klein und leicht, und mir gefällt, wie sich das lackierte Holz anfühlt. ARTY ist in einer schönen, geschwungenen Schrift auf den Deckel gefräst, und jedes Mal wenn ich mit den Fingern über den Namen meines Sohnes streiche, sehe ich sein wunderschönes Neugeborenengesicht vor mir, wie er mich mit seinen unglaublich blauen Augen anschaut, die intensiver leuchten als der Himmel an einem Sommertag. Uns blieb nicht nur ein Tag mit Arty; wir hatten sogar eine ganze Woche mit ihm. Sieben wunderbare Tage, und wie Nana uns gebeten hatte, habe ich genug Erinnerungen geschaffen, dass sie für ein ganzes Leben reichen. Mein kleines Baby auf der Obstplantage neben dem Baum seiner Urgroßmutter zur letzten Ruhe zu betten wird die letzte Erinnerung sein. Und ich werde sie liebevoll festhalten.

Ich hole tief Luft und schaue zu meinem Ehemann hinüber. Er konzentriert sich auf das weiße Holzbehältnis in meinen zitternden Händen. Nate legt zwei Finger an seine Lippen, küsst sie und drückt sie dann sanft an die Holzkiste. Seine glasigen Augen suchen die meinen, er nickt. *Es ist Zeit.*

Ich bücke mich und setze die Kiste in das Erdloch. Das glänzende Weiß wirkt vor der dunkelbraunen Erde völlig deplatziert, doch tief in meinem Herzen weiß ich, dass dies genau der Ort ist, wo Arty nun hingehört. Nate nimmt eine Handvoll Erde von dem kleinen Hügel, den er durch sein Graben gleich neben dem Loch geschaffen hat.

»Auf Wiedersehen, kleiner Mann«, flüstert er und öffnet die Hand. »Daddy liebt dich.«

Flockige Erde regnet auf die kleine weiße Kiste hinunter. Mir kommen die Tränen.

»Schon gut«, tröstet mich Nate und zieht mich an sich. »Es wird Zeit, sich zu verabschieden.«

Mir zittern die Knie, als ich dem Beispiel meines Ehemannes folge. Die Erde fühlt sich nass und kalt in meiner Hand an, und ich halte inne, bevor ich sie loslasse.

»Pass gut auf ihn auf, Nana«, sage ich und öffne die Hand.

Mein Vater geht kurz weg und kehrt mit einem kleinen, zarten Apfelbäumchen wieder zurück. Wenige Wochen nach Artys Geburt haben Nate und ich es in einer Gärtnerei im Ort ausgesucht und mit dem Pflanzen bis zu Nanas Geburtstag heute gewartet.

»Es sieht noch nicht groß aus«, stellt mein Vater fest und setzt das Bäumchen in das Erdloch. »Aber lasst ihm ein wenig Zeit, dann wird es groß und stark.«

Nate füllt das Loch rund um das Bäumchen mit dem Rest der Erde auf, und mein Herz zieht sich zusammen, als ich Artys weiße Kiste nicht mehr sehe.

»Mir war bewusst, dass es schwer werden würde, sich zu verabschieden«, gebe ich zu. »Aber ich wusste nicht, dass es so schwer sein würde.«

Wir alle bleiben einen Moment schweigend stehen, die Köpfe geneigt, und betrachten den frisch eingepflanzten Apfelbaum – den Baum meines Sohnes.

Meine Mutter ist die Erste, die sich rührt. Sie breitet noch ein paar weitere Decken mit Blümchenmuster auf dem Gras aus und holt dann eine Thermosflasche aus einem Picknickkorb, der mir vorher gar nicht aufgefallen ist.

»Dann wollen wir mal etwas trinken und auf die Sterne warten«, sagt sie und setzt sich im Schneidersitz auf eine der Decken.

Alle nehmen auf den Picknickdecken Platz. Nate ist ganz nah bei mir; Mam und Dad sitzen zusammen, und Ben legt seinen Arm um Sabrinas Schulter. Es dauert eine Weile, doch irgendwann beginnt ein entspanntes Gespräch. Nate und ich berichten von unseren Flitterwochen, und ich zeige Sabrina ein paar Bilder von Arty, die ich auf meinem Handy habe.

Alle genießen gerade ihre zweite Tasse Tee, als Nate mir sein Handy reicht, auf dem er seine E-Mails aufgerufen hat.

»Ich wusste nicht, wann ich dir das zeigen sollte«, gesteht er. »Ich habe die Mail schon letzte Woche bekommen, aber da waren wir ja noch unterwegs. Mir war klar, dass der heutige Tag schwer für dich wird, deswegen dachte ich, das könnte vielleicht helfen.«

»Was ist das?«, frage ich und schiele auf das Handy, das im Schummerlicht der Abenddämmerung hell leuchtet.

»Lies es.«

Meine Augen überfliegen das Display, und ich kann die Worte gar nicht schnell genug erfassen. »Die Mail ist von einem Verlag aus Chicago«, stelle ich fest.

Nate nickt und lächelt. »Sie wollen Annies Buch veröffentlichen.«

»Bitte?« Ich schüttele den Kopf. »Warum?«

»Weil es ein gutes Buch ist und der Lektor meint, dass es den Leuten gefallen wird. Sie bieten eine sechsstellige Summe, Holly.«

»Das ist eine Menge Geld«, erwidere ich.

»Ich weiß«, nickt Nate. »Stell dir nur mal vor, was deine Eltern mit dem Geld alles anstellen könnten. Sie könnten damit den Hof restaurieren. Oder den Urlaub ihres Lebens machen.«

»Es *wäre* eine Menge Geld«, unterbricht uns meine Mutter, und ich fahre erschrocken zusammen, da ich nicht gewusst habe, dass sie zuhört. »*Wenn* es veröffentlicht würde.«

»Der Lektor ist sehr interessiert, Blair. Man ist bereit, die entscheidenden Schritte schnell zu gehen. Annies Buch könnte innerhalb eines halben Jahres in jedem Buchladen im Regal stehen. Ist das nicht toll?«, sprudelt es aus Nate hervor.

»Man lässt sich schnell von der Aufregung und dem Hype blenden, Nate«, stellt meine Mutter klar. »Es ist leider ein Angebot, das wir höflich ablehnen. Ich bin sicher, du wirst das verstehen.«

Nate lässt die Schultern hängen und macht ein langes Gesicht.

»Ich war auch schon mal an dem Punkt, an dem du jetzt bist«, nickt meine Mutter. »In den Siebzigern, als ich noch ein Teenager war, habe ich zahlreiche Verlage angeschrieben. Die meisten haben das Manuskript abgelehnt, aber es gab ein Angebot von einem kleinen Verlag in London. Ich konnte es gar nicht abwarten, es Nana zu erzählen. Ich dachte, sie würde sich unglaublich freuen. Aber das hat sie nicht. Sie hat gelächelt und natürlich meine Bemühungen gelobt, aber dann erklärt, dass sie das Buch nicht verfasst habe, um es in den Verkaufsregalen zu sehen. Sie hat es einzig und allein geschrieben, um ihr gebrochenes Herz zu heilen. Und das hat es getan.«

»Du hast Annies Buch schon einmal gelesen …«, stellt Nate fest und bestätigt, was alle inzwischen vermutet haben.

»Ja.« Mam lächelt. »Meine Mutter hat es mir in einer Zeit gegeben, als ich es am dringendsten gebraucht habe. Ich war sechzehn, als ich nach meinem Vater gefragt habe. Ich musste wissen, wo ich zur Welt gekommen bin. Wer ich bin. Ich brauchte Antworten. Deine Großmutter hat mir das Buch gegeben und es mich in meinem eigenen Tempo lesen lassen. Eines kann ich dir verraten.« Sie presst sich die flache Hand auf die Brust. »Ich habe es seitdem ein paar Mal lesen müssen. Das Leben ist eben kein Zuckerschlecken.«

»Nein, das ist es nicht«, erwidere ich und muss an die vielen Hochs und Tiefs des letzten Jahres denken.

»Zuckerschlecken oder nicht«, stellt Ben klar, »Nanas Leben war unglaublich. Ich freue mich, dass sie in der Weltgeschichte umherreisen konnte.«

»Ich mich auch«, nickt Mam.

»Warum hat sie Frankreich wieder verlassen?«, fragt Ben.

»Sie hat deinem Großvater ein Abenteuer versprochen«, antwortet Mam. Tränen glänzen in ihren Augenwinkeln. »Und sie hat zu ihrem Wort gestanden. Monatelang hat sie vieles gesehen und erlebt. Aber Abenteuer sind eben nicht so leicht, wenn man ein Baby auf dem Arm hat. Nana wusste, dass – wenn das Baby kommt – der Hof der beste Ort für es sein würde.«

»Ich freue mich sehr, dass Nana von ihrer Schwangerschaft wusste, bevor sie nach Frankreich gegangen ist«, stelle ich fest und verrate damit, dass Mam und ich darüber gesprochen haben. In der Nacht, als Arty zur Welt kam und ich nach der OP das Bett nicht verlassen durfte, hat Nate viele Stunden auf der Intensivstation verbracht, um Arty zu zeigen, wie sehr er geliebt wird. Mam hat in dieser Zeit bei mir gesessen. Wir haben uns lange über Nanas Schwangerschaft unterhalten. Und über Mams und meine. Es hat geholfen. Es hat mir sehr geholfen. Und ich denke, es hat auch Mam geholfen.

»Ich kann mir nur ansatzweise vorstellen, wie schwer es für Nana gewesen sein muss, allein an Bord zu gehen«, stelle ich fest. »Aber das Wissen, dass sie einen kleinen Teil von Sketch in sich trug, muss ihr die Welt bedeutet haben.«

Ben seufzt, und ich frage mich unweigerlich, ob er und Mam auch ähnliche Gespräche führen. Ich hoffe es. Und ich hoffe, dass wir weiterhin über Nana reden werden. Denn das ist genau das, was Nana wollte – dass sich ihre Geschichte in die Herzen der Menschen einbrennt, die sie am meisten geliebt haben. Nana musste von uns gehen, aber ihre Worte bleiben. Ihr Buch ist ihr Geschenk an uns.

Das erste Geschenk, das Sketch Nana gegeben hat, war sein Bild, und das letzte Geschenk, das er ihr gemacht hat, waren wir. Eine Familie. Ein Vermächtnis.

»Nana hat mir einmal gesagt, dass sie in dem Moment wusste, dass sie mit mir schwanger war, als mein Vater ihr im Sterben auf ihr Herz tippte und ihr sagte, dass er sie immer begleiten würde«, sagt Mam. »Ihr gefiel die Vorstellung, dass er wusste, dass sie nicht allein sein würde.«

Ein leises Schniefen erklingt hinter uns, und als ich mich umdrehe, sehe ich, wie Sabrina ihren Ärmel über die Hand zieht und sich damit dann die Augen abtupft. »Das ist eine schöne Geschichte«, stellt sie fest. »Es klingt, als sei deine Großmutter eine tolle Frau gewesen, Ben. Ich wünschte, ich hätte sie kennengelernt.«

»Vielleicht kannst du sie jetzt kennenlernen«, antworte ich und lächele meine Mutter an. Mam erwidert mein Lächeln, und ich weiß, dass wir beide das Gleiche denken.

»Nanas Buch zu veröffentlichen ist eine schöne Idee, Nate, aber kannst du dennoch dem Verlag ausrichten, dass wir das großzügige Angebot leider nicht annehmen können?«, bitte ich.

Ich spüre Nates Enttäuschung. Vielleicht versteht er es jetzt nicht, aber eines Tages wird er es. Vielleicht wird er einmal eine Tochter haben, der Nanas Buch durch eine schwere Zeit hilft. Genauso wie es meiner Mutter und auch mir geholfen hat. Und wenn ich es Sabrina gebe, hoffe ich, dass es ihr dabei helfen wird, mit der Krankheit ihrer Mutter zurechtzukommen.

»Okay, Holly«, nickt Nate. »Ich sage dem Verlag Bescheid.«

Schweigend sitzen wir beisammen, trinken Tee, der schon kalt wird, und beobachten, wie die Nacht hereinbricht und die Sterne funkeln lässt. Eine Gruppe von drei Sternen scheint direkt über uns. Zwei große Sterne funkeln jeweils außen, während mir ein dritter, kleinerer Stern, der mir noch nie zuvor aufgefallen ist, von seiner Position in der Mitte aus zuzwinkert.

»Gute Nacht, Arty«, flüstere ich und werfe ihm eine Kusshand zu.

Wie schon vermutet, beginnt es zu regnen, sodass meine Mutter und ich schnell die Teetassen und die Warmhaltekanne in den Picknickkorb stellen, während Sabrina dabei hilft, die Decken einzusammeln.

»Lasst uns zum Hof zurück gehen«, schlägt meine Mutter vor. »Dein Vater kann euch morgen früh dann hier absetzen, damit ihr die Autos holen könnt.«

»Gehen?«, fragt Sabrina und hält die ausgebreitete Hand in die Luft, um ein paar Regentropfen einzufangen. »Aber es regnet. Wir werden pudelnass!«

»Ja, das werden wir«, erwidert Mam mit einem Lächeln.

Auf der Suche nach einer Erklärung schaut Sabrina hilfesuchend zu Ben hinüber. Er nickt jedoch nur und lächelt ebenfalls.

»Das ist die beste Zeit für einen Spaziergang«, stellt er fest und schiebt seine Finger zwischen die ihren. »Wenn es regnet …«

Ein Brief von Brooke

Kurz nach dem Tod meines Vaters habe ich damit begonnen, »Das Versprechen der Sterne« zu schreiben. Obwohl er schon seit längerer Zeit krank war, habe ich mich in den letzten Tagen vor seinem Tod vollkommen überfordert gefühlt. Die emotionale Achterbahnfahrt hat mich überrumpelt, und ich war einfach noch nicht bereit dafür, Abschied zu nehmen. Aber wer ist schon jemals bereit für so etwas? Ein Leben kann nie lang genug sein, oder?

So kam es, dass ich mich mit der Frage beschäftigt habe: »Wie lang ist denn ein Leben?«

In den Tagen und Wochen nach dem Tod meines Vaters merkte ich, dass ich eifersüchtig wurde auf meine älteren Geschwister, die mehr Jahre mit ihm verbracht hatten als ich. »Das Versprechen der Sterne« zu schreiben hat mir geholfen a) zu merken, dass ich irgendein Rivalitätsding mit meinen Geschwistern am Laufen habe – nein, Scherz, verraten Sie meiner Mam bloß nichts! Und b) dass es keine Rolle spielt, wie lange man jemanden liebt. Wichtig ist einzig und allein, wie sehr man ihn liebt.

Die Figuren aus »Das Versprechen der Sterne« sind auf einmal in meinem Kopf aufgetaucht, als ich sie brauchte, und sie machten keinerlei Anstalten, mich in Ruhe zu lassen, bis ich ihre

Geschichte aufgeschrieben hatte. Annie, die sich dem Ende ihres Lebens nähert, Arty, dessen Leben kaum begonnen hat, als es schon wieder zu Ende ist, und Holly, die beide innigst liebt.
Ich hoffe, Ihnen hat »Das Versprechen der Sterne« gefallen, und wenn ja, wäre ich sehr dankbar, wenn Sie sich die Zeit nehmen könnten, eine Bewertung zu schreiben. Ich würde mich freuen, von Ihnen zu hören, wie Ihnen der Roman gefallen hat, und eine solche Bewertung hilft neuen Leser, eines meiner Bücher zu entdecken.
Ich freue mich immer sehr, von meinen Lesern zu hören – Sie können über meine Facebookseite, über Twitter, Goodreads oder über meine Website Kontakt zu mir aufnehmen.

Herzliche Grüße
Ihre Brooke

Facebook: janellebrookewrites
Twitter: @Janelle_Brooke
jbharriswrites.wordpress.com

Danksagung

Vielen Dank an meine Agentin Hayley Steed und an alle Teammitglieder in der Madeline Milburn Agency. Eure Liebenswürdigkeit und eure Unterstützung bedeuten mir alles. Dafür bin ich euch unendlich dankbar.

Ein großes Dankeschön geht an meine kluge und motivierende Lektorin Abigail Fenton. Dein Instinkt und Gespür fürs Detail haben das Buch auf eine ganz neue Ebene gebracht. Es ist ein riesengroßes Vergnügen, mit dir zusammenzuarbeiten – daher kann ich es kaum abwarten, dies bei meinem nächsten Buch zu wiederholen.

Meiner Familie und meinen Freunden gebührt Dank dafür, dass sie alle zugehört haben, Kaffee und/oder Wein mit mir getrunken haben und immer für mich da waren.

Ebenfalls bedanken möchte ich mich bei Brian, Sophie, Ciarán, Aaron, Conor und Chloe. Ihr seid meine absoluten Lieblingsmenschen!

Zu guter Letzt möchte ich noch Ihnen danken. Ohne Sie, liebe Leser, gäbe es niemanden, für den ich schreiben könnte. Zu wissen, dass Sie kostbare Zeit darauf verwendet haben, meine Worte zu lesen und (hoffentlich) in die Geschichte einzutauchen, freut mich sehr.